JN216534

Hayakawa
Mystery World

機龍警察　狼眼殺手

月村了衛

早川書房

機龍警察　狼眼殺手

装幀／早川書房デザイン室

目次

［警察庁］

檜垣憲護……………………………長官

丸根郷之助…………………………長官官房総括審議官。警視監

堀田義道……………………………警備局警備企画課長。警視長

小野寺徳広…………………………警備局警備企画課課長補佐。警視

［検察庁］

武良悦治……………………………東京地方検察庁検事正

［国税庁］

魚住希郎……………………………東京国税局課税第二部資料調査第三課課長補佐

［和義幇《フーイーパン》］

關《クワン》 剣平《ジェンピン》 …………………………香港黒社会の大幹部

阮鴻偉《ユンホンウェイ》……………………………關の腹心

寧楚成《ニンチューシン》……………………………阮の部下

舒《シュウ》 里《リー》 ……………………………阮の部下

五百田侑……………………………弁護士。元検事総長

多門寺康休…………………………闇経済のフィクサー

登場人物

［警視庁］

沖津旬一郎……………………特捜部長。警視長
城木貴彦………………………特捜部理事官。警視
宮近浩二………………………特捜部理事官。警視
姿俊之…………………………特捜部付警部。突入班龍機兵搭乗要員
ユーリ・オズノフ……………特捜部付警部。突入班龍機兵搭乗要員
ライザ・ラードナー…………特捜部付警部。突入班龍機兵搭乗要員
鈴石緑…………………………特捜部技術班主任。警部補
柴田賢策………………………特捜部技術班技官
由起谷志郎……………………特捜部捜査班主任。警部補
夏川大悟………………………特捜部捜査班主任。警部補
桂絢子…………………………特捜部庶務担当主任。警部補
逢瀬由宇………………………特捜部庶務担当職員

黛浩太郎………………………副総監。警視監
椛島賀津彦……………………刑事部長。警視監
千波秋武………………………刑事部捜査第一課長。警視正
牧野知晴………………………刑事部捜査第一課主任。警部補
鳥居英祐………………………刑事部捜査第二課長。警視正
中条暢…………………………刑事部捜査第二課管理官。警視
末吉六郎………………………刑事部捜査第二課係長。警部
高比良輿志……………………刑事部捜査第二課主任。警部補
仁礼草介………………………財務捜査官。警部
清水宣夫………………………公安部長。警視監
是枝準樹………………………公安部外事第二課長。警視
門脇篤宏………………………組織犯罪対策部長。警視長
森本耕大………………………組織犯罪対策部第五課捜査員。巡査部長
行友総司………………………警務部長。警視監

われに來《こ》よ、うつし世の人々の顔
なつかしきおもひでも
われ荒野にありて
おそろしき眼を見たり
まじろがす、うるほひなき眼を
われはただ痴《おろ》かさをめづ
われわがものとして痴かさを選ぶ

ウイリアム・バトラー・イェーツ『鷹の井戸』

第一章　原罪

0

円卓の上に並べられた四川料理の数々は、ほとんど箸をつけられることもなく冷めていくばかりであった。

干しアワビの蟹卵ソースかけ。フカヒレの酢辛味煮込み。天使の海老の干鍋醬炒《ガングォジャン》め。豪勢な料理にそぐわぬ陰鬱な空気が支配する一室で、四人の男達は不機嫌そうに黙り込んだまま高梁酒《カオリャンチュウ》の杯をひたすら口に運んでいる。

閉め切られた窓の外からは、雨の音が途切れることなく聞こえてくる。梅雨の夜の籠もった温気《うんき》が、室内の重苦しさをいや増していた。

「いいかげんにして下さいよ、程《チョン》さん」

そう言って眼鏡の男が、空になった杯を荒々しくテーブルに置いた。四人の中では一番若く見える男だ。

「なんのために私がこんな所まで足を運んだと思ってるんですか。はっきりと答えて下さい」

「答えましたよ、ちゃんと、一番最初に」

程と呼ばれた四十がらみの男が応じる。イントネーションが微妙におかしいが、明確な日本語だった。日本での暮らしが長いことを窺わせる。

「あんなの、答えにもなってないでしょう。子供の使いじゃないんだから、このまま帰るわけにはいきません。今度の件に関しては、ウチの先生も大変気にしておられる。ちゃんとした説明をして頂けるものと考えたからこそ面談に応じたんだ。それともなんですか、あなた方は木ノ下貞吉《きのしたさだきち》の顔を潰す気ですか」

高圧的な物言いに、程《チョン》もむっとしたようだ。

「知らないものは知らないとしか答えようがありません。こちらこそ事態への対応について先生にご相談しようと思っていたくらいです」

若い男はレンズの奥の細い目を吊り上げて、

「ほう、それがフォン・コーポレーションのお答えですか」

「そう取って頂いても構いません。そもそも、私どもは木ノ下先生がお越しになると聞いたからこの席を用意したのです。あなたのためじゃない。私どもは社を代表して来ています。なのにあなたはなんですか。単なる秘書じゃないですか。それも末席に近い。私どもの調査能力を侮らないで下さい」

「末席であろうと、私は木ノ下先生の名代としてここに来ている。今のお言葉はそのまま先生にお伝えします」

「どうぞご自由に」

睨み合う双方をなだめるように、中年の男が割って入った。

「まあまあ、程さんも湯原《ゆはら》さんも落ち着いて下さいよ。このままじゃ、木ノ下先生のお顔の前に、仲介した私の顔が潰れてしまう」

その声には、有無を言わせぬ凄みがあった。他の三人と同じように仕立てのよいスーツに身を包んではいるが、明らかに堅気ではない。

程も湯原も、はっとしたように黙り込んだ。

「申しわけありません、花田《はなだ》先生」

頭を下げる湯原に、花田と呼ばれた中年男は必要以上に陽気な笑いで応じた。

「先生はやめて下さいよ。私は単なる一コンサルタントで、多門寺《たもんじ》先生のような大物じゃありませんから」

程は横に座っていた部下の日本人に合図する。

「仲村《なかむら》君、皆さんにお酒を」

「はい」

慌てて立ち上がった男が、まず花田に酒を注ごうとする。

出し抜けにドアがノックされた。

四人は反射的に振り返る。

「失礼します」

入ってきたのは、徳利の載った盆を手にしたチャイナドレスの若いウエイトレスだった。さきほど追加で注文した酒を運んできたのだ。

「お待たせ致しました」

ウエイトレスが艶然と微笑む。

軽く息をついた仲村が、花田の杯に視線を戻すと同時に——

何かで壁を叩いたような、低く鈍い音がした。

盆を提げたウエイトレスがその場に崩れ落ちる。その背後には、細長い円筒形をした減音器《サプレッサー》付きの拳銃を手にした人影が立っていた。

驚愕した四人が声を上げる間もなく、黒ずくめの影は彼らに向けて引き金を四回引いた。全弾あやまたず四人の額に命中する。

影はさらに、全員の頭部にもう一発ずつ撃ち込む。後頭部に赤黒い弾痕を覗かせるウエイトレスを含めた五人が完全に死んでいるのを確認し、影はその場から去った。

ひっきりなしに続く雨音の中、開かれたままのドアから、ただ死の光景だけが覗いていた。

特別室の惨劇は、すぐに店中の知るところとなった。支配人は動転しつつも、ただちに一一〇番通報した。

〈至急至急、神奈川本部より各局、中区元町二丁目『銀洲飯店』で客四名と従業員一名が殺害されているとの通報あり、現場《げんじょう》に急行せよ〉

神奈川県警通信指令室からの連絡を受け、加賀町署のパトカー、次いで初動捜査を担当する機動捜査隊が現場である高級中華料理店に到着した。

同店はいわゆる横浜中華街からは外れた場所に位置するが、隠れた名店として知られている。個室のみの完全予約制で、しかも数少ない客室は互いに離れていることから、重要な接待や商談に使われることが多いという。

現場となった客室は中でも特別室と呼ばれており、利用する客層は限られている。その日予約したのは、「フォン・コーポレーションの仲村」で、人数は四人。

巻き添えになったと推測されるウエイトレスを含み、射殺された五人の頭部から流出した血が、いかにも高級そうな中国段通《だんつう》（絨毯）に染み込んで、禍々しい紋様を加えている。

機動捜査隊が酸鼻を極める現場の検分に当たろうとしたとき、加賀町署員の制止を振り切って数人の男達が踏み込んできた。

機動捜査隊の面々には、彼らが同じ警察官であることは一目で知れた。だが、加賀町署の刑事でも県警本部刑事部の刑事でもない。本部と所轄とを問わず、捜査一課の面《メン》なら日頃からよく知っている。

「なんだ、あんたらは」

機動捜査隊の捜査員は当然の如くに吠えた。縄張りの異なる現場へ強引に割り込むなど、警察組織ではあり得ない暴挙だ。

しかし男達はまるでその声が聞こえなかったかのように、現場を見回して一様に呻いている。

「やられた……」

中の一人が屈み込んで死体の顔を確認し、上司らしいやたらと体の大きい太った男を振り返って言った。

「間違いありません、程《チョン》詒和《イーフー》です。それに部下の仲村。花田猛作《もうさく》もいます」

「あっちの男は」

太った男が残る死体を指差して問う。見かけに反して、意外なくらい女性的な柔らかい声だった。

「こいつは……湯原ですね。湯原郁夫《いくお》。木ノ下貞吉の私設秘書です」

「おい、なんなんだおまえら。所属を言え」

激昂した捜査員の一人が、顔を真っ赤にして太った男の前に立ちふさがった。

「警視庁の捜二（捜査二課）」

「えっ？」

捜査員は虚を衝かれたように相手を見つめる。殺人であるならば捜査一課の職掌で、捜査二課は知能犯の担当である。またそれ以前に、県警ではなく警視庁が乗り込んでくるなど、常軌を逸しているとしか言いようがない。

そもそも県警本部の捜査員よりも先に、どうして警視庁の捜査員が到着したのか。距離から言っても、到着があまりにも早すぎる。

「係長の末吉六郎《すえよしろくろう》です。申しわけないけど、この現場はウチが引き継ぐから」

「なんだって」

捜査員は我が耳を疑うといった顔で、

「あんたら、一体なんの権限があって――」

「文句はいろいろあるだろうけどさ、なんだったらそちらの松井《まつい》さん、刑事部長の、電話して聞いてみて下さいよ。上から話が行ってると思いますんで」

末吉と名乗った相手の顔を、捜査員はまじまじと見つめる。

いいかげんな根拠で口にできるような言葉ではない。この事案の裏で、何か想像を絶した事態が進行している——そうとしか考えられない状況であった。

末吉の引き連れてきた男達は、上司の合図を待たずに現場へと雪崩れ込み、各自行動を開始している。

その気迫に呑まれ、加賀町署の署員達は、もはや制止することさえできずにいた。

「係長、これ、なんでしょう？」

捜二の捜査員が声を上げた。被害者の一人、程詒和《チョンイーフー》の鞄を調べていた男だ。

「どうした、高比良《たかひら》」

すぐに近寄ってきた末吉に向かって、彼は手袋を嵌めた手で一通の封筒を差し出した。

「よく分からないんですけど、こんな物を程が」

同じく手袋を嵌めた手で封筒を受け取った末吉は、［程詒和様］と印字されたシールの宛名を一瞥してから、ひっくり返して裏の差出人を確かめる。

住所は記されておらず、ただ［聖ヴァレンティヌス修道会］とのみ印刷されている。

末吉の眼光が鋭さを増した。無言で中身を引っ張り出す。

「なんだ、これは」

長方形の紙片が一枚きり。そこには、聖人らしい宗教的な肖像画と、何語とも知れぬ文章が記されていた。

宗教には疎い末吉にも、それがキリスト教の護符であることだけは見当がついた。

「例の事案を追っていた捜二は、フォンの社員が木ノ下貞吉と密かに面談するらしいという情報をつかみ、急ぎ会合場所の横浜へと向かった。到着してみると、フォンの管理職と部下、ブローカーの花田猛作が殺されていた。木ノ下貞吉は欠席であったため、すんでのところで命拾いをした。が、代わりに出席した秘書が殺された、と……そういうわけだな」

ガウンを羽織った黛《まゆずみ》浩太郎《こうたろう》副総監が念を押す。

「は、間違いありません。末吉係長が現場で確認しています」

対面に座した鳥居英祐《とりいえいすけ》捜査二課長が返答する。椛島賀津彦《かばしまかつひこ》刑事部長、千波秋武《せんばあきたけ》捜査一課長も同席している。

各人の前にはコーヒーの注がれたカップが置かれているが、手をつける者は誰もいない。

午前一時。世田谷区等々力にある黛副総監の自宅応接室で、集まった警視庁刑事部の幹部達は一様に強張った表情を見せていた。

「狙いはなんだ。まさか単なる強盗でもあるまい。木ノ下議員か」

「いいえ」

鳥居二課長は即答した。

刑事部長と一課長が思わず彼を凝視する。

「狙いはフォン・コーポレーション情報企画室室長の程詒和。他の者は全員が巻き添えになったものと考えます」

「その根拠は」

「ありません。私の勘です。強いて言えば、マル害《ガイ》（被害者）の中で例のプロジェクトに最も深く関わっているのが程だからです。他の者は、生きていようと死んでいようと、プロジェクトへの影響はないに等しい」

「それを見込み捜査と言うんじゃないのかね」

「もちろん承知しております。捜査には予断を排してあらゆる可能性を当たるつもりでおります」

副総監は冷静な口調で質問を続けた。

「それで、肝心のマル被《ヒ》（被疑者）は」

「現在、侵入及び逃走経路を捜査中で、主要幹線道路に検問を敷いておりますが、それらしい者が引っ掛かったという情報は上がってきておりません。これまでと同じく、プロの暗殺者の犯行であると思われます」

〈これまでと同じく〉。その文言に、椛島刑事部長と千波一課長が何か言いたげに顔を上げる。

「鳥居課長、君はあくまで、この事案もまた連続殺人の一つだと言うんだね」

「ただの連続殺人ではありません。すべてがあのプロジェクトにつながっています」

「待って下さい」

千波一課長がついに声を上げた。

「殺人《コロシ》ならウチの担当だ。二強（第二強行犯捜査）も三強（第三強行犯捜査）も、それぞれの事案に関連性はないと言ってます。なのに専門外の捜二がどうして――」

「お言葉ですが千波さん、我々だって警察官だ。専門外だからこそ見えることもあるんじゃないですか」

「するとあんたは、ウチの捜査員が揃いも揃って見落としをするようなボンクラばかりだとでも言うつもりか」

冷笑家で知られる鳥居は、いつもの癖を発揮して、

「ま、結果からするとそう言わざるを得んでしょう」

「なんだと」

口論になりかけた二人を、椛島が一喝する。

「やめんか、二人とも。場所と時間をわきまえろ。副総監のご自宅だぞ」

安楽椅子に身を預けてじっと考え込んでいた黛は、鳥居二課長に向かい、

「もしこれが君の見立て通りだとすると、戦後最大級の一大疑獄ともなりかねん」

「だからこそ我々の手でやるべきだと申し上げているのです。このまま手をこまねいていると、地検がいつ乗り出してくるか。そうなったら警察の面目は――」

ここぞとばかりに言い募る鳥居を制し、

「例のプロジェクトは今や国家事業と言ってもいい。それだけに、迂闊に手を出すわけにもいかん。当面は個々の殺人事案を捜一（捜査一課）主体で捜査する」

正論である。鳥居には反論のしようもない。殺人は捜査一課の管掌であって、二課だけでやろうとしても手に負えるものではない。

「並行して、贈収賄の容疑に関しては捜二が従来の手法で地道に証拠固めを続けていくこととする。現状ではそれしかあるまい」

副総監の言葉に、千波一課長が大きく頷く。

だが鳥居はなおも納得しかねる様子で、

「本当にそれでいいとお考えなのですか、副総監」

「…………」

「分かっておられるはずです。今すぐにでも抜本的な手を打っておかねば、取り返しのつかない事態になると」

「鳥居！」

椛島部長が強い口調で叱咤する。

「鳥居君。君の言わんとすることは分かる。だが事案の性質上、一旦着手すれば国税庁、金融庁、その他の部局が介入してくることは避けられん。中でも君の言った通り、地検特捜部は常に政治家の絡む事案を狙っている。彼らが動く前に事案の全体像を解明する自信が君にあるか。いや、その前に事案そのものが潰される公算が大きい」

〈事案そのもの〉が何によって潰されるのか。副総監は明言しなかったが、それが政財界の圧力を指すことは明らかだ。

「それでも君はやれると言うのか」

すぐには答えられず、鳥居は黙り込んだ。

椛島と千波は、思い出したようにカップに手を伸ばし、俯いた鳥居を横目に見ながら冷め切ったコーヒーを口に運ぶ。

和洋折衷様式の応接室を、しばし静寂が支配した。

窓の外の闇を叩く雨音だけが、一際大きく聞こえてくる。

やがて鳥居は意を決したように顔を上げた。

「私に考えがあります」

「言ってみろ」

「特捜と合同でやらせて下さい」

椛島と千波は驚愕のあまりコーヒーカップを取り落としそうになった。

警視庁特捜部。地検特捜部と名称は似ているが、もちろんまったくの別組織である。警察法、刑事訴訟法、警察官職務執行法の改正によって警視庁内に新設された新部局。異例の上に異例を重ねるが如きその設立経緯から、警察組織内でも特捜部を批判する声は多い。

もちろん刑事部もその例外ではない。だが椛島と千波が驚いたのは、他ならぬ鳥居こそが、特捜部批判の急先鋒であったからだ。

普段は銀行員のように冷厳な顔中に苦渋の色を漲らせ、鳥居は続けた。

「理由は三つあります。一つには、そもそも特捜が設立された理念として、管轄及び事案の種類に関係なく専従捜査を行なえること。二つめは、新設の部署であるだけに旧来のしがらみは極めて少なく、あまり認めたくありませんが、実際に各方面からの圧力をかわしつつ捜査を行なってきた実績。三つめは、特捜が今日までフォン・コーポレーションの内偵を続けていること。現在特捜には、フォンに関する膨大な捜査資料が蓄積されていると思われます。今の我々には、これが何よりも強力な武器となるはずです」

一語一語、絞り出すように鳥居は言った。

彼の性格を知るだけに、椛島も千波も、その覚悟のほどを今さらの如く思い知った。

黙って聞いていた黛副総監は、サイドテーブルに置かれていた携帯端末を取り上げると、番号を選択して発信ボタンを押した。

相手はすぐに出たようだった。

「黛だ。こんな時間にすまない。突然で申しわけないが、今から私の家まで来てほしい……そうだ、今すぐにだ……待っているよ、沖津《おきつ》君」

1

六月二十五日。江東区枝川の官舎を出た警視庁特捜部の夏川大悟《なつかわだいご》警部補は、最寄りの潮見駅から京葉線の電車に乗り込んだ途端、顔をしかめた。

「QUIACON――クイアコン　わたしたちは日本と世界の明日をつなぎます　経済産業省」

そんなキャンペーン広告が車内にあふれていたからだ。

Quantum Information And Communication Network――新世代量子情報通信ネットワーク開発プロジェクト。通称QUIACON《クィアコン》。メディアを駆使した巧みなイメージ戦略によって、国民からはすでに既定路線として認知されている。

そしてそれこそが、フォン・コーポレーションと経済産業省が合同で進めている一大プロジェクトの名称であった。

香港に拠点を置く馮《フォン》財閥系グループの日本総代理店であるフォン・コーポレーション。昨年秋の地下鉄立て籠もり事案以来、特捜部は数々の重大事案の背後にフォンの影を見出していた。継続捜査の一つとして人員をやりくりしながら今日までフォンの内偵を続けているが、未だその実態解明には至っていない。

言わば宿敵の看板が、通勤電車に堂々と掲げられているのをまのあたりにして、不快な思いに囚われた。

ただでさえ鬱陶しい天気だってのに、まったく朝から気分が悪い――

舌打ちして脇に挟んでいた朝刊を広げ、紙面に視線を落とした。特捜部庁舎のある新木場までは一駅だが、そのわずかな時間でも、主な見出しに目を走らせるくらいはできる。刑事を拝命して以来の習慣で、それは多分に生真面目な性格によるものだった。しかし夏川本人は「短気と貧乏性は生まれつきだ」と事あるごとに周囲に吹聴している。

その日の一面は、昨夜横浜の高級中華料理店で起こった惨劇を大々的に報じるものだった。勤務時間の都合で早寝した夏川は、自分が眠っている間にそんな事案が発生していたことを初めて知った。会社員二人、政治家秘書、コンサルタント業者、それに従業員のウエイトレス。一度に五人も殺害されている。

神奈川県警もえらいヤマに当たったもんだなあ――

本文記事に目を通す間もなく、電車は新木場駅に着いた。新聞を鞄にしまった夏川は、そぼ降る雨の中、コンビニで買ったビニール傘を開いて庁舎に向かった。

午前九時五十五分。特捜部庁舎内の会議室は、熱気とも殺気とも言えそうな異様な空気に包まれていた。

夏川班、由起《ゆき》谷《たに》班、合わせて四十一名の特捜部専従捜査員が全員集合してもなお余裕のある大会議室が、今はすし詰め状態となっている。こんなことは特捜部設立以来初めてであった。

椅子の数もまるで足りない。庶務担当の桂絢子《かつらあやこ》主任と三人の部下が、予備のパイプ椅子をバケツリレーの要領で次から次へと運び込んでいる。こういうときの桂主任の采配はまったく以て頼りになる。

夏川より三列前に座っていた巨体の主が、居心地の悪そうな顔で周囲を見回した。捜査二課の末吉六郎係長であった。してみると、彼の周辺に陣取っている男達は捜査二課の面々だろう。

夏川は首を傾げた。捜査二課と言えば詐欺、選挙違反、贈収賄、横領、背任等のいわゆる知能犯を扱う部署である。そこに所属する捜査員達が、どうして特捜部の捜査会議に出席するのか。

背中に強い視線を感じた。振り返った夏川は、壁際に並べられたパイプ椅子に座る男達の中に、末吉よりもさらに旧知の顔を見出して思わず声を上げそうになった。

捜査一課の牧野《まきの》知晴《ともはる》主任。いかにも不機嫌そうな目でこちらを睨んでいる。そのせいか、もともと陰気な牧野の顔立ちが、よけいに不穏な色を孕んで見えた。

牧野の野郎、どうしてこんなところに——

夏川は心の中で毒づいた。特捜部に引き抜かれる前、彼は捜査一課に所属していた。そのため、捜一の中では今でも夏川をあからさまに「裏切り者」と呼んで嫌う者が少なくない。

捜一時代、牧野とは他の誰よりも親しく、互いによきライバルとして認め合っていただけに、今ではほどきようのないわだかまりばかりが残っていた。

特捜、捜一、捜二。まったく性格の異なる部署の面々がひとところに集められているのである。殺伐とした空気も当然と言えた。温厚で知られる由起谷志郎《しろう》主任さえ、さすがに当惑を隠せないでいるようだ。

会議の開始時刻とされた午前十時ちょうどに、宮近《みやちか》、城木《しろき》両理事官を従えた沖津特捜部長が入室してきた。

起立した捜査員達は、その後に続いて入ってきた顔ぶれに息を呑んだ。

刑事部長の椛島賀津彦警視監、捜査一課長の千波秋武警視正、捜査二課長の鳥居英祐警視正、捜査二課管理官の中条暢《なかじょうのぼる》警視であった。

幹部達が正面の雛壇に着くのを待って、全員が着席する。

特捜部独特の慣例に従って、城木貴彦《たかひこ》理事官が会議を進行させる。

「昨日、神奈川県中区元町にある中華料理店『銀洲飯店』で凶悪な殺人事件が発生。この事案に関連して、警視庁特捜部は本日を以て刑事部の捜一、及び捜二と合同態勢で捜査に当たることとなりました」

その宣言に、夏川は驚きと当惑を隠せなかった。

横浜の事案ならば神奈川県警の管轄であるはずだ。それだけでなく、捜一、捜二との合同態勢とは、一体何がどうなっているというのか。

今朝の新聞を熟読せぬまま会議に出席したことを、今さらながらに後悔した。

全員の困惑をあらかじめ予期していたのか、城木がすかさず続ける。

「殺害された客は、木ノ下貞吉参院議員の私設秘書である湯原郁夫三十一歳、金融コンサルタントの花田猛作四十七歳、それにフォン・コーポレーションの社員である程詒和《チョンイーフー》四十二歳とその部下の仲村啓太《けいた》三十二歳」

フォンの社員だと——

そこまで聞いて、夏川は鈍い衝撃を受けるとともに、おぼろげながら合同態勢の理由を察していた。

「また巻き添えになったと思われる女性従業員は金晴《ジンチン》二十五歳。捜二の見立てによると、この事案は、単なる物盗りや怨恨などではなく、四人の殺害、中でもフォン・コーポレーション情報企画室室長の程詒和氏を狙った暗殺である可能性が極めて高い」

フォン・コーポレーション情報企画室。そのごくありふれた部署名は、特捜部にとって決して忘れられないものだった。旧財閥系の大手商社『海棠商事《かいどう》』の疑獄事件に端を発する一連の事案で、重要な役割を担ったと思われる情報企画室室長代理を任意で引っ張ろうとしたところ、寸前で国外に逃げられたことは、夏川には痛恨の記憶となっていた。

それが今度は、室長当人が暗殺されたという。確かにただの強行犯であるはずがない。

「それだけではない」

普段は明朗な城木理事官の声が、嫌にじっとりと重く聞こえるのは、梅雨時の湿気のせいなどではないだろう。

「六月十六日に発生した総務省の課長殺し、さらに六月二十日に発生したＮＩＩ——国立情報学研究所の教授殺し。この二つの殺しも、同一犯による犯行の可能性が高いというのが捜二の見解だ。すなわち、今回の横浜での殺しは、連続暗殺事案の一環を構成するものである」

会議室は騒然となった。

十六日の役人殺し。二十日の学者殺しについては夏川らも当然知っている。しかし、梅雨に入って物騒な事件が続くものだと思ったくらいで、その二つの事案に関連性があるとは想像さえしなかった。

同時にさまざまな疑問が湧き起こる。殺人ならば捜一の担当である。二つ、いや三つの殺しが連続殺人であるならば、当然捜一の方が先に動いているはずだ。それがなぜ、捜二に指摘されるまで気づきもしなかったのか。

「以上について、詳細は鳥居捜査二課長から説明して頂きます」

城木に代わって鳥居が口を開こうとしたとき、

「すみません、遅刻しました」

甚《はなは》だ緊張感に欠ける声がした。

全員が一斉に振り返る。後ろのドアから、ひょろりとした男が顔を出していた。

眼鏡をかけた気弱そうな容貌。スーツはよれよれで、ネクタイは曲がっている。見るからに風采の上がらぬ人物であった。少なくとも、厳めしい顔がずらりと並んだこの場の雰囲気にはまるでそぐわない。

「財務捜査官の仁礼草介《にれそうすけ》です……あの、新木場に来るのは初めてで、警察の施設がやたらと多いものですから迷っちゃって」

強面《こわもて》の男達の視線に耐えかねたのか、口ごもりつつ言いわけするその挙動も、頼りないことおびただしい。

桂主任が追加のパイプ椅子を抱え、慌てて入ってきた。

「申しわけありません、これをお使いになって下さい」

「あ、すみません」

礼を言ってドアの近くに腰を下ろした闖入者を見据え、沖津旬一郎《じゅんいちろう》特捜部長が口を開いた。

「先に紹介しておこう。財務捜査官の仁礼草介警部だ。オリエンタス巨額粉飾事件、リーフポート事件、兆銀事件など、これまで数々の金融犯罪や疑獄事件を手がけている。椛島刑事部長、鳥居二課長と相談の上、今回特に参加してもらうことにした」

財務捜査官とは、各都道府県警察によって採用され、警察庁の刑事局捜査第二課に登録される特別捜査官である。通常は税理士、公認会計士等の有資格者の中から選ばれる。金融経済事犯やマネーロンダリングなどの犯罪を財務面から分析し、資金の流れを解明して証拠固めを行なう高度な専門職で、刑事部捜査二課を中心に、組織犯罪対策部、生活安全部などを部署横断的に異動しつつ、さらには都道府県をまたがる広域捜査に従事することも想定されている。

夏川は目を見張った。

オリエンタス巨額粉飾事件もリーフポート事件も、現代を象徴する一大事件だ。しかしパイプ椅子から立ち上がって「よろしくお願いします」と一同に挨拶している男は、どこからどう見てもそんな大事件を手がけた辣腕捜査官とは思えない。しかも初日の会議に遅刻してくるとは、数字を厳密に扱う財務捜査官のイメージからはかけ離れている。

特捜部と捜一の捜査員達は互いに顔を見合わせているが、捜二サイドに変化はない。その職掌から、仁礼警部のことは重々承知しているのだろう。

室内のざわめきを制するように、鳥居二課長は軽く咳払いをして話し出した。

「六月十六日、総務省情報通信国際戦略局技術政策課の水戸《みと》慎五郎《しんごろう》課長が帰宅途中の路上で何者かに刺殺された。二十日、文科省の所管になるＮＩＩの松森優一《まつもりゆういち》教授が自宅で絞殺された。松森教授の自宅は千葉県浦安市で、千葉県警の管轄となる。手口が異なることもあって情報は共有されておらず、この二つの事案に関連性があるとは誰一人思ってもいなかった。唯一、我々捜二を除いてだ」

鳥居の言動からは、時折強烈な自負が窺える。それは好意的に見れば職人的な部署の長としての矜持とも言えるが、反面、有力閥に属するキャリアの傲慢とも取れることは否定できない。

捜査一課、捜査三課の課長は伝統的にノンキャリアが就任するポストだが、捜査二課の課長はキャリアの指定席であり、警視庁の中でも特に切れ者が座るというのが代々の慣例とされている。

「フォン・コーポレーションと経産省が中心になって進めているクイアコンについては、テレビ、新聞報道等で諸君もよく承知していることと思う。ウチは以前からこのプロジェクトを内偵していた。水戸課長も、松森教授も、そしてフォンの程《チョン》室長も、これまで殺された者は全員がクイアコンの中核に関わっていたのだ」

そこで鳥居は机上のミネラルウォーターを取り上げて喉を潤し、

「このプロジェクトはあまりに巨大であり、核心部分の機密が厳重に保たれているため、全貌を把握している者は世間が思っているほど多くはない。実際に、文科省の職員でも松森がクイアコンに関わっていたことを知らない者が数多くいた。捜一が把握できなかったのも決して無理からぬことと言える」

その言葉に潜む捜一への皮肉に、千波一課長がわざとらしく腕組みする。

鳥居は意に介する様子もなく、

「昨夜横浜で殺された五人だが、明らかに巻き添えとなったウエイトレスはともかく、全員がクイアコンの関係者だった。その意味では、四人全員がターゲットであった可能性も捨て切れないが、ウチがつかんでいる範囲で言うと、フォンは日頃から使っているコンサルタント、昔ふうに言えば総会屋の花田猛作に依頼して急遽木ノ下議員との会合をセッティングさせた。その目的は不明だが、当日になって議員は急に出席をキャンセルし、秘書の湯原郁夫を代わりに行かせた。なんらかの理由で危険を察知したのかもしれない。議員に内々で問い合わせてみたが、用件が曖昧だったのでとりあえず秘書を行かせた、それ以上は何も知らないの一点張りだ。花田は双方の顔をつないだだけ、湯原は単なる代理、仲村は当日命じられて上司の程《チョン》に同行しただけ。いずれも関係者とは言え、クイアコンとの関わりは薄い。また、ここまで周到な犯人が木ノ下議員の欠席を察知し得なかったというのも考えにくい。つまり、犯人の狙いは程であった可能性が極めて高い。程詒和《イーフー》は、フォンの情報企画室室長としてプロジェクトの窓口を務めていた。当然、彼だけが知り得た情報も相当数あったと思われる。すべてはクイアコンにつながっている。残念ながら立証には至っていないが、それがウチの結論だ」

そこで城木理事官が発言する。

「クイアコンの概容に関しては、専門的な事項も多々含まれるので、まず特捜部技術班主任である鈴《すず》石《いし》警部補に解説してもらいます」

指名を受けて立ち上がった女性警察官を見て、捜一と捜二の捜査員達が口々に囁き交わす。

警部補だと――技術職なら単なる警察職員じゃないのか――技術屋がどうして捜査会議に出てるんだ――

「会議中の私語は慎むように」

特捜部の宮近理事官が神経質そうな声を張り上げて注意する。

警視庁のスタッフジャンパーを羽織った鈴石緑《みどり》主任は、さして気にする様子もなく、手許の端末を操作した。

　正面の大型ディスプレイに、さまざまな図表やデータが表示される。

「こちらをご覧下さい。経産省が公式に配布しているパンフレットの抜粋ですが、現行の情報通信基幹回線である光ファイバーを流れるデータ・トラフィックは年々高密度化の一途をたどっており、すでに伝送容量の理論限界、いわゆるシャノン限界を迎えつつあります。この限界を越えるべく、0と1との信号で構成される古典的なデジタル情報に代わり、量子力学の重ね合わせ原理に基づく量子情報をやり取りすることで、従来比一万倍から百万倍相当の伝送レートを実現する。分かりやすく言うとそれがクイアコンの概容です」

　どこが分かりやすいんだよ――

　夏川は密かにため息を漏らした。

「現状、長距離量子情報通信の実用化には多数の技術的ハードルがあり、各国で研究開発が進められているものの、未だ実現には至っておりません。クイアコンは世界初の実用大規模量子情報通信ネットワークとしてアジア圏全域をカバーし、一気にグローバル・スタンダードの地位を確立することを目指しています。また、既存インフラの伝送容量に大幅な余裕ができるということは、コストの低減につながり、より多くの企業に通信事業参入のチャンスが生まれます。短期的に見ればむしろその点こそが、このプロジェクト最大のセールスポイントと言えるかもしれません」

　それなら分かる――

　ノートを取りながら、夏川は我知らず頷いていた。

　通信システムがインフラを残して根こそぎ変わるのであるならば、その需要による経済効果は計りしれない。

　なるほど、確かに経産省が「日本経済再生の切り札」と豪語するだけのことはある。

　だがこの新方式は、現在の情報通信システムの競争力を奪い、完全に過去のものとしてしまうだろう。それだけに、既得権益に固執する一部勢力が妨害の機会を虎視眈々と狙っていることも想像に難くない。

さらに専門的な用語で補足事項を付け加えた鈴石主任は、教科書の朗読を終えた学生のように着席した。

鳥居二課長が彼女に代わって自席に設置されたキーボードを叩く。

「クイアコンの目的は今の説明にあった通りだが、それに関わる組織と人間関係を簡単に記すと次のようになる」

次いでディスプレイに表示されたのは、経済産業省をはじめとする各官公庁と無数の外郭団体、フォンをはじめとする日中の企業、官民を問わぬ各種研究機関が入り乱れる相関図であった。

それだけではない。裏社会の大物や右翼の巨頭の名前と傘下の組織までが列挙されている。

その複雑さは、鈴石主任が示した科学解説図に勝るとも劣らない。

どこが簡単なんだよ――

夏川は再び心中に呻く。

蟻の巣のように複雑に入り組んだ関係図は、蟻よりも醜悪で貪欲な魑魅魍魎の巣窟とも見えた。

「クイアコン絡みではすでに莫大な金が動いている。当然政治家が放っておくはずがない。袴川義人《はかまがわよしひと》、岡本倫理《おかもとりんり》、小林半次郎《こばやしはんじろう》ら名だたる大物議員が『クイアコン推進協力機構』の起ち上げ当初から関与している。木ノ下貞吉もその一人だ。我々はこの巨大プロジェクトに関連して大規模な贈収賄が行なわれているとの確信を得た。すでに多くの死者を出しているこの事案は、間違いなく戦後最大級の一大疑獄となる」

鳥居は今こそはっきりと宣言した。

「この疑獄事件を解明し、政治家の逮捕に持っていく。それこそが我々の本丸である」

捜二は国策とも言えるプロジェクトに真っ向から戦いを挑もうとしているのだ。

警察官として、夏川は胸の底から湧き上がるような武者震いを抑えることができなかった。

異例極まりない合同態勢の意味を、今や明確に理解していた。人が殺されている以上、捜一のバックアップは不可欠だ。知能犯担当の捜二だけでは、殺人までは到底手が回らない。

また、管轄を越えて事案に切り込むには特捜部の協力も必要となる。もっとも捜二としては、予想される圧力の防波堤に特捜を利用しようという肚なのかもしれないが。

仮にそうだとしても、フォンとの因縁浅からぬこちらにとっては望むところである。これまでのもやもやとした暗闘にけりをつける絶好の機会だ。

しかし、と思う。

沖津部長の真意だ。特捜部として合同態勢を受け入れる理由は充分にある。だが元外務官僚である上司の狙いがそれだけではないであろうということを、夏川は漠然と察している。

フォン。クイアコン。そして――龍機兵《ドラグーン》。

これらをつなぐ糸がある。闇より深い漆黒の糸だ。その糸に、特捜部の隠された秘密までもがつながっているに違いない。

そんなことを考えていたとき、夏川は沖津がなんとも微妙な表情を浮かべていることに気がついた。笑みのようでもあり、また悲哀のようでもある。

それだけではない。城木理事官が沖津の横顔をさりげなく窺っているようなのも気になった。

なんだろう、あれは――

だがそれも一瞬で、夏川の想念は沖津の発言によって霧散した。

「今回の捜査は、事案の性質上、あくまで極秘裏に進めねばならない。そのため、捜査の主体は捜二であるが、全体会議は随時ここ特捜部庁舎にて行なうこととする」

沖津がちらりと自分を見たような気がした。この指揮官には、自分如きの思考など隅から隅まで見抜かれていても不思議ではない。

「クイアコンに関して大規模な汚職が行なわれているという疑惑については、捜二の収集した資料を見る限り、極めて濃厚であると言わざるを得ない。その裏付けに関しては、捜二と仁礼警部に担当してもらう。問題は殺人の方だ。捜二の見立て通り、本当に連続殺人なのか。もしそうだとすると、その理由はなんなのか。命令者は、そして実行犯は何者なのか。同一犯なのかどうか。複数犯か単独犯か。なんとしても突き止めねばならない。これらについては、捜一と夏川班の担当とする。ここで、特に横浜の現場状況について捜一の牧野主任から報告してもらう」

反射的に振り返った夏川は、立ち上がる牧野を見つめた。

「現場の見取り図を」

夏川が捜一にいた頃と少しも変わらぬふてぶてしい態度で牧野は発した。

すぐさまディスプレイに銀洲飯店内部とその近隣家屋の立体図が表示される。死体の倒れていた位置も。

「現場は古い住宅の密集地域で、この地点から隣家の敷地を通り抜けて銀洲飯店内に侵入したマル被は、迷うことなく特別室に直行、たまたま酒を運んできたウエイトレスの後ろ姿を見かけ、彼女がドアを開けるのを待ってすぐ後ろから全員を射殺した。他の従業員や数名の客は、何か低い音が立て続けに聞こえたが、まさか銃声とは思わなかったと証言しています。ご存知の通り、サプレッサー、いわゆる減音器が銃器の発砲音を完全に無音にすることはありません。普通はかなり大きな音がします。しかし、45ACP弾は初速が亜音速のためサプレッサーとの相性が非常によく、発砲音をかなりの程度まで抑えることができると言われています。実際に犯行に使用された銃弾はすべて45ACP弾で、しかも同一の拳銃から発射されたものでした。マル被は五人を一瞬で仕留め、さらに全員にとどめを撃ち込んでから、同じ経路を使って現場から逃走しています。排出された薬莢以外の遺留品はなし。目撃者もなし。以上の点から、少なくとも昨夜の事案に関しては、単独犯、しかも極めて高度な訓練を受けたプロの殺し屋であると考えます」

一礼して牧野が着席する。

「ありがとう、牧野主任」

沖津は室内を挑発的な視線で見渡しながら、

「昨夜の事案だけでなく、これまでの事案もすべて同一の単独犯であったのではないか。私はそんなことさえ考えている」

えっと身を乗り出す一同に、

「それこそ、なんの根拠もないただの勘だがね。それを諸君に裏付けてもらいたい、あるいは否定してもらいたいわけだ」

不敵に笑ってから、一転して厳しい口調で命令する。

「これまでの被害者及び現場状況について徹底的に洗い直せ。彼らはなぜ殺されねばならなかったのか。彼らに共通する点はなかったか。彼らの死によって利益を得る者は誰か。残らず調べ上げること。特に昨夜の殺しについては、一切の予断を排して当たってほしい。現段階では、程《チョン》室長以外の誰かが標的であった可能性、あるいは一見単なる巻き添えであるように思えるウエイトレスを含む五人全員が標的であった可能性も捨てるわけにはいかない。さらには、これからも殺人が続くおそれがある。それだけは絶対に阻止せねばならない」

その言葉を耳にして、夏川の全身に衝撃が走った。

迂闊であった。殺人がこれで終わったとは限らない。むしろ、今後さらに続く可能性の方が高い。与えられた任務の困難さに、夏川は改めて強いプレッシャーを感じた。

「それから、由起谷班にはクィアコン全体、特にフォン周辺の再調査を担当してもらう」

鳥居課長、それに末吉係長ら二課の面々があからさまに反応した。

沖津は平然とした態度を崩さず、

「捜二の努力と成果には敬意を表します。しかし、違った視点から眺めると、また新たな発見があるかもしれない。これが案外有効でしてね。特捜流として捜二の皆さんにはご理解を頂きたい。由起谷主任」

「はい」

日本人離れした肌の白さが目立つ由起谷警部補が立ち上がった。肌の色だけでなく、強面揃いの室内で、甘さの残る容姿が浮いている。

「責任は重大だ。着手に当たっては捜二の諸先輩によく教えを請うように」

「はい。よろしくお願いします」

由起谷は末吉ら捜二の現場捜査員達に向かって素直に一礼した。

合同態勢とは言っても、生来的に縄張り意識と排他主義が染み込んでいる警察組織である。身内からの妨害も充分に予想される。沖津の言葉は、捜二への慰撫と牽制であり、また由起谷に対する親心でもあるのだろう。

「さて、細かい分担と資料の分析は後に回すとして、ここで一つ、見てもらいたいものがある」

ディスプレイに、細長い図柄が表示された。大きさを示すために、横にセブンスターの箱が置かれている。押収された証拠品の一つらしい。

表示されたデータによると、縦一八センチ、横七センチ。宗教的な肖像画の下に、何語ともつかぬ文章が意匠として添えられている。

一同の間に、困惑のざわめきが広がった。

「これは殺害された程詒和《チョンイーフー》が所持していた封筒から発見されたものだ。もちろん程のもの以外の指紋は残されていない。封筒に押されていた世田谷局の消印からすると、投函されたのは六月二十三日、つまり一昨日だ。配達されたのが昨日であることも確認済みである。程は自分宛てに届けられた郵便物を鞄に入れて持ち歩いていたようだ。移動中に開封してチェックするつもりだったのだろう。実際彼は、他にも十通に及ぶ郵便物を鞄に入れていた。ちなみに、現物はこれだ」

沖津はビニール袋に入れられた封筒と紙片を持ち上げて皆に示す。ごくありふれた茶封筒のように見えた。

続けて、ディスプレイに封筒の裏と表の写真が大きく表示される。

表にはフォン・コーポレーション本社の住所と程の名前が印字された宛名シールが貼られている。裏には［聖ヴァレンティヌス修道会］とだけ印刷されていた。

「封筒の中には、この護符一枚が入っていた。そう、カトリックの護符だ。描かれているのはグレゴリウス十三世。十六世紀のローマ法王だそうだ。記されている文章はラテン語で、内容は“eucharistia”――つまりカトリックでいう七つの秘跡の一つ『聖体』についての説明だ。司祭はイエス・キリストの代理として、秘跡を制定したイエスの言葉を宣言する。いわゆるミサのことで、カトリック礼拝の中心となっている」

他の捜査員達と同じく、夏川はまじまじとディスプレイに浮かぶ写真に見入った。

聖ヴァレンティヌス修道会。ローマ法王の護符。七つの秘跡。聖体。こんなものがどうして犯行当日に届けられたのか。資料によると程詒和はカトリックどころかキリスト教関係の団体とはなんの関係もない。刑事としての好奇心が急速に頭をもたげるのを自覚する。

「宗教の勧誘か悪戯とも考えられるが、護符一枚きりで他に何も入っていないというのはいかにも不自然だ。しかも殺害当日に届けられている。『偶然を信じるな』だ。他の郵便物の中には、直接クィアコンに関係した重要な案件も何通か含まれていたのだが、私にはどうもこれが気になってならない」

沖津は今度こそはっきりと夏川を見た。

「夏川主任」

「はっ」

勢い込んで立ち上がる。

「すまないが、君の班から人員を出してこれの調査、分析に当たらせてほしい」

「はいっ」

必要以上に大きな声が出てしまった。

背後で牧野の漏らした失笑が聞こえたような気がした。

2

会議が終わり、特捜部突入班のライザ・ラードナー部付警部は庁舎内の待機室に引き上げた。

北アイルランド出身の彼女は軍用特殊兵装『龍機兵』搭乗要員として警視庁と契約した身分である。しかし、三人いる突入班員は全員が捜査会議への出席を義務づけられている。彼女はそれを、作戦前のブリーフィングと同義と捉え、納得していた。

簡易ベッドに身を横たえ、まばたきもせず天井を見つめる。厳密には、天井とベッドとの間にある漠たる虚空を。

そして考える。会議中、ずっと気になっていた。横浜で殺された五人は、いずれも頭部に二発ずつ銃弾を撃ち込まれていたという。ダブルタップ、しかも45ACP弾だ。

だが、それはプロの暗殺者なら誰でもやりそうな手口だ。また第一と第二の殺しはそれぞれ違う手口が使われている。

目を閉じて無用な想念を追い払う。

自分は捜査員ではない。処刑人だ。以前と少しも変わらぬ殺し屋だ。命じられたときにのみ、バンシーという名の白い魔物を駆って戦場に向かえばそれでいい。

考えることは何もない。

同日午後十時二十分。恵比寿の京風料亭『小春庵』で、城木理事官は警察庁警備局の堀田《ほった》義道《よしみち》警備企画課長を相手に杯を傾けていた。

誘ってきたのは無論堀田の方である。警察人事を左右する堀田の誘いを断る勇気は城木にはない。

茶室風の質素な個室で芳醇な日本酒を口に含みながら、同僚の宮近を思い出す。

退庁間際、宮近は疲れ果てたという顔で話しかけてきた。

——今までも大変だったが、今度の事案はどうにも気が重い。なにしろ、本丸は例のプロジェクトだからな。

——ああ、そうだな。

曖昧な返事しかできなかった。捜二の鳥居課長は確かにクイアコンが本丸だと言った。しかし、フォンとの因縁を抜きにしても、城木には沖津が何か別のことを考えているように思えてならなかったからだ。

会議の最中に沖津が見せた一瞬の表情。それがどうにも気にかかった。

こちらの浮かぬ顔を見て、宮近は明るく励ますように、

——だいぶ疲れてるようだな。ま、それも当然か。どうだい、今夜は久しぶりに二人でやるか。

——悪い。今夜は先約があるんだ。

——そうか。

堀田に誘われているとはとても宮近には言えなかった。第一、堀田から固く口止めされている。自分と堀田が密会を重ねていることは、特捜部の誰に対しても秘密である。

ことに宮近は、本庁での出世を強く望んでいる。彼を差し置いて、自分が堀田に目をかけられているなどと言えるものではない。

——じゃあ仕方ないな。また今度にしようか。

宮近は納得していたが、その顔にはどこか疑わしげな表情が浮かんでいるようにも感じられた。

自分は同期の親友を欺いている——

その思いは、錆びた鉄釘となって城木の胸をえぐっていた。

苦い後味を打ち消すように杯を干すと、堀田はそれを待っていたらしく、

「今日の捜査会議は大荒れだったんじゃないのかね」

まるで見てきたように言う。

「分かりますか」

反射的に聞き返していた。

「分かるとも。刑事部長の椛島さん以下、捜一捜二の精鋭が新木場に大集合だ。鳥居君はかねてより特捜批判で知られているし、捜一と捜二の間もなにやらぎくしゃくしてるそうじゃないか。荒れない方がおかしいくらいだ。黛副総監の肝煎りだと聞いているが、黛さんもよほど肚をくくったものと見える」

相対した坊主頭の警視長をまじまじと見つめる。

極秘と言われた捜査も、この人には筒抜けなのだ——

「どうした、何かおかしなことでも言ったかな」

「いえ、逆です。あまりにもおっしゃる通りなので」

堀田は意味ありげな含み笑いを浮かべ、茄子の煮浸しを口に運んだ。

「それで、君の肚は決まったのかね」

「はあ……」

すぐには答えられなかった。

底光りのする目でこちらを見据え、堀田は畳みかけてくる。

「新潟の事案以来、沖津さんは城木家の一族全員に目をつけている。君だって安心してはいられんよ。

その場合、君が潔白であろうとなかろうと関係ない。疑惑があるというだけで、将来の道は閉ざされる」

まったく否定できない。何もかもがその通りだ。

「そうなると、警察内部で身を守るためにはどうすればいいか、考えるまでもないと思うがね」

〈新潟の事案〉とは、チェチェンのイスラム武装組織『黒い未亡人』による新潟のメタンハイドレート液化プラント及びロシア連邦総領事館自爆テロ未遂事案を指す。この事案で、城木の実兄である宗方亮太郎衆院議員は不慮の死を遂げた。あれからまだ二か月も経っていない。

またそのとき、城木は実の父親を含む城木家の一族が正体不明の〈敵〉と通じている可能性に気がついた。それに関しては沖津からも警告されている。公安はすでに城木の身辺調査を始めているだろうと。場合によっては、仲間であるはずの特捜部から聴取されるという事態も充分にあり得る。

堀田はかつて、懐刀である小野寺《おのでら》課長補佐を通じて宮近を特捜部の内通者に仕立てようとしていた節がある。確証はまったくないし、堀田以外にも宮近に特捜部の情報を上げるよう公然と命じていた筋も存在する。そもそも、宮近は国家公安委員会にも特捜部の内部情報を上げていた。

沖津による感化もあるのだろうが、度重なる不可解な状況から、さすがに〈敵〉の実在を認めざるを得なくなった宮近は、上層部が当初もくろんだ通りには内部情報を上げぬようになった。

それは同時に、宮近があれほど望んでいた出世コースから外れることを意味している。特捜部理事官としての職務を日々黙々とこなしてはいるが、宮近は内心、焦燥で居ても立ってもいられぬほどであろう。

「どうかね、城木君。そろそろ肚を決めてもらわんことには、次の異動に間に合わなくなるよ。そうなると、君を推してきた俺の立場もなくなってしまう」

宮近を見捨てた堀田が、あろうことか自分に接近し、自陣に取り込もうとしてくるとは、以前は想像したことすらなかった。

「沖津部長が本当は何を考えているのか、正直に言って、私には分からなくなってきました」

顔を伏せるようにしてそう答えるのがやっとであった。

堀田は微かに満足そうな笑みを浮かべる。

警察組織内で孤立する特捜部の中で、さらに孤立する危機に晒されている城木にとっては、堀田に将来を預けるしか生き残る道はないとも言える。

その隠然たる影響力から言っても、堀田警備企画課長は警察内部に潜む〈敵〉の一人である公算が高い。断定はできないまでも、心証は限りなく黒に近い。少なくとも、兄の一件があるまで城木はそう考えていた。

だが、今は――

「秘密主義にも限度があります。警察の透明性が求められる昨今、沖津部長のあれは、その妨げともなりかねません」

「だったら、君」

「今日は大きな事案に着手したばかりです。そのことで頭がいっぱいで、まだそこまでの余裕はありません」

「そんな弱気では将来の警察を背負って立つことなどできんぞ。トップになる者の資質は決断力だ。即断即決、仕事はもちろん、自分の身の振り方も、スパッと決めてなんでもバリバリこなしていかにゃ、なあ?」

堀田はあくまで豪快に言い放つ。

「すみません。もう少しだけ時間を下さい」

沖津の理念には今も大いに共感するところであるし、また同時に、一般国民を犠牲にして恥じない〈敵〉は絶対に許せないとも思う。

結論を先延ばしにするため、今は少しでも時間を稼ぐしかなかった。

六月二十七日午後二時。西武池袋線練馬駅近くにある有名チェーンのコーヒーショップで、夏川は通りに面したカウンター席に牧野と並んで座っていた。

ともにこれ以上はないといったような渋面で、ドリンクのストローをくわえ、二人して通りを挟んだビルを睨んでいる。梅雨明けはまだ先らしいが、その日は久々に晴れていたため、見通しはよかった。

アイスコーヒーをブラックで飲んでいた牧野が、夏川の季節限定トロピカルマンゴー・クリームソーダを横目に見て、ぼそりと言う。

「おまえは中学生の女の子か」

「うるせえ。特捜に入ってからコーヒーが嫌いになったんだ」

スクエア型のサングラスを掛けた牧野は、露骨に嘲笑を浮かべ、

「特捜ってのはオカマの養成所か」

「それ以上言ってみろ、その趣味の悪いグラサンを頭蓋骨にめり込ませてやるぞ」

近くに座っていた大学生らしい青年が、自分のトレイを持って立ち上がり、そそくさと離れた席に移っていった。

さすがの牧野も、ばつが悪そうに黙り込む。

やがて、向かいのビルの前に黒塗りのレクサスLSが停まるのが見えた。

同時に立ち上がった二人は、無言で店を出ると、片手を上げて走行中の車に合図しながら急いで車道を横断した。

周辺で待機していた夏川班と捜一牧野班の捜査員が二人、すでにレクサスの前に立っている。

「なんだてめえらは」「オレらがなにしたってんだよ、ああ?」「令状《フダ》はあんのか令状は」

車内から降りてきた男達と、ビルから走り出てきた男達が、捜査員に向かって凄んでいた。一目で堅気ではないと分かる面々だった。特定危険指定暴力団京陣《きょうじん》連合系球磨《くま》組の構成員達である。

レクサスの後部座席から降り立った初老の男――球磨組組長の球磨洋三《ようぞう》は、悠然と周囲の騒ぎを眺めている。

そこへ駆けつけてきた夏川と牧野は、男達をかき分けて球磨組長の前に立った。

「球磨洋三さんですね。警視庁特捜部主任の夏川です」

「捜査一課主任の牧野です」

「お伺いしたいことがありますので、お時間を頂けませんか」

言葉遣いは丁寧だが、有無を言わせぬつもりで相手に迫った。

「へーえ、特捜と捜一の主任さんがお揃いか。珍しい組み合わせだな」

そう言って球磨組長は夏川と牧野の顔を交互に見た。

殺害された程詒和《チョンイーフー》は『山橋《やまはし》産業』を介してコンサルタントの花田猛作と接触したことが判明している。山橋産業は球磨組のフロント企業であり、球磨洋三の名は捜二の作成した資料にもはっきりと記されていた。

夏川と牧野は昨日球磨組長に面会を申し入れたが、にべもなく拒否された。組長の行動予定を調べたところ、午後二時から三時までの間に練馬のビル内にある関連会社を訪れることが分かった。そこで任意の聴取を行なうべく、それぞれの部下を連れて組長が現われるのを待ち構えていたというわけである。

「任意なんだろ。そんな気なんざ、さらさらねえよ。とっとと帰《けえ》んな」

警察の応対に慣れている球磨組長は、そう鼻で嗤い、ビルに向かって歩き出そうとした。

夏川は牧野とともにその前に立ちふさがり、

「そうおっしゃらずに、協力をお願いします」

「やだね。任意ってのは、あくまでこっちの好意だろ？　デコスケ（警察官）に好意なんてねえよ。そんなに俺の話が聞きてえってんなら令状持って出直してきな」

かっと頭に血が上った。

「おい球磨、調子に乗るのもいいかげんにしとけよ」

詰め寄った夏川と牧野の間に、大勢の組員達が割って入る。

「オヤジの言葉が聞こえなかったのか、ああ？」「こっちには話す義務はねえんだよ」「帰れ帰れ」

反射的に二人の捜査員がそれぞれの上司を守ろうと動く。つかみ合いになりかねない状況だった。

「やめろ、手を出すな」

夏川は咄嗟に部下を制する。たとえ相手が反社会的勢力の構成員であり、圧倒的多数であっても、こちらから手を出したりすれば現行法下では後々面倒なことになってしまう。

肚を決めて一歩踏み出そうとしたとき、いつの間に現われたのか、ネイビーのシャツジャケットを着た長身の男が球磨組長の肩へ手を回して抱き寄せた。

「なんだ、てめえは」

いきなり寄ってこられたばかりか、馴れ馴れしく肩に手を掛けられてさすがの組長も驚いている。

「姿《すがた》警部！」

夏川は思わず声を上げた。特捜部突入班の姿俊之《としゆき》部付警部であった。

「どうしてこんな所に」

龍機兵搭乗要員として警視庁と契約した突入班の部付警部は、通常、捜査の現場へ出てくることはない。

姿はにやりと笑い、

「ヤクザ相手じゃ、強面揃いの夏川班も捜一も手を焼くだろうって、部長がさ」

「は？」

「つまり、体のいい用心棒代わりを仰せつかったってわけだ。いや、別に部長はあんたらを信用してないわけじゃない。できる限り迅速に捜査を進めさせろってことさ。あの人らしい効率主義だよ。俺はまあ、そのための虫除けってとこだ」

気楽そうな口調でそう言うと、姿はぐっと組長の顔を引き寄せて自分の胸に押しつけた。

組長が痛そうに顔をしかめる。シャツジャケットの下にある角張ったものの輪郭が誰の目にも露わになった。大型拳銃だ。

警察法と警察官職務執行法の修正項目により、特捜部突入班員は銃器の常時携帯が条件付きで認められている。

「なあ組長さん、俺となら付き合ってくれるよな？　心配しなくてもいいぜ。もし組長の〈好意〉を無にする奴がいたら、俺が全力で守ってやるよ。まあ、そんな野暮な野郎はここにはいないと思うがね」

〈心配しなくてもいい〉と言いつつ、やっていることはあからさまな脅迫である。

その体格と若さにもかかわらず、総白髪に近い異様な男は、隙のない目で周囲の男達を睥睨する。

今は警視庁と契約しているが、姿俊之の本業は民間警備要員、すなわち傭兵である。その佇まいにも、幾多の死線を潜り抜けてきた兵士特有の威圧感が自ずと表われていた。

あれほど強気であった組長の顔色が変わっている。

「この野郎」「ふざけたことぬかしやがって」「てめえみてえなデコスケがいるか」「どこの身内だ」

殺気立った男達を、球磨が叱りつける。

「やめとけ。おまえらの歯が立つ相手じゃねえ」

「さすが組長、分かってるね」

姿警部は組長の肩を抱いたまま、ビルへと歩き出す。

「じゃあ行こうか。別に気を遣ってくれなくてもいいぜ。冷たいコーヒーでもご馳走してもらえたらそれで充分だ」

夏川と牧野らも慌ててその後に続く。

組員達も、我に返ったように追いかけてくる。

「待てやコラ！」「おやっさん！」「この白髪野郎！」

姿警部は背後の組員達を振り返り、

「あ、そうだ、おまえらは組長の〈好意〉を邪魔するバカが入ってこないように表で見張ってろ。それがいいだろ、なあ組長？」

蒼白になった球磨が子分達に目配せする。

「うん、いいね、その〈好意〉。人の上に立つ者はやっぱりこうでなくっちゃな」

ヤクザ以上の恫喝で組員を牽制した姿警部は、夏川達を従え、球磨組長とともにビルの中へと入っていった。


同日、同時刻。由起谷志郎警部補は、葛飾区東金町にある『滑川商事《なめかわ》』本社を単身訪れていた。もっとも、アポイントメントを取っての正式な訪問ではない。同社の電話はすでに不通となっている。

案の定、雑居ビルのドアは閉ざされ、郵便受けにはチラシやダイレクトメールなどがあふれていた。人が出入りしている気配はない。念のため周辺で聞き込みを行なう。登記等は捜二が確認済みである。

フォン関連を中心にクイアコン全体の調査を命じられた由起谷班では、すぐさま分担を決め、行動を開始した。

しかし、クイアコンという名の怪物的プロジェクトはあまりにも巨大であり、捜査員一人一人が膨大な数の案件を担当せざるを得ない。主任である由起谷自身も例外ではなかった。

捜二の資料に出てくるだけでも、関係する企業は無数にある。中核となる大企業から、その関連会社、取引先、下請け企業、さらにはダミー会社へと、調査対象はネズミ算式に増えていく。調べれば調べるほど、その全貌は果てしなく遠のいて、厚い空気の層に遮られたように輪郭さえもが定かでなくなる。その感覚はかつてない重圧となって由起谷にのしかかっていた。

プロジェクトの初期段階から関わっている政治家小林半次郎の政治資金管理団体『半蔵会《はんぞうかい》』。その支出先の一つが滑川商事であった。しかし経営実態はないに等しく、役員には右翼団体幹部と目される人物の縁者も名を連ねている。なんらかのマネーロンダリングに使われている可能性があった。目的の捜査は、大した収穫もなく終わった。滑川商事が本筋の事案に関係しているかどうかは別の線から調べるしかないだろう。

滑川商事の入居している雑居ビルから駅の方へと歩きながら、由起谷はひと月ばかり前に起こった一連の事案を思い出していた。

『海棠商事』を巡る疑獄に端を発するその事案は、経済産業省商務情報政策局情報通信機器課課長補佐の変死、フォン・コーポレーションとつながる『如月フォトニクス研究所』の研究者殺しと続いたが、重要参考人と目されたフォン・コーポレーション情報企画室の唐浩宇《タンハオユー》室長代理の帰国と、特捜部による如月フォトニクス研究所の強制捜査によって終結した。

厳密に言うと終結ではない。経産省の課長補佐はその後捜一によって自殺と断定されたが、真偽のほどは疑わしい。如月フォトニクスの研究者殺しに至っては、〈継続捜査中〉の状態が続いている。要するに未解決のまま放置されているということだ。

特捜部が強制捜査によって押収した謎の〈構造物〉は、鈴石主任率いる技術班によって解析が進められていたはずだが、その詳細については未だに公表されていない。しかし由起谷は、夏川から密かに耳打ちされていた――「あれは『龍機兵』の根幹を成すシステムのプロトタイプであったらしい」と。

事件のほぼすべてが、すでにして闇に葬られたと言っていい。

終わってはいなかった。何もかもが。

それどころか、始まりにすぎなかったのだ。

途轍もなく大きな怪物が、目に見えない衣を脱いで、ゆっくりとその片鱗を現わしつつあるのを感じる。

今朝方までの雨に濡れた路面の上を歩きながら、由起谷は柄にもなくとりとめのない想いに耽っていた。

いけない——捜査に集中しなければ——

そう考えて顔を上げたとき、前方に立っている男に気づいた。

雑然とした裏通りに不似合いなゼニアのスーツ。それにプラダのサングラス。

由起谷は声を失った。

關《クワン》剣平《ジエンピン》。フォン・コーポレーションCEO馮《フォン》志文《ジーウェン》の第一秘書にして、黒社会の大組織『和義幇《フーイーパン》』の大幹部。

昏《くら》い笑みを浮かべた關は、明瞭な日本語で言った。

「由起谷志郎か」

そして由起谷の全身を面白そうに眺め回し、

「確か、特捜の捜査主任だったな。こんな所で何をしている」

「警察官に職務質問ですか、關さん」

その正体が黒社会の大物だと分かっていても、表向きはあくまでフォン・コーポレーションの社員であり、堅気の一般人だ。社会常識として呼び捨てにするわけにはいかない。

だが相手の不遜さに、持って生まれた反骨の血が疼いた。

「日本では職務質問は警察官がするものと決まっていますが、どうやらお国では違うようですね。中国はいつからそんな進歩的な国になったんでしょうか」

闞《クワン》は何も答えず、ただうっすらと嗤っている。

「そんなにおかしいですか、闞さん」

込み上げてくる怒りを抑えつつ問う。

「まあな」

「そうですか」

その態度に、由起谷は肚を決めた。

舐められてたまるか――

「では、改めて職質《しょくしつ》（職務質問）させて下さい。ここで何をしているのですか。あなたのような立場の方が、ただの散歩とも思えませんが」

闞はまたも無言である。

「『ルイナク』ではオズノフ警部を助けて下さったそうですが、その件についてもお尋ねしたいことが山ほどあります。なんなら、近くの交番までご同行願ってもいいんですよ」

ルイナクとはロシア語で「市場」を意味する言葉で、この場合は、今年二月に摘発されたロシアン・マフィアによる武器密売のブラックマーケットを指す。

毅然と告げた由起谷に、闞がゆっくりと歩み寄ってくる。

一歩近づいてくるたびに、彼の発散する強烈な負の気配が正面から由起谷を圧した。

息が苦しい。周囲から急速に酸素が失われたような気さえする。

闞の顔がすぐ間近へと迫る。

「度胸だけは買ってやる。だが役人は役人らしく要領よくしていろ。早死にしたくなければな」

立ち尽くす由起谷の耳許でそう囁き、そのまま闞は立ち去った。

周囲が急に明るくなったような錯覚を覚える。陽の光を一時的に取り戻した夕暮れの空のように。

白い顔に噴き出た汗をハンカチで拭いながら振り返る。

警察官になって以来、ヤクザや外国人犯罪組織の構成員を含め、今日までおびただしい数の凶悪犯を見てきたはずの自分が、恐怖にすくんで動けなかった。

法の埒外に生きる〈筋者〉としての格が、いや、何もかもが違うとしか言いようはなかった。

あれが黒道《ヘイタオ》に生きる男というものなのか――

闊という人間の持つ底知れぬ闇のような迫力を、由起谷は改めて思い知った。

3

ジャージを着た二十歳《はたち》そこそこの見習いらしい組員が、アイスコーヒーのグラスを運んできて姿警部の前に置いた。

「さ、俺に構わず始めてくれよ」

球磨組長と並んで応接室のソファに腰を下ろした姿警部は、ストローをくわえながら呑気に言う。

姿警部に無理やり横に座らされた球磨はいかにも迷惑そうにしているが、その向かいで牧野と肩をくっつけるようにして座った夏川も相当に居心地が悪かった。

しかし、今はそんなことより捜査である。

牧野に主導権を握られてはたまらない。夏川は率先して質問を開始した。

「球磨さん、横浜の中華料理店で五人が殺された事件はご存知ですね。その事件について調べているのですが、マル害の一人である程詒和《チョンイーフー》さんは、山橋産業を通じて同じくマル害である花田猛作さんに木ノ下貞吉議員との仲介を依頼した。山橋産業は球磨組のフロント企業だ。我々はそのことに関して――」

「訊きたいことってのはそれかい」

球磨は煩わしそうに夏川の話を遮り、

「確かに山橋は俺の舎弟だよ。そんなこと、今さら隠したってしょうがねえもんな。そっちでもとっくに調べはついてんだろ？　だったら山橋に直接訊けばいいじゃねえか」

「山橋だけの判断で動くには、木ノ下貞吉は大物すぎる。はっきり言って、球磨さんの方が詳しい事情を知っているものと我々は考えています」

そこで牧野も横から口を挟んできた。

「それにね、あんた、クイアコンの関連企業に食い込もうとあれこれ小細工やってますね。こっちとしちゃあ、そのあたりも訊きたいわけですよ、球磨さんに直接ね」

牧野は生来の気の短さを早くも覗かせている。夏川も捜一時代、いや、警察学校時代から直情型だと言われてきたが、牧野は夏川以上に激しやすいことで有名だった。

「クイアコンか……」

球磨が呟いた。

そのときの表情を夏川は見逃さなかった。

「だって、あれは儲かるってえれえ評判じゃねえか。新聞にも毎日載ってるし、テレビをつけりゃあニュースでもやってる。現に株価だって上がってるしよ。ヤクザだって乗らない手はないぜ。それどころか、ああいうのはヤクザが真っ先に飛びつくもんだ。おかげでウチもシノギやすくなって大助かりだ。タダでさえ上納金は上がる一方だし、こんな時代にヤクザなんかやっててもいいことなんかありゃしねえ。近頃はもう正業一本で行こうかって考えてるくらいなんだよ」

それまでと打って変わった饒舌ぶりだった。まるで内心の怯えをごまかすかのような。

夏川は直感した――何か隠している。

同じことを牧野も察知したようだ。

「話を戻しましょうか、球磨さん。どうして花田と程《チョン》をつないだんですか」

語気も鋭く迫る牧野に、

「そりゃあ、フォンの偉い人に恩を売っときゃ、もっとおいしいところにも噛めるかなと思ってさ」

「下手なごまかしが通用するとでも思ってるんですか。フォンのガードはそれほど甘くない」

「捜一の牧野さん、それに特捜の夏川さんて言ったっけ」

球磨はテーブルに置かれた二枚の名刺に視線を落とし、

「捜一はいつから特捜と馴れ合うようになったんだい」

特捜部が警察組織内で白眼視されているという内部事情を揶揄している。夏川は奥歯を強く噛み締めた。

「あんたら、組対《そたい》（組織犯罪対策部）でも捜二でもないのに、妙に詳しいじゃねえか。待てよ、確か最初に横浜の殺しについて調べてるって言ったよな。それにしちゃあ変なところにこだわるな。第一、横浜の殺しなら神奈川県警の管轄じゃねえか。なんで警視庁が出張ってくんだよ。狙いはなんだ。はっきり言えよコラ。ごまかしてるのはそっちじゃねえのか、え、おい？」

痛いところを衝いてきた。さすがに京陣連合系組織の中でも有望な成長株と言われるだけのことはある。

しかし、合同態勢の狙いについておいそれと話すわけにはいかない。

「それよりこっちの質問に答えてもらえませんか」

夏川が促すと、球磨は開き直ったように、

「質問の意図って奴がはっきりしねえってのに答えられるわけねえだろうが」

すぐには反論できず、夏川も牧野も一瞬詰まった。

不意に——
ズ、ズズーッとストローを啜る脱力感に満ちた音が響いた。

アイスコーヒーを飲み干した姿警部であった。そして、音を立ててグラスをテーブルに置く。その動作のすべてが、異様な圧力を感じさせた。

姿警部は、場の流れを変える〈タイミング〉を作ってくれたのだ――

そうと察した夏川は、反射的に牧野と目を見交わす。癪に障るが、捜一時代の阿吽の呼吸が蘇った。

頷いた牧野が、持参のバッグから資料のコピーを取り出してテーブルに広げる。

「確かに我々は捜二でも組対でもありませんが、同じ警察ですから。それくらいの用意はしてあります。どうぞご覧になって下さい」

〈同じ警察〉。牧野はその部分に力点を置いて発音した。

コピーを一瞥した球磨は、たちまち顔色を変えた。

捜二が苦心して集めた資料の一部である。どれも深く追及すれば、球磨組を複数の容疑で立件する端緒となり得るものばかりだ。

球磨に見せるつもりはなかったが、今の場合、球磨が隠している〈何か〉を引き出すためにはやむを得ないと判断した。

球磨の面上には、明らかに苦渋の色が浮かんでいる。テーブル上に広げたコピーを素早くまとめた牧野は、それらをすべて鞄にしまう。球磨が手にしていたコピーをさりげなく取り戻すことも忘れない。

夏川と牧野の粘り強い質問に、球磨がある人名を口にしたのはそれから三、四十分も経った頃だった。

「俺はただ、多門寺先生から『もしクイアコン絡みなら、フォンの頼みは聞いてやれ』って言われただけだよ。詳しいことまでは聞いてねえ」

「多門寺先生？　もしかして、多門寺康休《こうきゅう》のことですか」

夏川の質問に、球磨組長は頷いた。

多門寺康休。いわゆる〈フィクサー〉と呼ばれる闇経済の大物であった。

同日午後九時三十分。由起谷は特捜部庁舎内の小会議室に入った。

由起谷班に属する捜査員十九人のうち、十五人がすでに集まっていた。残る四人は今も捜査に奔走している。

「よし、始めよう」

正面に座った由起谷主任の合図を待って、由起谷班の報告会が開かれた。これは全体会議のような大規模なものではなく、由起谷班だけで集まり、その日の成果を確認し合うものである。

由起谷班の担当する案件は膨大だ。捜査対象は数知れない。全員が早くも疲れ切った顔で、順番に報告する。

「えー、次は『ストランド・インターナショナル』。ここはクイアコンの中核に関わる代理店の一つですが、それだけに関連会社や下請け企業も多く、手間取っています」

庄司《しょうじ》捜査員が座ったまま手帳を読み上げる。

「その中から、今日は捜二のリストにもある三社を当たったのですが、特に収穫はありませんでした。ただ……」

途中で言い淀んだ庄司の様子を見て、メモを取っていた由起谷が顔を上げる。

「どうした」

「はあ、これは気のせいかもしれませんが、関連会社の『ディー・オー・マーケティング』から引き上げるとき、入れ違いに三人の男が入っていくのを見たんです。ほんの一瞬だったんで確証はないんですが、そいつらがどうもカタギじゃないというか……」

「確証がなくてもいい。はっきり言え」

「はい。それだけでなく、日本人ではないように思いました。つまり、チャイニーズ・マフィアです」

「おい、待てよ」

加納《かのう》捜査員が声を上げる。

「そりゃ、もしかして和義幇《フーイーパン》の連中だったたってことか」

「そこまではなんとも……」

再び言い淀んだ庄司に対し、加納が勢い込んで続ける。

「実は俺も見たんだ」

「見たって、チャイニーズ・マフィアをか」

聞き返す庄司に、

「ああ、それもはっきりと確認した。あれは和義幇の連中だった。幹部クラスじゃない、下っ端だったがな」

室内がにわかにざわめく。

「そう言えば俺も見たぞ」

池端《いけはた》捜査員だった。

「俺の場合は和義幇とまで確認したわけじゃないが、それらしいのが近くをうろうろしてたんで変だと思ったんだ」

「ちょっと待て」

由起谷は部下達を制止して、

「他にも黒社会らしい連中を見かけた者がいるのか。心当たりのある者はちょっと手を挙げてみろ」

すると、庄司、加納、池端の他に、二人の捜査員が手を挙げた。

自分を加えて、十六人中、六人。

由起谷は座ったまま携帯端末を取り出し、番号を選択して発信した。

番号の主は、服部巧《はっとりたくみ》。由起谷が以前に勤務していた高輪署刑事課の同僚で、現在は国際犯罪捜査を扱う組織犯罪対策部第二課の主任を務めている。多くの警察官が特捜部に異動した者を「裏切り者」呼ばわりする中で、服部は少しも変わらぬ態度で接してくれる数少ない一人であった。

「……服部か。俺だ、由起谷だ。今ちょっといいかな……和義幇の動向について、そっちで何か把握していることはないか……そうだ、和義幇だ」

由起谷班の面々は、固唾を呑んで上司を注視している。

「……やっぱりそうか……すまんな、恩に着るよ……分かってるって。そっちにもネタは必ず回す。じゃあな」

携帯を切った由起谷は、部下達に向かって言った。

「和義幇は確かに全組織を挙げて妙な動きを見せている。実は俺も今日、滑川商事の近くで關《クワン》と出くわした」

全員が一斉に驚きの声を上げた。

「クワンって、あの關ですか」

信じられないと言った面持ちで池端が聞き返してきた。

「そうだ。馮志文《フォンジーウェン》第一秘書の、と言うより、和義幇大幹部の關剣平《ジェンピン》だ」

由起谷は一人得心したように、

「なぜあんな所に關がいたのか、ずっと考えていたんだ。偶然という可能性もなくはないが、みんなも知っている通り、部長の口癖は『偶然を信じるな』だからな。これでやっと分かった。關もまた滑川商事を調べていたんだ。奴だけじゃない、和義幇が総力を挙げてクイアコンの関連会社を調べている。それもなりふり構わずだ。連中は警察など眼中にもないらしい」

「一体なんのためにですか。フォンはクイアコンの事実上の幹事会社でしょう。そのフォンと一心同体のような和義幇が、どうして自分達の身内とも言える企業を調べる必要があるんですか」

松永《まつなが》捜査員の質問に、

「奴らの目的はおそらく俺達と同じなんだ。しかも相当に焦っている。だからあちこちでカチ合ったってわけだ」

「我々と同じとは、どの筋のことでしょうか。本筋でしょうか、それとも……」

松永の言う〈本筋〉とは、鳥居二課長が強調する〈本丸〉、すなわち政界汚職のことである。対してもう一つの筋は、連続殺人につながる線だ。

立ち上がった由起谷は、十五人の部下を見渡して言った。

「このことは俺から直接部長に報告する。全体の方針が決まるまでは、現場で和義幇《フーイーバン》の構成員と遭遇しても絶対に手を出すな。今ここにいない四人にもすぐに伝えるんだ」

十五人の捜査員は一様に緊張の面持ちで頷いた。


六月二十八日、午前十一時五十四分。夏川班捜査員の山尾《やまお》と嶋口《しまぐち》は、夏川主任の指示により、渋谷区広尾二丁目にある多門寺康休の邸宅を監視していた。

二人がいるのは、道路を隔てた斜向かいに建つ低層マンション一階の空室である。道路に面して細長く延びるリビングルームからは、多門寺邸の大きな門がよく見える。監視ポジションとしてその部屋を確保できたことは幸運であった。もちろん相手に気づかれぬようすべての窓に厚い遮光カーテンを設置している。

彼らの任務は、多門寺邸に出入りする者を一人残らず密かに記録することであった。

闇経済の世界に君臨する多門寺康休の名は、山尾も嶋口も知っている。しかし、経済金融事犯を担当したことのない二人には、今の時代に〈フィクサー〉と呼ばれる男がどの程度の力を持っているのか、まるで見当もつかなかった。

昨日夏川から急遽この任務を与えられた二人は、まず捜二の末吉係長のもとへ赴き、取り急ぎ教えを請うた。

——昭和の亡霊みたいなもんかな、あれは。

末吉は感慨深げにそう漏らしてから、いつもの柔らかい口調で説明してくれた。

——系譜を辿れば、笹川良一とか児玉誉士夫とか、そういった大物右翼の門下生につながるが、いかにも黒幕然とした連中がほぼ絶滅した中で、唯一生き残ったのが多門寺康休だ。君らも知っている通り、商法改正と会社法施行以後、総会屋がコンサルタントに名前を変え、時代に合わせて業務形態まで変化させているように、多門寺もまたうまいこと手法を変えて、表舞台から身を隠したまま政財界とのパイプを保持してるんだ。政財界だけでなく、法曹界、マスコミ、右翼、もちろん裏社会にも顔が利く。過去にも〈最後のフィクサー〉と呼ばれた大物は何人かいたが、多門寺は正真正銘、そうした人種の最後の一人だろうね。例の、知ってるだろう、錦場《にしきば》ダムに絡んだゼネコンの贈賄疑惑、あれの火消しに回ったのが多門寺だ。ウチでもだいぶ前からマークしてはいるんだが、いわゆるヤメ検、それも元最高裁判事とか元地検特捜部長とかを顧問弁護士に抱えてたり、警察ＯＢにも世話になってる人が多かったりで、未だに手出しできずにいる。そうか、クイアコンに関連して多門寺の名前が出てきたか。そいつはスジとしちゃあかなり有望だな。

その話から山尾と嶋口は八十過ぎくらいの妖怪じみた老人をイメージしたが、年齢は意外とそれほどでもなく、六十七ということであった。しかしその影響力が並々ならぬものであるということはよく分かった。

神戸大学を卒業後、旧日商岩井に入社。出張先のシンガポールで知り合ったのが、一九七七年に破綻した安宅産業の裏で暗躍していたという大場《おおば》宗吉《そうきち》である。大場に心酔した多門寺は彼に師事することを決め、以後、闇経済の世界に身を投じた。

共産圏との海産物貿易に目をつけた大場は、文化大革命直後の混乱に乗じ、中国との間に強固な信頼関係を築き上げていた。そのコネクションは二十一世紀まで揺らぐことなくほぼ無傷で温存された。

大場宗吉が遺した闇の遺産を受け継いだのが多門寺康休というわけである。

多門寺のような人間が存在することによって、企業は政官界に対して表に出ることなく裏で利益スキームを構築できるというメリットがある。しかも刑法上の贈収賄も回避できるのだ。

末吉の説明は、体の芯から警察官である二人のモチベーションを大いにかき立てた。

監視初日のその日は、早朝からカメラを構えてマンション屋上に陣取ったが、人の出入りはほとんどなかった。黒塗りの門は固く閉ざされたままである。

それが正午近いこの時間になって、黒いセダンが門前で停止した。車種はトヨタ・カムリ。

門が開き、カムリは敷地内に消える。その間に、山尾と嶋口は望遠レンズで乗車していた人物を、運転手も含め残らず撮影した。

4

同日午後九時から開かれた全体会議の席上で、山尾、嶋口の両名が撮影した写真がすべて正面の大型ディスプレイに拡大投影された。

その日多門寺邸に入った車は全部で六台。乗っていたのは、実業家、経営コンサルタント、右翼結社幹部などさまざまで、いずれも今後注意を要すると感じさせる顔ぶれであったが、中でも最も目を惹いたのは、正午前に多門寺邸を訪れたカムリに乗っていた面々である。

「運転しているのが舒里《シュウリー》、助手席にいるのが寧楚成《ニンチューシン》、後部座席に阮鴻偉《ユンホンウェイ》。いずれも和義幇《フーイーパン》の構成員で、特にこの阮は闞《クワン》に次ぐ地位にあると思われる実力者です」

山尾捜査員の報告を受けて、沖津特捜部長は断言した。

「由起谷主任の推測通り、和義幇の目的は我々と同じだ。クイアコンの関係者や関連企業を調べているとみて間違いない。しかも連中が探っているのはおそらく連続殺人事案の方だ。フォンが和義幇を使い、関連企業の金の流れをそうした形で調べるとは考えにくい。他に簡単な手はいくらでもあるからだ。そこに多門寺康休までもがつながってくるとは実に面白い」

面白いとは無責任な言い方だが、捜一、捜二の面々と違い、沖津部長の言動に慣れている夏川は特に驚きもしない。

「このタイミングで和義幇が多門寺康休に接触した意味は何か。私にはやはり、この線は本事案の核心にも関係しているように思える。また言うまでもないが、和義幇の行動は重大な捜査妨害ともなりかねない」

そこで隣に座る鳥居に小声で話しかけた沖津は、相手が頷くのを確認し、由起谷に向かって言った。

「クイアコン関連の捜査はこれよりすべて捜二に任せ、由起谷班は和義幇の動向を探ってもらいたい。場合によっては、和義幇の構成員を任意で引っ張ってもいい。必要があれば組対の応援を要請しろ。組対部長の門脇《かどわき》さんには私から話を通しておく」

「はい」

由起谷が意気込んだ様子で返答する。

組対は今回のオペレーションには参加していない。しかし例の武器密売市場摘発の際、現場にいた夏川には、組対が特捜に対して〈借り〉があると感じていることは想像できる。特捜に対する根深い差別意識は完全に失われたわけではないが、協力要請には応じてくれるだろう。

「では、次に捜一からこれまでの殺害事案についてお願いします」

城木理事官が淡々と議事を進行させる。夏川の目には、心なしか最近の城木は以前に比べて表情を失っているように見えた。

無理もない、と思う。城木は『黒い未亡人』によるテロ事案で、与党副幹事長でもあった実兄を亡くしたばかりだ。以前のような明るさが見られなくなってもおかしくはない。

捜一の捜査員達が、総務省課長刺殺事案、NII教授絞殺事案、そして横浜の大量射殺事案について報告する。いずれも新たな進展はなかった。

それまでの調べ通り、水戸課長、松森教授、程《チョン》室長らの職場での評判は悪くなく、人間関係、家庭環境にも特に問題は見られない。また彼らの職務内容も、共通点はクイアコンに関係しているというだけで、特定人物、あるいは団体の恨みを買うようなものでもない。

コンサルタントの花田は仕事柄どんな恨みを買っていてもおかしくはないが、斯界の事情通は、現在の花田がそれほど深刻なトラブルを抱えていたという話は聞いていないと口を揃えて述べ立てた。

木ノ下議員にはその後も数回にわたって問い合わせを行なったが、これまでと同じコメントを繰り返すばかりであるという。

程詒和《イーフー》が所持していた封筒は、全国で大量に販売されている品で、ここから購入者を辿ることは不可能。宛名シールについても同様であり、犯人に結びつくような線を見出すことはできなかった。

唯一、横浜の高級中華料理店で射殺された被害者のうち、ウエイトレスの金晴《ジンチン》が異性関係のトラブルとストーカー被害について同僚の中国人女性従業員に相談していたという事実が判明したのみである。この女性従業員は事件の二週間前に退職していたため、聴取が遅れたらしい。本筋とは関係が薄いと見られるが、念のため継続して捜査することが確認された。

「続いて、捜二からクイアコン関連各社の資金移動等についてお願いします」

捜査二課の末吉係長が立ち上がった。

「二課の方針は従前と変わらず。一、振り込まれた資金を一〇三パーセント、ないし一〇五パーセント等で割り戻したときに丸い数字になるかどうか。あ、この丸い数字というのは、端数の揃ったきりのいい金額のことで、例えば四百六十三万五千円は、四百五十万かけるところの一〇三パーセントで、四百五十万円に三パーセントの手数料が上乗せされていることを意味します。二、捜査対象者が銀行で資金移動した前後の動きの確認。三、対象企業の損益計算書や貸借対照表などの公表資料と実際の銀行資金の動きが合っているかどうか。四、銀行間の出入金の形跡を辿ること。以上の四方針に従って捜査を進めており、それぞれ担当者から報告致します」

末吉が会議室の椅子にその堂々たる臀部を窮屈そうに押し込むのと入れ違いに、二課の高比良與志《よし》主任が立ち上がった。

「方針の一に関しましては、これまでの捜査で不審な点の発見された数社に加え、次の四社に新たな疑惑が浮上しました。詳しくはお手許の資料、もしくは添付のファイルをご覧下さい」

高比良の詳細な説明に続き、捜二の各担当者が立ち上がって報告する。

配布された資料には整理された図表まで付いているが、細かい数字の果てしない羅列を見ているだけで夏川は目眩を覚えた。ある意味、鈴石主任の科学の説明より手強い。さすがは知能犯専門の捜二だと感心すると同時に、株どころか将来家を買ったとしても住宅ローンだけは御免こうむりたいと思わずにはいられない。もっとも、そんな予定は今のところまったくないが。

「次に仁礼財務捜査官、お願いします」

城木理事官に促され、書類の束を手に仁礼警部が立ち上がる。

「えっと、クイアコン関連企業の一つである『伊摩井《いまい》科学』ですが、同社より第一首都銀行麻布支店の普通口座に毎月二百万円が振り込まれています。口座名は『田中茂一《たなかしげかず》』。該当する人物は存在せず、まったくの架空名義でした。この資金は毎月銀行でカード出金されています。捜二の協力でその前後を確認したところ、毎回同じ人物が別のカードで出金していることが判明しました。例えば、えーと……」

そこで仁礼は手にした資料の束をめくり、

「十時五十一分二十六秒、『田中茂一』名義の口座で百五十万円現金出金、十時五十二分四十秒、『前田《まえだ》三郎《さぶろう》』名義の口座で二百万円現金出金という調子です。『前田三郎』名義の口座は経産省通商政策局北東アジア課の加山芳郎《かやまよしろう》課長補佐のものであり、この出金銀行は加山課長補佐の実家がある奈良県の奈良東銀行奈良本店です。以上より、伊摩井科学からの振込は、加山課長補佐への贈賄資金である疑いが濃厚となりました」

夏川は少なからず驚いた。やはりどう見ても風采の上がらないこの男が、いくら二課の協力があったとは言え、これほどの短期間で経済産業省職員の汚職を炙《あぶ》り出したのだ。財務捜査官の肩書きは伊達ではないというところか。

しかし鳥居二課長は、冷徹に言い渡した。

「資料を見たが、伊摩井と加山の件は今回の事案ではさほど重要ではない。伊摩井の贈賄目的もはっきりしていて、クイアコン絡みには違いないが、単に中国との取引における優遇措置を狙ったものだ。これを立件しても、すぐに本丸に届くとは思えない。せいぜいが外堀の一つというところだ。放置するわけでは決してないが、今はフォンの牙城に楔を打ち込むことが先決である。二課の人員も限られており、この件の裏付けに割ける余剰はない。仁礼警部の仕事ぶりには敬意を表するが、伊摩井科学に関しては当分の間、資金移動の監視にとどめたい」

一同にそう宣告してから、沖津に向かい、

「よろしいですか、沖津部長」

「異存ありません。おっしゃる通りだと思います」

沖津は平然と言い、愛飲するモンテクリストのミニシガリロに紙マッチで火を点けた。

「あのう、実はもう一件ありまして……」

着席せずにいた仁礼が、特に落胆した様子もなく立ったまま片手を挙げた。

「なんだね」

鳥居の許可を得て、仁礼が続ける。

「『諸眉《もろまゆ》技研』って企業がありまして、いくつもあるフォンの提携先の一つなんですが、その付属研究機関とは正式にクイアコン関連技術の開発契約が結ばれています。しかし、いろいろ資料を精査してみたんですが、肝心の年間研究費用となると、どうにも金額がはっきりしなくて……」

鳥居が口を開く前に沖津がきっぱりと言った。

「その件についてはぜひ調査を続行してほしい。研究内容や研究費の一般的な相場について分からないことがあればウチの技術班に訊けばいい。鈴石主任」

「はい」

名前を呼ばれた技術班の鈴石緑が立ち上がる。

「必要に応じて仁礼警部に協力するように」

「分かりました」

応諾した緑に、仁礼は馬鹿丁寧に頭を下げた。

「よろしくお願いします」

「いえ、こちらこそ」

慌てて礼を返す鈴石主任を横目に、鳥居は苦々しげに沖津に向かい、

「沖津さん、研究内容の問題は本筋から離れているように思いますが」

「捜二の定石とは違いましたか」

「ええ、まあ」

シガリロの煙を吐きながら、沖津は文字通り鳥居を煙に巻くかのように、

「少しばかり気になりましてね。意外とこれが本丸への近道になるかもしれませんよ」

出たぞ、と夏川は感じた。いつもの沖津流だ。「少しばかり」と言いながら、沖津はかなり興味を惹かれている。鳥居の言う「本丸」よりも、むしろこっちが沖津にとっての本命なのかもしれない。

夏川は無論、この上司の勘と読みに全幅の信頼を置いている。

自分は特捜の刑事としてどこまでもこの人についていくだけだ――

「最後に夏川班より、程《チョン》詒和《イーフー》の所持していたローマ法王の護符についてお願いします」

「はい」

夏川の隣に座っていた深見《ふかみ》捜査員が立ち上がった。彼は夏川が最も信頼する部下である。

「封筒に書かれていた差出人の『聖ヴァレンティヌス修道会』ですが、これは過去にも実在した痕跡のない、まったく架空の団体です」

「それは日本国内での話か」

宮近理事官の質問に、

「日本だけでなく、世界中どの国においてもです。カトリックの総本山であるバチカンにも問い合わせましたのでまず間違いはないと思われます」

深見は証拠品である護符の入ったビニール袋を取り上げ、

「そもそもローマ法王の護符とは、正式には法王自らが祝福した物のみを意味するため、数が極端に限られているばかりか、その所在、所有者もほぼ正確に判明しているそうです。またローマ法王や聖人の絵が入っているものでもないんだとか。程《チョン》詒和《イーフー》が持っていたブツ、つまりこれですが、サン・ピエトロ広場を中心に、バチカンの至る所で売られている土産物だということが判明しました」

やはりなんの意味もない悪戯だったのか——そんな肩すかしの吐息がいくつか漏れ聞こえた。

「製造元の業者である『ヴィア・ラッテア社』や卸問屋にも写真のファイルを送信して確認しました。七枚一組で販売価格は十五ユーロだそうです。描かれているのは歴代法王のうち、図版が使える中から適当に選ばれた七人で、それぞれに七つの秘跡の解説が付いていますが、この割り振りにも特に意味はないとヴィア・ラッテア社の担当者が話してくれました。完全にデザイン優先の代物で、つまり、ほとんど価値のない観光客向けの商品ということです。以上です」

着席しかけた深見に、沖津が質問を発した。

「それだけ大量生産されている商品で、バチカン市国を訪れた者なら誰でも入手可能であるということとは、つまり購入者を特定することは事実上不可能ということだな？」

「はい、その通りですが」

質問の真意を今一つ理解しかねるという顔で深見が返答する。

「そうか……」

シガリロを燻らせながら、沖津は何事か考え込んでいる。

「どうかしましたか、沖津さん」

その様子を不審に思ったのか、千波一課長が尋ねた。

「気になりませんか、〈七枚一組〉というのが」

千波と捜査一課の全員、いや、夏川を含む捜査員のすべてが「あっ」と声を上げた。

鳥居二課長の見立て通り、これが本当に連続殺人でもあるのなら――

「夏川主任」

「はっ」

立ち上がった夏川に、沖津は厳命した。

「以前に殺された二人の元に届けられた郵便物を徹底的に調べろ。殺害された当日、もしくはその前後に、これと同じ物が届けられていなかったかどうかをだ」

5

翌六月二十九日、夏川と深見は午前九時に第一の被害者と目される水戸愼五郎総務省課長の自宅を訪ねた。第二の被害者と推測されるＮＩＩ松森優一教授の自宅へは部下の本間《ほんま》と三好《みよし》を向かわせている。

故人の自宅は三鷹市下連雀にあった。

応対に出てきた未亡人にまず弔意を述べ、仏壇に線香を上げさせてもらってから、夏川は単刀直入に切り出した。

「ご主人が亡くなられた頃の郵便物は保管なさっておられますか」

「郵便、ですか」

「はい、特に封筒に入っていた手紙とか」

「殺された日までに届いたものは、警察の方がもうお調べになったはずですけど……脅迫状みたいなのはないかって」

「念のため、もう一度調べさせて頂きたいんです。もしかしたら、亡くなられた後に届いているかもしれませんし。全部拝見させて頂ければありがたいのですが」

「それは構いませんけど……」

「では、ぜひ」

「でも、主人が自分で捨てたものもありますし、ダイレクトメールとかまでは……」

「残っているだけで結構ですから、見せて頂けませんか。一日も早く犯人を捕まえるために、どうかご協力をお願いします」

「そういうことでしたら……」

未亡人が案内してくれたのは、亡き夫の書斎であった。

書きもの机の上に、十数通の郵便物が置かれている。

「主人が亡くなった後に届いた物はまだ手をつける気にもなれなくて、全部あそこに置いたままなんです」

「お察しします」

「それ以外の郵便物は引き出しの中か、そこの書類棚にあると思います。ともかく、夫宛ての郵便は全部この部屋にあるはずです」

夏川は礼を述べ、深見とともに早速検分にかかった。机の上の封筒には例の茶封筒と同じ種類のものはなかったが、未亡人の許可を得てすべて開封し中身を確認する。いずれも事件とは無関係な手紙ばかりで、目当ての護符はなかった。

次いで引き出し、それから書類棚の中の古い郵便物を調べる。しまいには部屋中の収納を調べてみたが、やはりそれらしいものは発見できなかった。

「奥さん、ひょっとして奥さんやご遺族の郵便物の中にまぎれてるなんてことはありませんか」

汗だくになりながらも念を押してみたが、夫人は、「さあ……」と首を傾げ、

「なかったと思いますよ。主人は几帳面な質《たち》でしたから。それに、私や息子が気づかないで捨てちゃったってこともあるかもしれませんし……それ以上はなんとも……」

「あの、こういう物に心当たりはありませんか」

深見が携帯端末に例の護符と封筒の写真を表示して未亡人に示す。

「さあ、うちでは見たことありませんねえ。なんですの、これ」

夏川は慌てて辞意を告げた。

「いえ、参考までにお訊きしただけですから。どうもお騒がせして申しわけありませんでした」

新木場の庁舎に戻った夏川と深見は、少し遅れて戻ってきた本間、三好組と、自席のある捜査班のフロアで報告会を行なった。

本間、三好組もやはり収穫なしとのことであった。

「今度ばっかりは部長の考えすぎなんじゃないですかねえ」

ネクタイを緩めた胸元をうちわであおぎながら、本間がぼやく。新木場の飲み屋でもらったうちわだ。室内はエアコンが効いているが、この二、三日、雨が降らない代わりに不快な蒸し暑さが続いて

いる。

「だとすると、あの護符の意味はなんだ？　単なる悪戯じゃないってことについてはおまえらも同意見だろう」

「そりゃそうなんですが、肝心の護符が見つからないんじゃ、仮説も何もあったもんじゃありませんから」

三好も相棒の本間と調子を合わせるように、

「郵便なんて全部取ってあるとは限りませんからねえ。特にそんなわけの分からないお土産の護符なんて、たとえじかにもらったとしても捨てちゃいますよ、普通」

「おまえら、捜査の基本を忘れたのか」

夏川は声を荒らげた。蒸し暑い中を歩いたせいで気が立っていたのかもしれない。それでも、部下の気概のなさには腹が立った。

「無駄だと分かっててもやるのが刑事ってもんだろうが。それに仮説を否定するんなら、別の仮説を考えてからにしろ。そんなことじゃ、いつまで経っても捜一の連中に舐められたままだぞ」

すると、思いがけず背後から声をかけられた。

「あのー、例の護符の件ですか」

振り返ると、書類の束を抱えた仁礼警部であった。

夏川は反射的に立ち上がり、

「すみません、生まれつきの大声でして。うるさかったですか」

「いえ、つい耳に入ってしまって……こちらこそすみません」

書類を抱えたまま、仁礼は夏川よりも深く頭を下げる。

「ところで、その郵便なんですけどね、ひょっとして、自宅じゃなくて、勤め先に届いてるってことはありませんかね」

「勤め先に？」

仁礼の意外な言葉に、夏川は思わず聞き返した。

「ええ、官公庁は言うまでもなく、ちゃんとした企業や研究機関なら、郵便物は宛先、送り主とともに全部記録が取られてるはずですから。もちろん開封するわけじゃないので中身までは分かりませんし、現物もないですけど、少なくとも届いたかどうかは分かるかと……」

そう言えば、程《チョン》 詒和《イーフー》に届けられた封筒もフォン・コーポレーション宛てであった。

迂闊どころか大馬鹿だ——どうかしていたどころの話じゃない、いくら暑かったとは言え、自分ともあろう者がそれくらいのことにも頭が回らなかったなんて——

「ありがとうございましたっ」

思わず大声で礼を述べていた。

「えっ、ちょっ、僕、なんか変なこと言いました？」

かえって驚いている仁礼に、

「刑事の基本を忘れていたのは本職の方でした。感謝致します」

そして部下達を振り返り、号令する。

「行くぞっ」

「はいっ」

三人ともすでに鞄や上着をつかんでいた。


同日午後七時三十五分。急遽招集された全体会議において、夏川はその日の成果について報告した。

「総務省に赴き、六月十六日前後に届けられた郵便物の記録を調べてもらいましたところ、殺害の前々日に当たる十四日に、『聖ヴァレンティヌス修道会』から『情報通信国際戦略局技術政策課　水戸愼五郎』宛ての手紙が確かにありました。中身については不明ですが、差出人が聞き慣れない団体名の上、住所が記されていなかったため、記録した職員が不審に思って覚えておりました。確かに宛名シールの貼られた茶封筒で、持った感じではそれほど分厚くはなく、ちょうど例の護符一枚が入っているくらいだったと証言しています」

続いて本間が立ち上がる。

「本職らは一ツ橋のNIIに当たりました。こちらも六月二十日ではなく、殺害前日に当たる十九日の記録に残っておりました。しかし、それよりも何よりも、殺された当の松森が、殺害前日に届けられた郵便物を研究室の自席で開封しておりまして、『なんだこれ?』と声を上げ、『おい、これ見てみろよ』、そう言って同僚に見せていたそうです。近くにいた四人の同僚がはっきりと証言しています。残念ながら松森教授はすぐに飽きたらしく、それを封筒ごとゴミ箱に捨てていたということです」

そこで本間は自分の携帯端末に表示された画像を頭上に掲げて一同に指し示す。

「ゴミ箱の中身はもちろんその日のうちに処分されていますが、『それと同じ物がこの写真の中にありませんか』と尋ねましたところ、四人全員が即座に右端のものを指差して『これだと思う』と証言しました」

本間の端末に表示されているのは、例の護符の画像であった。厳密には程《チョン》詒和《イーフー》に届けられた物と少し違い、別の肖像画に“confirmatio”と記されている。

それは護符の製造元から送信してもらった七枚の画像の一枚で、現物は間もなく特捜部宛てで届くことになっている。

「しかも四人のうちの一人はラテン語を囓《かじ》ったことがあるそうで、“confirmatio”と書かれていたことまで覚えていました。以上です」

携帯をしまい、本間が着席する。

「“confirmatio”、すなわちカトリック七つの秘跡のうち『堅信』だ。描かれているのはクレメンス十二世。記されているラテン語は『堅信』についての説明だ」

沖津が一際力強い口調で言う。

「総務省に届けられた『聖ヴァレンティヌス修道会』からの封書には、カトリック七つの秘跡のうち“baptisma”、すなわち『洗礼』の護符が入っていたと推測できる。描かれていた肖像は、メーカーの送ってくれたサンプル写真の通りだとすると、初代ローマ法王のペトロ」

正面の大型ディスプレイに、七枚の護符の画像と、それぞれに記された秘跡のラテン語、描かれた法王名が表示される。

“baptisma”『洗礼』　ペトロ
“confirmatio”『堅信』　クレメンス十二世
“eucharistia”『聖体』　グレゴリウス十三世
“confessio”『告解』　シルウェステル二世
“extrema unctio”『終油』　パスカリス二世
“ordo”『叙階』　レオ十世
“matrimonium”『婚姻』　ヴァレンティヌス

「水戸課長に届けられた護符の『洗礼』はカトリック入信のための最初の秘跡である。松森教授の『堅信』は洗礼後により信仰を深め、霊の恵みを受けるための秘跡で、司教が受堅者に対して十字を切り、聖香油を塗油する。『聖体』については先日述べた通りだ」

捜査員達は言うまでもなく、雛壇の幹部達——椛島刑事部長はさすがに欠席だった——も淡々と語る沖津の声に聞き入っている。

「『聖ヴァレンティヌス修道会』という架空の団体名は、おそらく最後の『婚姻』の護符に描かれたヴァレンティヌス法王から取ったものだろう。法王のチョイスは図版が使えるものの中から適当に行なったと製造業者が明言していることから、この団体名に意味はないと考えていい。もっとも予断や即断は禁物だがな。重要なのはこの七枚のうち、最初の三枚がクイアコン関係者に届けられ、受け取った者は数日以内に例外なく暗殺されているということだ」

大型ディスプレイに広がる荘厳な聖職者達の立像に見入っていた夏川は、その言葉で急激に現実へと引き戻された。

「部長はもしや、これを予告殺人だとおっしゃるのですか」

我知らず叫んでいた。

長く伸びたシガリロの灰を灰皿に落として、沖津が表情を変えることなく肯定する。

「そうとしか考えられない」

今や全捜査員が驚愕の呻きを漏らしている。

連続殺人の事実だけでも信じ難いのに、予告殺人とは――

「沖津さん、連続殺人というのは確かにウチの見立てだが、マル被が殺しの前にわざわざ予告するなんて、現実問題として一体なんのメリットがあるって言うんですか」

普段は冷静そのものといった鳥居二課長も、さすがに動揺を隠せないでいる。

「それが分かれば苦労しませんよ」

苦笑しながら、沖津は同じく雛壇に座った千波一課長に話を振る。

「殺人なら捜一のご専門だ。千波さんのご意見は」

「まず考えられるのは愉快犯、それも相当にいかれた奴でしょう」

千波が考え込みながら、

「売名か、もしくは極度に肥大した自意識を満たすため劇場型犯罪を狙っているというところでしょうか」

「しかし、殺されているのは全員クイアコンの関係者ですよ。そういう異常者の類いとはどうにも結びつかないように思いますが」

鳥居からの疑義に対し、千波はわずかに不快そうな様子を示しながらも、

「クイアコンは今世間の注目を浴びているわけでしょう？　現に大々的なキャンペーンが始まったばかりだ。偏執的なマル被が目をつけるにはある意味絶好のターゲットとも言えるのでは」

「だとしても、ここまでピンポイントで重要人物を狙ってくるのはあまりにも不自然だ。よほど内部事情に詳しくなければできることではありませんよ」

千波は意地になったように鳥居の方に向き直り、

「鳥居課長は最初からマル害のクイアコンにおける重要性を指摘しておられますが、三人が殺されねばならん理由とは一体なんなんです？　そもそもがですよ、立場も地位も異なるあの三人が死んで、一体誰がどういう得をするって言うんですか。互いに面識があったとも思えない。それがはっきりしないことには、連続殺人と言い切っていいのかどうかさえ――」

「お二人のご意見はそれぞれもっともだと思います」

鳥居と千波の顔を潰さぬよう配慮しつつ、沖津が割って入る。

「理屈ではその通りですが、千波課長もこれがなんらかの意味を持つ連続殺人であることはお認め頂けると存じます」

「まあ、正直言うとその通りですがね」

不承不承に千波も認める。

「沖津さん、これはひょっとしたら公安事案じゃないですか」

鳥居が閃いたように発した一言に、夏川は目を見開いた。

なるほど、警察への挑戦ということか――

それなら筋は通る。言わば体制に対するテロ行為だ。

沖津は指に挟んだシガリロを灰皿に置き、

「クイアコンは今や一種の国家事業とも言えますから、広義で解釈すれば、いや、ごく近い将来、確実に公安の管掌に引っ掛かってくるでしょうが、私にはどうも違うように思えてなりません。それよりも……」

雛壇の幹部を、そして捜査員の一人一人を見渡し、きっぱりと言った。

「問題は、七枚一組のカードがあと四枚残っているということだ」

その一言に、全員が今さらの如く蒼白になる。

「すると、部長はあと四人殺されるとお考えなのですか」

宮近理事官が例によって言わずもがなのことを口にする。だがそれは、今回ばかりは全員の内心を代弁するものだった。

そうとしか考えようのない、また同時に考えたくもない仮定。

「断定はできないが、その可能性から目を背けるわけにもいくまい」

当たり前のことを言っているだけなのだが、事態の異常さが、いつの間にか一同から現実を直視する気力を奪い去っていたようだ。

沖津は彼らに新たな気力を注入する如く、

「この事案は得体の知れない靄のような謎に包まれている。だがその靄に目を奪われてはならない。常軌を逸した事案であるからこそ、堅実に捜査を進めていくべきであると考える」

夏川は懸命に思考を巡らせながら上司の言葉に耳を傾ける。

警察の使命として、さらなる犯行は絶対に阻止せねばならない。しかしこれまでのマル害の共通点がまったく見出せぬ以上、ここにいる誰よりもクイアコンについて把握している鳥居課長でさえも、四人目の標的が誰なのか、推測することは難しいだろう。

「従来の捜査は各課、各班とも継続してこれに当たること。加えて、二課にはこれまでの捜査をもとに、四人目以降の被害者となる可能性のある人物を早急にリストアップして頂きたい。難しいことは充分に承知しているが、これは喫緊の課題である。鳥居課長、どうかよろしくお願いします」

「分かりました」

緊張の面持ちで鳥居が応じる。

「一課には、こうした犯罪を立案、遂行しそうな変質者、前科前歴者のリストアップ。特に、バチカンへの旅行経験がありそうな者を中心に当たってもらいたい。それと、バチカン国内やその近辺に在住している者と関係のある人物、もしくは接触した可能性のある人物。要は土産物の護符を入手し得る環境にあった人物ということです。問題となっている七枚の護符の厳密な販路については、こちらで情報をまとめ次第、一課と共有します。よろしいですね、千波課長」

「結構です」

千波もまたいかつい顎で頷いてみせる。

捜査員の中から手が挙がった。

牧野であった。

「なんでしょうか、牧野主任」

城木が目ざとく指名する。

「次の殺人を防ぐためにも、七枚の護符について公表し、万一届けられた場合は速やかに通報するよう通達してはどうでしょうか」

立ち上がった牧野が一息に提案する。

それは俺も今考えてたとこだったんだ——夏川は悔しい思いでかつての同僚を見る。

「現段階ではそれはできない」

しかし沖津は、その提案を却下した。

「この捜査において、今のところ七枚の護符は最大の極秘事項だ。なんの確証もない段階で、いわゆる『犯人しか知り得ぬ秘密』を明かすわけにはいかない。曲がりなりにも捜一の主任に対して釈迦に説法だろうが、これは刑事捜査の基本だよ。人命優先の見地からあえて公表するという考え方もないではないが、それこそ愉快犯、便乗犯を大量に招く結果になりかねない。万が一にもそんな事態になったりしたら、取り返しのつかないパニックが起こる。捜査どころでなくなる公算の方が大きい。またこれは、殺人事案であると同時に、かつてない大型経済事案でもある。この場合、マスコミに報道されてしまうとどうしてもマル被に先手を打たれるリスクが増大する。そうなると捜査のハードルは一気に何段階も上がってしまうことになる」

「では、せめてクイアコン関係者だけにでも伝えるべきでは」

食い下がる牧野に対し、鳥居がせせら笑うように、

「君はクイアコンの関係者が官民合わせて一体何人いるのか分かっているのか。それも日本だけじゃない、香港側にもいるんだぞ」

自分の部下を誹《そし》られて、千波がむっとしたように鳥居を睨む。

悔しそうに着席する牧野に対し、沖津は励ますように言った。

「二課による絞り込みが完了した時点なら、今の提案は検討する価値のあることだと思う。ありがとう、牧野主任」

相変わらずだな、牧野——

夏川は心の中で呟いた。

陰気なツラに似合わず、刑事ドラマの見すぎみたいなこと言いやがって——そもそも、そいつは俺のセリフなんだよ——

「最後に、鳥居課長の言う本筋の捜査方針について」

心なしか、居住まいを正すようにして沖津は宣言した。

「二課の収集した資料を精査した結果からも、多門寺康休がクイアコン全体の裏面に深く関与してい

る可能性が濃厚となった。多門寺は以前から複数の重大事案との関わりが指摘されており、それらのうちのいくつかは立件可能であると判断した。別件ではあるが、多門寺康休を引っ張り、本事案における全体像解明の突破口とする」

6

沖津が会議の最後に示した捜査方針は、特に捜査二課の面々を発奮させた。

多門寺康休を逮捕する――それは、長らくタブーとされてきた領域への挑戦を意味している。

「沖津さんもまたずいぶん思い切ったもんだ。特捜の沖津旬一郎か。しょせんは外務省からのお客さんだと思っていたが、噂以上の豪腕じゃないか。まったく、俺達にとってはまさに願ったりかなったりだ。これ以上やりがいのある仕事も滅多にないぞ」

二課の中条管理官はそう言って職務に向かう部下達を鼓舞した。

今回の事案では末吉係長の率いる精鋭が中心になって捜査を担当しているが、二課の各係を一人で統率しているのがこの中条管理官である。

恰幅のいい末吉とは対照的に、日本人の平均よりも小柄な中条は、その外見からは想像もつかないパワフルさと豪快さで皆から一目も二目も置かれている。

「ここが俺達の腕の見せどころだ。カネの絡んだ事案なら、特捜や一課の連中がどうあがいても俺達にかないっこないってところを見せてやろうぜ」

〈最後のフィクサー〉と呼ばれる多門寺康休の逮捕を正面切って宣言した警察幹部は、これまで一人もいなかった。それだけに、二課のみならず一課や特捜の面々も啞然とし、次いで快哉を叫んだのであった。

政財界との間に太いパイプを持ち、長年闇経済の世界で暗躍してきただけあって、多門寺を逮捕するとなるとどこから圧力がかかるか知れたものではない。それだけに保秘の徹底が改めて言い渡された。

逆に言うと、これまで司直の手が多門寺に届かなかったのは、その圧力ゆえのことである。逮捕という方針さえ一旦決まれば、立件するための材料には事欠かない。

仁礼と二課に与えられた仕事は、そうした材料を各事案ごとに改めて収集、整理し、証拠固めを行なうことであった。

経済事犯の逮捕は時間との勝負である。たった一日の遅れが往々にして取り返しのつかない事態を引き起こす。

検討の結果、対象とする容疑は『エクランド・エージェンシー』のインサイダー取引を巡る金融商品取引法違反に絞り込まれた。

同事案は昨年エクランド・エージェンシー社が株の公開買付を実施した際に発覚したもので、関係者四名が逮捕されており、捜査本部もすでに解散している。しかし不可解にも逮捕を免れた者が何人か存在していて、その一人が他ならぬ多門寺康休であった。

仁礼、末吉らは急遽その証拠固めに取りかかった。情報が漏れればどこからストップがかかるか分からない。一方で沖津部長は密かに圧力回避の工作を進めているらしい。

またインサイダー取引に関しては、基本的に金融庁証券取引等監視委員会（ＳＥＳＣ）の告発を受けた地検が事件着手することから、警察単体で手がけるにはＳＥＳＣ及び地検に捜査情報が漏れないよう留意することが重要となる。

いずれにしても余裕はない。昼は当時押収した資料の再整理と関係者の聴取。それ以外の時間は調書と報告書の作成。自ずと夜を徹する作業となった。

やがて、関係する銀行や証券会社の帳票類、参考人の供述調書等、裁判所に逮捕状を請求するため必要な疎明資料が集まった。

小会議室に並べられた資料と報告書を、沖津、椛島、鳥居らが順次確認する。そして互いに目を見交わしてから、緊張しつつ見守っていた中条に向かって沖津が発した。

「これよりただちに多門寺康休逮捕の令請《れいせい》（令状請求）を行なう」


七月三日、午前七時。末吉係長率いる捜二の面々は、広尾の多門寺康休邸へと向かった。捜一からは牧野主任、特捜部からは夏川主任が同行している。

「警視庁です。ここを開けて下さい」

捜二の高比良主任がインターフォンのボタンを押し、応答した者に命じる。

堅牢な門より先に開かれた通用口から、一同は敷地内へと踏み込んだ。

通用口の内側でまず一同を出迎えたのは、制服を着た警備員達だった。『カンエー警備保障』の記章とIDを胸に付けている。ごく標準的な警備員の風体だが、一様に剣呑な人相をしている。職業柄、警備員が威嚇的になるのはやむを得ないとしても、彼らの場合は少し違う。カンエー警備保障は、表面上こそまっとうな企業であるが、その設立には京陣連合のフロント企業が関与している。つまり、闇のVIPを合法的に警護するために組織された集団なのだ。

敵意を剝き出しにした彼らの視線を意識しながら、捜査員の集団は雨に濡れた石畳を進む。あまり手入れのなされていない植え込みの向こうに佇む家を目にして、夏川は想像していたイメージとの落差にいささか当惑を覚えた。

敷地自体はさすがに一般の住宅より広いのだが、家屋は豪邸と言うほどではなかった。むしろ昭和の残り香さえ感じられる、古い木造の二階建てだった。フィクサーと呼ばれる男の住まいとはとても思えない。事前に高比良から「多門寺は大昔に先輩の総会屋から譲り受けた家にそのまま住み続けている」と聞かされてはいたのだが、まさかここまで徹底しているとは思わなかった。

こいつはよほど頑固な男なのだろう——夏川は改めて思った。こちらも気を引き締めてかからねば。

「先生はまだおやすみですので、ちょっとお待ち下さい」

玄関で一同を制止しようとする使用人の中年男を、末吉がものも言わずに押しのける。

「あっ、ちょっと、そんな、困ります、ちょっと！」

男に構わず上がり込み、強引に奥へと向かう。夏川達も末吉に続いて暗い廊下を足早に進んだ。

南向きの和室に敷かれた布団の上で、寝間着姿の痩せた老人があぐらをかいていた。落ち窪んだ金壺眼《かなつぼまなこ》で、じっとこちらを見据えている。寝起きのせいもあるのだろうが、白髪交じりの髪は乱れ、皺の多い肌は茶色く変色して実年齢よりも相当老けて見える。フィクサーと言うよりは貧乏神に近い外見だった。

「多門寺康休だな」

末吉の問いに、老人は何も答えない。はだけた襟の合間に手を突っ込んで、ぼりぼりと胸を掻いている。

末吉は構わず令状を示し、

「多門寺康休。本名、多山参二《たやまさんじ》。エクランド・エージェンシー株公開買付における金融商品取引法違反の容疑で逮捕する。逮捕時刻、午前七時十三分」

金融商品取引法は内部者情報を利用した株式の公開買付を規制しており、特に第１６７条第３項ではその情報受領者も対象とされている。今回多門寺に適用されたのが、この第３項であった。

「エクランド株やて？」

老人は片眉を吊り上げ、関西弁で言った。資料によると多門寺の出身は兵庫県西宮市である。

「あれはとっくにカタついとるはずやないか。なんで今頃——」

「いいから早く着替えて」

末吉に促され、〈最後のフィクサー〉は大儀そうに立ち上がった。

「なんや、別件かい。おまえら、分かってやっとるんか。誰の指図やねん。今の警察にそんな肝の太い男がおったかいな」

「早くしなさい」

無表情を貫く末吉に、貧乏神が亡霊のような笑みを浮かべた。

「まあええやろ。ここはあんたらの顔、立てといたるわ。あんたらかて公務員やもんな。けどな、公務員ほど、どないでもなるもんはないんやで」

その禍々しい笑いは、確かに闇の世界を生き抜いてきた男のものだった。


多門寺の身柄はそのまま渋谷署に移送された。

予定通り、ただちに取り調べを開始する。取調担当者は捜二の高比良主任。夏川は取調補助者として同席した。

エクランド・エージェンシー株公開買付については形ばかりの質問で切り上げ、目的の質問に移った。

「康休さん、あんた、球磨組の球磨に『フォンのために便宜を図ってやれ』と言ったそうじゃないか」

高比良がそう切り出した途端、それまで世間話でもしているかのように気軽な態度で質問に応じていた多門寺が、一転して底光りのする目を向けてきた。

「一体どういうわけなんだ。あんた、フォンの顧問でもなんでもないだろ。それとも、フォンに知り合いでもいるのかい」

「そうか、そっちの話やったんかい」

「そっちとはどういうことだ」

「…………」

「どうした、急に黙って」

「わしに喋らせよ思てもあかんで。そんなん、口にできるかい」

「なんだか気になるじゃないか。教えてくれよ」

「あれはな、大きすぎるねん」

「大きすぎるって、何が」

「あかんあかん、おまえみたいな下っ端相手に喋れるもんちゃうわ」

夏川は息詰まる思いで二人のやり取りを聞いている。隣の部屋では、透視鏡（マジックミラー）を通して沖津部長らも自分と同じように取り調べの様子を見つめているはずだ。

「先月殺された総務省の水戸課長、知ってるかい」

高比良は攻め方を変えた。

「知ってるかて、事件の方かい、それとも課長さんの方かい」

「両方だ」

「殺されたちゅうんは新聞で読んだような気ィするわ。けど、そんな下っ端の役人、いちいち知ってるわけあるかい」

「下っ端って、総務省の管理職だぞ。天下のエリートだ」

「エリートか知らんけど、わしから見たら下っ端ちゅうこっちゃ」

「じゃあ、知らないなら知らないでいい。これは単なる世間話だが、総務省の課長がなんで殺されたんだろうな」

「さあなあ、役人は平気でえげつないことしよるからなあ。陰でよっぽど人様の恨み買うとったんちゃうか」

のうのうと言う多門寺に、夏川は舌を巻く。さすがの余裕であり、貫禄だ。

「あんたが『便宜を図ってやれ』と球磨組に命じたフォンの件だが、仲介した花田も、フォンの程室《チョン》長も殺された。どういうわけだ」

「知らんがな。わしは日本経済の発展を思《おも》て言うただけや。球磨も花田も、愛国心のあるええ男やさかいな。花田は気の毒やった。間に入ったばっかりにえらいとばっちりや」

「ちょっと待てよ」

高比良が身を乗り出す。

「マル被は花田を狙った可能性もある。なんでとばっちりだと断言できるんだ。あんた、何か知ってるんじゃないのか」

「花田みたいなようでけた男を消そうやて、そんなこと、考えられるかい。そやから言うたまでや。ほおお、花田が狙われた可能性もあるんかい。世の中、分からんもんやのう。そやったら、犯人を早《はよ》う捕まえたってや。それこそ警察の仕事やろが。花田はほんまにええ奴やった。惜しい男を亡くしたもんや」

「とぼけるなよ。花田はフォンと木ノ下貞吉の面談をセッティングした。木ノ下貞吉は知ってるな」

「ああ、貞吉やったらよう知っとるわ。貞ちゃんが初当選した頃からの付き合いや」

「その付き合いで錦場ダム疑惑のときも助けてやったのか」

「そうや。あの頃はちょうど韓国との交渉が一番大変な時期やった。あれほどの政治家を、たとえ一時的にしてもやで、外交の一線から外させるわけにはいかへんかった。それが日本のためや思てやったたんや」

「偉そうに言ってるが、見返りにたっぷり利益供与を受けたのはどこの誰だい」

「その件についてはもう終わっとるはずやったんちゃうかいな。罰金も税金の追徴金もきれいに払《はろ》たし、今さらどうこう言われる筋合いはないで」

「だったら、今回の件はどうなんだ。え、フォンと木ノ下はなぜ面談する必要があった？　何を話そうとしてたんだ？」

「そやから知らん言うとるがな」

「さっき言ってた〈大きすぎる〉話題って奴か」

高比良はこちらから『クィアコン』という文言を切り出すのを慎重に避けている。できれば多門寺の方からその言葉を言わせたいというのが、申し合わせによりあらかじめ決められた基本方針であった。

「さあなあ、案外、銀座の女の話かも分からんで。貞吉はああ見えてえらい女好きやさかいなあ。もっとも、女好きやない政治家なんか永田町には一人もおらへんけどな」

「いいかげんにしろよ。あんたが知らないはずはない」

「そう決めつけるんやったら、なんでもええさかい、証拠出してくれるか。え、どうやねん。それともなにかい、さっきから証拠もなしに言うとるんか。そもそもこれ、別件やろ。あんたら、えらいヤバい橋渡っとるで。そこらへん、自分らで分かっとんのか」

のらりくらりとはぐらかすばかりで、核心についてはまったく触れるそぶりも見せない。

お手上げだ——

夏川は側面の壁にはめ込まれた鏡を見る。その向こうでは、沖津特捜部長や梶島刑事部長が、苦い表情を浮かべているはずだ。


同日午後一時五分。由起谷主任は部下の池端を連れて新宿アイランドタワー一階総合受付の近くにいた。同ビル内に本社を構える『ウォーターロード・プランニング』の捜査のためである。

同社もまたクィアコンの中核に名を連ねる企業の一つで、その規模に比して経済産業省からの天下りを異常と言っていいほど数多く受け入れている。また同時に、香港との取引に重点を置いているため、黒社会との接点があると疑われる人物も多い。

「主任」

池端に小声で呼びかけられ、振り返った。

スーツ姿のビジネスマン達がせわしげに行き交う中、池端の視線は、エレベーターの並ぶ一角へと向けられていた。

彼が何を示そうとしているのか、由起谷にはすぐに分かった。

エレベーターから降りてきたばかりらしい三人の男。周囲の人々と同じくスーツ姿であるにもかかわらず、彼らは都会にまぎれ込んだ野生の獣のように浮いて見えた。

先頭の男は阮鴻偉《ユンホンウェイ》であった。後ろを歩く二人は、阮の舎弟である寧楚成《ニンチューシン》と舒 里《シュウリー》だ。

自分達の視線に気づいたのか、阮が一瞬こちらを見た。

だがすぐに視線を逸らし、まったく表情を変えることなくそのまま南棟の方へと歩き去った。

身を隠す暇などもとよりなかったし、また隠す理由もない。

阮がこちらに気づいたことは確かである。それにもかかわらず、こちらを歯牙にも掛けぬといった風情であった。

「またカチ合っちゃいましたね」

三人の去った方を見つめながら、池端がいまいましげに言う。

「ああ」

「奴らもウォーターロードに？」

「それ以外に何があるって言うんだ」

「じゃあ、ウォーターロードもやっぱり」

由起谷は苦い顔で、

「そこまではなんとも言えんな」

「でも、先回りされたってことは……」

それには答えず、由起谷は手にした携帯で捜査本部の番号を呼び出した。

不快な汗に肌がじっとりと湿るのを感じる。タワー内の空調がすべて停まり、梅雨時の重い空気が一度に押し寄せてきたようだった。

7

七月四日も朝から聴取が続けられたが、夜になっても多門寺は一切の関与を否定するばかりで、捜査本部が求める手がかりは到底得られそうになかった。

高比良をはじめ、捜二のベテラン捜査員が持てるノウハウのすべてを尽くして聴取に当たっているのだが、さすがに闇経済の大物だけあって、小揺るぎさえすることなく平然と受け流している。

取調室の隣に設けられた小部屋で、城木は焦燥の念に駆られながら一部始終を見守っていた。椛島刑事部長をはじめ、鳥居二課長、千波一課長、中条管理官ら、室内に詰めている者は皆同じ思いのはずである。

逮捕から四十八時間後、すなわち明日の朝には、一旦検察に身柄を送致しなければならない。渋谷署で聴取できる時間はもう残り少ない。

多門寺康休逮捕の事実はすでにさまざまなメディアで大々的に報道されている。中には「別件逮捕か?」「捜査本部の目的は?」などといった見出しを掲げた新聞もある。世間的にもエクランド・エージェンシー株公開買付の事件はすでに終結したものと見なされていたため、そのように推測されるのも予想できたことではあった。

それだけに、捜査本部としては早い段階で相応の成果を示さねばならない。

「このままでは埒が明かん」

椛島刑事部長が痺れを切らしたように言った。

「末吉係長」

「はい」

末吉が巨軀を震わせて前に出る。

「君が直接聴取に当たれ」

「お待ち下さい」

沖津であった。

皆が一斉に振り返る。城木も、そして宮近も。

「沖津部長、ここは椛島部長のおっしゃる通り——」

鳥居を遮り、沖津ははっきりと言った。

「私がやりましょう」

「えっ」

鳥居が、いや、室内にいる者全員が目を見開く。

「私が直接聴取します。多門寺がなんらかの秘密を知っていることに疑念の余地はない。本事案の全体像を解明するためには、ここでなんとしても彼に供述させるしかありません。よろしいですね、椛島さん」

沖津部長が直接取り調べに当たる——

それは城木にとって、予想もしていなかった展開であった。まさに異例と言ってもいい。だが彼は、その〈手〉に好奇心を激しくかき立てられた。

これまでに数々の難局を切り抜けてきた沖津部長の頭脳をもってすれば、この老獪極まる最後のフィクサーとも対等以上に渡り合い、自供へと追い込めるかもしれない。

またその過程で、部長の真意が垣間見える可能性も――

その考えに、城木は図らずも興奮し、また同時にそう思ってしまった己を嫌悪した。

一呼吸置いてから、椛島部長は頷いた。

「分かった。任せよう」

「ありがとうございます」

沖津が身を翻したとき、ノックの音がしてドアが開いた。

「失礼します」

一礼して入ってきたのは、東京地検の岸田《きしだ》覚《さとる》検事であった。

三十代半ばの温厚そうな人物で、今回の担当検事でもあり、全員顔は知っている。

「岸田検事、どうしてここへ」

驚きのあまり、宮近が裏返った声を上げる。

当然である。被疑者を取り調べ中の所轄署へ担当検事が単身現われるなど、通常ではまずあり得ない。

「被疑者をただちに送致して頂きたい」

岸田の返答に、宮近だけでなく、城木までもが驚愕の声を上げていた。

一人、沖津のみが冷静さを保ったまま、

「それは妙な話ですね。送致の期限まではまだ間があるはずですが」

「異例は重々承知しております。ですから私が直接ご説明に参りました次第です」

「伺いましょう」

「武良《むら》検事正が、この事案は社会的にも極めて重大であるため、一刻も早く地検特捜部でやるべきだと。また事案の早期解決のためにはそれが最善であると」

椛島以下、全員が絶句した。

「待って下さい。それじゃ、この事案は我々にはやれないと言ってるようなものじゃないですか」

まず抗議の声を上げたのは鳥居二課長であった。

「そうだ、本職にも地検がヤマを横取りしようとしているとしか思えない」

日頃の鳥居との対立を忘れたかのように、千波一課長も同調する。

「こんな横車は聞いたことがない。何を考えてるんだ。異例なんて生易しいもんじゃない。前代未聞だ」

持ち前の性格で激昂しているのは宮近だ。

さすがに岸田は気まずそうな顔で黙っている。

沖津が落ち着いた口調で、

「武良検事正は、福間《ふくま》法務大臣とご同郷でしたね。確か大学の後輩でもあり、大変お親しい間柄だとか」

「…………」

「また多門寺の顧問弁護士の筆頭は、元検事総長の五百田《いおた》さんだ」

「そういうことです」

城木らは今度こそ文字通り言葉を失った。

よもやこんな形で圧力がかかろうとは――

「そんな理不尽な申し入れなど……我々には拒否する法的根拠もあるんですよ。少なくとも期限内であれば」

鳥居がなおも食い下がろうとするが、その言葉は力を失って弱々しく、効果の期待できないことを自ら承知しているかのようだった。

「おっしゃる通りです。しかしその場合、私はこの場から武良検事正に電話することになっています」

「そして武良さんはすぐに福間さんに電話を入れると」

嗤うように言う沖津に、

「その通りです。申しわけありません」

岸田は深く頭を下げる。

「警察にとっては、納得のいかない申し入れであることは承知しております。どうかご理解下さい」

理解してくれと言われても、理解できるものじゃないだろう――

そんな言葉は、さすがに誰の口からも出なかった。言っても無駄だということを、全員が〈理解〉しているからだ。

検察官のバッジを指して「秋霜烈日」と呼ぶという。岸田の襟にきらめくそのバッジが、今日ほど白々しく見えたことはない。

「ともかく、ガラはこっちが押さえてるんだ。渡せと言われてはいそうですかと簡単に渡せるものでは――」

椛島が憤然と拒否しかけたとき、その胸元で着信音が鳴った。

「……刑事局長からだ」

携帯端末を取り出して表示を見た椛島が呻いた。

「はい、椛島です……は、今ここに……ええ、それは理解しておりますが……もちろんです……しかしそれではあまりに警察の……」

厳めしい顔中に汗を浮かべて応答する椛島の様子を見ているだけで、通話の内容は想像がついた。

武良検事正も五百田弁護士も、権力の力学を熟知している。盤上への布石はすでに打たれていたのだ。それも警察庁という升目の上に。

城木はそっと沖津の方を盗み見る。

普段から肚の読めない上司の顔は、今やすべての表情を消していた。

同日午後五時二十四分。由起谷と池端は中央区日本橋にある『ワンズ・ユニバース』本社ビルを訪れた。アポイントメントは取っていない。

同社はフォン・コーポレーションの子会社の一つで、無数にあるクイアコン関連企業の間を取り持つ連絡窓口のような業務を請け負っている。捜査本部では、必然的に和義幇《フーイーパン》の影響力が強く及んでいる企業として位置付けていた。

「警視庁特捜部の由起谷と申しますが」

広く明るい受付でそう切り出した途端、応対した若い女性が微笑みながら言った。

「由起谷志郎様ですね。伺っております。あちらへどうぞ」

「えっ」

思わず池端と顔を見合わせる。不意の来社であるはずなのに、まるでこちらを待っていたかのような対応だった。

「どうぞこちらへ」

別の女性社員が、同じく文句のつけようもない笑顔で近寄ってくる。

従うしかなかった。

ともに歩き出そうとしたとき、

「あ、申しわけありませんが、お連れの方はこちらでお待ち下さいとのことです」

女性社員が池端に向かい、ホールに置かれたソファを示す。

「どういうことでしょう。我々は同じ仕事でお伺いしたのですが」

由起谷が質すと、女性は慇懃な笑みを浮かべたまま、

「私どもはそう言いつかっているだけですので、詳しくは……申しわけございません」

池端が困惑したように由起谷を振り返る。

「仕方ない。ここで待っていてくれ」

「しかし主任」

心配そうな池端に、

「大丈夫だ」

そう言い残し、女性の後に続く。

「足許、お気をつけになって下さい」

女性は由起谷をエレベーターに乗せ、最上階である十階のボタンを押す。

「上でどなたかお待ちなのですか」

上昇するエレベーター内で女性社員に探りを入れる。

「専務の李《リー》がお待ちしております」

人工的とさえ見える完璧な笑顔で相手は答えた。

「専務が本職を？」

「はい」

名前と顔はこれまでの捜査で収集した資料で知っている。ワンズ・ユニバース経営陣の中には確かに李天文《ティエンウェン》という人物がいた。

エレベーターはすぐに十階へ到達した。

由起谷をそのまま役員室へと案内した女性社員が、ドアをノックする。

「由起谷志郎様をお連れしました」

「入って頂きなさい」

内部からの返事を待ち、女性がドアを開ける。

「どうぞ」

中へと入った由起谷は、応接セットで向かい合う二人の男を目にして足を止めた。

關《クワン》――

上座に座ったその男は、サングラス越しに由起谷に視線を遣り、笑みを浮かべる。

彼と相対している禿げ上がった初老の男は専務の李天文だった。写真と同じ顔をしている。

「それでは、どうぞごゆっくり」

立ち上がった李は關に一礼すると、由起谷の横をすり抜けるようにして自分の執務室からそそくさと退出した。

關は李の方を見ようともしない。あの昏い目で、じっと由起谷を見つめている。

驚きのあまり、なんと言っていいのかすぐには言葉が見つからず、ただ立ち尽くすよりなかった。

やがて關が無造作に命じる。

「座れ」

その命令に、由起谷は本能的な反感を覚えたが、警察官としての理性が勝った。

李が座っていた席に腰を下ろすと同時に、おもむろに切り出す。

「どういうことか、説明してもらいましょうか」

「この会社はシロだ」

「え？」

先制攻撃をかけたつもりが、思わぬ言葉が返ってきた。

「おまえ達はここに手がかりがないか調べに来たんだろう？　手間を省いてやったんだ」

「つまり……」

舐められてたまるか――頭を振り絞れ――

「あなた方は我々と同じ目的で動いている、だからあなたは今ここにいるし、後から私が来ることも分かっていた、と」

「それでいい。俺は何よりも馬鹿が嫌いだ」

口許に再び薄笑いを浮かべた闞《クワン》に、

「本職はあなたに好かれたいとは思いませんね」

「前に会ったとき、俺が忠告してやったことを覚えているか」

「あれが忠告ですか。本職には脅迫に聞こえましたが」

怒り出すかと思えた闞は、さらに満足そうな笑みを見せた。

「由起谷志郎。おまえのことはよく知っている。〈白鬼〉か。おまえは俺達の側の人間だ。警察なんかに入らず、こっちの世界に来ていればよかったものを」

「残念ながら、あなたの嫌いな馬鹿という奴ですよ、本職は」

「その点に関しては馬鹿もいいところだな」

由起谷は心持ち身を乗り出すようにして、

「それより闞さん、あなたが私をここに呼んだのは、他に言いたいことがあるからなんじゃないですか」

「おまえ達はよくやってくれた。それだけは褒めてやろうと思ってな」

「何のことです？」

「多門寺康休を逮捕したことだ」

意味が分からなかった。

「どういうことです。多門寺はフォンのために便宜を図っていたのではなかったのですか」

すると闞はなぜか急に不機嫌になり、

「おまえ達はもう充分役に立ってくれた。役目は済んだという意味だ」

半分は嘘だ——刑事の勘がはっきりとそう告げている——もう半分は嘘でないとも。

闞を不機嫌にさせたのはこちらのミスだ。自分は何かを見落としている。あるいは、何かを理解できずにいる。その凡庸さが闞に失望を与えたのだ。

もしここにいるのが自分ではなく、沖津部長であったなら――

そう思わずにはいられなかったが、自分は自分にできることをやるしかない。

「そうですか。でも、まだありますよね、闞さん」

「『俺達の邪魔はするな』。言いたいことはそれだけだ」

「逆なんじゃないですか」

「なに？」

「あなた方こそ、捜査の邪魔はやめてもらいたい。それが本職からの忠告です」

「いい度胸だ。その度胸に免じて、もう一つだけ教えてやろう。俺が今言ったことは忠告ではない。命令だ」

「本職は警察官です。あなたに命令される筋合いはありません」

「おまえがどう思っていようと関係ない。逆らえば死ぬ」

「覚えておきましょう。警察官への脅迫行為として。では本職はこれで」

由起谷は立ち上がった。早くこの場から逃れねば、恐怖心に崩れ落ちてしまいそうだった。

そんな由起谷の内心など易々と見透かしてでもいるかのように、闞は付け加えた。

「殺し屋は俺達が始末する。命令した奴もだ。警察の出る幕はない」

愕然として振り返る。

闞はあえて明言したのだ――三つの殺しはやはり連続殺人であること、実行犯がプロであること、それを依頼した黒幕がいることを。

まだある。一連の殺人はフォンもしくは和義幇《フーイーパン》の利害に著しく反すること。彼らにも黒幕の正体はつかめておらず、しかも警察に捕らえられる前に自分達で押さえたいと考えていること。

闕に何かを言ってやろうとしたが、入ってきたときと同じく、由起谷はまたも口ごもった。やはり言葉が見つからない。この異様な状況下で口にするにふさわしい言葉が。

「そう言われて、警察が引き下がるわけないでしょう」

かろうじてそれだけを言った。

すると闕《クワン》は、謎めいた笑みを浮かべ、

「いいのか。おまえ達にはもっと大事な仕事があるはずだ」

大事な仕事だと――なんのことだ――

混乱しつつも闕を凝視する。答えはその笑みのどこにもない。

不意に、ポケットの中で携帯端末が振動した。

取り出して表示を見る。池端からだった。

闕に構わず、見せつけるように応答する。

「俺だ」

〈あっ主任、ご無事でしたか。よかった、あんまり心配で……〉

「大丈夫だ。用は済んだ。今からそっちに降りる」

携帯を切り、部屋を後にする。黒社会の男を振り返らずに。

8

七月五日、午前九時五十一分。夏川班の蔵元《くらもと》捜査員は渋谷署を訪れた。多門寺康休の勾留に関して事務上の手続きにちょっとした遺漏があったため、その訂正を命じられたのである。

気分は頭上の梅雨空よりも重かった。あれほどの意気込みのもと逮捕した多門寺康休の身柄を、東京地検に強引に持っていかれたのだ。横取りされたと言ってもいい。蔵元を含めた捜査員達の憤慨は相当なものだった。

昨夜は特捜、捜一、捜二、合同態勢ならぬ合同宴会で、全捜査員が自棄酒《やけ》を食らって吠えに吠え、新木場中の飲み屋で顰蹙《ひんしゅく》を買った。気分が果てしなく重いのは、幾分は二日酔いのせいでもある。

命じられた手続きはすぐに済んだ。帰り際、受付窓口の近くで顔見知りの巡査と立ち話をした。

「蔵元さん、いくらなんでもあれはないですよねえ」

普段は特捜部に対して距離を置く警察官も、今回の検察のやり方にはさすがに怒りを隠せないようだった。

「まったく、やってらんねえよなあ。俺達がいくら頑張っても、上の都合で台無しにされたんじゃ、やる気も何もあったもんじゃないよ」

「ほんとですよ。一体なに考えてんですかねえ」

そんな愚痴を言い合っていたとき、初老の職員が小走りにやって来て、

「あ、いたいた……蔵元さん、ちょうどよかった」

「え、なんです？」

振り返った蔵元に、職員は一通の封書を差し出した。

「いえね、今朝届いた郵便物なんですけど、こんなのが混じってましてね」

「はあ？」

ありふれた茶封筒だった。宛名シールが貼られており、そこにはこう印字されていた。

［渋谷警察署留置所内　多門寺康休様］

蔵元は目を剝いて封筒をひっくり返す。

差出人は『聖ヴァレンティヌス修道会』。

「もう困っちゃって、面倒だから地検に転送しようかと思ったんですけど、ちょうど蔵元さんが来て

るって聞いたもんだから……あ、どこ行くんです、蔵元さん、蔵元さんたらーっ」

封筒を手にしたまま、蔵元は夢中で駆け出していた。職員の声はもう耳にも入らなかった。


十一時十六分、特捜部庁舎内小会議室。

沖津をはじめとする特捜部の主だった面々、それに知らせを聞いて駆けつけてきた鳥居、千波らが見守る中で、手袋を嵌めた特捜部技術班の柴田《しばた》賢策《けんさく》技官が封筒を慎重に開封する。

一同の間に呻き声が漏れた。

中に入っていたのは、"confessio"『告解』の護符であった。

描かれているローマ法王はシルウェステル二世。

「第四の護符か……」

ため息とともに呟いた千波に対し、鳥居が震える声で応じる。

「いえ、第四の殺害予告です」

護符を確認した沖津は、すぐさま携帯端末を取り出し、岸田検事を呼び出した。

相手はすぐに出たようだった。

「沖津です。至急多門寺の警護を強化するようお願いします。我々もただちにそちらへ向かいますが、多門寺に危険が……えっ、なんですって！」

いつにない驚愕の声を上げた沖津を、一同が注視する。

その場にいる誰もがかつて見たこともない険しい表情を浮かべ、沖津は携帯を耳に当てて相手の話を聞いている。

一分後、挨拶もせず黙って携帯を切った沖津は、怒りを押し殺した口調で告げた。

「多門寺康休はすでに釈放されている」

今度は全員が耳を疑う。

「五百田弁護士の抗議を受けた地検では、逃亡、証拠隠滅のおそれがないとして、武良検事正の指示により今朝早く処分保留で釈放を決めた。多門寺は迎えの車に乗り、すでに自宅へ戻ったという。最初からそういう段取りになっていたのだ」

そして全員に命じる。

「渋谷署に連絡、ただちにPC《ピーシー》（パトカー）を多門寺康休宅へ派遣するよう要請。我々も現場へ急行する。突入班にも出動を命じる。龍機兵その他の特殊装備を用意している時間はない。通常の火器とボディアーマーのみでいい。急げ」


新木場からの警察車輛がサイレンを鳴らして広尾に到着したとき、多門寺康休の自宅前には、一台のパトカーが所在なげに停まっているだけだった。

けたたましいサイレンに仰天してパトカーから降りてきた新人らしい二人の制服警官は、真っ先に飛び出してきた夏川と牧野に向かい、

「あの、これ、一体なんの騒ぎなんですか」

「なんの騒ぎだと？」

危機感がないどころか、状況をまるで理解していない相手の対応に夏川は激怒した。

「バカ野郎！　中の様子はどうなってる！」

夏川より先に、牧野が怒りの形相で怒鳴っていた。

二人の若い警察官はむっとしたように、

「様子も何も、普段と別に変わりませんけど」

それを聞いて、牧野はさらに激昂した。

「貴様ら、一体ここに何をしに来たんだ」

「何って……」

「本職らはただ行けって言われて来ただけなんで……」

あまりの無責任さに、夏川と牧野は思わず顔を見合わせる。

そこへ三人の突入班を従えた沖津が歩み寄ってきた。三人はいずれもＳＡＴと同仕様のボディアーマーを着用し、ケル・テックＫＳＧショットガンを手にしている。

沖津は特捜部と捜一の捜査員に隣家住人の保護と避難誘導を指示してから三人を振り返り、

「出入口はそこの正門と通用口以外にもう一か所、裏口がある。行け」

即座にライザ・ラードナー警部が裏に回る。

「一応インターフォンで声をかけてみては」

夏川の提案に対し、沖津はごく簡潔に答えた。

「必要ない」

姿警部がショットガンで通用口の錠を破壊し、ユーリ・オズノフ警部とともに内部へと突入する。

その銃声は、静かな住宅地に反響の谺《こだま》をもたらした。近隣の住民だろう、どこからか悲鳴のような叫び声と子供の泣き声が聞こえてきた。

わずかに遅れて到着したＳＩＴ――警視庁刑事部捜査一課特殊犯捜査係――が、Ｈ＆Ｋ ＭＰ５を構えて多門寺邸の周辺を固め、現場指揮官である高嶋賢三《たかしまけんぞう》刑事部参事官の指示を待つ。

突入より二分後、姿警部が通用口から顔を出した。

「遅かったよ」

ＳＩＴが雪崩れ込んだ後から、沖津は無言で中に踏み入る。夏川達もそれに続いた。

あちこちに警備員の死体が転がっている。カンエー警備保障の社員達だ。

全員が頭部から血を流していた。濃密な臭いが鼻を衝く。

横浜の事案と同じだ――夏川はそう推測した。

もともと荒事に慣れているはずの男達を集めたカンエー警備保障が、かくも易々と皆殺しにされている。しかも近隣にはまったく気づかれていない。銃声を聞いたという通報がなかったことからも、凶器は横浜で使用されたものと同じ、サプレッサー付きの銃器。使用された弾丸は45ACP弾だろう。

これほど腕の立つ殺し屋とは――

梅雨寒に底知れぬ悪寒が加わり、夏川は身震いを抑えることができなかった。

多門寺康休の死体は裏庭に面した奥の間にあった。額に弾痕が二つ開いているのが視認できる。釈放されたときに着ていたというスーツのままだった。帰宅してすぐに殺されたのは明らかだ。

三人の突入要員は、ケル・テックKSGを構えてなおも周囲の警戒に当たっている。

「おとなしく留置所にいりゃあ死なずに済んだものを」

奥の間に入ってきた姿警部が、死体を見下ろして呟いた。

「そうとは限らんぞ」

同じく死体を見下ろし、沖津が応じる。

「通常の手続きから言って、多門寺が検察に送致されることまでは分かっても、即時釈放されることまでは予想できまい。だが相手は渋谷署にローマ法王の護符を送ってきた」

「地検に勾留されてる男を暗殺する自信があったってわけですか。そいつは凄いな。超一流って奴だ」

裏庭に回ってきた二人の若い渋谷署の署員が、酸鼻を極める周囲の光景に震えながら、

「こんな……ちっとも気がつきませんでした……」

「僕ら、署の先輩に普段からこの家には関わるなって散々言われてたし……」

〈ボクら〉だと――

かっとなった夏川が怒鳴りつけようとしたとき、またも牧野に先を越された。

「そんな所を勝手に歩き回るな。足跡を踏み潰したらどうするんだ。てめえら、現場を壊す気か」

今にも泣き出さんばかりであった二人が、慌てて自分達の足許を見る。

「いつまでもそんな所にいないで、現場の封鎖でも手伝ってこい」

牧野に叱咤され、二人が慌てて駆け出していく。

「千波さん」

沖津が横にいた千波一課長に話しかける。

「殺しは一課が専門だ。この現場はお任せします」

「分かりました」

「我々は庁舎に戻って善後策を検討します」

そう言って、沖津は玄関の方へと歩き出した。三人の突入班員も上司を護衛するように後に続く。

えらいことになった――

沖津達の後を追いながら、夏川は事の重大さに改めて戦慄した。

予告殺人。その四人目の標的がまさか多門寺康休であったとは。

〈最後のフィクサー〉多門寺はその経歴から言っても、政財界の暗部を知りすぎている。一連の予告殺人とは関係なく、彼の死を願っていた者は多いだろう。また逆に、今彼に死なれたら困る者も同じくらいにいるはずだ。もちろん社会的にも大騒ぎとなる。

これで捜査の難易度は数倍、いや、数十倍に跳ね上がった。

捜査本部にかけられる圧力は、多門寺の生前よりも、むしろ死後の方が強烈なものとなることが予想される。多門寺の握っていた秘密が無差別に暴かれることを、権力者達は決して望まないだろう。死体とともに墓穴深く埋めてしまいたいと望んでいるに違いない。

牧野には悪いが、いくら捜一に優秀な刑事が揃っているといっても、そう簡単に解決できるものではない。むしろ政治絡みで迷宮入りするパターンに踏み込んだと言っていい。

蜘蛛の巣よりも複雑な網の目となって張り巡らされた圧力の罠に絡め取られることなく、この謎を解明できる者がいるとすれば、それは――

夏川は目の前を歩く上司の背中を見る。

瀟洒なスーツに包まれた長身のその背中は、しかし常にも増して何も語ろうとはしなかった。

表に駐めた警察車輌の前でボディアーマーを脱ぎながら、ライザはまたも考えずにはいられなかった。

邸内で見た死体。いずれも頭部、もしくは心臓などの急所に二発ずつ食らっていた。

あれだけの人数に抵抗する暇さえ与えず——つまり気配を察知されることなく接近して仕留められる暗殺者。

何人かの顔と名前がすぐに思い浮かぶ。いずれもトップクラスと言われる殺人代行業者だ。

メキシコ人のガト・モントス、ドイツ人のトーテンシェーデル、フランス人の——

殺しの跡には特有の〈匂い〉がある。経験者でなければ、つまり同業者でなければ、嗅ぎ取れぬ類いの匂いだ。

この殺しの場合は、自分の知る業者のいずれとも違っている。

しかし、この匂いは——

頭を振ってその考えを振り捨てる。

その匂いの持ち主は、すでにしてこの世にはいない。

「どうした」

気がつくと、目の前に同僚の顔があった。

丁寧に整えられた金髪。遠い湖に張り詰めた氷を思わせる瞳。ユーリ・ミハイロヴィッチ・オズノフ警部であった。

自分と同じく契約によって日本警察に雇用された男だが、自分と大きく違っているのは、彼が元警官だということだ。

ライザは本来自分が警官嫌いであったことを思い出した。

あまりに短かった少女時代、ベルファストでPSNI（北アイルランド警察）の暴力をまのあたりにして育った。北アイルランドでは、誰であっても自ずと警官を憎むようになる。すべてがそういう仕組みになっている。

また十代の頃に、初めて殺した相手は警官だった。

なのにライザは、長らく警官への嫌悪を忘れていた。警官の前に、誰よりも自分を憎むようになっていたから。

「どうした。何か気がついたことでもあるのか」

同僚のロシア人が重ねて訊いてくる。

「なんでもない」

そっけなく答えて、ライザは装備を車の中に放り込んだ。

疑わしそうなオズノフ警部の視線を背中に感じる。

これだから警官は嫌いだ――

9

同日午後十時七分。特捜部庁舎内の大会議室で、城木はディスプレイに表示された護符の図を前に声を張り上げた。

「多門寺康休に届けられたのは〝confessio〟、つまり『告解』の護符である。『告解』とは、カトリック教会において、洗礼後に犯した罪を聖職者に告白し、神の赦しを得る信仰儀礼を意味する。多門寺はもちろんカトリックではないが、実際に罪を告白するどころか、『告解』の護符を見ることもなく死んだというわけだ。例によって差出人は『聖ヴァレンティヌス修道会』。封筒には指紋等差出人を特定するに足る痕跡は一切残されていない。消印は大田区蒲田郵便局のもので、日付は昨日。問題はこの護符が渋谷署に届けられたということだ。少なくともマル被は、逮捕された容疑者が渋谷署に勾留されたことを知っていた。その後に起こった異例の展開を知っていたかどうかまでは現時点では不明であるとしか言いようはない。しかし、マル被に暗殺を命令した黒幕が地検上層部の秘密を知り得る立場にあった場合、その者を通して、通常より早く地検に送致された多門寺が、即時釈放となるシナリオを教えられていた可能性が生ずるからだ。また逆に、多門寺の早期釈放を偶然の好機と見て犯行に及んだとも考えらる。いずれにしても現段階では立証は困難であり、どこまでも仮説の域を出るものではない」

大型ディスプレイの表示が、広尾の犯行現場の写真に切り替わる。

もの言わぬ物体と化して無造作に転がる多数の死体。都心の住宅街で行なわれた犯行とは思えぬほど凄惨なものであった。

「マル被がなんのためにこうした殺人予告を行なっているのか、その目的については依然として不明のまま。住宅街で大量殺人を犯しながら、目撃者どころか、犯行に気づいた者さえいない。その鮮やかすぎる殺しの手口から見て、マル被がプロの暗殺者であることは明らかで、それゆえに犯行を誇示するような心的状態、精神疾患等は考えにくい。唯一想定されるのは、暗殺対象に対する恫喝だが、これまで殺害された四人のマル害に、クイアコン関係者であるということ以外の共通点が見出せぬ以上、我々には推測すらできないのが現状である」

広い室内を、重苦しい沈黙が支配した。

広尾の犯行現場における被疑者の侵入経路と遺留物等の報告が捜一からなされたが、捜査を進展させるような新情報は何もなかった。

鑑定結果によると、凶器は横浜で使用されたものと同じ銃器であるという。それもまた充分に予想されたことであった。

「第一の殺しは刺殺、第二の殺しは絞殺だった。なのに第三、第四の殺しは同じ銃による射殺だ。この手口の違いについて、捜一ではどう見ておられますか」

沖津が隣に座った千波に質問する。

「現場の状況と人数の違いによるものではないかと考えています」

いつもの腕組みをした姿勢で千波は答えた。

「第一と第二の殺しは、人気《ひとけ》のない場所で一人を殺せばよかった。しかし第三の殺しは人数が多い。仮に狙いが程詒和《チョンイーフー》一人であったとしてもです。そこで銃を使った。多門寺邸の殺しも同じです。一度銃を使っているだけに、開き直ったということではないでしょうか」

「なるほど……しかし手口を変えるという行為と、一貫して護符による予告を続けるという行為がどうにもつながらない」

独り言のように呟く沖津に、千波はもう何も言えずにいる。他の幹部や捜査員達も同じであった。もちろん夏川も。

わけが分からない――これは一体なんなんだ――

考えれば考えるほど混乱する一方だった。

そもそもクイアコンを巡る疑獄事件のはずじゃなかったのか――それがどうして予告殺人の捜査になってんだ――

「よろしいでしょうか、由起谷主任から特に報告があるとのことです」

さすがに責任感と理性を見せ、城木理事官が重い空気を打ち破るように会議を進行させる。

「由起谷主任、お願いします」

「はい」

立ち上がった由起谷が、ワンズ・ユニバースで闞《クワン》と会った一部始終について詳しく報告する。

それもまた、夏川には驚くばかりの話であった。

幹部にはすでに報告されていたのだろうが、自分達は今日一日、多門寺殺しに追われてそれどころではなかった。

指の間にミニシガリロを挟んだまま、瞑目するように何事かを考え込んでいた沖津は、

「検察の暴挙に関しては総監も大変お怒りになっておられる」

常になく重々しい口調で発した。

「当然だろう。警察の面子は丸潰れだ。ただちに地検に対して抗議を行なったそうだが、地検は適正な判断の下に釈放の手続きを行なっただけであり落ち度はまったくない、むしろ、護符による殺人予告について隠していた警視庁に責任があるというのが向こうの言い分だ」

全員が啞然とする。地検が開き直ったのだ。

「地検特捜部としては、多門寺に逃亡のおそれがないことから、より大物の逮捕にまで持っていくため、時間をかけて証拠を固める方針であったという。単なる言いわけかもしれないが、分からない話ではない。もし今の説明の通りだとすると、検察はその組織的本能として、政治家の逮捕という大金星を手中にしようと、警察の挙げたマル被を奪取するため姑息な策を弄したと自ら認めたことになる」

夏川達にはもう言葉もない。

こうなると——

「こうなると、警視庁と地検との全面対決だ。先ほど総監から私のデスクに電話が入った。徹底してやれとな」

全面対決。地検との。

「地検特捜部が自分達の功名のために介入したというのであれば、それは国民の利益を置き去りにした傲慢でしかない。総監は警視庁の総力を挙げて本事案の合同態勢を支援すると約束して下さった」

力強いその言葉に、会議室全体が沸いた。

「由起谷主任の報告は大変興味深い。關《クワン》は言った、『多門寺康休を逮捕したこと』を『よくやってくれた』とね。それはたぶん、警察署や地検に勾留されている限り、多門寺は安全だと考えたからだ」

夏川は急に目の前が開けたように感じた——そうか、そういうことだったのか。

「昨夜の時点で、關は検察が多門寺をすぐに釈放するとまでは思ってもいなかった。当然だ。我々でさえ予想さえできなかった事態だ。その結果、多門寺は暗殺者の餌食となった。つまり關は、多門寺康休が暗殺者のターゲットであると知っていた、あるいは予想していたに違いない。多門寺康休が殺された今、事件の全貌について把握していると思われるのはフォンの幹部だけだ。少なくとも、關は何かを知っている。我々の一歩先を行っていると言ってもいい。捜二と仁礼警部には疑獄解明のため従前の捜査を継続してもらう。捜一と夏川班、由起谷班は、組対と協力して和義幇《フーイーパン》を徹底的に洗う。組対の門脇部長とはすでに打ち合わせ済みである。組対二課が中心になって協力してくれるはずだ」

停滞していた会議室の空気に、活気が舞い戻ってきたようだった。


七月六日。気象庁は、今年の梅雨は長引きそうであるとの短期修正予測を発表した。中国南部から北上してきた梅雨前線の速度が極めて遅く、七月下旬まで日本上空に停滞する見通しであるという。そのため翌七日の七夕は、あいにくの雨となる模様で、ニュース番組では折り紙やティッシュペーパーを使い、無邪気にてるてる坊主を作る幼稚園児達の映像が映し出された。

七月七日。予報通りの雨だった。

端緒は思わぬところから舞い込んだ。組対二課ではなく、組対五課からである。

〈これから京陣連合系六《む》ツ和《わ》会に武器密売容疑でガサ入れをかけます。ウチではこの六ツ和会の取引先が和義幇だと睨んでましてね〉

渡会茂《わたらいしげる》組対五課長からの連絡だった。

今年二月の武器密売市場摘発事案以来、組対の中でも渡会は特捜部に対して特に好意的だった。今回の事案でも、率先して気にかけてくれていたらしい。

夏川は板橋区前野町にある六ツ和会事務所前で組対五課の面々と合流、家宅捜索に立ち会った。その結果、多数の火器が押収され、睦美清《むつみきよし》組長以下多数の組員が逮捕された。

志村署での取り調べには、森本耕大《もりもとこうた》巡査部長が当たることとなった。まだ若いが信頼できる男である。夏川とも顔馴染みで、その日もトレードマークの三白眼で会釈してくれた。

三白眼でにっこりされるとかえって不気味なのだが、そんなことを口にしている余裕はない。夏川は睦美組長の取り調べにも立ち会わせてもらえるよう頼み込み、渡会のはからいで特別に許可を得た。

「マシンガンにショットガン、アサルトライフルの長物にチャカが六十挺かよ。大した品揃えだよな。おい睦美、現物がこれだけ揃ってんだ。ヘタな言いわけはきかねえぞ。性根据えて答えろよな」

三白眼の森本が凄むと、ヤクザ以上に迫力がある。

「これだけのブツを一体どこに納めるつもりだったんだ、え？」

「さあな。帳簿でもなんでも勝手に調べりゃいいだろう」

「そんなもんはとっくに調べてあんだよ。裏帳簿もパソコンも、一切合切押収したしよ」

「だったら俺に訊くことなんて残ってねえんじゃねえのか」

「肝心の取引先だよ。あんたの口から直接聞きたい」

「…………」

「どうした、なんで黙ってんだよ。今さら黙秘したって意味ねえぞ。あらかた割れてんだからよ」

「…………」

「睦美よお、おまえ、確かこれで三回目だったよな。今度は長くなるから覚悟しとけよ。ムショで迎える還暦ってのもオツなもんだな。俺、ガキの頃に祖父に死なれてるからさ、ムショに還暦祝いを送ってやるよ。チャンチャンコ、楽しみにしとけよな」

俯いていた睦美がぽつりと言った。

「……日光盟だよ」

「あ、なんだって？」

「日光盟だよ、取引の相手は」

「和義幇《フーイーバン》傘下の組織だな」

「ああ」

「最初から素直にそう言えよ。それくらい、こっちはとっくに分かってんだよ」

「分かってんなら訊くなってんだよ！」

睦美がキレた。

「こっちが訊いてんのはな、和義幇ほどの大手の系列がなんでおめえんとこみてえな零細に発注したかってことだよ」

「知らねえよ」

「知らねえわけねえだろ」

「武器がいくらあっても足りねえんだろ。ウチより小せえとこにも声かけてるって話だぜ」

「なんだそりゃ。和義幇が戦争するなんて話はどこからも聞いてねえぞ。おめえ、ハメられたんじゃねえのか」

やるな、森本――

彼はわざと睦美を逆上させているのだ。夏川は組対の手法を理解した。

「戦争じゃねえ。相手は一人だって噂だ」

「バカバカしい。一人を相手にどうしてこれだけの道具が要るんだよ」

「知るか。それこそ和義幇に訊いたらどうだ」

森本は手にした鉛筆を放り出し、

「やっぱりハメられてんだよ、おめえはよ。あーあ、この忙しいときに、とんだ時間の無駄しちまったわ」

睦美は急に真顔になって、

「森本さん、あんた、わざと俺を怒らせようとしてんだろ？　いいよ、別に答えなくて。分かってるよ。俺だってシロウトじゃねえ。デコスケのやり方くらい嫌でも覚える」

今度は森本が黙る番だった。

夏川は息を詰めて二人を見守る。

「やっと見当がついたよ、あんたらが知りたがってること。こっから先は相談だが、それを教えれば、刑期の方はなんとかしてくれるか」

「ふざけんなよ。ここは裁判所じゃねえんだよ。刑期を決めるのはウチじゃねえ」

「でもよ、調書をなんとかできるんじゃないのかい。手心っていうか、心証って奴さ」

ノートを閉じて身を乗り出し、森本は持ち前の三白眼で相手を見つめる。

「約束はできない。それでもいいんなら聞いてやる。俺が信じられねえってんならそこまでだ」

その視線を正面から受け止めていた睦美は、やがて深い息をつき、

「俺はたまたまチャイニーズが話してるのを耳にしただけだ……だから俺がチクったってことにもならんだろうし……商売柄、ちょっとだけ分かるんだよ、中国語」

自らに言い聞かせるように呟いてから、

「奴らは血眼になって殺し屋を捜してる」

「殺し屋？」

「名前までは分からねえ。なんでも、香港じゃ狼眼殺手《ろうがんさっしゅ》と呼ばれてるらしい」

夏川は思わず森本と顔を見合わせた。

狼眼殺手――

同日午後十時七分。正面の雛壇に沖津特捜部長、椛島刑事部長のみならず、門脇篤宏《あつひろ》組対部長、清《し》水《みず》宣夫《のぶお》公安部長までもが顔を揃える中、城木理事官はメモを手に報告した。

「ICPOへの照会の結果、『狼眼殺手』とは主に香港、マカオを中心に活動している暗殺者であることが判明しました。中国語での読みはランイェンシャーショウ。〈殺手〉とは中国語で殺し屋を意味します」

会議室内には捜査中の者を除き、特捜部、刑事部の担当捜査員が集合している。組対部と公安部からも何人か顔を見せていた。

「本名、年齢、経歴、国籍、人種等一切不明。『狼眼殺手』というのは香港の暗黒街で付けられた便宜上の通称であるとのこと。公式に確認されたわけでありませんが、香港では馮《フォン》財閥の系列企業であるフォン・セントラル・ファイナンスの常務取締役、それにメインバンクである香港中亜銀行の頭取が狼眼殺手によって暗殺されています。また和義幇《フーイーバン》長老連の重鎮や、大物古参幹部らも狼眼殺手に消されたと言われています」

關《クワン》が自分達で狼眼殺手を仕留めようと躍起になるわけだ――

夏川は戦慄した。

そんな奴が日本にいるっていうのか――

「中国の公安民警をはじめ世界中の法執行機関からマークされている大物です。しかし判明している限りでは、暗殺を実行する前にローマ法王の護符を送りつけるといった予告的な行動を取るような特徴、性癖はまったく確認されておりません。また、カトリックに対する病的な執着等の傾向も同様に未確認です」

では、日本でのあの行動の意味は——


「ありがとう、城木理事官」

沖津の合図で城木が着席する。

同時に、一同は深いため息を漏らした。皆それだけの緊張感を持って聞いていたのだ。

「我々に課せられた使命は途轍もなく困難なものだ。關はなぜ多門寺康休が暗殺対象者であると知り得たのか、その理由を解明すること。また残る三名の暗殺対象者を一刻も早く割り出し、保護すること。同時に關及び和義幇より先に狼眼殺手を捜し出し、確保すること。そして何より、狼眼殺手に暗殺を依頼した黒幕の正体とその目的を突き止めること」

確かに「途轍もなく困難」だ。困難すぎて、夏川にはどうやって捜査を進めればいいのか、見当すらつかなかった。

「さらに忘れてはならないことがある」

沖津は続ける。

「クイアコンだ。すべてはそこにつながっている。各員は当初の本道を忘れず、捜査に励んでもらいたい。私からは以上だ」


会議室の片隅で、ライザは身じろぎもせずに幹部達の話に聞き入っていた。

嫌な汗が全身に流れる。死体のように冷たく、鮮血のように熱い汗だ。

『狼眼殺手』。

そんな中国名の暗殺者など、今まで聞いたこともない。

しかし——

どうしても思い出さずにはいられない。あの眼を。死んだはずの狼の眼を。

妄想だ——そう自分に言い聞かせる。

指で髪を梳《と》かすふりをしながら、さりげなく前方に座っている鈴石主任の様子を窺う。

いつもの顔だ。自分への憎しみを隠し、職務に打ち込む警察官の顔。龍機兵の中枢である龍骨の解析に日夜余念のない科学者の顔。

その顔に、その憎悪に、なぜか心からの安堵を覚える。

忘れてしまえ——

すべては闇に消えた悪夢だ。いずれ自分もそこへ行く。

善も悪もない闇の底へ。罪と罰とを分かたぬ死の世界へ。

第二章　聴罪

1

〈最後のフィクサー〉多門寺康休殺害事件は、社会に大きなショックをもたらした。事もあろうに、検察から釈放された直後に暗殺されたのだからなおさらである。マスコミは一斉に事件を追い、やがて、大手新聞社の独占スクープとしてある見出しが一面に躍った。

［多門寺殺害は連続殺人の一環か／クイアコンとの関連も］

多門寺康休の殺害を、それまでの三つの殺人事件と関連づけて報じている。さすがに捜査本部内でも極秘とされる七枚の護符についての記述はなかったが、マスコミが関係者に執拗な取材を続けている以上、露見するのは時間の問題である。

よくある話で、記事の内容からマスコミと馴れ合う警察関係者の一人が情報を漏らしたものと推測された。こうなると他社も我先に後追いに走る。警察幹部にはマスコミからの取材が殺到した。それだけではない。情報を秘匿していた警察に対し、世論の非難が集中することとなった。

また一般市民の中でも、特にクイアコン関係者の動揺と衝撃は大きかった。なにしろクイアコンに関わっているというだけで、誰が、いつ、どういう理由で殺されるか分からないのだから、彼らの不安も察するにあまりある。

もはや秘匿は不可能だった。情報を公開しないことには、かえってパニックが拡大する。警察上層部は決断を下した。

七月九日午前十時。警視庁刑事部の椛島賀津彦刑事部長が緊急記者会見を行ない、これまで殺害された四人にはいずれもローマ法王の護符が郵送されていたという事実を明らかにした。椛島部長は続けて関係者への注意と協力を呼びかけようとしたが、騒然となった会場からは警察の隠蔽体質を非難する罵声が飛んでくるばかりで、すぐには収拾のつけようもない混乱に陥った。

同時刻。千代田区霞が関の中央合同庁舎第2号館で、沖津特捜部長は丸根郷之助《まるねごうのすけ》総括審議官をはじめとする警察庁幹部らとともにテレビで椛島刑事部長による記者会見の中継を見守っていた。その一時間前から幹部達による会議が行なわれていたのだが、記者会見が始まったため会議室内に設置されたテレビのスイッチが入れられたのである。

会議といっても、内容はもっぱら沖津に対する非難と叱責である。特に長官官房で権勢を振るう丸根総括審議官の追及は激烈を極めた。

テレビ画面の中で、記者達の集中砲火に晒されながらも椛島は毅然として対応している。

「責任上やむを得んとは言え、椛島君も損な役回りを引き受けたものだ。ありゃたまらんだろう」

椛島刑事部長への同情を示しつつ、丸根総括審議官は全員の前で沖津への譴責《けんせき》を忘れない。

「捜査方針の概略は、例によって沖津部長、君が強引に決めたものだそうじゃないか。いや、二課長の鳥居君の考えもあることは知っているよ。しかしだね、それを抑えた上で指導力を発揮するのが君の責任だろう」

あからさまに丸根は自分と同じ派閥に属する鳥居の擁護に回っている。この事案がどういう結果になろうとも、最終的な責任の所在を沖津と特捜部に集約させる肚なのだ。

もともと丸根は特捜部の創設自体には反対ではなかったが、警察庁の実働部隊とすべきという意見を強硬に主張していた一人である。その過程で、警視庁の黛副総監とは反目し合う形となってしまったという経緯がある。今回の件を利用して、沖津だけでなく、黛をも失脚させようという目算まであるのかもしれなかった。それは単なる個人的な感情によるものだけとは言い切れない。政財界への波及が避けられないこの事案の落としどころを今から探っておかねば、警察組織全体がかつてない窮地に陥ると踏んでいる。そしてその読みは、決して間違っていない。

「総審《そうしん》（総括審議官）のおっしゃる通りです。然るべき時期を見計らって、責任を取る所存です」

神妙な態度で応じながら、沖津は己の頭脳が虚しく空転し続けるのを感じていた。

『狼眼殺手』なる正体不明の暗殺者にクイアコン関係者の殺害を依頼した者の目的は一体なんなのか。

これまでに殺された四人について考える。共通点はプロジェクトに関わっているというだけで、その役職、業務内容、重要度はまるで異なる。彼らが排除されたことにより、クイアコンの進行は多少遅れるかもしれないが、かと言って決定的なダメージを受けるわけでもない。大物フィクサーだった多門寺康休は別格として、殺された総務省の水戸課長も、NIIの松森教授も、引き継ぎはつつがなく行なわれたと聞いている。それどころか、水戸課長の後任に抜擢された人物は極めて有能で、クイアコンの事業計画は以前よりも進捗の度合いを増しているという。その一方で、肝心のフォン・コーポレーションでは、程　詒和《チョンイーフー》に代わる人材を未だに見つけられずにいるというのが由起谷班からの報告だ。

暗殺の依頼人はクイアコンを妨害したいのか。それとも促進したいのか。

暗殺者はなぜわざわざ犯行の難易度を自ら高めるような殺害予告を行なうのか。

何もかもがちぐはぐで、手許にあるピースがまるでつながってこない――

「沖津君」

丸根総括審議官が一際厳しい口調で発した。

「責任を取ると君は言うがね、具体的には一体いつなんだ」

「もちろん――」

沖津は相手をまっすぐに見据えて言った。

「本事案を解決した暁に」

同日午後四時五十二分。腹心とも言える部下の高比良一人を連れて霞が関の警視庁に戻った末吉係長は、刑事部のフロアに入った途端、

「なんだ末吉、おまえ、新木場に飛ばされたんじゃなかったのか」

刑事総務課の福井《ふくい》係長からそんな嘲笑を浴びせられた。

「いやあ、新木場の草むしりはつらいですわ。最近また太ったもんだから、この蒸し暑い中、もう汗だくで」

むっとしながらも決して表には出さず、いつもの柔らかい声で応じる。相手も分かっているからそれ以上は絡んでこない。

中条管理官のデスクに直行すると、顔を上げた中条は何も言わずにすぐさま立ち上がり、先に立って小会議室へと向かった。

「で、なんなんだ、急ぎの話ってのは」

高比良が小会議室のドアを閉めるのを確認してから、上座に腰を下ろした中条がせわしげに訊いてくる。

「はい、実は国税の方でおかしな動きがあるようでして」

手前の椅子に着席しながら答えると、

「国税？　マルサ（査察部）か？」

「ええ……高比良」

「はい」

末吉の隣にかけた高比良が代わって答える。

「管理官も覚えておられますよね、青丹《あおに》建設の件。前々からウチでやってた」

「当たり前だろ。クイアコンさえなければ全力をそっちに投入したいところだ」

「実は、クイアコンを調べているうちに引っ掛かってきたんですが、青丹の会長の青丹善次郎《ぜんじろう》、奴を国税の連中が調べてんですよ」

「あれだけのタマだ、そりゃ国税だって目をつけるだろうよ。マルサのブラックリスト筆頭ってとこじゃねえか？」

「それがどうも、狙いはクイアコン本体らしくって」

「おい、本当かそりゃ」

目を見開いた中条に、

「ええ、こっちも慌てて別班を青丹に張り付かせたところ、事件師の星川周山《ほしかわしゅうざん》、それに『新世代通信事業者懇親会』の幹事らと密会を重ねていることが判明しました」

「新世代通信……なんだって？」

「『新世代通信事業者懇親会』。ゼネコンの総務担当の集まりで、早い話が業務屋です」

「その、通信事業ってところが引っ掛かるな。最近そんな団体名や部署名ばっかり耳にするぞ」

再び末吉が口を開いた。

「そこなんですわ。クイアコン捜査に関して出遅れた分、国税はどうやら別の突破口を見つけたようで」

警察が刑事訴訟法に基づいて捜索差押許可状を得るのと同じく、国税局は国税犯則取締法により捜索差し押さえを実施することができる。

「検察の次は国税が割り込んできやがったってわけか」

中条は腕を組んで「うーん」と嘆息し、

「それにしても、クイアコンにゼネコンとは、確かにおかしな取り合わせだな。狐がコンの駄洒落ってわけでもあるまいしよ。青丹に事件師に業務屋かあ……確かに国税が目をつけそうな構図ではあるがな」

「でしょう？」

政財界が絡む金融事案は、ごく狭い人脈の間で発生するため、贈収賄であろうと背任横領であろうと、同じ顔ぶれが捜査線上に浮かぶことが多い。ことに青丹善次郎や星川周山は地検や捜二の〈常連客〉であった。

「しかしよお、国税がそこに何か端緒を見つけたってことだろ、単なる談合じゃなくってクイアコン絡みの。ゼネコンがどうしてクイアコンとつながるんだい」

「私もそこが気になりまして」

末吉はテーブルの上に肘をついて身を乗り出した。みしり、という音がしたような気がしたがそんなことはどうでもいい。

「青丹の周辺を洗い直してみたところ、最近になって『ダオ・トレーディングス』という外資系商社、それに『調和日籍華人工商会』という中国系の業界団体と頻繁に接触していることが分かりました。ダオはフォン・コーポレーションとは一見無関係のようですが、実際は馮《フォン》財閥本体の系列企業で、調和の方は――」

最後まで聞くことなく、中条は立ち上がっていた。

「課長もまだ庁舎に残ってたはずだ。行くぞ」

「行くって、どこに」

すでにドアへと向かっていた中条は苛立たしげに振り返った。

「新木場に決まってんだろ」


同日午後九時三十分、新木場。特捜部庁舎内会議室において、緊急の捜査会議が招集された。

「株式会社青丹建設会長、青丹善次郎、七十二歳。政治家への数々の献金疑惑等で〈政商〉とも呼ばれる人物です。地検特捜部が小林半次郎議員の政治資金管理団体『半蔵会』を政治資金規正法違反の疑いで立件しようとした際、この男の名前がマスコミで頻繁に取り沙汰されたのは記憶に新しいところかと思います。ウチも以前からマークしていた大物ですが、クイアコンに気を取られている間にこんな動きをしていたとは、まったく面目ない次第です。まさかここで奴がクイアコンに関わってこようとは……」

報告の途中でうなだれた末吉に、鳥居二課長の叱咤が飛ぶ。

「君の面目などどうでもいい。早く先を続けて下さい」

「は、この青丹と会っているのが事件師の星川周山、四十六歳。星川というのは通名で本名は星世《ソンセ》漢《ハン》。在日韓国人三世です。事件師とは闇金融の世界に群がるダニみたいなもので、その意味ではコンサルタントに名前を変えた総会屋に近いと言えるかもしれません。しかし、横浜で程《チョン》治和《イーフー》らと一緒に殺された花田猛作とは格が違い、裏社会では〈第二の許永中〉の異名を取るほどの男です」

〈最後のフィクサー〉が殺されたばかりだってのに、今度は〈政商〉に〈第二の許永中〉だと——

汗に湿った指先で鉛筆を走らせつつ、夏川は頭を抱える。

一体どうなってるんだ、この事案は——日本中の闇に蠢く魑魅魍魎が総登場じゃないか——

資料のファイルが専用端末に配信されているので、実際にはメモを取る必要などないのだが、刑事の習性というものだろうか、こうして手を動かさねば頭に入らない。夏川は頑なにそう信じていた。部下達もほぼ全員が夏川同様にメモを取っている。

「それに、問題は新世代通信事業者懇親会です。会員名簿をファイルにして配信しましたのでまずはそちらをご覧下さい」

言われた通りにファイルを開く。そこに記されている名前の横には、一般に「大手五社」と呼ばれるスーパーゼネコンの社名が残らずあった。さらには、準大手、中堅ゼネコンから、その下請けのいわゆるサブコンまで列挙されている。

おい、こいつは――

捜査一課出身の夏川にも一目で分かる。談合の座組であった。

［理事長・専任幹事］として最初に挙げられている名前は飛岡泰博《とびおかやすひろ》。所属欄は青丹建設、役職名は経営顧問となっている。

「理事長の飛岡泰博は国交省から青丹建設に天下った人物で、この飛岡と話ができるのは国交省のOBだけと言われています。つまり官庁OBの談合です」

二〇〇五年、ゼネコン業界は談合決別宣言を行なったはずだった。しかし談合そのものはこのように形を変えて存続し、業界の調整機能を果たしていたのだ。いや、むしろより悪質になったとも言える。これは歴然たる官製談合のためのシステムであった。

義憤であろうか、正面の雛壇に並ぶ鳥居二課長の口許が怒りに歪んだ。また中条管理官はこれまで夏川が見たこともなかった不機嫌そうな面持ちでじっと目を瞑《つむ》っている。

「重要なのはここからだ」

末吉係長が着席するのを待って、沖津特捜部長が口を開いた。

ここからだって――これ以上何があるっていうんだ――

「事が事だけに、清水《しみず》公安部長と相談し、外二（外事二課）から急遽是枝《これえだ》課長にご出席を願った。では是枝課長、お願いします」

「はい」

夏川は興奮と不安とが入り混じる思いで、雛壇の左端に座った是枝準樹《じゅんき》外二課長を見つめる。

入室したときから気になっていた。警視庁公安部外事二課は、アジア人によるスパイ事案、国際犯罪等を扱う部署である。清水公安部長はこれまでにも特捜部での会議に何度か出席していたが、外事二課の課長が顔を見せるのは初めてである。

カバに似た清水部長とは対照的に、是枝課長は、整ってはいるがあまり印象に残らぬのっぺりとした容貌をしている。

そう、誰の印象にも残らぬこと――それこそが公安や外事の捜査員に求められる資質であり、清水部長や曽我部《そがべ》外三課長の方がむしろ異質なのだと、夏川は捜一時代に教えられた。

「青丹善次郎の周辺に見え隠れするダオ・トレーディングスと調和日籍華人工商会ですが、そのうち香港馮《フォン》グループ系列下のダオ・トレーディングスについては改めて言うまでもないでしょう。残る調和工商会につきまして、その会頭をはじめ主だった執行役員は世界中で活動するNGO団体『中国和平統一促進会』、通称『統促会』に参加しています。この団体の上部組織が中国共産党中央統一戦線工作部であることは周知の通りで、従ってその真の目的は、各国の要人を取り込み、中国共産党の目論むグローバル戦略を推進し、世論を形成することにあります。それによって水面下で政策決定に影響を与えようというのです。もっと簡単に申しますと、調和工商会は中央統戦部（中央統一戦線工作部）による対日インテリジェンス工作の隠れ蓑として機能しているわけです。いわゆるアクティブ・メジャーズ――『積極工作』もしくは『影響化工作』とも呼ばれますが、その典型的な例と言えるでしょう」

鉛筆を強く握り締めながら、夏川は表情のない是枝の顔を見つめた。

ついに出てきたか、中国が――

日籍華人とは、中国国籍を保有している華僑と違い、日本に帰化して日本国籍を持つ元中国人のことである。しかし長年にわたる思想教育の結果、中国人は日本に帰化しても、日本に愛国心や忠誠心を持つことはない。個々人は善男善女であるかもしれないが、彼らはあくまで「中国人」なのだ。従って中国は、れっきとした民間人である同胞にスパイ行為を強制しながら、報酬は支払わない。中国人なら国家、すなわち共産党に奉仕する義務があると考えているからだ。祖国に強い感情的執着心を持つ民族的特性を最大限に利用しているとも言える。スパイとなる民間人の方でも、多くはそれを当然と受け止めている。仮に要求に応じなかった場合、本国にいる家族に危険が及ぶ。世界の情報機関の中でも、これほど特異で厄介な諜報網を維持している組織は他にないだろう。

「我々外二としても、中央統戦部及び調和工商会の動きについては以前から監視していたのですが、クイアコンとの接点までは把握しておりませんでした。以上です」

会議室全体が静寂に包まれる。底知れぬ闇の深さに、しわぶき一つ聞こえてこない。

その中核にあるのはクイアコンだ。ありとあらゆる眷属がそれに群がっている。

分かっているのはそこまでで、クイアコンの実体は闇に閉ざされ未だ判然としない。

「青丹の……ゼネコン業界のそんな動きを把握できなかったのはウチの責任でもある。いや、部下のことではない、私の責任だ。この件にゼネコンまで噛んでいようとは想像もしていなかった」

静寂を破ったのは鳥居二課長だった。プライドの高い彼が、自らの不明を認めている。

「鳥居課長、一人で必要以上に責任を感じる必要はありません。これは我々全員の事案ですので」

沖津が冷ややかに言い放つ。鳥居を慰めているのではない。彼の傲慢を諫《いさ》めているのだ。

「こんな事態を想像できる者など誰もいない。そもそもこの事案は、最初から想像を絶していた」

その通りだ——沖津の言に、夏川は感慨を新たにする。

自分達は、一体なんの事件を追っているのか。

贈収賄の疑獄事件なのか。

連続予告殺人事件なのか。

黒社会の抗争事件なのか。

ゼネコンの談合事件なのか。

中国情報機関によるスパイ事件なのか。

すべてが渾然一体となって不条理の黒い靄を形成している。まるでクイアコンの本質を覆い隠すかのように。

全員の目を覚ますかのように、沖津は鋭い口調で指示を下した。

「青丹建設、事件師の星川周山、それに新世代通信事業者懇親会とやらが連帯して何を狙っているのか。その目的を早急に明らかにする必要がある。ゼネコン関係の捜査についてはノウハウのある捜二に一任するのが妥当かと思います」

「分かりました」

鳥居をはじめ末吉ら捜査二課の面々が強く頷く。

「併せてこの場で捜二の意見を伺いますが、先ほどお話に出た半蔵会、その線から小林半次郎議員につなげることは可能でしょうか」

「見込みはあると考えます」

慎重に答えたのは中条管理官だった。

「『敷居値以下の取引』というのがありまして、政治資金規正法では一件五万円以上の支出先は公開が定められておりますが、逆に言うと、四万九千九百九十円の支出を複数回繰り返しても公開義務は生じないということになります。半蔵会はまさにその常習犯で」

「あ、それは金融庁がＦＡＴＦ（金融活動作業部会）から指摘を受けた奴ですね。疑わしい取引の事例だって」

仁礼警部がなぜか嬉しそうな声を上げた。

明白な不規則発言だが、宮近も特別に招聘《しょうへい》した財務捜査官を皆の面前で叱りつけるわけにもいかず、渋い顔で黙っている。

「では、その線も並行してお願いします。小林議員の聴取にまで持っていければ言うことなしです。いかがでしょうか、鳥居さん」

「分かりました。やってみましょう」

鳥居の返答を確認し、沖津は続けた。

「次に中央統戦部、並びに中国国家安全部の動き。これは外二にお任せします」

「了解しました」

清水公安部長が応じる。いま一人の公安幹部である是枝外二課長は、なんのリアクションも示さなかった。

新木場での捜査会議に初めて出席した是枝が、全体の指揮を特捜の部長が執っているかのような光景に違和感——ありていに言えば不快感——を抱かぬはずはない。階級から言っても警視監である公安部長の方が警視長である特捜部長より上である。だが公安の習性として、そうした内心のたとえ一端でも顔に出すことはないだろう。少なくとも夏川はそう見て取った。

「また捜一には、ゼネコン各社の幹部役員を極秘裏に警備して頂きたい。そのような形でクイアコンと関係があると分かった以上、ゼネコン関係者にも例の護符が届く可能性が充分に想定されます。本来ならば世論もあり、大々的に注意を促したいところですが、今のタイミングでゼネコン側にそれを告げると、捜二による捜査の妨げとなるおそれがあります」

「確かに、おっしゃる通りです」

千波一課長が顔色を変えるのと同時に、夏川もまた頬をひっぱたかれたように思った。

なんてこった——ただでさえ膨大な被害者予測リストが、これでさらに膨れ上がった——

しかも捜一は、捜二の邪魔にならないよう細心の注意を払いながら多数のゼネコン幹部を謎の暗殺者からガードしなければならない。今度ばかりは捜一の牧野に心から同情する。

心なしか、ただでさえ不健康そうな牧野の顔色が、さらに悪くなったような気がした。

そこで一息ついたとでも言うように、沖津は部下達に向かって自嘲的な笑みを漏らし、

「実は今朝、丸根総審にたっぷりと絞られてね。いや、マスコミの総攻撃に晒された椛島さんに比べれば大したことはないが、さすがの私も参りかけたよ」

この部長にしては珍しいことだと思うと同時に、夏川は壇上の宮近理事官がわずかに動揺するのを

視界の端に捉えていた。

　丸根総括審議官は宮近家とは親しい間柄だと聞いている。その縁を宮近理事官が警察内部での出世の頼りにしていることも。宮近が無意識のうちに動揺を示すのも以てゆえなしとはしないが、夏川にはもう一つ気づいたことがあった。

　城木理事官である。これまで常に公明正大かつ堂々としていた城木の周囲に、最近どうも嫌な翳がまとわりついているように思えてならない。最初は実の兄を失ったことによる気落ちかとも考えたが、やはりそんなことではないようだ。気のせいか、密かに沖津の様子を窺っているようにも見える。かつての城木理事官からは想像もできない態度であった。そちらの方が、万事分かりやすい宮近理事官よりも気になった。

　すべては茫漠とした勘にすぎない。ただし、刑事としての直感である。

「だが、今日こうして新しいピースが手に入った。パズルを完成させるためには絶対に必要なピースだ。この事案は一見複雑に思えるが、周辺に散らばるピースを丹念に集めれば、必ず解決するものと私は信じる。諸君もそのつもりで頑張ってほしい」

　捜査員の苦労を慮《おもんぱか》った沖津の激励に、夏川の内部でなんらかの形を成しつつあった想念は霧散していた。


　日付が変わった七月十日午前一時、西麻布のバー『赤い真珠』で、城木は堀田警備企画課長と並んでカウンターに座っていた。

　二人に注文通りのカクテルを出したバーテンは、堀田の目配せで奥へと消えた。堀田が密談に使う店のようだ。

「この際だ、前置きは抜きにしよう」

城木は無言でダーティーマザーのロックグラスを口に運んだ。ブランデーベースのカクテルだ。

「青丹建設の飛岡さんは元国交省の総合政策局でな、建設族の小林半次郎とは昵懇《じっこん》の仲だ。青丹と飛岡を調べていることが小林先生に知れたら、どんなことになるか」

「捜査情報をそこまでご存知なら、私にお訊きになることもないでしょう」

堀田はジン・トニックのタンブラーに手を伸ばし、

「公安の清水さんや是枝君が新木場に駆けつけたことも知っとるよ。それでも万全の対策を取るためには情報を細大漏らさず把握しておく必要がある」

「対策は捜査本部が責任を持って取っています。それで充分じゃないですか」

「充分なものか。現に多門寺康休は殺され、椛島さんはかわいそうにテレビで袋叩きだ。こんな現状で警察の威信が保てると思うのか」

反論はできない。城木は黙った。

「やはりはっきり言わんと駄目か」

ため息をついて堀田はジン・トニックを呷る。

「長官は小林先生の支援を受けて退官後は政界入りする予定になっている」

思わずグラスを置いて堀田を見た。

長官とは、言うまでもなく警察庁長官檜垣憲護《ひがきけんご》のことだ。

「今度こそ沖津も終わりだ。長官の怒りを買いながら警察で生きていけるわけがない。君は沖津や特捜と一緒に沈みたいのか。今度の事案はどう転んでも警察は無傷では済まん。検察をはじめとする法曹界や政財界もだ。沖津は責任を取ると公言しているそうだが、上層部は最初からそのつもりだ。もっとも、沖津一人の首で幕引きを計れるとも思えんがね」

「…………」

「いいか城木君、ものは考えようだよ。特捜潰しは既定路線だ。その中で君だけをすくい上げるには相応の理由がいる。君の働き次第では、今度の事案はその理由にもってこいだとは思わんかね」

何も答えず、ダーティーマザーの残りを一息に飲み干す。加えられているカルーア・コーヒーリキュールの微かな香りに、ふと姿警部の白髪頭を思い出した。

2

特捜部庁舎内の空き部屋を急遽改装した捜二出向組専用オフィスでは、ひしめくように並べられたデスクに着いた捜二の男達が、猛烈な音を立ててキーボードを叩き、PCの画面を見つめ、プリントアウトした資料を伝票のようにめくっている。

彼らに混じって、仁礼財務捜査官も集められた資料をつぶさに点検していた。

沖津に命じられた諸眉技研の調査については、どうにも手詰まりの状態が続いている。そこで彼は、一旦〈源流〉に立ち返ることにした。

中期目標管理法人である独立行政法人『クイアコン推進協力機構』。理事長は細谷《ほそや》征一《せいいち》。元経産省経済産業政策局長。要するに天下り組らしい。経産省、総務省、文科省の共同所管となるこの団体から、入札により電気通信事業者であるNTUグループの系列会社『NTUデータ・コムウェア』に十億円の研究開発事業発注がなされている。要件名は「クイアコン事業通信インフラ整備管理システム」。

今仁礼が眺めているのは、発注側であるクイアコン推進協力機構の仕様書、発注書、検収書、振込記録。それに受注側であるNTUデータ・コムウェアの見積書、納品書、請求書等である。

お、なんだ――何か聞こえる――

ぼさぼさの髪に包まれた仁礼の脳髄の中で、何かが囁きかける。膨大な書類の中に閉じ込められた真実の精霊が、彼に助けを求めるように。目に見えないその精霊は、凡俗である人間へのサインとして数字という言葉を使っている。だがそれを聞き取れる者は極めて少ない。

聞こえないぞ――もっと大きな声で言ってくれ――

納期は四十日。システムの開発期間としては素人目にも異様に短い。

内線電話を取り上げ、地下にあるラボの鈴石主任を呼び出してもらう。五分以上待たされた末に、受話器の向こうから息を弾ませた鈴石主任の声がようやく聞こえてきた。

〈鈴石です、お待たせしてすみません。手が放せない作業の最中だったものですから〉

「いえいえ、こちらこそ大変なときに申しわけありません。実は、ちょっとご教示頂きたいことがありまして……」

十分後、仁礼は丁重に礼を述べて受話器を置いた。鈴石主任の回答は適確で、求めていた情報はすべて得られた。頭のいい女性だとは思っていたが、彼女は予想以上に優秀な人材のようだった。仁礼はすっかり嬉しくなった。さすがにあの若さで特捜部の技術班を任されているだけのことはある。どんな経歴の持ち主かは知らないが、とびきり優秀に決まっているではないか。

鈴石主任の目から見ても、このシステムの開発期間として四十日はあり得ないこと。また、システムを稼働させる専用ソフトはおそらくNTUデータ・コムウェアしか持っていないこと。システムの総量は、多めに見積もってもDVD数十枚分を越えることはまずないと思われること。その内容は、設計書、検証結果報告書、品質報告書、マニュアル、プログラム、プログラムモジュール等であること。さらに、予算十億円規模となるとフェーズごとの分割納品がほぼ必須となること。

だいぶ聞こえてきたぞ――

仁礼は独りほくそ笑んだ。

それらの事実から推論できること――そもそもこの仕様書提示の段階で、NTUデータ・コムウェアしか受注できないようになっていたのではないか？　それどころか、仕様書自体、NTUデータ

・コムウェア側で作成したものではないか？
システム等の納品は、CDやDVDといった記憶媒体の受け渡しだけで済まされることが多々ある。そうしたメディアは、一見しただけでは中に何が入っているか分からない。その受け渡しという形で納品されたのなら、すでに稼動しているシステムに対して変更、修正を行なったように装い、実際はなんの作業もしていない可能性がある。主にIT業界の循環取引において、今でもよく使われる手口だ。

システム開発のコストはほぼ人件費なので、せいぜい数十億円規模が限度だが、それからすると十億というのは特に不自然ではない。だが逆に言うと、十億もの資金が必要になるとすれば、ハードウェア、既存データの移行コスト、技術移転などが含まれると考えるのが妥当である。中でもこの技術移転は無形固定資産なので、それこそ外からは見えないため金額を過剰に膨らませても分からない。

その場合の目的は一つ。資金を流すためだけに公共事業を利用したのだ。

もっとよく聞かせてもらうとするか――

さらにファイルを繰り、数字の声に耳を傾ける。

そうだ、その調子――うん、いい声だ――

NTUデータ・コムウェアは開発の下請けとして『荒井《あらい》テクノリーディング』を使っている。クイアコン推進協力機構からNTUデータ・コムウェアに振り込まれた十億は、おそらく数パーセント程度の伝票発行料を取って全額荒井テクノリーディングに振り込まれたに違いない。

仁礼は端末にNTUデータ・コムウェアの取引銀行のリストを呼び出した。

メインバンクは、信和銀行大手町支店となっていた。

仁礼との通話を終えた緑は、急いで龍機兵《ドラグーン》整備用フロアに戻る。

未分類特殊強化兵装『龍機兵』。三体あるその特殊装備こそ、警視庁特捜部の要であった。突入班の部付警部――姿俊之、ユーリ・オズノフ、そしてライザ・ラードナーの三人は、いずれも龍機兵の搭乗要員として警視庁と契約した、言わば〈部外者〉である。

警察法、刑事訴訟法、そして警察官職務執行法。正式な法改正の手順を経たとは言え、身内である警察官を排除して部外者を雇用した特捜部を、それでなくても変革を嫌う警察組織が快く思うはずがない。ほぼすべての警察官から特捜部が白眼視されるのも当然と言えた。

それだけに、いくら名目上は刑事部との合同態勢であっても、警視庁の各部署が特捜部を中心に動かざるを得ない今回の事案の特異性と重大性は、捜査員ではない緑にも大きなプレッシャーとなってのしかかっていた。

フロアでは柴田賢策技官らが『バンシー』――ライザ・ラードナー警部専用龍機兵――の脚部駆動部分のテストを行なっていた。その結果を確認し、何点かの指示を伝えてから、緑はフロアの一角に設けられた専用のオフィスに向かう。

一応個室にはなっているが、デスクに置かれた数台のPCと周辺機器、スチール製のファイルラック、同じくスチール製のロッカーがあるだけで、装飾品の類いは一切ない。さらに緑が仮眠用の簡易ベッドを持ち込んでいるため、オフィスというよりは個人用の作業室に近かった。

デスクに着いた緑は、特捜部の全員に義務づけられているPCのロックを解除し、ここ数日集中的に取り組んでいる仕事を再開した。

第二の被害者と目されるNIIの情報学プリンシプル研究系教授松森は、「新世代量子情報通信プロジェクト」のプロジェクトリーダーを務め、クイアコン関連の共同研究として「量子情報通信システムを構成するハードウェアの最適化」を受託していた。それは実際にどういうものだったのか。

その分析と解析が沖津から密かに与えられた特命であった。

捜査会議の席上ではなく、自分一人を執務室に呼んでこの任務を命じた沖津の真意は、緑にはなんとなく想像がついた。厳密に言うと想像ではない。漠然とした予感である。それも、できれば目を背けていたいほどに不吉な部類の。

だが緑は怯む己を叱咤してディスプレイを直視した。

松森優一。東京都出身。東京大学大学院で物理工学系研究科博士課程を修了後、国内大手精密機器メーカー『ミストミラー』の製造装置部門に勤務。光学素子の超微細加工に用いる高精度電子線リソグラフィ装置やＮＬＤエッチング装置の改良に携わったのち、同社の海外留学制度に合格、客員研究員としてスタンフォード大学に一年間在籍した。帰国後、同社の研究開発部門に異動。研究主任にまで昇り詰めるが、より充実した研究環境を求めてＮＩＩに移り、准教授を経て教授に至っている。

専門分野は「ナノフォトニクス」「量子光学」「キャビティＱＥＤ」。

電子工学を指すエレクトロニクスに対して、光子工学をフォトニクスと呼ぶが、ナノフォトニクスはその名称通りナノ（十億分の一）メートルスケールでの光を扱う派生分野の一つである。

従来のフォトニクスでは「伝搬光」、すなわち媒体中を伝搬する光を信号の担い手《キャリア》としていたため、回折が避けられず、微細化や機能の集積化に限界があった。ナノフォトニクスでは、光の波長よりも短いナノメートル領域でのみ観測される「近接場光」をキャリアとし、その間で起こるエネルギー交換「近接場相互作用」を信号として用いる。そのため回折限界が存在せず、この分野に大きな革新をもたらした。

量子光学は読んで字の如く、量子力学に基づく光のふるまいや光と物質との間の相互作用を研究する分野である。前述のナノフォトニクスが扱うナノメートル領域において、光子や原子を含むすべての粒子は量子的性質を示す。ナノフォトニクスデバイスの設計には量子光学に精通する必要があり、その測定や検出に用いる光学装置にもナノフォトニクスが欠かせない。

キャビティＱＥＤは、“Cavity Quantum ElectroDynamics”の略で、「共振器量子電気力学」と訳されることが多い。微小な光共振器に閉じ込められた光と、それと相互作用する単一原子からなる系を「キャビティＱＥＤ系」と呼び、そこで顕在化する光と物質の量子性を観測する量子光学のサブジャンルである。微細かつ高精度の共振器やその入出力デバイスに、ナノフォトニクスが用いられることは言うまでもない。

ナノフォトニクス、量子光学、キャビティQED——いずれも互いに重なる部分の大きい概念であり、実際にはこれらが混然と融合した分野こそが、松森の研究対象であったと考えるべきだろう。

また松森は量子情報理論や非線形光学、物性科学等、隣接する分野にも明るい。クイアコンが目指す大規模量子情報通信ネットワークを構成するデバイスの設計には、この方面のエキスパートが数多く必要だ。注目の集まっている分野だけに研究者、技術者の層は厚いが、松森の経歴と実績は、プロジェクトの一翼を担う人物の一人として充分に妥当なものと思われた。

松森がクイアコンから受託した「量子情報通信システムを構成するハードウェアの最適化」とは、大規模な量子ネットワークを構築するための装置や機材を最適化するための研究であるという。

既存の伝送インフラはそのままに、量子情報通信システムへのシフトを実現するためには、量子通信に対応した分岐挿入装置やクロスコネクト装置、ルーティング装置、中継装置などが必要となる。さまざまなプランや試作品を吟味、検証し、その機能や性能、堅牢性、経済性、運用の簡易性などを評価しつつ、最終仕様へとブラッシュアップしていくことが彼に託された仕事であった。

作業の大部分は、NIIが持つ学術情報ネットワークとは別に、クイアコン自体が運営する開発用のプライベート・クラウドの中で行なわれていた。

松森が管理するスペースは捜査開始の時点で凍結し、後任者への引き継ぎの後、独立した記憶装置にクローンを取ってアクセスログとともに押収した。

その他ローカルに保存されていた報告書や申請書、発注書などのデジタル文書。メールやメッセージ。概念図や数式、設計図、テストプログラムのソース。手描きのノートやメモ類。試作された実機やそのパーツ、及びテストを記録したログデータ、音声や静止画、動画。それらは捜査一課によって一通り集められたのだが、もとより彼らに価値の判断ができるような代物ではない。特捜部が引き受ける形で緑の元に残らず届けられたものである。

また大きなプロジェクトであるから、定期あるいは不定期に報告会や打ち合わせ等が行なわれていた。海外を含む外部との遠隔テレビ会議も頻繁にあった。それにはロードテストを兼ねて先行実装された量子暗号による完全秘匿回線が使用されていた。

特捜部では技術班が中心になって、苦心の末にそうした記録を収集した。

ディスプレイに表示されたそれらの断片を突き合わせ、実際の研究内容との間に齟齬がないか、一つ一つ裏を取っていく。不明な点があれば部内、場合によっては部外の専門家の協力を仰ぐ。

二時間あまりも過ぎた頃、緑は背筋の凝りを覚えて画面から目を離し、椅子の背にもたれかかった。

この検証作業に取りかかって何日も経つが、進めれば進めるほど、不可解な点ばかりが浮かび上がる。

すなわち、裏の取れない〈不明点〉。

残された資料の中に、アルファベットや数字、あるいはその組み合わせで表記されている略称が多すぎる。もちろん松森独自のものである。それらが一体何を意味しているのか。その解明は、本人でなければ難しい。

報告書を精読すると、論理が飛躍していたり、必要なプロセスが省略されているように見える箇所が多々あることに気がついた。

さまざまな資料を丹念に突き合わせて検証した結果、それもまた略称の意味が判然としないせいであることが分かってきた。

緑は仕事用の眼鏡を外し、伸びをしながら考えた。松森が自らのメモのために使った略称は、もちろん速記の必要性もあったのだろうが、他者に判読されないための用心であった可能性も大いにある。となると、完全な解読は不可能に近い。しかし前後の論理を正確にトレースし、補完する作業を通して、かなりの線まで推測することならやれなくはない。

相当な負担になるだろう――けれど――

この事案を持ち込んできた刑事部だけでなく、組織犯罪対策部、公安部までもが特捜を中心にまとまりを見せようとしている。これまでの遺恨を決して忘れたわけではないだろうが、警察官である彼らの職務に対する矜持を感じずにはいられなかった。

それだけ今回の事案が重大だということでもあるのだが、考えようによっては、長らく忌み嫌われてきた特捜部を警察組織に認めさせるまたとない機会ではないか。

やおら姿勢を正して眼鏡を掛け直した緑は、再びディスプレイに向かい、キーを叩き始めた。

3

七月もはや中旬に入っていたが、梅雨は一向に明ける気配もなく、その日も朝から降ったりやんだりの鬱陶しい空模様であった。

愛用するフォックスアンブレラのブランド傘を手に目白台の自宅マンションを出た宮近は、新木場ではなく、霞が関に向かった。沖津の指示により、警察庁で調整のための打ち合わせやレク（詳細説明）を行なうためである。

仕事は思ったより早く片づいた。傘と鞄を持って合同庁舎第2号館を出ようとしたとき、空腹を感じて腕時計を見た。午後一時半を過ぎている。

ランチでも食べていくか――

そう思いついた宮近は、庁舎内に引き返し、二階にある軽食喫茶『ダーリントンホール総務省店』に入った。

店内は、かつて宮近が毎日合同庁舎に出勤していた頃より混んでいた。奥に空いているテーブルを見つけ、いそいそと腰を下ろした宮近は、ランチメニューのキーマカレーを注文した。

コップの水を飲みながらなんとなく出入口の方を見ていると、知った顔が入ってきた。

同期の小野寺徳広《のりひろ》警視であった。

小太りの短軀を一瞬硬直させた彼は、宮近に気づかなかったようなそぶりで視線を逸らし、空席を探した。だが店内は満席である。

「小野寺」

そのまま出ていこうとした小野寺に、こちらから声をかける。

「やあ、宮近か。しばらくだね」

大きな顔にわざとらしい笑みを浮かべ、初めて気づいたかのように言う小野寺に、

「よかったらこっちに座らないか」

「うん、でも、邪魔をしたら悪いしさ」

「そんなことあるか。俺も一人なんだ。せっかく会ったんだし、座ってくれよ」

「そうかい、じゃあ遠慮なく」

宮近の向かいに腰を下ろし、苛立たしげな早口でハヤシライスを注文する小野寺は、いかにも気まずそうだった。

「何があった」

思い切って訊いてみると、やはり白々しい反応が返ってきた。

「え、何が」

「何がって、さっきこっちを見ながら知らんふりをしただろう」

「いいや、別に?」

「いや、確かにした」

「そりゃ君の被害妄想だよ。まったく、何かと思えば、日頃新木場に籠もってるからそんな――」

「小野寺」

相手の言いわけを遮って、

「俺も伊達に今日まで警察官僚やってたわけじゃないんだぞ」

「………」

「覚悟はできてる。話してくれ。同期のよしみだ」

「信じられないね」

小野寺は開き直ったようだった。

「信じられないって、何が」

「覚悟ができてるってとこ。こんな場所でいきなり騒がれても困るから。はっきり言って、僕、関係ないし」

そこまで悪いことなのか――

向かいに座った小野寺を見つめたまま、言葉に詰まる。

小太りの警視は小さなため息をついてから、

「僕から聞いたなんて絶対に言うなよ」

「分かってる」

「言っとくけど、僕はノータッチどころか、詳しいことさえ知らないからね。逆恨みとかはナシね」

「いいから早く話せ」

「これは君自身の責任だよ。最初から分かってたことじゃないか。君が言われた通りにちゃんと情報を上げてりゃ、こんなことにはならなかったんだ。僕、何度も忠告してたよね？　覚えてるよね？　自業自得って奴？」

ぼんやりと見当がついてきた。官僚にとっては悪夢の構図だ。

「堀田さんはとっくに君を見限ったみたい。そこまでは君にも予想できたと思うけど、後釜に誰を選んだと思う？　城木だよ、城木。僕も最初に知ったときには驚いたね。堀田さん、最近誰と会ってるとか、全然教えてくれないから。君も会ったことあるだろ、尾澤《おざわ》っていうウチの若いの。ほら、国会答弁作成のとき、新木場に行った奴だよ。あいつが偶然堀田さんのメモを見ちゃったんだって」

宮近は身じろぎもできなかった。

まさか——城木はそんなこと、一言も——

「沖津さんほどじゃないけど、堀田さんもいいかげん秘密主義だからさあ。疑り深いのは職務上仕方がないとしても、僕にまで内緒ってのはないよなあ。実を言うと、僕もちょっとショックを受けてるんだよ」

警備企画課の課長補佐である小野寺は、堀田課長の懐刀とも言われている。

注文したキーマカレーが運ばれてきたが、宮近はスプーンを取り上げることとさえできなかった。

小野寺はハヤシライスを不味《まず》そうに頬張りながら、

「僕としては、極力君を推してたんだけどね。肝心の君がはっきりしなかったものだからどうしようもないよ。しかし意外だよね、よりによって城木とは。ま、彼だって上を目指して入庁したわけだから、当然と言えば当然だけど、今まで散々きれい事を言っときながらこれかよって。まあ、育ちのよすぎる奴ってのは得てしてこんなもんかもしれないね。結局は自分が上に立つのが当たり前と思ってるっていうかさ」

新潟の事案に絡んで城木に殴られた遺恨のせいか、小野寺の彼に対する人物評は辛辣を極めた。

「まあ、同期でもあるし、なんてったって城木家の次男坊だしな。先々メリットがあるかと思って適当に付き合ってきたけど、ここまで計算高い奴とは思わなかった。いやあ、参った。僕も完全に脱帽だよ」

「城木は……」

「え、なに？」

「城木はそんな奴じゃない」

大きく咽《む》せた小野寺が慌ててコップの水を飲み下し、

「君さあ、食事中に変なコントはやめてくれる？」

「………」

「もともとは君も城木を出し抜いて本庁に返り咲くつもりだったんだろ？　ワケ分かんないよ。それともなに？　新木場に長くいるとみんなこうなっちゃうわけ？」

ここしばらくの城木の言動を思い起こす。確かにいつもと違って様子が変だった。

実兄を失った衝撃のせいだとばかり思っていたが、自分はやはり甘かったのか。

いや、もしかしたら、その衝撃こそが城木を変えた原因なのかもしれない――

「とにかくさ、君より城木の方が賢明だったってだけじゃない。君は官僚として当然の処世術を怠った。その結果脱落した。それだけのことだよ。こうなった以上、しばらくは新木場でおとなしくしとくんだな。ああ見えて堀田さんは面倒見のいい方だし、僕もできる限りフォローしとくし……じゃ、お先に」

紙ナプキンで口を拭うと、小野寺は慌ただしく立ち上がってレジに向かった。

脱落。

小野寺の発した言葉が頭の中で渦を巻く。

自分はもうおしまいなのか。

混乱する想念の渦のまにまに、妻と娘の顔が浮かんだ。

警察官僚の家系に生まれ育った妻の雅美《まさみ》は、夫の出世を何よりの生き甲斐としている。自分もそのつもりで雅美と結婚した。そして妻や親族の期待通り、これまでずっと上を見て歩いてきた。自分ならできると信じていた。

なのに、こんなにも早く組織内の出世競争に敗れたと知ったら、妻は――

食欲はかけらも残っていなかった。キーマカレーをそのままにして、宮近は力なく立ち上がった。自業自得か――分かっていながら、自分はどうして――

店を出たとき、その理由に思い至り、足を止めた。

城木が自分の代わりに堀田の要求に応じたということは、取りも直さず、捜査情報を漏らしているということではないのか。警察内部に巣くうという正体不明の〈敵〉。他ならぬ堀田警備企画課長こそ、その〈敵〉である可能性が最も高い人物ではなかったか。

宮近は我を忘れて駆け出していた。

新木場の庁舎に戻った宮近は、城木に気づかれぬよう注意して、沖津の執務室を訪れた。折りよく在室していた沖津に、小野寺から聞いたことの一部始終を伝えた。

「そうか、堀田さんが城木君に……」

宮近の話をじっと聞いていた沖津は、そう言ったきり、無言でシガリロを燻らせている。

その沈黙に耐えかねて、

「部長、城木をこのまま放置しておいていいのですか」

「…………」

「私が言うのは、その、なんと申しますか、決して自分のことを棚に上げるわけではありませんし、また、城木の足を引っ張ろうと思っているわけでもありません。城木は捜査情報を悪意ある勢力に漏らしている可能性があります。どう考えても見過ごすわけにはいきません」

「…………」

「何度も考えました、まず城木に当たって直接確認しようかと……しかし、小野寺の話が事実なら、事態があまりにも重大すぎますし……」

「宮近君」

煙の向こうで沖津の目が鋭くなった。

「君から見て、小野寺君はそこまで迂闊なことを言うような男だろうか。たとえ同期の君に好意的であり、上司の判断に不満を抱いていたとしてもだ」

焦燥が一気に寒気へと変わった。

懸命に思い出す。自分の後からダーリントンホール店内に入ってきたときの小野寺の動作。それに態度。食事中の仕草。口調。わざとらしさはなかったか。タイミングがよすぎはしなかったか。

「まさか……」

まさか、部長が疑っているのは——

「小野寺は、堀田課長の意を受けて私に接触したと」

「断言はできない。城木君の処遇を巡って、堀田さんと小野寺君の間に不協和音が生じている可能性は充分にある。小野寺君は城木君に対して反感を抱いているようだしね。その一方で、小野寺君は一時の感情に流されない冷徹な官僚でもある。だからこそ堀田さんの懐刀とまで言われているんだ」

「…………」

「考えすぎなのは承知している。ただその可能性もあり得るというだけだ。例によって『偶然を信じるな』だよ」

あり得る、充分に。小野寺はそういう男だ。そして、警備局警備企画課の堀田課長は、そこまで読んで動く人だ。

仮に城木が小野寺の言うように堀田側に寝返ったわけではなく、態度を保留にしていたりすれば、堀田警視長は城木をも簡単に見捨てる。この自分を見捨てたように。さらにはその状況を利用して、特捜部を攪乱し、疑心暗鬼の種を撒《ま》こうと謀る。それくらいはやるだろう。

「では、一体どうすれば」

「城木君に関しては、充分に注意しつつもうしばらく様子を見ることにしようじゃないか」

「はい、しかし会議内容の漏洩については……」

「核心部が本当に漏洩していれば事態はもっと別の様相を見せているはずだ。堀田さんや上層部の動き一つを取ってみても、そこまでの漏洩には至っていないと考えるのが妥当だろう」

そしてモンテクリストの煙を吐きながら付け加えた。

「それにね、私はまだ城木君を信じているよ」

その言葉を、宮近は慄然として聞いた。

――私は〈まだ〉城木君を信じているよ。

〈まだ〉という概念は〈いずれ〉という予測とセットになっているのではないか。

外務省出身であるこの上司が、城木を見限ったとき。そのとき特捜部はどうなるのだろう。

「言うまでもないが、このことは部外はもちろん、部内でも他言はしないように」

「もちろんです……では」

宮近は全身の震えを気づかれぬように注意しながら一礼し、退出しようとした。

「宮近君」

背後から呼び止められ、心臓が収縮する思いで振り返る。

「ありがとう、よく報告してくれた」

「いえ……」

「君はやはりまっとうな警察官だった。私はそのことを誇りに思うよ」

口調は穏やかだが、その目は紫煙に隠されて今は見えない。

宮近は深々と頭を下げると、今度こそ足早に退出した。

俯いたまま、自席のあるフロアに向かって廊下を進む。頭の中は焼き切れたように真っ白になっていた。

自分はこれからどうすれば――だが、今は何も考えられない――

不意にあることに気づき、はっとして立ち止まった。

しまった――

悔しさに歯嚙みする。

フォックスアンブレラの傘を合同庁舎に忘れてきた。

4

特捜部庁舎内に籠もりきりとなった仁礼は、連日にわたって捜二出向組の男達とともにデスクワークを続けていた。

信和銀行大手町支店への照会結果に基づいて、NTUデータ・コムウェアの口座の動きをチェックする。原資、費消先、銀行の預金元帳、出金伝票、振込伝票には特に入念に目を通す。

クイアコン推進協力機構から振り込まれた資金十億円は、予想通り五パーセントの伝票発行料と振込手数料八百六十四円を引いた九億四千九百九十九万九千百三十六円となって荒井テクノリーディングに移動していることが判明した。

NTUデータ・コムウェアの決算報告書を取り寄せ、財務諸表から仕入先、つまり外注業者、支払手数料の支払先なども抜かりなくチェックする。債務超過に陥っていないか。粉飾決算の可能性はないか。架空取引のおそれはないか。

架空取引とは目的物がない取引で、資金のみが移動する取引のことである。

荒井テクノリーディングからNTUデータ・コムウェアへの「クイアコン事業通信インフラ整備管理システム一式」DVD納品が昨年の一月五日。フェーズごとの分割納品ではなく一括納品である。

具体的な作業内容は記載されていない。NTUデータ・コムウェアから荒井テクノリーディングへの代金振込が二月十八日。

うん、聞こえる聞こえる――思ったよりお喋りだな、君達は――

頭の中で数字に話しかけながら、同様の手順で荒井テクノリーディングの資金の流れを銀行口座から追っていく。

『システムゲート』社から荒井テクノリーディングへの「T9システム修正機能一式」DVD一括納品がやはり昨年の一月二十日。荒井テクノリーディングからの代金振込が二月十七日。

『ブレインストリーム』社からシステムゲートへの「新通信サービス保守・管理一式」DVD一括納品が一月三十一日。システムゲートからブレインストリームへの代金振込が二月十六日。

一つ一つは意味も命も持たぬはずの数字達が、仁礼の問いかけに答えてくれる。

そうかそうか、ありがとう――みんな素敵な声をしてるよ――

資金は荒井テクノリーディングからシステムゲートを経てブレインストリームへと次々に移動している。本来ならば納品日の早いものから順に振り込まれるのが通常の取引であるはずだ。開発要件やシステム名がまったく違っているにもかかわらず、明らかに二月十六日から二月十八日の資金移動は連動している。そしていずれも請求書や納品書に「システム一式」とあるだけで、具体的な作業内容の記載はない。案の定、架空取引、もしくは循環取引の疑いが濃厚となってきた。

おっ、なんだ、このだみ声は――

資料の記述を追っていた仁礼の目が止まった。

ブレインストリームは昨年『直江《なおえ》ソリューションズ』社を買収している。仁礼の耳に〈だみ声〉として聞こえたのは、直江ソリューションズが二億円もの負債を抱える赤字会社であったからだ。

「富山《とみやま》さん、ちょっといいですか」

仁礼は隣のデスクで作業中だった捜二の富山捜査員に声をかけた。

「ん、なんだ」

富山は自分のモニターから目を離さずに応じた。

「富山さん、確か通信技術関連企業の資産状況に詳しかったですよね」

「どうだろう、まあ人並みかなあ」

「またまたー。富山さん、おととしNTU関連企業の粉飾決算に絡んで、そこら辺の企業、片っ端から調べてたじゃないですか」

「ああ、そう言えばそんなこともあったなあ」

「直江ソリューションズって会社、知ってます？」

「直江？」

初めて富山は仁礼の方を振り返り、

「ああ、知ってるけど」

「直江ソリューションズ、今はブレインストリームって会社に買収されてるんですよ」

「へえ、それは知らなかったな」

「直江って、なんか売りになるような技術でも持ってたんですかね」

「ないない、技術も資産価値だから一通り調べたけど、あそこは現場も経営陣もシロウトに毛が生えたような連中ばっかりで、腕もない、やる気もない、三流の見本みたいな会社だよ。買収されて社員一同ほっとしたんじゃないかな。で、それがどうかしたか」

「いえね、そんな会社をどうしてブレインストリームがわざわざ買ったのかなって」

「ははあ……」

富山も捜査二課のベテランである。仁礼がどこに目をつけたのか、すぐに察したようだった。

「仁礼さん、その線、かなり有望だよ。たぶん当たりじゃないかな」

「あ、やっぱり？　富山さんもそう思います？」

「思うよそりゃあ。そこ、頑張ってもう一押しやってみたら？」

「はい、ありがとうございます」

礼を言って資料の山に向き直る。

聞きようによっちゃ、だみ声も味があるもんだ――

心の中でそう独りごち、仁礼は再び数字の世界に没入した。


七月十三日、午前十時二十二分。特捜部庁舎内の執務室で鳥居、千波と打ち合わせ中だった沖津のデスクで警察電話が鳴った。

「お待ち下さい」

二人にそう断ってから受話器を取り上げた沖津は、一分ばかりほとんど何も言わずに相手の話を聞いていたが、一言、「ただちに急行します」とだけ告げて受話器を置いた。

何事だろうという表情で自分を注視していた鳥居と千波に向かい、あえて感情を抑えて言った。

「第五の殺人予告が届きました。経産省の桑辺《くわべ》敏弥《としや》審議官の自宅に、今朝例の護符が郵送されてきたとのことです」

驚愕している二人に構わず、沖津は内線電話のボタンを押していた。

「沖津だ。全部員に緊急連絡」


桑辺審議官の自宅住所は南青山四丁目であった。沖津は鳥居、千波とパトカーに同乗し、まず南青山四丁目を所管する赤坂署に向かった。

警視庁から駆けつけた椛島刑事部長が一足先に到着しており、赤坂署の塩山《しおやま》邦章《くにあき》署長、植田《うえだ》輝好《てるよし》刑事課長とともに沖津らを出迎えた。

植田刑事課長の話によると、その日の午前十時前頃、自宅に届いたばかりの郵便物を仕分けしていた桑辺審議官の夫人が、『聖ヴァレンティヌス修道会』からの夫宛ての茶封筒を発見した。予告殺人に関する連日の報道に接していた夫人は卒倒せんばかりになって、出勤間際であった夫を呼び止めた。家人の見守る中、玄関ですぐに開封した審議官は中身がローマ法王の護符であることを確認し、夫人同様蒼白になった。そしてすぐさま赤坂署に通報して保護を求めたのだという。

その時点で桑辺は、直近の公務をすべてキャンセルしている。幸い、キャンセルのきかない政策会議や海外要人との会談などは、この二、三日中には予定されていないということだった。

以上の簡単な状況説明を受けた一同は、すぐさま赤坂署の捜査車輌に分乗して桑辺審議官の自宅に向かった。

周辺はすでに武装した私服警官によって厳重に警戒態勢が敷かれている。マスコミに知られると警備に支障が出ることは目に見えているので、機動隊や制服警官による示威的な警備は行なわれていない。近隣の住民に気づかれても大騒ぎとなるのは必至であった。さすがに両隣の住民には事情を話し、警戒を促すとともに警備を兼ねた私服警官を配置させることに同意を得た。夫人と大学生の娘二人からなる審議官の家族はとりあえず昭島市にある夫人の実家に避難させることになった。護衛として赤坂署の捜査員が同行しているという。

可能ならば本庁か赤坂署内で保護したいところだが、被疑者でもない一般人に対してそれはできない。ましてや審議官という地位にある高級官僚だ。どうしても自宅警備という手段を取らざるを得ない。定時パトロールを装ったパトカーによる巡回を頻繁にすること、近くのマンションを借り受けてできる限りの私服警官を待機させることなどがすでに手配済みである。また「近所で窃盗事件があった」という口実で制服警官が近隣の家々を回り、不審人物が潜んでいないか、一軒一軒チェックを進めている。

桑辺邸は五年前に建て替えたばかりだという三階建ての瀟洒《しょうしゃ》な住宅であった。近隣もモダンな外観の新しい建物ばかりで、ハウスメーカーの住宅展示場を思わせた。

門前で停車した捜査車輛から真っ先に降り立った沖津がインターフォンのボタンを押す前に、ドアが中から開けられた。

「どうぞ」

赤坂署の捜査員なのだろう、中年の男が低い声で言い、一同を通す。

沖津らは無言で頷き、それぞれ素早く靴を脱いで上がり込む。

すべてのカーテンやブラインドが閉め切られた邸内には、何人もの私服が一様に険しい顔をして詰めていた。ドアを開けてくれた捜査員の案内で階段を上る。桑辺審議官は二階にある書斎兼用の応接室にいるという。

応接室のドアの前には警備の私服が立っていた。沖津らを見ると、ドアをノックしてから開け、中へ通した。

室内に置かれた応接セットのアームチェアに座っている人物が桑辺審議官だった。仕立てはいいが少々デザインの古いスーツを着ている。護符が届いたという出勤時の服装のままなのだろう。

新たに入ってきた警察関係者に対し、目礼さえしない。生来の傲慢なのか、もしくは動揺のあまりそんな余裕さえ失っているのか。空調がほどよく効いているにもかかわらず、広く後退した額から頭頂部にかけてうっすらと汗を浮かべている。

書斎には他に赤坂署刑事課の課長代理と係長がいたが、椛島の目配せで、植田課長が二人を伴って退出する。沖津、椛島、鳥居、千波の警視庁組だけが後に残った。

あらかじめ赤坂署側に申し入れ、了解済みの手筈であった。警視庁としては、桑辺審議官警備の傍ら、できる限り事情聴取を行ないたいという肚である。事案の性質上、赤坂署員には聞かせられない供述が出てくる可能性もある。塩山署長は官僚として、自らに火の粉がかかりかねない危険を避ける判断を下した。

桑辺審議官は商務情報政策局の担当である。なぜ彼に五番目の殺害予告が送られてきたのか。それを明らかにすることは、事案の全容解明につながる最大の突破口となる。つまり警察にとっては、皮肉にもこの状況は絶好の機会でもあるのだ。またこうしている間にも、捜査一課と二課は桑辺の周辺を徹底的に調査している。

しかし経産省、あるいは政財界からいつ口止めの横槍が飛んでくるか分からない。現在のところ桑辺は保護対象者であって経済事犯の被疑者ではないから、さすがに地検特捜部の手出しはあり得ないが、万一桑辺が贈収賄に関与している証拠が発見された場合、地検がここぞとばかりに介入してくる可能性は充分に考えられる。

また暗殺者がいつ、どういう方法で襲撃してくるかも不明である。これまでの例からすると、狼眼殺手は予告後、三日以内に殺人を実行している。相手が必ずその例を守るという保証は皆無だが、仮にそうだとして三日間。圧力がかかるのが先か、暗殺者が来るのが先か。いずれにしてもそれまでにできる限り有益な供述を引き出さねばならない。極限とも言える時間との戦いだ。

その緊張に、鳥居と千波はまるで殺害予告を送られたのが自分であるかのような顔色をしている。

まず沖津らはそれぞれ自己紹介しながら名刺を差し出し、ソファに腰を下ろした。

沖津と椛島、それに千波の名刺にはさほどの反応を示さなかった桑辺が、鳥居の名刺にはなぜか狼狽したように顔を上げた。そのリアクションを確認した鳥居の頬が、わずかながらも綻んだ。

［捜査二課　課長］の名刺に反応したということは、やはりなんらかの形で桑辺が贈収賄に関わっていると推測されるからだ。

鳥居の笑みを横目に、沖津はブリーフケースから一枚の短冊状カードを取り出した。

「今朝郵送されてきたというのはこれと同じ物ですね」

“extrema unctio”すなわち『終油』の護符。描かれているのは十一世紀末から十二世紀初頭にかけて在位したローマ法王パスカリス二世である。

『終油』とはカトリック七つの秘跡の一つで、司祭が死に瀕した病者の額と両手に聖油で十字を記し、罪の赦しと病の回復を祈る儀式を意味する。

今沖津が手にしているのはイタリアのヴィア・ラッテア社から取り寄せた同じ商品で、桑辺家に送られてきた封筒と護符は赤坂署が押収している。

「はい、間違いありません」

護符を一瞥して桑辺は答えた。

「桑辺審議官、あなたが経産省で現在手がけておられるお仕事の内容について、詳しくお話し頂けませんか」

すると桑辺は遠視用の眼鏡の奥で訝しげに目をすがめた。

「君達は私を警護しにきたはずでしょう」

「その通りです」

「だったらどうして私が今ここで職務内容の説明をしなければならないんだ」

「ご不審に思われるのも分かりますが、暗殺者の正体を突き止め、一刻も早く確保するためにも、我々はなぜ審議官が狙われているのか調べる必要があります。あなたは何者かに命を狙われていることについて、心当たりはありますか」

「あるわけないでしょう」

「そうおっしゃると思っていましたよ」

「なんだか引っ掛かりますね、そんな言い方をされると。第一、そういったことについてはすべて塩山署長にお話ししました」

「ご存知かと思いますが、暗殺者は無差別に殺人を行なっているわけではありません。正直に申しまして、我々としては、すでに報道されております通り、クイアコンの関係者が殺されているものと考えています。膨大な数に上るクイアコン関係者のうち、誰がなんの理由で殺されているのか。残念ながら現時点ではまったく不明であるとしか申し上げられません。しかしその手がかりは、審議官、あなたが今進めておられる案件にある」

「………」

「もちろん、あなたの身は我々が責任を持って警護致します。ご覧下さい」

沖津は応接テーブルの上にモバイルディスプレイを置き、南青山一帯の地図を表示した。

複数の地点で赤い光点が数字や記号とともに点滅している。現場指揮用のマスター・マップであった。

「この家のみならず、付近の各ポイントに私服警官や覆面パトカーが配置されています。不審者は絶対に近づけません。どうかご安心下さい」

桑辺は食い入るように地図の表示を見つめている。なにしろ自分の命が懸かっているのだ。誰であっても真剣にならざるを得ないだろう。

「どうでしょう、話して頂けませんか」

「私の仕事なら、広報が把握しているはずだ。官報にも記載されている。そうだ、経産省の公式サイトを見れば――」

「そんな表向きの話などどうでもいい」

切って捨てるように言う。桑辺は黙った。

「我々は一般人ではありません。いいですか、審議官。あなたは今大変に危険な状態におられるのですよ。前置きは結構ですので、核心部分だけお願いします」

「核心部分？」

「裏の話ということです。あなたが抱えておられる機密、つまりクイアコンの正体です。もしくは正体に近い〈何か〉です。それをお話し頂きたい。あなたの知っておられる限り」

「何を言っとるんだ、君は」

「桑辺審議官」

沖津は意識的に語調を強める。

「核心部分だけでいいと申しましたのは、時間がないからです。少しでも早くお話し頂ければ、あなたの命をお護りできる可能性がそれだけ高くなる。逆に申しますと、情報の入手が遅れれば遅れるほど、暗殺者に先手を取られる可能性が高くなる」

「君はたった今、責任を持って私を護るといったばかりじゃないか」

「もちろんそのつもりです。しかし相当に危険な相手であることも事実です。犯行を自ら予告した上で必ず実行している。当然私も、私の部下達も命を懸けています。ですからあなたもそのつもりで覚悟を決めて頂きたい」

そこへ、形ばかりのノックとともに姿警部が入ってきた。

「近くに何か所か更地があったんで、トレーラーはそこに入れました。地主にはそっちの方でよろしくお願いします」

そう言って姿は指を伸ばして地図の三か所に触れた。ディスプレイの触れられた箇所が青く発光する。いずれもマンションの建設予定地か売地のようだった。

「ユーリとライザはここと、ここで発進待機しています。指揮車輌はここのコインパーキングに入りました。四時間後には俺がライザと交替します」

「分かった。地権者には赤坂署から早急に話をつけてもらうことにしよう」

沖津が喋り終わる前に携帯端末を取り出した千波が、赤坂署の塩山署長に電話する。

発進待機とは、トレーラーに格納された龍機兵に搭乗した状態で待機維持することである。そのためには、技術班による特別態勢でのバックアップも必要となる。

長時間にわたって同じ姿勢で緊張し続けることを強いられる発進待機は、搭乗者に著しい消耗をもたらす。その限界は一般に熟練者で八時間とされているが、可能であるならばできるだけ短いスパンで休息を取った方がさまざまな面において効率的であることが実証されている。

「この家を一回りしてみたんですけどね、玄関の他に出入口は台所にある勝手口だけ、庭って言えるような場所もないし、中は警官だらけだし、これじゃこっそり忍び込むなんてことはまず無理ですね。狭い土地に目一杯建ってる日本の家も、暗殺者対策にだけはもってこいだったってわけですなあ」

その気楽そうな口調に苛立ったのか、それとも自宅を狭いと揶揄されて癇に障ったのか、桑辺が眉をひそめ、

「なんですか、この男は」

「突入班員の姿警部です。彼の言った通り、周辺に最新鋭の特殊装備を配置しております。相手はどんな奇襲をかけてくるか分かりませんが、彼らならまず大概のことに対処できるでしょう」

「この人がですか？」

いかにも不安そうな桑辺に、

「いいかげんなことを言っているようで、彼は油断とは無縁の男ですよ。ご心配は無用です」

当の姿警部は変わらぬ態度で身を翻す。

「じゃあ、俺は三階で警戒に当たります」

「頼む。君のライフルは赤坂署員がすでに搬入しているはずだ。三階で受け取るように」

「了解」

退出する警部の背中を胡散臭そうに眺めている桑辺に、沖津は改めて告げた。

「ではお教え願いましょうか。クイアコンに関してあなたが握っている情報を」

同時刻。霞が関の各庁舎で、宮近は城木と手分けし、さまざまな調整に追われていた。事はもはや特捜部と刑事部だけの問題では収まらない。組対、公安を含む警視庁の各部署が関わっている以上、宮近らにかかる負担も必然的に倍増する。

また経産省、総務省、文科省など関係省庁も多岐にわたる。情報を一分一秒でも早く入手しようと、

宮近に探りを入れてくる官僚も多かった。いちいち応対していては仕事にならないので、いっそのこと携帯端末の電源を切ろうかと思ったほどである。

　商務情報政策局は経済産業省総合庁舎本館の三階と四階に入っている。四階の端に位置する会議室での打ち合わせを終えた宮近は、三階にある情報政策課のフロアに移動するため、エレベーター横の階段に向かった。エレベーターを待っている余裕はない。

　館内には冷房が入っているが、省エネのせいか、あまり効いていなかった。妻の用意してくれたヴェルサーチのハンカチで汗を拭いながら階段を早足で下りていた宮近は、踊り場を曲がったところで思わず足を止めた。

　同時に、階段の下部で立ち話をしていた二人が振り返る。

　城木と、そして坊主頭の大柄な男――堀田警備企画課長であった。

　わずか数瞬であったとは思う。しかし宮近は、その間、確実に言葉を失っていた。

　城木はいかにも間が悪そうな表情を浮かべている。一方の堀田課長は、両眼に憐憫とも侮蔑ともつかぬ気配を覗かせ、それでも口調だけはあくまで快活そうに、「おう、ご苦労さん」と声をかけてきた。

「ご無沙汰しております」

　極力目を合わせないように頭を下げ、

「堀田課長、どうして経産省に……」

　おずおずと尋ねると、堀田は呆れたように、

「何を呑気なことを言ってるんだ、君は。経産省の審議官に殺人予告が届いたんだぞ。本庁でも大騒ぎだ。おかげで今日は俺も本庁とこっちを行ったり来たりだ。君は事態の重大性を理解しているのか」

「愚問でした。申しわけありません」

「相変わらず使えん男だな」

使えん男――相変わらず――

胸が何かでえぐられているようだった。

「失礼します」

一礼し、その場を去る。最後まで城木は一言も発しなかった。

5

立川で捜査中だった夏川は、知らせを受け急ぎ南青山に直行した。近隣の要所要所には私服警官や覆面パトカーがすでに抜かりなく配置されている。

よし、これなら――

頷きながら桑辺邸に向かうと、門前でばったり捜一の牧野と出くわした。おそらく彼も外出先から駆けつけてきたのだろう。

互いにむすりとしたまま口もきかずに邸内に入る。

玄関ホールにいた私服の男達が二人を見て一斉に「ご苦労様っす」と低く発する。捜一と赤坂署の捜査員達だった。二人は「ぐおッす」と機嫌の悪い猛犬の唸り声にしか聞こえない挨拶を返しつつ、邸内を確認して回る。

一階は車が三台入るガレージの他、リビングルーム、ダイニングキッチン、それに浴室が配されていた。ガレージのシャッターは閉ざされてロックされている。浴室やトイレの窓はいずれも人が通り抜けられるような大きさではない。十畳のダイニングキッチンには勝手口が設けられているが、他の部屋と同様に、私服警官が詰めている。勝手口はもちろん中から施錠されていた。夏川は念のため鍵を開け、ドアを開けて外を見る。すぐ目の前には裏の邸宅の塀がそびえていた。簡単に乗り越えられるような高さではない。ドアの下にはゴミ出しに使うためのものと思われるサンダルがきちんと揃えられている。それだけを確認し、夏川はドアを閉めて再び施錠した。

ダイニングキッチンに通じる出入口のすぐ側に階段が設置されている。夏川と牧野は張り合うように肩を並べて二階に上がった。大の大人が横に並んでも充分に通れるだけの広さがある。建て売り住宅などでは決して望めぬ設計であった。

二階には書斎兼応接室と桑辺夫妻の寝室。先着した沖津部長らが現在桑辺審議官から聴取中であると聞いているので中に入るのは遠慮した。書斎のドアの前には張り番の男が立っているし、隣の寝室には最も恐ろしげな顔をした私服が四人も詰めていて、二人を見ると獄卒のような表情を少しも変えることなく微かに目礼した。

三階は二人の娘の部屋、それに客用の寝室となっていた。どの部屋にも私服がいるので、仮に暗殺者が窓から侵入を試みようとしても、たちまち邸内の全員に知られることとなるだろう。

正面の通りに面した長女の部屋に、姿警部がいた。厚いカーテンが閉め切られた窓の側にしゃがみ込み、FN SCAR-Hアサルトライフルを抱えて缶コーヒーを飲んでいる。

「よう」

二人を見ると、姿は無精髭の伸びた男臭い口許を綻ばせた。

「ちょうどいい位置に窓があった。ベストポジションという奴だな」

カーテンの隙間から外の様子を窺う夏川に、

「これまでの例からすると、狼眼殺手って殺し屋は予告から実行まで最大で三日だ。まずはそれまで持ちこたえられればいい。だが問題は……」

「そんなルールなんか、実はどこにもないってことですね」

牧野が先に答えていた。

むっとする夏川に構わず、姿が頷く。

「その通りだ」

夏川は思わずむきになって、

「殺しの標的に護符を送りつけてくるような奴ですよ。どう考えても普通じゃない。我々には理解できない、自分だけのルールに固執しているとしてもおかしくはないんじゃないですか」

「まあな」

姿は手にした缶コーヒーを床に置き、

「それにしたって、こんな警官だらけの家に入り込める殺し屋なんて、ちょっと想像できないね。仮にそれができたとして、ついでにターゲットのおっさんを仕留められたとしてもだ、どうやって逃げる？　この家だけじゃない、街中で警察が眼を光らせてるんだぜ。逃亡はまず不可能だな。第一、俺が黙って見過ごすわけはないだろう」

夏川は姿の抱えたライフルを改めて眺める。歴戦の傭兵である姿俊之は世界中で要人の護衛任務に就いた経験があるという。彼の言葉は決して大言壮語の類ではない。

「事前に機甲兵装を近所に持ち込んでる可能性もなくはないが、ユーリとライザが龍機兵で発進待機してるんだ。この家に突っ込んでくる前にコクピットを撃ち抜かれるのがオチだろうぜ」

姿警部の言う通りであった。

そうだ、やはり不可能だ――なのに狼眼殺手はどうしてわざわざ予告など――

「まあ、考えるのは作戦指揮官の役目だ。俺達兵隊は命令された通りに動いていればそれでいい」

夏川の内心を見透かしたように、姿が助言めいたことを言い、再びコーヒーの缶を取り上げた。

不服そうに何か言いかけた牧野を促し、夏川は姿に一礼して部屋を出る。

「おい夏川、俺達は――」

「兵隊じゃないとでも言いたいんだろう。分かってるよ」

階段を下りながら口を尖らせた牧野の先回りをする。

「だけどな、俺達程度の頭じゃ考えるだけ無駄ってもんだ。今は警備に集中した方がいい」

サングラスの奥で牧野は侮蔑の色を浮かべている。

特捜に行って、刑事の心までなくしやがったか――そんなふうに思っているのだろう。夏川には牧野の考えが手に取るように分かる。かつては自分もそうであったからだ。

だが今は違う。少なくとも自分は理解した。自分達のいる社会が、世界の向かっている先が、これまでの常識では到底計れぬほどいびつに歪んだものであるということを。そしてそこは、悪意の罠が幾重にも張り巡らされた奈落でもある。その罠を切り抜けられる者がいるとすれば、それは――沖津部長のような人だろう。

それだけを自分は理解した。


「ウチは情報処理システムの開発及び普及等を管掌しているわけですから、新事業創出の促進に大きく関わるであろうクイアコンには、全省挙げて取り組んでおり――」

「前置きはいいと申し上げたはずですよ、審議官」

くどくどと続く桑辺の話を、沖津はそっけなく遮った。

「我々は入庁希望者でも見学者でもありません。パンフレットに書いてあるようなお話は結構です。お答え頂けないのであれば、我々も手の打ちようがありません」

椛島刑事部長らは度肝を抜かれて沖津の冷徹な横顔を見つめる。

桑辺は警護対象であって任意の参考人ですらない。本来ならば聴取できる状況ではないのだが、事案が事案なので、捜査本部としてはあらかじめ厳しく問い詰めることを申し合わせていた。それでもなお、沖津の出方は三人の想像を超えている。

「それじゃまるで、私を脅しているみたいじゃないか」

桑辺の皮肉に、沖津はごく真面目に応じる。

「そうとも言えるでしょうね」

「なんですって」

「それで審議官の生命を守れるならば、我々はいかなる手段をも辞さぬ覚悟です」

桑辺は詰まった。反論も非難もできないロジックである。

「どこまでつかんでいるのか知らないが、クイアコンに手を出したら君達もただではすまんぞ」

「ほう、今度は審議官が警察を脅迫なさるわけですか」

そう返された審議官は、自らの混乱を持て余すかのように頭を抱えた。

「違う、そんなつもりでは……」

なんと言っても彼は、暗殺者に狙われて警察に助けを求めてきた身であるのだ。実際、時折神経質そうに室内を見回すその様子は、官僚特有の尊大さを残しつつも、極度の不安に怯える初老の男のものである。

自らの命が懸かった局面でありながら、肝心なことについて話そうとしない。その理由はなんなのか。

「私はただの……単なる調整役にすぎないのに……」

「経産省の審議官が、〈単なる調整役〉はないでしょう」

沖津は容赦なく追及する。

「君は何も分かっていない」

「分かっていますよ」

「嘘だ」

桑辺が顔を上げる。

手の内に切り札を何枚も隠しているようなふりをして相手を不安に陥れ、心理的な揺さぶりをかける。被疑者——この場合は被聴取者だが——を追い込むための初歩的なテクニックである。エリート官僚ほどこうした手に弱い。一般人より著しくプライドが高い上に、当然ながら警察に取り調べられた経験など皆無だからだ。

「クイアコンは化け物だ。日本中の闇にその触手を伸ばしている。だが、その軸足の少なくとも一本を経産省に置いているのは確かです。なるほど、あなたは確かに調整役かもしれないが、それだけに触手がどこからどこへ伸びているか、誰よりもご存知のはずだ。違いますか」

沖津はさらに畳みかけた。

「その触手の一本が、どういうわけかあなたに妙な絡まり方をした。だからあなたに殺害予告が届いたのでしょう。絡まった触手をほどかなければ、あなたはいつまでも命を狙われ続けることになる」

「そんな……」

「話して下さい、審議官。我々は全力を挙げてお護りすると約束します」

すると、桑辺は一転して冷笑を浮かべ、

「その触手が警察に伸びていないと、君は断言できるんですか」

「できません」

沖津は即答した。

「むしろ、最初から伸びていたとさえ考えています」

鳥居と千波はもう声もない。椛島は大きな口を固く結んで沖津を睨んでいる。

「だったら、君は——」

「それもすでに申し上げたはずです。我々は覚悟を決めてきたと」

その一言に、桑辺は肩を落とした。それは安堵のようでもあり、また、犯罪被疑者が〈落ちた〉瞬間のようでもあった。

「先月殺された総務省の水戸君、それにＮＩＩの松森さん、この二つの事件には何か関係があるんじゃないか……早い時点で政界の一部からそんな声が聞こえてきました」

桑辺がぽつぽつと語り始めた。

「木ノ下貞吉先生もその一人です。ことに先生は、裏でフォンが糸を引いてるんじゃないかとお疑いのようでした。それでクィアコンに関わりのある議員の先生方で集まり、対策を協議しようと……その動きが政界のどこかからフォンに伝わった節があるように思います……だから……」

そこで言い淀んだ桑辺に対し、沖津が補足する。

「だからフォンは木ノ下議員に接触して弁明の機会を得ようとしたと？」

「はい、そうじゃないかと私は考えました」

「となると、木ノ下議員サイドとしても疑惑を解明するよい機会だ。そう考えて会合に応ずる姿勢を見せたわけですね」

「ええ。しかし、もともとフォンに対して不信感を抱いておられたわけですから、会合は承諾したものの当日になって不安になられたんじゃないでしょうか。これは罠か何かなんじゃないかと」

「そこで代わりに若い私設秘書を出席させた、と。なるほど、話は合いますね」

桑辺は卓上に置かれた水差しを取って自分のコップに注ぎ、喉を鳴らして一息に呷った。そして高い音を立ててガラスのコップをテーブルに置く。

その音で我に返ったのか、鳥居が矢継ぎばやに質問を投げかける。

「そもそも木ノ下先生がフォンを疑った根拠はなんなんですか」

「それは……」

「フォンによるなんらかの働きかけが背景にあったからじゃないですか。その結果、トラブルになった」

鳥居が示唆する〈働きかけ〉とは贈収賄のことに他ならない。トラブルとはもちろん金銭を巡るものである。それを相手に言わせたいと思っているから、鳥居は直接的な言い方を避けたのだ。

桑辺は俯いて答えない。図星のようだった。

「では、木ノ下先生に同調して集まろうとしていた先生方のお名前をお教え下さい」

「…………」

「お答え下さい、審議官」

「…………」

「どうしたんですか、ご存知じゃなかったんですか。どうして答えられないのですか」

今や鳥居は完全に切れ者としての顔を取り戻していた。

「殺人予告が送られてきたのも、もしかしたらあなたがそれを知っているせいかもしれない。だとしたら、今それを私どもに話すことは、そのままあなたの保護にもつながる」

「まさか、そんな……あり得ない……」

「どうしてあり得ないと言い切れるんですか」

「それは、私が——」

桑辺が何かを言いかけたとき、彼の胸ポケットで着信音が短く鳴った。

「失礼」

そう言って携帯端末を取り出した桑辺は、無言で画面に視線を走らせている。着信したのはメールのようだった。

「お待たせしました」

端末をしまった桑辺に、千波がおもむろに言う。

「審議官、今のメール、我々にも見せて頂けませんか」

「それはできません」

なぜか桑辺はやや声高にきっぱりと拒否した。

「これは仕事用の携帯です。他省庁の方にみだりにお見せするわけにはいきません」

警察に保護を求めた立場でありながら、警察を〈他省庁〉と呼ぶ。度し難い官僚の性《さが》であった。

「もちろん機密は責任を持って守ります。任意での提供をお願いできませんか。我々は捜査の必要から――」

「お断りします」

重ねて懇願する千波に対し、桑辺はにべもない。

「千波君、さすがにそこまではできんよ」

上司の椛島に諭され、千波は唇を噛みつつも頭を下げる。

「申しわけありません。ご無礼はお許し下さい」

「それでは、私からもう一度お訊きします」

質問を再開したのは、鳥居ではなく沖津であった。

「先ほど審議官はご自分のことをクイアコンの調整役だと申しておられましたね。それは技術的な進捗状況に関しても把握しておられたと理解してよろしいのでしょうか」

鳥居が目を剝いてまじまじと沖津を見つめる。

その質問は、中断された鳥居の質問とはまったく関係ないものであった。

「え、それは……その、どういうことでしょうか」

質問された桑辺も、即座に意味をつかみかねている。

「我々は一連の事案に関連し、研究内容に関する資料も押収して分析を進めているのですが、技術班からの報告によれば、どうも断線というか、欠落が目立つと――」

「沖津部長！」

ついに鳥居がこらえかねたように声を上げる。

「鳥居君」

椛島が鋭く部下を制し、桑辺に向かって言った。

「審議官もお疲れになったでしょう。長い時間、申しわけありませんでした」

カーテンに閉ざされた窓の外は、すっかり光を失っている。

「今日はこの辺にしておきましょう。すぐに夕食を運ばせます。警備は万全ですので、今夜はどうか安心しておやすみ下さい」

立ち上がった椛島は、他の面々を目で促し、先に立って退出した。

張り番の私服がドアを閉めると同時に、椛島は沖津に向かって囁いた。

「話がある」


桑辺邸から五〇メートルほど離れたコインパーキングに向かった椛島は、そこに駐まっていた黒いステップワゴンに歩み寄った。すぐに中から後部のドアが開けられる。

刑事部長は車内に向かい、声をかけた。

「おまえら、どっかで飯でも食ってこい。領収書は特捜宛てでな」

中から五人の私服が下りてきて、無言で夕闇の中へと散っていった。

入れ替わりに椛島が車内に乗り込む。沖津、鳥居、千波がその後に続いた。

閉め切られた車内で、椛島が促した。

「鳥居」

それを待っていた鳥居が、猛烈な勢いで沖津に食ってかかる。

「沖津部長、あなたは一体何を考えているんですか。聴取の段取りを無視して、見当違いの質問など」

「見当違いとは限りませんよ」

沖津の返答は、鳥居をさらに激昂させた。

「本気で言ってるんですか。サンズイ（汚職）に関与している政治家の名前を残らず聞き出せたかもしれないチャンスだったんですよ。せっかくあそこまで持っていったっていうのに、あなたはその流れを断ち切るような――」

「政治家なんて、どうせいつもの面子でしょう。それこそ捜二お得意の捜査手法でも充分割り出せる。それよりも今はクイアコンです」

そこで千波が口を挟んだ。

「分かりませんね。鳥居課長はちゃんとクイアコンに関する質問をしてましたよ。それも相当にいいところだった。クイアコンの技術内容なんて、本職にも見当外れとしか思えません。どうでもいいじゃないですか、そんなこと。最先端技術の漏洩事案なんて、そりゃ外事の連中だったら興味もあるでしょうが、今はそれより本筋が大事です。捜査の目的はクイアコン絡みの贈収賄疑惑、それに連続殺人事案じゃなかったんですか」

いつもは不仲の鳥居を擁護している。

鳥居は我が意を得たりという顔で、

「本丸はあくまで大規模汚職の解明、すなわち政治家の逮捕だ。連続殺人は裏金絡みのトラブルに違いない。汚職の全容を解明すれば、連続殺人の構図も自ずと――」

「そうは思えませんね」

シートに深々ともたれかかった沖津が答える。

「なんですって?」

信じられないという顔で聞き返した鳥居に、

「捜査を続けるうちに、この事案は想像以上に根深いことに気がつきました」

「これだけの規模の疑獄事件だ。根深いに決まってるでしょう。最初から分かっていたことだ」

「そうじゃない。もっと禍々しく、邪悪なものです」

三人は互いに顔を見合わせる。

椛島が大きな口を苦々しげに歪め、

「なんだ、その邪悪なものとは。具体的に言ってくれ」

「言えません」

誰しも耳を疑うような返答だった。

鬼瓦のような椛島の顔がたちまち真っ赤になった。千波と鳥居も同様である。

沖津は平然とシガリロに火を点ける。

激怒した椛島が罵声を発しようとしたのか、大きく息を吸い込んだまさにそのとき――

外からステップワゴンのドアが激しく叩かれた。

桑辺邸に詰めていた私服の一人だった。

千波がすぐさまドアを開ける。

「どうした」

「審議官が……」

極度の興奮のせいか、私服はうまく舌が回らないようだった。

「何があった、はっきり言え」

「審議官がいなくなりました!」

「いなくなった?　どういうことだ」

「いないんです、どこを捜しても」

私服警官は蒼白になって同じことを繰り返した。

「邸内から消えたんです、審議官が!」

6

発進待機の状態から解放され、専用機『バンシー』から降りたライザは、トレーラー内で特殊防護ジャケットを脱ぎ、全身の汗を拭ってからアンダーウェアを着替えた。水分の補給に努めつつ、軽くストレッチをして全身の凝りをほぐす。アイソトニック飲料のボトルが空になったところでデニムとシャツを着用し、ダークオリーブのユーティリティパーカーを羽織ってトレーラーから出た。身体的、及び精神的コンディションのチェックを受けるため、その足で指揮車輛の駐められている場所へと向かう。

交替の姿警部は三十分以上も前に別の位置で発進待機に入っている。技術班員の話では現在のところターゲットに異状はないとのことだった。

午後六時六分。長引く梅雨のため、日本のこの時期にしては、周囲はかなり薄暗い。今もぽつぽつと雨が降っていて、夕暮れに一層の闇を加えている。

雨か——

ライザは想う。捨て去った故郷にいつも降っていた雨を。その雨は、今も記憶の中で降っている。日本の梅雨は、ベルファストの雨とは違う。不快な湿気は時に蒸し暑く、時に冷気を伴っているものの、大気はどこまでも柔らかい。

だが今夜の雨は、故郷を思わせる重苦しい煙霧であった。それだけに嫌な感触が肌をざわめかせる。

考えるな、日本の雨だ——北アイルランドの雨じゃない——

住宅街の中の歩道を早足で進んでいたとき、前方の四つ角を横切る人影が一瞬見えた。スーツの男だった。

民家の塀の向こうに消える直前だったので顔ははっきりと見えなかったが、年格好は事前に資料で確認した桑辺審議官のものと符合する。また、それ以上に奇妙な違和感を抱いた。足だ。消える寸前、外灯の光に足首だけが見えたのだ。

サンダルを履いていた。

スーツにサンダル。近所の散歩、あるいはちょっとした買い物なら決しておかしいとは言い切れないが、この天候だ。男は傘も差していなかった。

ライザは咄嗟に走っていた。そして男の消えた角を曲がり、闇の向こうを透かし見る。

どこへ行ったのか、男の姿はすでになかった。前方には何本かの路地が見える。そのどれかへ入ったに違いない。

確証はまったくなかった。しかし、直感が何かを告げている。直感と、名状し難い不穏な予感だ。男を追って、ライザは一番手前の路地に向かって駆け出した。

間を置かずに路地へと飛び込む。その先は、さらに三つの細い道に枝分かれしていた。

どっちへ行ったのか——

雨の中、ライザは焦る。

全神経を集中して周囲を探る。何も引っ掛かってはこない。勘に頼るべきか。だがこの状態では、勘と言うより単なる確率論でしかない。左右に建ち並ぶビルの一つに入った可能性もある。

右手の方——東側から、絶え間なく走行する車の騒音が小さく聞こえている。外苑西通りが近いのだ。

一本ずつ路地の先を覗いてみようと足を踏み出したとき、東側から車のクラクションと急ブレーキに軋《きし》むタイヤの音が聞こえてきた。

反射的に右側の路地へと駆け込み、一気に走り抜ける。その先はやはり外苑西通りに通じていた。

広い四車線を車が流れている。かなりの交通量だ。車道のさらに向こうには、青山霊園の境界を示すコンクリートの壁と、その上部に覗く黒々とした木々がどこまでも広がっている。

歩道の左右を見たが、男の姿はどこにもない。また横断歩道も見えなかった。しかし車道を挟んで反対側の歩道の左手に、青山霊園への入口らしき階段が見えた。

間違いない。男は車道を強引に渡って、青山霊園に入り込んだのだ。どう考えても普通の事態ではない。

思い切って目の前の外苑西通りに飛び出す。ちょうど走ってきた車がクラクションを盛大に鳴らして背後を通り過ぎた。中央分離帯を踏み越え、再び車の切れ目を見計らって一気に突っ切る。すぐさま歩道を左に向かって走り、コンクリートの壁に設けられた狭い階段を駆け上がった。

普段はあまり使われていない出入口らしく、生い茂った草が階段から続く小径を覆い隠している。

ユーティリティパーカーの下に隠し持っていた大型拳銃S&W M629Vコンプを抜き、下草を踏んで霊園内に分け入った。

木々の合間を抜けると、整然とした道の端に出た。左右には墓石の列がどこまでも並んでいる。

男の影はやはり見当たらない。M629を構え、ライザは道に沿って走り出した。

区画はほぼ碁盤目状に整備されている。それだけに自分の今いる位置さえ簡単に見失ってしまいそうだ。

分岐点に差しかかるたび、視線と銃口を周囲に巡らせるが、男がどちらに行ったのか見当もつかない。勘に頼って進むしかなかった。

霊園内には歩道の併設された車道もあった。車は結構な頻度で通過しているが、天候のせいか、通行人の姿はない。

舗装された車道を横断し、先の暗がりへと躊躇なく分け入る。

煙雨は次第にその密度を増し、夕闇は墓地全体を覆ってあたりを果てのない奈落へと変えている。

煙雨の彼方に、高層ビル群の明かりが滲んで見えた。本来は華やかであるはずの夜景が、茫と煙ってまるで葬儀の灯明であるかの如く空に浮かび、薄闇に沈む墓地と、その中で徘徊する自分とを冷たく包囲しているように思われた。

どこだ――どこにいる――

ステンレスフレームのＭ６２９Ｖコンプを手に、ライザは異国の墓地をどこまでも進む。十字架ではない墓石の列は、神を持たず、死を伴侶に生を紡いできた者にこそふさわしい。そこかしこの墓石の背後に、植え込みの暗がりに、たとえ冥界の異形が潜んでいようとも。

携帯端末を取り出して本部に連絡しようとしたとき、前方で銃声が聞こえた。立て続けに二発。わずかの間があって、また続けて二発。近い。

時を移さず走り出した。墓石や石垣、それに名称さえ分からないさまざまな物を乗り越え、銃声のした方へと向かって最短距離を駆け抜ける。

Ｍ６２９を握り直しながら考える――最後の二発はとどめの銃弾に違いない――さっき見かけた男がもし標的の桑辺審議官であったとしたら、彼はもう――

名も知れぬ墓石の合間を抜けると、大きな鳥居の前に出た。他に比べて格段に広いスペースが取られている。誰か著名人の墓らしい。鳥居の先には石戸門《いわともん》に囲まれた一際高い場所があり、そこに墓標なのだろうか、巨大な石塔が建っている。何か文字が彫り込まれているが暗くて読めない。

その石塔に至る低い石段の前に、人が倒れていた。スーツにサンダル。やはりあの男だった。近寄って確認する。額にとどめの弾痕が二か所。

ああ……

ライザが我知らず心中に呻き声を漏らしたのは、男が両の膝頭を正確に撃ち抜かれていたからである。最初の二発は、彼の膝に向かって放たれたものだった。

その意味は一つしかない。少なくともライザにとっては。

不意に、感じた。

いる――誰かが、まだ――

Ｍ６２９を構え、心気を凝らす。

殺人者は近くに潜んでじっとこちらの様子を窺っている。

なぜだ――なぜすぐ現場から逃げない――

分からない。そして、分かる。途轍もなく強大な殺気。動いてはならない。少しでも動けばその瞬間に殺される。

銃口を闇に向けたまま、ライザは煙雨の墓所に立ち尽くす。

集中する。次いで覚悟を決める。自分が今いるのは生死の狭間に他ならない。

周囲を取り巻く木立の合間で銃火が閃いた。その寸前にライザは側にあった石灯籠の陰に飛び込んでいる。

Ｍ６２９で応戦するが、手応えはない。相手は発砲しながら移動している。たちまち六発を撃ち尽くした。シリンダーを開いて素早く44マグナム弾を詰め替える。その間にも暗殺者の銃弾は石灯籠を削り、周囲の石碑や石塔に当たった跳弾が耳許で唸りを上げる。着弾は正確だ。確実にこちらを捉えている。

狼眼殺手とおぼしい暗殺者は、前回、前々回と同じくハンドガンを使っている。サプレッサーは付けていない。

呼吸を整え、前方の石塔へと移動した。間髪を容れずＭ６２９を連射する。だが敵は容易に所在をつかませない。発砲しながら墓地の奥へ奥へと後退しているようだ。

敵の銃火を追って石塔から飛び出す。古い石造りの柵を乗り越え、植え込みに分け入り、トリガーを引き続ける。

狼眼殺手の銃弾がすぐ近くにあった供え物の花を散らし、卒塔婆を砕いた。咄嗟に墓石の裏に身を投げ出し、そのままの姿勢で再度銃弾を詰め替える。

起き上がって撃とうとしたとき、墓石の合間に狼眼殺手の全身が一瞬見えた。

嗤っていた。狼のように唇の両端を吊り上げて。だが何よりもおぞましいのは、その眼であった。

夕闇はすでに宵闇へと転じている。さらには煙雨さえ立ち籠めていたにもかかわらず、その黒い影は闇に抗う如く、墓場の中で浮き上がって見えた。

圧倒的な悪意。凶暴なまでの闘志。それらが恐怖の総和となって一度に押し寄せてくる。

その奔流に晒されて、身も心も持っていかれそうになるのをかろうじてこらえた。

ほんの一、二秒のことであったろうか。

我に返ってM629を撃つ。44マグナムの轟音が広大な墓場に響き渡る。

相手の姿はすでになかった。むせ返るほど濃密に感じられた殺気も、今は完全に消えている。

連射で熱を持ったM629の銃身が、滴る雨に哭《な》いていた。

いつの間にか、煙雨は篠突く雨に変わっている。

間違いない。雨とともに還ってきた。ベルファストの――故郷の悪夢が。

異国の墓地に、ライザは独り立ち尽くす。かつてゴールデンブロンドだった砂色の髪は、今はじっとりと重く濡れ、不快な感触となって頬や首筋にまとわりついている。いくら捨てようとしても捨てられぬ、それが因果の証しであるかのように。

ああ、雨が痛い――

すぐ近くでパトカーのサイレンが聞こえた。

7

同日午後六時五十七分、青山霊園全域は赤坂署によって完全に封鎖されていた。大勢の人員によって徹底的な捜索が行なわれたが、不審人物は発見されなかった。殺人犯はすでに離脱したものと推測された。折から激しくなっていた雨のせいもあって、逃走ルートさえ未だ特定できていない。

明治の元勲である大久保利通の墓所は、屋根のように張られた青いビニールシートで広く全体を覆われている。その周辺では制服、私服の別を問わず、レインコートを着た多くの警察官が入り乱れていた。

雨の中、椛島刑事部長をはじめとする警視庁刑事部の幹部らとともに徒歩で現場へと足を運んだ沖津特捜部長は、発見された死体が桑辺敏弥審議官であることを確認した。

頭部に二つの弾痕。他に両膝に一発ずつ銃弾が撃ち込まれている。死体が履いているサンダルは、桑辺邸のダイニングキッチン勝手口外に置かれていたものだった。

発進待機のローテーションを終え、指揮車輛に向かっていたラードナー警部は偶然桑辺審議官らしき人物と遭遇、不審に思って追跡したところ、青山霊園内で銃声を耳にし、大久保利通の墓所内で桑辺審議官の死体を発見したという。

ラードナー警部は巨大な鳥居と石塔を有するその墓が大久保利通のものであることを知らなかった。警部はさらに狼眼殺手と思われる相手から銃撃を受け、応戦したが、これを取り逃がした。現在警部は、特捜部指揮車輛内で技術班による身体チェックを受けながら待機している。

「死体は携帯を所持していましたか」

赤坂署員に借りたビニール傘を差した沖津が、先着していた赤坂署の植田刑事課長に尋ねる。

「いいえ」

植田は即答した。

「財布、現金、各種クレジットカード等は手つかずで残されていましたが、携帯だけが見当たりませんでした」

「ありがとう」

それだけを確認すると、沖津は無言で踵を返した。

「どこに行かれるのですか」

同じくビニール傘を差した鳥居二課長が問うと、振り返らずに沖津は答えた。

「桑辺邸に戻るんですよ」

「冗談でしょう。現場に着いたばかりなんですよ。捜査を放棄する気ですか」

千波一課長の抗議に、沖津が足を止める。

「この際、敷鑑《しきかん》は赤坂署に任せましょう。狼眼殺手と異名を取るほどの相手がアシのつきそうな証拠を残しているとも思えません」

「無責任です」

捜査一課の長として千波は食い下がった。

「マル目《モク》（目撃者）だっているかもしれませんし、捜査の基本は――」

「それこそ赤坂署に任せておけばいいでしょう。最大の目撃者、いや当事者は我々の身内なのですから」

ラードナー警部のことだ。千波も他の者も一様に黙った。

現場の指揮権は階級から言っても椛島刑事部長にあるのだが、あまりの事態に、椛島も沖津の言動をやむなく黙認しているようだった。

「この件の鍵は、殺人現場ではなくむしろ桑辺邸にあると私は考えています」

それだけ言うと、沖津は再び歩き出した。


青山霊園の現場と同じく、桑辺邸とその近辺も厳重に封鎖されており、多くの捜査員がせわしげに出入りしていた。

ガレージを含む全居室に、多数の捜査員が配置されていたにもかかわらず、警護対象である桑辺審議官が邸内から〈消失〉した。そのことに最初に気づいたのは、赤坂署の坂下《さかした》巡査部長であった。

審議官の聴取を終えて椛島、沖津らが退出した後、隣の寝室に控えていた四人のうち、坂下実《みのる》巡査部長と小田《おだ》恒夫《つねお》巡査の二人が入れ替わりに応接室で審議官の警護に当たっていたという。「冷たいものでも飲んでくる」と言い、審議官は階下のダイニングキッチンに向かった。坂下と小田は同行しようとしたが、審議官が「自宅の階段を下りるだけだ、すぐに戻る」と強い口調で言うので、部屋に残った。実際に階段はダイニングキッチンに通じる出入口のすぐ近くにあり、心配はないと思われた。

五分経っても審議官が戻らないので、坂下が様子を見に下りたところ、ダイニングキッチンに詰めていた同じく赤坂署の濱崎正《はまざきただし》巡査部長と若島大地《わかしまだいち》巡査部長が、「審議官ならオレンジジュースを飲んですぐに戻った」と驚いたように言った。ダイニングテーブルの上には、確かにオレンジジュースを飲んだとおぼしきグラスが置かれていた。

愕然とした坂下はすぐに玄関へと走り、そこにいた野村晋一《のむらしんいち》巡査に大声で尋ねたが、審議官どころか、この五分間に玄関から出入りした者は一人もいないという。騒ぎを聞きつけて各居室から顔を出した捜査員達も同様になんの異状も察知してはいなかった。

全員が総出で邸内を捜索したが影も形も見当たらない。審議官は忽然と邸内から消えてしまったのだ。そこで捜査員の一人が椛島刑事部長らに急を知らせに走ったという次第である。

駆けつけた椛島、沖津らが捜索の手筈を整えていると、赤坂署の植田刑事課長から連絡があった。「青山霊園で銃声がしている」との一一〇番通報が相次いで寄せられているという。そこへラードナー警部から沖津の携帯に報告が入った。

それを聞いた沖津は、桑辺邸内での詳しい調査を夏川と牧野に命じ、刑事部長らと急ぎ青山霊園へと向かったのであった。

再び桑辺邸へと戻ってきた沖津らを牧野とともに二階の応接室で出迎えた夏川は、勢い込んで報告した。

「二階応接室にいた坂下、小田の証言と、ダイニングキッチンにいた濱崎、若島の証言は概ね一致しています。濱崎の話では、『喉が渇いたと言って入ってきた審議官は、冷蔵庫からオレンジジュースの紙パックを取り出し、食器棚にあったグラスに注いで一息に飲んだ。勝手口の方には近寄りもしなかった。ジュースを飲み干した審議官は、グラスを置いて何も言わずに戻っていった。その三分後くらいに坂下巡査部長が入ってきて、審議官はと訊かれたので、ありのままに答えた』ということです。また若島によると、『審議官がダイニングキッチンにいたのは、時間にして一、二分といったところで、それ以上では決してない』とのことでした」

そう早口で告げながら、夏川は己の報告の空疎さに忸怩《じくじ》たる思いを抱かずにはいられなかった。

死体で発見された桑辺審議官は勝手口のすぐ外に置いてあったサンダルを履いていた。従って審議官はダイニングキッチンから屋外へ出たと考えるのが妥当である。それにもかかわらず、二名の警察官が絶対に出ていないと口を揃えて主張している。一方で一階にいた他の警察官、ことに玄関に配置されていた野村巡査は問題の時間帯に出入りした者はないと断言している。審議官は階段の途中で消えてしまったというのだろうか。

応接室では、発進待機を解除されたオズノフ警部や姿警部らも壁際に立って夏川の報告を興味深そうに聞いている。過酷な発進待機の直後だというのに、オズノフ警部はスーツを端正に着こなして普段と同じ顔を崩さない。一方の姿警部は、疲労を感じさせないのは同じだが、シャツジャケットの肩にアサルトライフルを載せている。

「君は濱崎と若島に直接聴取したか」

沖津の質問に、夏川ははっきりと答えた。

「はい」

「二人の服装は」

「濱崎と若島の、ですか」

「そうだ」

「若島はグレイのスーツ、濱崎はYシャツで黒っぽい上着を脇に抱えていました」

「ありがとう。続けてくれ」

上司の不可解な言動に慣れている夏川は、命じられるままに報告を続けた。

「は、邸内は再三にわたって点検致しましたが、ごく普通の住宅であり、抜け穴等の知られざる出入口は発見できませんでした。また、桑辺邸周辺に配置されていた警察官の監視網に引っ掛かることなく、審議官がどうやって青山霊園まで移動できたのか、まったく不明であります」

「私の責任だ」

沖津が言った。その視線の先には、応接テーブルの上に広げられた現場指揮用のマスター・マップがある。

「私が不用意に見せてしまった。これを見た審議官は、警察官の配置場所を把握し、それを避けるルートを選んで青山霊園に向かったのだ」

だとしても、殺し屋に狙われている身でありながらどうしてそんな――

夏川がその疑問を口に出す前に、沖津は応接室を出て階段へと向かっていた。他の面々もわけのわからぬまま後に続く。

ダイニングキッチンに入った沖津は、テーブル上のグラスを一瞥して勝手口の前に直行する。しゃがみ込んで周辺の床の状態を確認している上司に、

「何をご覧になっているんですか」

「これだよ」

夏川の問いに、沖津は床の一部を指差した。

牧野と一緒になって覗き込む。

フローリングの溝に、何か黒い物が残っている。すぐに分かった。

「外の泥ですね」

床に付着した泥水を、慌てて拭き取ったらしい痕跡も何か所か見受けられた。

それを踏まないように、沖津は少し離れた位置から手を伸ばしてドアを開け、外の様子を見ている。

上司が何を確かめようとしているのか、今度は夏川にも察しがついた。

ドアを閉めて振り返った沖津が、千波に向かって目配せする。

頷いた千波が、部下の牧野に命じる。

「牧野主任、君は一階にいる全捜査員を指揮して濱崎巡査部長と若島巡査部長を速やかに確保しろ」

「はっ」

「すでに逃亡しているかもしれん。自殺する可能性もある。それだけは絶対に許すな。急げ」

走り出ていく牧野を見送り、鳥居が沖津に問いかける。

「その二人が嘘をついていたということですか」

「この件に関する合理的解釈はそれしかありません」

「証拠は」

「勝手口の内側に残っていた泥ですよ。ダイニングキッチンに入ってきた審議官は勝手口を開け、外に常備されているサンダルを履いた。若島が入口で見張っている間に、濱崎が外に出て審議官を肩に載せる。裏の塀は高いが、そんな踏み台があれば乗り越えるのは簡単だ。実際にそれらしい跡が塀に残っていた。そこから裏庭伝いに数軒先まで移動することは不可能ではない。真裏に当たる邸宅の門前にも警察官が配置されているが、警備する者の心理として、どうしても侵入者へと注意が集中する」

沖津の説明に目を丸くしているのは鳥居一人だ。刑事畑の千波やオズノフ警部は、すでに沖津と同じ結論に達していたのだろう。

「審議官を送り出した濱崎は、すぐさま屋内に戻って勝手口を閉める。靴下のまま雨の屋外に出たわけだから当然足跡が床に残る。ハンカチか何かでそれを拭いている間に、若島がグラスにオレンジジュースを注いでから流し台に中身を捨て、グラスだけをテーブルに置く。これも当然のことながら濱崎のスーツには両肩に濡れたサンダルの跡が残っている。だからすぐに脱いで脇に抱えた。その直後に坂下巡査部長が顔を出した、というところでしょう」

「分かりませんね。濱崎と若島が脱出に協力することを、桑辺審議官はどうして知っていたのでしょう。いや、それ以前に、わざわざ警察に保護を頼んでおきながら、そんな手間をかけてまで脱出しなければならなかった理由が分かりません」

「あのメールだよ、鳥居さん」

沖津に代わって千波が答える。

「メール？」

「聴取している最中、審議官の携帯にメールが着信したのを覚えてますか」

「もちろんですよ」

「あのメールに指示が書かれていたに違いない。審議官が絶対に断れない指示が。それに、濱崎と若島の二人が協力するという手筈も。道理でこっちにメールを見せようとしなかったわけだ。だから殺し屋は審議官の携帯だけを持ち去ったんだ」

「経産省の審議官相手に一体どこの誰がそんな指示を出せると言うんですか。それに、問題の二人が誰かに買収されていたとしてもですよ、そう都合よくダイニングキッチンに配置されるとは限らないでしょう」

そこへどたどたと階段を駆け上がってくる音がして、牧野主任が戻ってきた。

「濱崎と若島は現在所在不明となっています。無線にも携帯にも応答しません。やはり逃亡したようです」

付近には警戒網が敷かれているとは言え、大勢の警察関係者が出入りを繰り返している。現職の警察官である濱崎と若島なら、何食わぬ顔をして離脱することも簡単であったろう。

椛島が唸るように命令を下した。

「濱崎と若島を緊急手配。容疑は審議官の殺害帮助だ。マスコミに気づかれないよう保秘を徹底させろ」

現職警察官が経産省審議官の殺害に関与した――

それが事実なら、警察はかつてない苦境に立たされるだろう。隠蔽などあり得ない。マスコミもいずれは嗅ぎつける。刑事部長もそれを承知で言っているのだ。その先は、夏川の想像力の及ぶところではなかった。

「墓地に転がってたっていう審議官殿の死体ですがね」

突然の声に一同が振り返る。壁際に控えていた姿警部だった。

「両膝を撃ち抜かれてたってのは本当ですか」

「その通りだ」

沖津の返答に、姿は得心したように頷いている。

「パニッシュメント・シューティングか。なるほどね」

夏川にはわけが分からなかった。他の面々も同じであったと見えて、椛島部長が苛立たしげに質した。

「なんだ、それは」

「姿警部」

沖津に促され、姿が応じる。

「両膝を撃ち抜くってのは、IRA伝統の処刑方法でね、『パニッシュメント・シューティング』と呼ばれている。要するに裏切り者に対する見せしめだな。昔から行なわれてて、今でもIRAの連中はよくやってるらしい。あんまりしょっちゅうなんで、北アイルランドの救急隊員やERの医者は、膝の皿の治療だけはマジでうまいと言われてるくらいだ。地元の伝統を大切にする素朴な人達だね」

不謹慎な冗談を口にしてから、姿は続けた。

「この伝統には派閥や分派は関係ない。ＩＲＡ暫定派だけでなく、リアルＩＲＡもコンティニュイティＩＲＡもやっている。もちろんＩＲＦもだ」

夏川は全身から血の気が引いていくように思った。

ＩＲＦ（アイリッシュ・リパブリカン・フォース）は、ＩＲＡから分裂した過激派の中でも最も凶悪なテロ組織である。特捜部は昨年十二月にＩＲＦとの死闘を経験しているが、そのときのことは生涯忘れられるものではない。

ならば、狼眼殺手の正体は――

「沖津部長」

顔色を変えた椛島が振り返る。

沖津は落ち着いた態度で応じた。

「これよりただちにライザ・ラードナー警部の聴取を行ないます」

8

一夜明けた七月十四日。急遽合同捜査会議が開かれた。開始予定時刻は午前八時三十分。前日は指揮車輌で発進待機のバックアップに専念していた技術班の鈴石緑も、例によってノートＰＣと資料の束を抱え五分前に会議室へ入った。

室内はこれまでで最も重く苦い空気に満ちていた。あれだけの事件が突発した翌日である。鉄壁と自負する警戒網を敷きながら、むざむざ予告殺人を許してしまった捜査員達が混乱し、かつ消沈しているのも当然と言えた。緑自身もその例外ではない。ラードナー警部が問題の暗殺者と遭遇し、青山霊園で銃撃戦を繰り広げた。その後指揮車輌に戻ってきた警部は、緑がかつて見たこともない動揺を示していた。しかも気のせいか、自分から目を逸らそうとしていたようにも感じられた。

いつものことだ、とはなぜかそのとき思えなかった。自分に対してどのような感情を抱いていようと——あるいはまったくの無関心であろうとも——常に氷の虚無であるのがライザ・ラードナーという人物ではなかったか。先ほど入室する際に後方からちらりと見えた横顔も、虚無というより脆《もろ》い硝子《ガラス》細工のようだった。

何かがあった。青山霊園で。それだけは確信できる。しかし、赤坂署の署長室で行なわれたというラードナー警部の聴取に自分は立ち会っていない。警部は部長や警察幹部に対して一体何を話したのか。今日の会議でそれが明らかにされるのか。

緑は期待ともおそれともつかぬ感情を抱いて会議の始まるのを待った。

これもまた常になく十五分遅れで始まった会議は、城木理事官による昨夜の経過説明から始まった。

「——以上の通り、おそらくは聴取の最中に着信したメールの指示に従い、桑辺審議官は赤坂署刑事課の濱崎巡査部長と若島巡査部長の助けを借りて勝手口から脱出し、大久保利通の墓所へ向かったものと推測される。警察に保護を求めた審議官がなぜそんな軽率な行動に走ったのか、まったくの謎である。ともあれ大久保利通の墓は、広大な青山霊園の中でも別格の規模と造作を誇っており、南青山に住む桑辺審議官が知らないはずはない。暗殺者、もしくはその依頼人が呼び出すのにこれ以上はないと言っていいくらい恰好の場所である。赤坂署の植田刑事課長の話では、濱崎と若島は普段から素行の悪い悪徳コンビとして署内でも持て余し気味であったという。桑辺邸周辺の警備態勢はもちろん入念に配慮されたものではあるが、邸内の配置に関しては、厳密なアサイン（割り振り）によるものではなく、この二人が率先してダイニングキッチンに陣取ったものらしい。邸内警固に狩り出されたた他の捜査員は、『あの二人がいつになく張り切っている』程度にしか思わず、それぞれ別の部屋を固めた。実際、二人と一緒にダイニングキッチンに詰めようとした者もいたらしいが、彼の証言によれば、『ここは俺達が押さえてるから大丈夫だ』と濱崎達に威嚇され、追い出されたという。桑辺邸警備というオペレーション自体が突発的かつ緊急度の高いものであり、不審に思う者はいなかった。このように現場がよく言えば意欲優先にして臨機応変、悪く言えば極めてアバウトに行なわれていることは、残念ながら首肯せざるを得ない」

周囲の捜査員達が微かに頷いているところを見ると、警察の捜査現場では実際によくあることなのだろう。警部補の階級こそ与えられてはいるが、本来は研究者であり、一般人の感覚も併せ持つ緑には、警察の実態について知れば知るほど驚くことが多すぎる。

「つまり、濱崎と若島は最初から何者かの指示を受けており、審議官を脱出させるためにダイニングキッチンという持ち場を確保したと考えられる。この二人の所在は現在もなお不明であり、赤坂署と捜一が中心になって行方を追っている。また、桑辺審議官が登録、所有していた携帯端末はすべて邸内の書斎兼応接室に置かれていた審議官の通勤用バッグの中にあるのが発見された」

室内がざわめいた。

「つまり、問題の時間にメールの着信を受けた携帯は、審議官自身が偽名で購入したか、もしくは何者かから貸与されたものであると推測される」

サーバーからの追跡も不可能ということか――

捜査員達と同様、緑も落胆に歯嚙みする。

そこで城木は小さく息を吸い込み、一際沈鬱な口調で言った。

「審議官の致命傷は言うまでもなく頭部に受けた二発の銃弾だが、その前に両膝を撃ち抜かれていた。姿警部によると、これはＩＲＡ独特の処刑方法で、『パニッシュメント・シューティング』と呼ばれるものだそうだ」

ＩＲＡ――緑は心臓が急激に収縮するのを自覚した。

「以下、ラードナー警部から直接報告してもらう。警部、お願いします」

城木に代わり、ライザ・ラードナーが立ち上がって口を開く。以前は英語圏の人間らしい訛りの残っていた日本語も、今はほとんどネイティブと変わらない。

「銃撃戦の最中に、私は狼眼殺手の顔を見た。いや、あれは向こうがわざと私に見せたのだと思う」

会議室全体がどよめきに大きく揺れる。だが続くラードナー警部の言葉は、室内にいるすべての者を驚愕させた。

「私は『狼眼殺手』と呼ばれる暗殺者を知っている」

雛壇に並ぶ幹部達は、硬い表情のまま黙っている。すでにその内容を聞いているからだ。

「元ＩＲＦの女闘士エンダ・オフィーニー。年齢はおそらく三十二か三十三。ＩＲＦ結成時にリアルＩＲＡから合流した古参メンバーで、祖先に北欧の血が入っているらしく、髪は限りなく銀に近いプラチナブロンド。その銀髪と、特徴的な眼光から、組織内では〈銀狼《ぎんろう》〉と呼ばれていた。この女が狼眼殺手の正体だ」

エンダ・オフィーニー。

聞いたことがある――どこか、遠いところで――

目立たぬよう緑は首だけを捻って振り返り、横目でラードナー警部を凝視しながらその言葉に耳を傾ける。

視線の反対側となった雛壇の端から、宮近理事官の張り上げる声が聞こえた。

「ラードナー警部の証言に基づきＩＣＰＯに照会したところ、イギリスをはじめとする各国の司法機関にエンダ・オフィーニーに関する資料が残されていた。まず、これが同人《どうにん》の写真である」

正面に向き直ると、大型ディスプレイに白人女性の三面写真が表示されていた。それを目にした捜査員達は皆等しく驚嘆の呻きを漏らしている。

北欧の雪原を思わせる銀色の髪。そして何より、獲物を見据える狼のような眼。まさに〈銀狼〉であり、また〈狼眼殺手〉であった。

アジアで活動する暗殺者『狼眼殺手』が、白人、しかも女性であったとは。そしてＩＲＦのメンバーであったとは。各員の驚きはそれこそ計り知れない。また同時に、疑問も同じだけ募る。

ＩＲＦの闘士が、どうしてフリーの暗殺者などをやっているのか。

カトリックであるはずのＩＲＦが、殺人の予告に法王の護符を使ったりするものなのか。

「厳密な年齢が特定されていないのは、出生日が不明であるからだ。これはエンダ・オフィーニーの両親が出生届を怠ったためと思われる。その異名の通り、極めて狷介で凶悪なテロリストである。銀髪ではあるが、任務に応じて髪や瞳の色を自在に変える変装術に長けている。殺人技術に関しては言うまでもない。また本日早朝、イギリス当局から日本警視庁に対し、異例とも言える〈助言〉が届けられた。その一部を今から読み上げる」

ファイルケースから一枚の紙片を取り出した宮近は、なぜかトーンを落とし、妙に遠慮がちな口調で発した。

「『元ＩＲＦのテロリスト、通称〈銀狼〉は、〈死神〉の登場以前に最も怖れられた殺人者であり、世界の司法関係者にとって大いなる脅威である。くれぐれも慎重かつ早急に対処されることを願う』」

宮近が声を潜めた理由が分かった。

〈死神〉こそ、ラードナー警部のかつての異名に他ならないからだ。

ライザ・ラードナー。本名ライザ・マクブレイド。彼女は元ＩＲＦの闘士であり、数多くの裏切り者を粛清した処刑人である。ある事件をきっかけにＩＲＦから脱走した彼女は、今では自らが裏切り者として元の同志達から命ある限り狙われ続ける身となった。

そのことはこの場にいる全員が知っているが、公の場で口にする者はない。だから宮近も〈死神〉の名は口にしつつも、それをラードナー警部と関連づけるような言動だけは避けている。

しかしそのこと自体がいかにも官僚らしい形式主義でもあり、現に宮近は続けて言った。

「詳細についてはラードナー警部から説明してもらう」

ラードナー警部――〈死神〉ライザ・マクブレイド――が再び話し始める。

緑もすかさず視線を移した。

「北アイルランドにいた頃、エンダ・オフィーニーとは二、三度、顔を合わせたことがある。逆に言うと、それくらいしか交流はない。当時、彼女はすでに伝説的な闘士の一人に数えられていた」

警部も心得ているから、「北アイルランドにいた頃」とは言っても、「IRFにいた頃」とは言わない。少なくとも合同捜査会議の席上では。

「そいつは妙だな。俺の知る限り、あんただって〈あそこ〉じゃすぐにスター扱いだったはずだぜ。活動期間が被っている以上、何度も〈ご一緒〉してたっていいくらいだ。それが二、三度しか会ってないとは、少々腑に落ちないが」

同じ突入班の姿警部が座ったまま野次を飛ばすように言う。無神経なようで、彼もまた巧妙に固有名詞を避けている。いつもは不規則発言にうるさい宮近理事官も、このときばかりは姿をあえて咎めようとはしない。

「単純な理由だ。エンダはキリアン・クインとは別の派閥に属していた」

ラードナー警部は無表情のまま答えた。

〈死神〉ライザ・マクブレイドはIRFの重鎮にして希代のテロリスト、キリアン・クイン直属の兵士であった。彼は〈死神〉の存在を自らの切り札として、当時徹底的に秘匿していた。IRF内部でも他の派閥に対して常に警戒を怠らず、権謀術数を巡らせていたキリアン・クインだ。〈死神〉と〈銀狼〉が同じ作戦に従事する機会がなかったとしても充分に首肯できる。

その返答に納得したのか、姿は机上の缶コーヒーを取り上げ口に運ぶ。

すると、今度はオズノフ警部が手を挙げた。

「オズノフ警部」

宮近に指名され、ユーリ・オズノフが立ち上がる。

「エンダ・オフィーニーは元ＩＲＦということですが、同組織は戦線からの離脱を絶対に許しません。彼女もまたＩＲＦに追われる境遇なのでしょうか。それとも、今回の事案の裏でＩＲＦがなんらかの形で関与しているということでしょうか」

「どちらも違う」

ラードナー警部が即答した。ＩＲＦに狙われ続けている当人が。

「ＩＲＦをはじめ、いかなる組織も現在エンダ・オフィーニーを追っていないし、監視もしていない。ましてや、ＩＲＦの関与は考えられない」

「それは一体どういう意味か」

オズノフ警部がラードナー警部に向かって直接詰問する。

「五年前、エンダ・オフィーニーは自ら遂行中であった爆弾テロの最中に誤って死んだ。誰もがそう信じていた。つい昨日までは、この私も」

五年前――

最悪の予感が急激に高まっていく。

まさか――まさか――

「エンダの死体は粉微塵になってついに発見されなかった。それほどの爆発だった」

またも冷静に答えてから、ラードナー警部は緑を見た。

気のせいではなかった。昨日は自分から視線を逸らそうとしていた警部が。

立ち上がったままの警部は、こちらを見つめる視線を外そうとはしない。緑はそれを真っ向から受け止めざるを得なかった。

目を逸らしてはならない――なぜかそう思えたのだ。

ラードナー警部はゆっくりと最後の言葉を口にした。まるでそれが、自らへの死刑宣告であるかのように。

「場所はロンドンのチャリング・クロス。そうだ、エンダ・オフィーニーは『チャリング・クロスの惨劇』の実行犯だ」

息が詰まった。言葉は呼気とともに胸につかえて出てこない。

チャリング・クロス。曇天下の路上。並んで歩く父と母。兄が照れたように何かを話している。突然の閃光と轟音。衝撃、そして闇——

いつの間にか、桂絢子主任が側に立っていた。

「大丈夫ですか、鈴石主任」

「ええ……はい、大丈夫です」

周囲の捜査員達が皆こちらを見ている。

「会議中、申しわけありません。気分が悪いので退席させて頂きます」

立ち上がってそう告げると、正面の沖津が頷いた。

「許可する」

桂主任の肩を借り、ふらつく足取りで会議室から退出した。

ドアを出るとき振り返ると、悄然と立ち尽くしていたラードナー警部が顔を背けるように俯くのが目に入った。

9

久々の家族旅行だった。ロンドンで勤務する兄を訪ねる旅。計画したのは両親だ。

数年ぶりに揃った家族の、ややぎこちない、それでいて何も変わらぬ親密な時間と空気。

それらすべてが、突然の炎に包まれる。何が起こったのか知る暇《いとま》さえなく、あらゆるものが消滅する。

薄闇の中で目を開ける。そして緑は、自分一人が生き残ったことを知る。のちに『チャリング・クロスの惨劇』と名付けられた爆弾テロから。

今も自分が薄闇の中に横たわっていることに気づき、緑は一瞬パニックを来たしそうになった。時間の感覚が混乱する。ロンドンの病院にいるのかと錯覚した。

違う。自分はここがどこだか知っている。

乏しい光の中にぼんやりと浮かぶ会議用のテーブル。殺風景な部屋だが、テーブルの上に散乱しているのは、スナック菓子の箱や袋だ。クッキー、チョコレート、ポテトチップス、それに煎餅やどら焼き。若い女性向けのファッション誌も数冊。その横に、自分のノートPCと資料が置かれていた。

全身を濡らす熱い汗が急速に冷え、不快な寒気へと変わる。

ソファから身を起こしてノートPCを開き、『チャリング・クロスの惨劇』についての英文記事を検索する。

作戦立案者はキリアン・クイン。しかしこのときは逮捕には至らず。逮捕されたのはいずれもベテランの活動家《プレイヤー》三名。もう一名、実行犯のエンダ・オフィーニーは、爆弾を起爆させた際のミスにより死亡。死体は確認されなかった——

いずれも見たことのある資料ばかりである。

エンダ・オフィーニー。

その名はどの資料にもはっきりと記されている。なのに、すぐに思い出せなかったのは、無意識のうちに記憶から消し去っていたせいだろう。

あまりに忌まわしく、耐え難い記憶。心にとどめておくことさえできぬ名前。

乗り越えたつもりだったのに。すでに克服したと思っていたのに。自分の魂は未だチャリング・クロスの炎から逃れられずにいる。

「あっ、鈴石主任、もう起きちゃって大丈夫なんですか」

幼ささえ感じさせる舌足らずな声がすると同時に、室内の蛍光灯が点された。

声にふさわしい若い女性の顔がまぶしく浮かぶ。警察職員の逢瀬由宇《おうせゆう》だ。

そこは庶務担当者の控室兼休憩室であった。特捜部の庶務を仕切る桂主任の下には、由宇をはじめ三人の部下がいる。いずれも妙齢の女性で、その部屋は庶務三人娘の〈部室〉と呼ばれている。その名の通り、まるで女子校の部室のような華やかさがあった。

警察庁舎や警察署内には医者はいないし医務室もない。桂主任は、とりあえず緑を〈部室〉のソファで休ませることにしたのだ。

「さっき横になったばっかりなのに。救急車を呼んだ方がいいんじゃないかって、今もウチの主任と相談してたんですよ」

「大丈夫です。ご心配をおかけしました」

「でも、顔色、すっごく悪いですよ？」

由宇の背後から、桂主任も顔を出した。

「気分はどう？」

「あ、はい、すっかりよくなりました」

「本当？　そうは見えないけど」

絢子の目配せで、由宇が部屋を出て外からドアを閉める。

ソファの隣に腰を下ろした彼女は、いつになく厳しい口調で、

「もうずっと寝てないんでしょう？　体調管理も仕事のうちよ」

「はい、すみません」

検索していた記事を見られないようにさりげなくノートPCを閉じる。しかし、桂女史の目をごまかすことはできなかったようだ。

絢子は重い息を一つ吐き、

「大変なことになったわね。今度ばかりは、私もどう言っていいか分からない」

「そんな、気を遣われたら、かえって……」

「そうね、ごめんなさい」

素直に認め、絢子は穏やかな微笑みを浮かべた。

「でも、これだけは約束してちょうだい。今回の事案がこの先どうなっていこうとも、決して無茶はしないと」

「はい」

無茶？　自分にどんな無茶ができるというのだろう？

「それから、何かあったらいつでもここに来て。ウチの女の子達、仕事の方はともかく、お菓子のストックだけは切らしたことがないの。ここは男子禁制だし、一緒にお喋りしてるだけでいい気分転換になると思うわ」

「ありがとうございます」

桂主任の思いやりは身に沁みた。

「今日はいろいろとありがとうございました。私、そろそろ……」

そう言って立ち上がると、女史は何もかもお見通しといった顔で、

「緑ちゃん」

「なんでしょう」

「これからまたラボに戻って仕事しようなんて考えちゃダメよ。とにかく今日はおうちに帰ってたっぷり休むこと。いいわね？」

やはり見透かされていた。

「はい、そうします」

この人にだけは敵わない。緑はその優しくも厳しい命令に従うしかなかった。


言われた通り、緑は帰り支度をして新木場から有楽町線に乗った。

時間帯のせいもあり、車内は空いていたので余裕で座れた。マンションのある護国寺までは一本だ。普段ならついうとうとしてしまうことも多いのだが、疲れていたにもかかわらず、その日は予想した通り眠気はやってこなかった。代わりに別の欲求を覚える。

見てはいけない、桂主任との約束だ——少なくとも今日くらい——

両手をぐっと握り締め、堅く目を閉じて耐える。

見たら終わりだ——自分は、もう——

だが胸の奥から突き上げてくる衝動にはどうしても逆らえなかった。

バッグから携帯端末を取り出し、『チャリング・クロスの惨劇』について検索を続ける。そして『エンダ・オフィーニー』についても。

五年前、退院してすぐの時期にはこうした記事を貪るように読んだものだ。だがそのとき以来、意識して見ないように努めてきた。その五年に及ぶ自制が決壊したように、緑は表示される記事を読み耽った。

そして考えずにはいられない。ライザ・ラードナー警部について。

あの女《ひと》がＩＲＦのテロリストであったことは理解している。〈死神〉と呼ばれるほどの人殺しであったことも。さらにまた、『チャリング・クロスの惨劇』には関与していなかったことも。よりにもよってその女が、チャリング・クロスの実行犯と恐ろしい命のやり取りをした。狼眼殺手。死んだはずの〈銀狼〉。私の家族を殺した直接の仇。

想いは際限なく錯綜する――狂おしく、おぞましく。

同日午後三時三分。ライザは専用の待機室で命じられた報告書の作成に専念していた。

〈指揮車輛に向かう途中、桑辺敏弥審議官とおぼしき人影と遭遇し、不審を感じて追跡した。外苑西通りを横断し、目についた階段から青山霊園内に侵入。同霊園を捜索中、銃声を聞き駆けつけたところ、のちにオオクボ・トシミチの墓と知らされた場所で、頭部及び両膝を撃ち抜かれた死体を発見した。その銃創から、すぐにIRAのパニッシュメント・シューティングであると悟った。アイルランドにおいて、密告者や裏切り者に対して執行されるパニッシュメント・シューティングは、通常、相手の両膝を破壊することによって処罰の完了とする。しかしながら本事案において、桑辺審議官は額にとどめの二発を食らっていた。最終的に殺害する意図のあったことは明白であるのに、被疑者があえてパニッシュメント・シューティングを行なった目的は不明である〉

目的は不明。そう記しながら、ライザには見当がついていた。

狼眼殺手は自分に告げようとしたのだ。己の出自を――IRFの呪いを。

しかし、まったくの偶然から自分が現場に現われた。だからあの女は、わざと己の顔を晒しさえしたのだ。

〈IRFプレイヤー、エンダ・オフィーニー。その経歴は各国法執行機関の資料に記されている通りである。十代前半の頃、リアルIRAに志願。その伝説的とも言える才能によって、瞬く間に頭角を現わした。ダブルタップ、つまり確実にとどめを刺すためターゲットの急所に二発撃ち込むという手口は、兵士や職業的殺人者には珍しくないが、その点においてオフィーニーは特に徹底していた。そのためリアルIRA時代から抜きん出た任務成功率を誇っていた。入隊当初から彼女には一種独特な存在感があったという。すなわち、圧倒的な闘争本能と攻撃力を感じさせるその眼光である。それをまのあたりにした者は皆一様に狼を連想した。またそうした個性はカリスマ性の表われであると評価するメンバーも多かった。ＩＲＦ合流後も彼女の実績に対する評価は高く、組織内で彼女の参謀本部入りを疑う者はいなかった〉

ライザが日本警視庁と交わした契約にはいくつかの特約項目がある。その中に、ライザの契約にだけ特記されている条項として、「警視庁は甲に対しＩＲＦを含むＩＲＡ全分派に関する一切の情報提供を強要しない。但し警視庁特捜部の扱う事案に関わる場合のみ、この項目の例外と定める」という一文がある。

それはライザの方から特に要求して警視庁に付け加えさせた項目であった。いくら裏切り者として追われていようと、かつての同志の秘密を官憲に売るつもりはない。その断固たる意思表示のつもりであった。

だが今のこの状況こそ、まさにその特約項目の「例外と定め」られたものである。

ゆえにライザは、自ら定めた掟に従い、ありのままに書く。

エンダ・オフィーニーについて。ＩＲＦについて。己の負う罪について。

〈ＩＲＦ内部において、オフィーニーはのちにキリアン・クインに粛清されることとなるティム・ニーランドの指揮下にあった。にもかかわらずキリアン・クインの立案したチャリング・クロス爆破テロに参加したのは、参謀本部経由で計画を知ったオフィーニー自身が賛同の意を表明し、実行役を買って出たからだと言われている。経験豊富なプレイヤーであったため、誰しもが適任だと思ったが、実はオフィーニーは爆薬の取り扱いには慣れていなかった。それゆえ爆破テロには成功したものの、自らも逃げ遅れて死亡した。死んだと思われていたオフィーニーの生存が確認された現在、本職はオフィーニーの爆死がＩＲＦの追及をかわすための極めて周到なカモフラージュであったと確信する。エンダ・オフィーニーは、最初からそれを意図してチャリング・クロス爆破テロに参加したのだ〉

なんという狡猾さだ。参謀本部どころか、あのキリアン・クインさえもずっと欺かれていた。かくしてエンダは、自分のように命を狙われることもなく生き延びて、自由に世界を闊歩していたのだ。

あの女の自由と引き換えに、あの娘の――鈴石主任の家族が死んだ。

専用端末のキーを打つ手に我知らず力がこもる。

許せない、絶対に。

〈IRAから分裂したIRFは、本来ナショナリストのカトリックのはずである。しかし、エンダ・オフィーニーは敬虔な信者から最も遠い存在だ〉

嗤うしかない――自分と同じだ。

〈それでもさすがに、現役時代のオフィーニーは殺害相手にローマ法王の護符を送りつけるというような冒瀆的な行為をしたことはなかった。そんなことをすれば、組織からの重大な批判を免れない。『チャリング・クロスの惨劇』以後の彼女にいかなる心境の変化があったか知る由もないが、現在でも殺人に際して宗教的アイコンを用いるとはどうしても考えにくい〉

キーを叩きながら考える。

あんな手間をかけてまでIRFから離脱した〈銀狼〉が、どうして殺人代行業などをやっているのか。

殺害前にバチカンの護符を送りつけたりするのは、犠牲者に対する罪滅ぼしのつもりなのか。

馬鹿馬鹿しい――

贖罪などない。自分にも、エンダにも。神に赦しを乞える資格は自ら捨てた。

分かっている、なのに――なのに――

ライザはキーボードの上に突っ伏した。

過去からの記憶が、どうしようもない悔恨となって押し寄せる。

ミリー。私が殺した妹。

同日午後十時三十二分。夏川と牧野は、埼玉県警川口署に到着した。

午後六時頃、川口市にあるゴルフ場に隣接する雑木林で発見された死体が、手配中の濱崎正と若島大地らしいとの連絡があったためである。

発見者はゴルフ場の従業員で、死体は頭部全体にガムテープを何重にも巻き付けられた状態で放置されていた。のっぺらぼうのように見えるその顔に、発見者のみならず、通報を受けて駆けつけた川口署員も戦慄を禁じ得なかったという。

死体は川口署に運ばれたが、頭部のガムテープを最小限度切断し、証拠の滅失を抑えるよう留意しながら剝がすのには相当の苦心を要したと鑑識係が話してくれた。

不自然に変形したまま凝固したような死体の素顔は、判別困難ではあったが、濱崎と若島に間違いなかった。粘り着くようなガムテープの跡が生々しく残り、剝がすときに抜けたのか、眉毛やまつげの大半が失われている。職業柄死体は見慣れている夏川と牧野も、初めて見る異様な死顔であった。

暗い紫色の死斑がすでに広範囲に広がっている。また結膜や鼻腔の粘膜が赤く爛れたように鬱血していた。正確な死因は解剖の結果を待たねばならないが、ガムテープで呼吸器をふさがれたことによる窒息死であることは一目瞭然であった。

二人の両手首には、後ろ手で手錠を嵌められていた痕跡がみみず腫れのようになって生々しく残っていた。手が使えない状態でガムテープを頭に巻き付けられたのだ。死に至るまでの苦悶は凄まじいものであったろう。実際に二人の全身には、のたうち回った際にできたと思われる擦過傷が無数にあった。悪党とは言え、あまりに惨い死にざまであった。

「口封じだな。黒幕もこいつらを持て余したか」

苦々しげに呟く牧野に、夏川は言った。

「いや、違うな」

「なに？」

「既定路線てことさ。つまり、こいつらは最初から消される予定になっていたんだ」

「殺《や》ったのは狼眼殺手、いや、オフィーニーとかいう元テロリストのねえちゃんか」

「どうかな。こんな連中の始末くらい、誰だってできる。わざわざギャラの高そうな殺し屋先生にお願いするほどの仕事じゃない。第一、手口が違いすぎる」

牧野は「けっ」といった表情で顔を背けた。夏川にはそれが同意を示したものであると分かっている。

いずれにしても、暗殺者とその黒幕を追う線の一つが断ち切られたのは確かであった。

10

七月十五日、午前九時四十二分。特捜部庁舎内の捜二専用室で、末吉係長は報告書のチェックに追われていた。

一昨日発生した第五の殺人以来、警察は未曾有の混乱に陥っているが、その騒ぎを横目に捜査二課の面々だけはいつもと変わらぬ業務を淡々とこなしている。ひたすら資料を読み込み、数字を睨む。そしてクイアコン推進協力機構を中心とする不自然な資金の流れを解明する。それが二課の任務であるからだ。

〈カネの流れ〉こそ巨悪摘発につながる最大の端緒である――彼らはその信念に基づき、日夜デスクに向かって数字と格闘し続けている。

要点をメモしながら部下達のまとめた報告書を読んでいたとき、近くのデスクに座っている高比良主任が声をかけてきた。

「係長」

「なんだ」

報告書を読みながら応じる。

「青丹の件でみそら銀行飯田橋支店に照会文書を送ったんですけど、なんだか変なことを言ってきてまして」

「変なこと？」

顔を上げると、高比良が保留にした携帯を手に困惑したようにこちらを見ていた。

「相手は」

「支店長です」

「貸せ」

携帯を受け取り、代わって応対する。

「お電話代わりました。私、高比良の上司で係長の末吉と申します」


一時間後、高比良を伴ってみそら銀行飯田橋支店を訪れた末吉は、応接室で相原透《あいはらとおる》支店長の応対を受けた。

「お電話でもご説明申し上げましたように、捜査関係事項照会書にご返答申し上げるのが私どもの義務であることは重々承知を致しておりますが、こう重なりますとですね、こちらとしましても大変な手間でございまして……」

慇懃で持って回ったような相原の話を遮り、

「そこがどうもよく分からないのですが、ウチが貴店に照会文書を送ったのは、この件に関しましては今回が初めてのはずなんですけど」

「三回目ですよ」

相原支店長は迷惑この上ないとでも言いたげな顔で訂正する。

「地検も国税局もおんなじことを聞いてこられますので、何度も同じ文書、例えば銀行取引明細とかですよね、それらを作成せねばならず、はっきり申し上げて業務の妨げとなっております。できればですね、こういうことはそちらの方でお互いに話し合って頂ければと……」

末吉はその巨体を乗り出すようにして、

「地検と国税が同じ内容について照会してきたということですか」

「はい、そうです。中には直接来店された方もおられまして」

こちらの気迫に驚いたらしく、支店長は心持ち身を引きながら答えた。

高比良がメモを取り出すのを視界の隅で確認し、

「申しわけありませんが、その日付と詳しい照会内容をお教え頂けませんか」

「はあ、ではのちほど担当者に調べさせましょう」

有無を言わせぬよう、さらに身を乗り出して要望する。

「今すぐにお願いします。こちらのことはどうぞお構いなく。ここで待たせて頂きますので」


みそら銀行を出たその足で第一首都銀行中野支店に向かった末吉達は、次いで霞が関の本庁に直行し、ただちに中条管理官へ報告した。

「我々の三日前に地検からの照会があり、さらにその二日前に国税から直接人が来たそうです。それだけじゃありません。肝心の資金の移動先が第一首都銀の中野支店でしたので、ここへ来る前に寄ってきたんですが、やっぱり国税と地検が来た後でした」

警察、検察といった捜査機関がそれぞれ何を捜査しているのかは当然秘密なので、互いに情報を共有することはない。そのため、こうした銀行や証券会社など捜査先からの情報で捜査対象が同一であると判明することが往々にしてあったりする。その場合、どこが最初に事件化するか、どうしても互いに相争う競争のような形となってしまう。

備品の古い椅子に座って腕組みをしながら聞いていた中条が、

「またマルサか」

「それが、今度はコメなんですよ」

『コメ』。あるいは『リョウチョウ』。国税局資料調査課を示す隠語である。コメという呼び方は、〈料〉という字の米へんに由来するという。国税犯則取締法に基づく強制捜査権を持つ査察部、通称マルサと違い、任意調査を行なう課税部の部署であるが、マルサ以上に緻密かつ徹底的な調査を強行する筋金入りの精鋭揃いとして知られている。

またマルサは『タマリ』と呼ばれる脱税所得の存在する証拠を元に調査を行なうが、コメはこのタマリがなくても調査対象者を選定し、令状なしで調査を断行する。

「マルサはマルサで青丹を狙って相変わらず動いてるみたいなんですが、コメの狙いはどちらかというと星川周山らしいんです」

国税局は、相手に暴力団をはじめとする反社会的勢力が絡んでいると得てして事件化に消極的となることが多い。しかしコメは、マルサが調査しない、あるいは調査できない複雑困難で悪質、かつ大掛かりな事案に食らいついていく集団である。

「ふうん、やっぱりコメにはそれだけ肚の据わった奴がいるってことか」

「ええ、ウチのネタ元を総ざらいしてみたんですが、去年破綻した『大寅土建《だいとら》』の架空増資、あれで星川を貸金業法違反で引っ張るつもりのようです。なにしろあの件じゃ、京陣連合に二十億近いカネが流れたって言われてますから」

「そりゃ困る」

中条が声を上げた。

「今星川を持ってかれたら、クイアコンの方はどうなるんだ。課長の血管がブチ切れるぞ」

「目に浮かぶようですね、それ」

「バカ、他人事じゃねえんだ」

末吉は横に控えた高比良と目を見交わし、

「それと、地検の方なんですが、こっちはこっちでゼネコンから官界ルートにつなげるつもりみたいで、早い話が、ウチとまる被りなんですわ」

「多門寺康休の一件もあるし、汚名返上するまで意地でも退《ひ》くわけにゃいかねえとでも思ってやがんだろ」

「まあ、そんなところでしょうなあ」

管理官は「はあ……」と頭を抱え、

「どうすんだよ、おい。コメはやる気まんまんみたいだし、それでなくても地検とは全面対決の真っ最中だ。クイアコンと関係ない事案でも、贈収賄の金額が小さいだの証拠の信憑性が乏しいだの、嫌がらせに難癖ばっかりつけてきやがる。どっちも話が通じる雰囲気じゃねえぞ」

そうこぼしながら、中条は立ち上がった。

「どちらへ？」

末吉の問いに、

「課長のとこだよ。俺と課長でなんとか上に話してみるから、おまえらはよけいなことは考えずに今まで通り捜査を続けろ」

それだけを言い残して出ていく中条管理官の背中を、末吉は伏し拝むような気持ちで見つめた。自分の半分ほどもない小さな背中だが、中条はそこに捜二全捜査員の信頼を背負っている。末吉らにとって、彼はまさに父とも兄とも呼ぶべき存在であった。

同日午後四時三十六分。ライザは庁舎内の待機室でこれまでの捜査資料に目を通していた。捜査員ではなく突入要員である自分にも資料は配付されている。作戦の全体を把握するのに必要な場合が想定されるからだ。

各国の法執行機関から寄せられた情報は膨大だった。〈銀狼〉、あるいは『狼眼殺手』は、世界中の体制側にとってそれだけ脅威であったということだ。

だがそのほとんどは、誰よりも知悉していることばかりであった。自分にとって新事実と言えるほどのものは何もない。当然だ。かつて自分は、エンダ・オフィーニーの〈同僚〉であったのだから。

もちろん中には、自分の知らなかった情報もある。多くはエンダの幼少期について記されたものだ。IRAに入隊するような人間の生い立ちなど、大概は知れている。貧困、虐待、差別、暴力。見慣れたキーワードばかりが並ぶ。どれもたやすく想像できる。馴染みの光景と言っていい。

エンダもその例に漏れなかった。例えば、『オーウィン・ドゥリスコル供述調書』。MI5のまとめた資料の中に入っていた。

聴取したのはスコットランド・ヤードの担当官。ドゥリスコルを直接逮捕した部署の捜査員だ。

〈たぶん俺は、エンダ・オフィーニーを知る最も旧い人間だと思う〉

調書はそんな一文から始まっていた。

独特の方言が残る証言者の語彙や口調を生かしているのか、それとも作成者独自のスタイルなのか、供述調書と言うよりは聞き書きの記録に近いような体裁だった。

ドゥリスコルは『チャリング・クロスの惨劇』の直後、イギリスの国威を懸けた大捜査網に引っ掛かって逮捕されたリアルIRAの中堅メンバーだ。IRFには参加しなかったため、ライザとは面識はない。

〈俺もあいつと同じく、ダーグ湖に近い村に生まれた。飲んだくれの貧乏人ばかりが住む、ゴミ溜めみてえな村だった〉

貧乏人ばかりが住む、ゴミ溜めみたいな村、か――

なんの感慨もなく、ライザはモニターに表示された文章をスクロールする。

たぶん俺は、エンダ・オフィーニーを知る最も旧い人間だと思う。今生きている中では、という条件付きだが。

俺もあいつと同じく、ダーグ湖に近い村に生まれた。飲んだくれの貧乏人ばかりが住む、ゴミ溜めみてえな村だった。おっと、中部のダーグ湖じゃねえよ。ドネゴール州のダーグ湖だ。まあ、どっちも北アイルランドじゃねえがな。

そうだ。俺達の故郷は、北アイルランドとアイルランドの国境にあったんだ。でも大人達は必要な身分証も持たずに国境を越えて商売に行ってたよ。畑仕事や大工の手伝いをやっては日銭を稼ぐ。百年前から少しも変わらねえ、世間に見捨てられたような場所だ。

俺達も十かそこらの歳には、よくダーグ川を越えてマグヘラベッグの町まで遊びに行ったもんさ。そんな気がなくても、ダーグ川で水遊びをしていると知らない間に国境を越えてたってこともよくあった。

けれど、あそこのガキ連中は俺達を見つけると見境なしに石を投げてしつこく追い回してきやがった。「余所者《よそ》の貧乏人がまたゴミ漁りに来た」ってな。

奴らだって決して金持ちなんかじゃねえ。でも奴らには、俺達なんて森の中の小汚え物乞いにでも見えたんだろうな。実際、その通りだったんだけどさ。ベルファストでも住民同士があんなに憎み合ってる。ましてや、国境のこっち側とあっち側だ。俺達が連中のテリトリーに入り込んだりしたら、そりゃあいじめられるよな。

やられたらやり返す。それが俺達の流儀だった。そうじゃなければ村での面子が保てねえし、面子が潰れると生きていけねえ。でもあの頃のエンダは、特に目立ってたってわけでもねえ。普通だったね。むしろおとなしい方だった。腹が減って、喧嘩する元気もなかったんだろうな。ろくなもんを食わせてもらってないのは誰の目にもはっきりと分かった。それどころか、しょっちゅう殴られては顔を痣《あざ》だらけにしてた。エンダの親父さんはあの酷い村でも極めつきのろくでなしだったからな。お袋さんは淫売で、昼間っから商売に励んでた。あそこらへんじゃ珍しくもなんともねえ。俺んとこだって似たようなもんだ。

【担当官】君達の境遇については充分に把握している。我々が求めているのはエンダ・オフィーニーに関する、君しか知り得ないような情報だ。

貧乏人の身の上話は聞き飽きたってんだろ。分かってるよ。どれもこれも似たような話ばっかりだからな。そうだな、俺が一つ覚えてるのは、エンダが家出したときのことだ。

村を捨てて逃げる奴は、大人であろうと子供であろうと珍しくねえ。だから誰も本気で捜さなかった。エンダのお袋さんなんて、厄介払いができてほっとしたような顔してたよ。ぶつぶつ言ってたのは親父さんくらいで、それもどっかの淫売宿にエンダを売り飛ばす気でいたからだ。

それから四、五日も経ったある日のことだ。俺は一人、ダーグ川に沿って歩いてた。上の兄貴から何か用事を言いつかったんだと思う。

俺達の故郷で唯一自慢できるとすれば、それはあの深い森だった。なにしろなんにもない土地だ。金にならねえと分かってて開発しようなんて酔狂な馬鹿はいねえからな。だから村とおんなじで、何百年も前から少しも変わらずに残ってる。晴れた日は木漏れ日がダーグ川の支流に反射してさ、そりゃあ見事だったもんさ。エンダもよく言ってたよ、「葉っぱも水も、お日様も川底の石も、とっても素敵。私達の森はこんなにきれい。私達にはこの森がある。この森だけがある」ってな。そう言われると、俺みたいに学のない男でも、ああ、俺達の国は美しいんだな、なんて、そう、愛国心みたいなものを感じたくらいさ。

けれど一旦奥深くに入り込むと、そこは大人でもびびっちまうほどの別世界になる。あれだ、大昔の精霊が住まうっていうケルトの森だ。実際、何が出てもおかしくないような空気が漂ってた。あの頃は子供だったから、なおさらおっかなかったよ。

ともかくだ。俺は森の端に当たる川沿いの道を通って出かけた。その帰りさ。ふと見ると、上流の方から誰かが歩いてくる。ご想像の通り、エンダだった。てっきりどっかの町へ逃げたもんだと思ってたから、驚いて声をかけた。「おめえ、ひょっとして今まで森に隠れてたのか」って。

するとエンダはこくりと頷いて、こう言いやがった。「狼に会った」ってな。

「腹が減った」でも「怖かった」でもねえ。「狼に会った」だぜ。

何日も森で過ごせば、そりゃあ狼と出くわしても不思議はねえ。

不思議だったのは、そのときのエンダの顔さ。なんて言うか、別人のような気がしたのをはっきりと覚えてる。やけにすっきりしてて、なんだか自信満々て感じだった。

俺はどう応えていいか分からなくて、「よく狼に食われなかったなあ」とかなんとか、そんなことを口にした。するとエンダは大真面目な顔で、「狼は森を護っている」ってぬかしやがった。待てよ、「狼は祖国を護る精霊だ」だったかな。まあ、どっちでもいいか。

とにかく、ろくに学校も行ってねえ小娘が言う台詞じゃねえ。キリアン・クインみてえな詩人じゃあるまいし。馬鹿みてえにぽかんと口を開けてる俺に構わず、エンダはさっさと家に帰っちまったよ。

その一か月後だったかな。エンダの親父さんが川で溺れ死んだのは。

【担当官】エンダ・オフィーニーの父ダンカンは、酔っ払って足を滑らせ橋から落ちた。当時の検死報告書にはそう記載されている。

その通りだよ。村の奴らもみんなそう思った。酔っ払って死ぬ男は村じゃ珍しくもなんともなかったからな。けれど、あの親父はエンダによくねえ悪戯をしてるって噂もあった。もっともそれだって珍しい話じゃねえから、誰もなんとも思わなかった。ただお袋さんだけが、泣き叫びながらエンダを延々と叩き続けてたな。

ああ、思い出したよ。そのときのエンダは、平気で嗤っていやがった。頬が膨れ上がるほど叩かれてるってのにさ。これから天国にでも散歩に行くような顔して嗤ってたんだ。今考えると、あのときの嗤いが〈銀狼〉の最初の嗤いだったのかもしれねえ。

【担当官】『聖パトリキウスの煉獄譚《れんごくたん》』について話してほしい。

よく知ってるな。どこで調べた？

【担当官】質問しているのはこっちだ。

ああ、そうかい。あれは確か、エンダが十二の頃だったかな。お袋さんに言いつけられて、ダーグ湖のほとりで開かれる朝市に野菜を売りに行ったんだ。そのときにステイション島へやって来た巡礼者の一行を見かけたらしい。どういうわけかやたらに興味を惹かれたエンダは、町にあった古本屋から『聖パトリキウスの煉獄譚』を盗んできて、納屋で読み耽ってた。俺は知らなかったが、聖パトリキウスってのは聖パトリックのラテン語読みなんだってな。なんでも聖パトリックがステイション島の洞窟で煉獄の夢を見たって話だ。

【担当官】内容については知っている。啓示を得た聖パトリックはイエスに感謝し、そこに大修道院を建てた。その跡地が現在でも聖地として巡礼の対象になっている。

それだよ、それ。そいつにエンダはすっかり嵌まっちまった。いかれたって言った方がいいかな。もう俺達なんかとは話が合わねえ。朝から晩まで聖パトリックがどうの、ケルトの伝統がどうのときた。村の連中は、誰かに悪い病気でもうつされたに違いないって嗤ってたぜ。

エンダのお袋さんは、仕事もしねえでそんな役に立たない本ばかり読んで、と隣近所に聞こえるような大声で喚き散らしてた。それまでと違ってたのは、エンダはもう泣きもしなけりゃ言いわけもしなくなってたってこった。

しまいにゃ、エンダは誰とも口をきかなくなっていた。馬鹿と話してる暇はないって感じだったな。その態度が生意気だってんで、よしゃあいいのにマカンドルーって上級生がエンダを呼び出してモノにしようとした。

【担当官】コリン・マカンドルー。のちに地元犯罪組織の末端構成員になった男だな。麻薬密売時の不始末で二年と経たずに殺された。

その男だ。箸にも棒にもかからねえ役立たずのチンピラさ。俺の聞いた話じゃ、病院のベッドで目覚めたとき、マカンドルーは枕元のトレイに潰れたウズラの卵が二個置かれているのを見て首を捻ったらしい。次の瞬間、それが自分のタマだと気づいて、奴は病院中に響き渡る悲鳴を上げたってよ。

【担当官】多少脚色されているが、概ねその通りだ。

俺が村で最後にエンダと会ったのもその頃だ。いつだったか、はっきりとは覚えてない。確かエンダは、マカンドルーの件で連行されたきり、村には戻らなかったんじゃないかな。

【担当官】問題のある児童のための施設に入れられたが、脱走して行方をくらませた。彼女の母親であるケイトリン・オフィーニーは、エンダが消息を絶って間もなく脳溢血で他界している。

そうだった。思い出したよ。死ぬちょっと前のお袋さんは、なんだか傍目にもおかしくなってて、「狼が来る、狼が来る」ってぶつぶつうわごとを言ってたな。

だけど俺は俺でいろいろあったから、そんなことはすぐに忘れた。結局、あの村にはいい思い出なんてなんにもなかったってことだ。

【担当官】十八歳のとき、君はドナル・キネーンと出会った。リアルIRAのオルガナイザーだった男だ。

そうだ。奴はガキ専門だった。田舎の馬鹿な若僧――要するに俺ってことだ――そんな半端者をそそのかしてはヤバい仕事の使い走りをさせる。見込みがあると思えば、おだて上げて志願させる。こっちにとっちゃ渡りに船だ。金もねえ、学もねえ、手に職もねえ、しかも世間に対して鬱憤が溜まりに溜まってる。IRAに入れてくれるんなら願ったり叶ったりだ。入隊してベテラン連中から「同志、同志」なんて言われると、自分もいっぱしの闘士になったような気がしたもんさ。つまりはそれが奴らの常套手段だったわけだが、俺は今でも後悔なんかしちゃいねえ。むしろ誇りに思っている。なぜ俺達があんなに嫌われ、差別されてきたか、その理由を理解したからだ。俺達は兵士だ。祖国を踏みにじる敵と戦ってる。早い話があんたらとだ。

【担当官】今はその認識を否定しない。続けてくれ。

入隊してすぐに〈銀狼〉の噂が耳に入ってきた。かつてはリアルIRAに所属してたが、IRFの起ち上げに参加して組織を出てった処刑人だ。なんでも恐ろしいほどの腕前で、そいつに狙われたらおしまいだって。PSNIやユニオニスト、それに5や6（MI5、MI6）の連中が軒並み震え上がってるっていう話だった。

そいつの本名がエンダ・オフィーニーだと聞いて、俺は首を傾げたもんさ。

エンダ・オフィーニー？　あのエンダか？

第一線の処刑人と、変わり者だった女の子の面影がどうにも一致しなくて、同姓同名の別人じゃないかと本気で疑ってた。PSNIやブリット（イギリス人）は写真を手に入れてただろうが、組織には残ってなかった。それに、入隊するまで〈銀狼〉がどこで何をやってたのか、知ってる奴は俺の周りには――つまり組織の下の方にはいなかった。

あんたらは知らねえだろうがな、IRAの中にも差別はあるんだよ。生まれや育ちによってはっきりとな。何代も続く闘士の家系は、当然毛並みがいいってことになる。真の愛国者だと誰もが讃える。俺みてえなのは問題外だ。ましてや、生まれも育ちもはっきりしねえ奴が、いくら腕が立つからといっても、組織の中でのし上がるのは並大抵のことじゃない。エンダみたいな経歴の娘がそう簡単にあそこまでいけるものか、どうしても腑に落ちなかったんだ。

もっと言うと、どこかで俺は、別人であってほしいと願ってたんじゃないかと思う。勘違いするなよ。同じ村の出身なのに、俺は下っ端もいいところで、あいつは仲間から一目も二目も置かれてる有名人だ。面白いはずがねえ。

でもよ、それだけじゃねえぜ。こう言っちゃなんだが、過激派中の過激派が集まって仲よく殺し合いながらできた組織がＩＲＦだ。独立の大義どころか、到底正気なんてもんじゃない。その中でも飛びきり凶悪な〈銀狼〉が幼馴染みだなんて、想像しただけでもぞっとするぜ。リアルＩＲＡも過激派だって言われてるが、俺達には理念も道徳心もある。テロのためのテロに走ったＩＲＦのやり口は、北アイルランドの独立を遠ざけるだけだ。

【担当官】我々は君の政治的信条に興味はない。

そうかい。悪かったよ。

【担当官】気にしないで続けてくれ。

いいさ。入隊してから何年か経った頃だ。それなりに任務をこなして、自分では結構な顔になったつもりでいた。指名手配も食らってたしよ。

まあそんな頃、参謀本部の幹部に出世していたドナル・キネーンがＩＲＦのティム・ニーランドと会合を持つことになった。俺もドナルの護衛に選ばれて会合に同行しろって命じられた。柄にもなくびびったよ。なにしろニーランドの護衛はあの〈銀狼〉だっていうじゃないか。

噂に聞く〈銀狼〉が本当にあのエンダなのか、ついに確かめられる日が来たってわけだ。そんなことを考えながらネイ湖畔のアードボーに向かった。そこにあるボートハウスが会合の場だった。ニーランドは先に着いていた。ドナルと一緒に中に入った途端、答えが出た。ニーランドの側に控えていたのは、まぎれもなくエンダ・オフィーニーだったからさ。

やっぱり〈銀狼〉はエンダだった。だが、村にいた頃とはまるで違ってた。それどころか、あいつは……そう、なんて言うか……まるで人じゃないようだった。

懐かしいなんて気持ちはこれっぱかりも湧いてこなかった。どういうわけか、俺は反射的に思ったよ――「狼に会った」ってな。

ため息をついてファイルを閉じる。やはり目新しい発見はなかった。

エンダの生い立ちが多少は具体的なイメージを伴って把握できたが、それだけだ。

似たような境遇で育った同志は数え切れないほどいる。そうでない者を捜す方が難しいくらいだ。

狼へのこだわりには興味を惹かれたが、それも現在の捜査に結びつくとは思えない。カトリックとしての信仰心も、IRAのプレイヤーには珍しくもない。

オーウィン・ドゥリスコルはその名前すら聞いたこともなかった。供述調書を読む限りでは凡庸な小物のようだ。IRAの末端に掃いて捨てるほどいるタイプだ。

捜査班の真似事など自分には向いていない――

パソコンの電源を切る。光を失ったモニターに、自分の顔が映っていた。

生気も覇気もまるでない、暗黒の中に浮かぶ亡者の顔だ。

嗤わずにはいられない。これが自分の顔なのだと。

11

七月十七日、午前十時。霞が関中央合同庁舎第6号館。東京地方検察庁武良悦治《えつじ》検事正の執務室で、武良検事正と警視庁黛副総監が対面していた。

陪席しているのは、地検側に大出清四郎《おおいでせいしろう》次席検事と三田《みた》森伸也《もりしんや》特捜部長、警視庁側に椛島賀津彦刑事部長と沖津旬一郎特捜部長。

会合の名目は警視庁と地検との〈手打ち〉である。だがそれは、実質的には単なるセレモニーでしかない。

この二日間、警察側と検察側との間で、手打ちの条件を巡る壮絶な暗闘が繰り広げられた。

地検側からは、元検事総長の五百田侑《すすむ》弁護士を通して福間泰重《やすしげ》法務大臣の「法と向き合う者として検察の使命に対し万全の敬意を払うように」という、誠実に見せかけた傲慢極まりないメッセージが警察側に伝えられた。

対して警察側は、警察庁出身の日比野《ひびの》喬《たかし》総理秘書官による官邸ルートを使い、刑事部、特捜部が中心になってまとめた対処方針を総理と官房長官にレクとして上げ、既成事実化を図った。しかし官邸ではすでに総理の信頼厚い福間法務大臣が直々に説明を済ませた後だった。

形勢はどこまでも警察側にとって不利であったが、そうした熾烈な攻防戦の結果、いくつかの条件が確定した。主に責任問題と今後の捜査における役割分担についてである。

互いにこれまでの遺恨を忘れ、今後一切の責任を追及しない。連続殺人事案が関係していることを勘案し、地検は現場捜査を警察に任せるが、警察は捜査によって得られた情報を地検と共有する。国税局に対しては、警察、地検の連名で協力の申し入れを行なう——そうした事柄が決められ、覚え書きが作成された。

一見公平な条件のように見えなくもないが、実際は地検にとってより都合のよいものである。多門寺康休の殺害を招いた一件を蒸し返されないように釘を刺してきたばかりか、警察に実務を担当させ、あわよくば功績を横取りしようという肚が透けて見える。本文中でも体よく言及されている通り、そもそも地検特捜部は派手な経済事案を好む傾向があるのに加え、検察庁事務章定5条別表2という組織法令上からも原則として殺人事件を扱うことはなく、経験に乏しい。解決の見込みの薄い捜査を警察に押しつけ、これ以上の不名誉を被ることを巧妙に避けたのだ。

それだけではない。一連の事件がこれだけ世間の注目を集めている状況下では、捜査の手が政界に伸びるのは避けられないと見た福間大臣が、早めに手を打てるような態勢作りを企図しているようにも受け取れた。

先に署名を終えた武良検事正は、ペンを走らせている黛副総監に言った。

「そうそう、例の殺し屋ですが、北アイルランドのテロリストだったそうですね。いやあ、私も驚きましたが、全国指名手配をかけながらまだ手がかりすらつかめておらんとか。これは我が国の威信にも関わる問題ですから、警察もしっかりやってもらわんと困りますよ」

その無責任な言い草に、椛島刑事部長は憤然となって顔中を赤くしたが、さすがに自制して何も言わなかった。

それから互いに署名済みの覚え書きを収め、一礼して散会するまで、双方の出席者が必要最低限以外の言葉を口にすることはなかった。ただ、武良検事正の傲岸な笑みと、黛副総監の暗鬱な横顔とは、その場にいた誰の目にも対照的に映った。

合同庁舎第6号館を出た黛副総監一行の前に、迎えの専用車が停車した。副総監に続き、沖津と椛島が乗り込もうとしたとき、待ち構えていたように地味なスーツの男が近づいてきた。護衛の私服警官がすかさず前に出ると、男はあらかじめ手にしていたIDを示し、

「東京国税局資料調査課の魚住《うおずみ》です。失礼とは思いましたが、沖津さんとお話がしたくてお待ちしておりました。ほんの少しで結構ですので、お時間を頂けませんでしょうか」

まったく物怖じする様子も見せずに言った。

中肉中背の童顔で、整髪料もつけずに髪を前に下ろしているため、二十代にも三十代にも見える。だが実際は四十近いだろうと沖津は見て取った。

公務員間の接触は原則として同じ〈階層《レイヤー》〉に限られる。その意味でも、彼の接近は異例と言うより異様とでも言った方が近い。

背後を振り返ると、車内で副総監が微かに頷くのが見えた。

「椛島さん、後はお願いします」

「分かった」

副総監と刑事部長を乗せた専用車が走り去るのを待って、沖津は魚住に向き直った。

「魚住さん、でしたか」

「はい、魚住希郎《きろう》と申します」

名刺を差し出す魚住に、

「それでお話とは」

「あちらに私どもの車があります。ご希望の場所までお送り致しますので、よかったら車内で話しませんか」

「では、新木場までお願いします」

魚住が片手を上げると、グレイのマツダ・アクセラハイブリッドが滑るように接近してきた。

「どうぞ」

後部ドアを開けて魚住が招く。言われるままに乗車すると、魚住も隣に乗り込んで運転している男に「新木場の特捜部庁舎」とだけ告げた。

運転手が無言で車を出す。車内にいたのは、魚住の部下らしいその運転手だけだった。

「ご無礼はお許し下さい。ウチから警視庁へオフィシャルに話を通すと、どこが嚙んでくるか分かりませんから」

「それで副総監と刑事部長の前で、しかも乗車直前に接触したわけですね。なるほど、オフィシャルではなく、強引に黙認させるのにそういう手があったとは。噂に聞く国税局コメ秘伝のノウハウですか」

「いやいや、そんなご大層なもんじゃなくて、窮余の一策という奴ですよ。今日の手打ちは警察と検察の話ですから、ウチは当然呼ばれてもいません。しかし、今後の調査にも関わってきますんで、ウチとしてはどうしても内容を聞いておきたくて。特に捜査に関する線引きのあたりをね。それでなくても行く先々でカチ合ってるんですから。肝心のマル対（捜査対象者）に勘づかれたりしちゃ元も子もありません」

「申し合わせの内容に関しては、近々に警視庁と東京地検の双方からそちらに連絡が行くと思いますが」

「よして下さいよ、沖津さん」

魚住は童顔にどこか老成したような笑みを浮かべ、

「私があえてこういう形であなたに接触した。その意味はとっくにお分かりだと思いますが」

その笑みに、沖津はもらったばかりの名刺に再度視線を落とす。

肩書きは［東京国税局課税第二部資料調査第三課　課長補佐」となっていた。

「黛副総監はあなたを信頼している。警察内部でも数少ない特捜部の味方、とまでは言えないにしても、理解者だ。そうでなければクイアコン絡みの捜査に特捜を嚙ませるはずがない。違いますか」

魚住は沖津の手にした名刺を指差し、

「第二部の第三課だから、通称『二の三』。覚えやすいでしょう。なんだか小学校みたいですけど。ウチは一般企業だけでなく、公益法人や超大口の悪党も相手にしてます。特に公益法人を調査できるのは、国税の中でもウチだけでして」

「存じております」

「なんだかんだ言ってウチは国税ですから、税金を取るのが仕事です。悪人だろうが善人だろうが、ちゃんと納めてくれさえすればそれでいい。なのに、途方もなく儲けてる悪党に限って払いたがらない。あの手この手で隠そうとする。だから面倒でもこっちがほじくり出さなきゃならない」

「取引というわけですか、副総監を巻き込んでの」

「それでこそ沖津さんだ」

魚住は嬉しそうに、

「検察にも警察にも、それこそ国税にだって、巨額の分け前を受け取ってるダークなＯＢは山ほどいますから、もう危なくて危なくて。その点、唯一信頼できそうなのが沖津さん、あなただった」

「それは光栄ですが、人は見かけによらないものですよ。私とて人間ですから」

「役人てのはね、人間である前に役人なんですよ。私らは税金を取る役人だ。ちゃんと納めるべきものを納める相手かどうか。そこを見極める目だけは確かなつもりです」

抜け抜けとした言いように、沖津は苦笑を漏らさずにはいられなかった。

それを機と見たのか、魚住は口調を変え、

「クイアコンを利用して不法に金を掠めてる連中から残らず税金を徴収する。そのためには手段を選ばない。それがウチの――コメの目的であり、誇りです」

「狙いはやはりそちらでしたか。星川周山ではなく」

「もちろん星川も射程圏内に捉えてはいますがね。この際、ワルは一網打尽にして税金を根こそぎ払って頂こうと。もちろん追徴本税に重加算税も含めてね」

「なるほど、それは痛快だ。しかし、警察が犯罪収益として追徴できる分くらいは残しておいて頂けると助かります」

「ごもっともです。心得ました」

今度はその童顔に似つかわしい悪戯っ子のような笑みを浮かべる。

「調査対象の選定にはＫＳＫ（国税総合管理）システム、つまり国税の基幹データベースが使われますが、このシステムにアクセスするには厳しい制限があります。ところが、ウチだけはほとんどの情報にアクセスできるという強みがありまして」

「分かりました。地検は地検として、ウチがお宝の隠し場所を発見した場合、すぐにお知らせすることにしましょう。その代わり……」

「ご心配なく。捜査に有効と思われる情報は必ずそちらに提供します。連絡先はどちらがよろしいでしょうか」

「こちらにお願いします」

沖津はスーツの内ポケットから名刺を取り出して渡す。

「プライベート用の携帯番号です。それにおかけ頂ければ」

「頂戴します」

やがて車は新木場の特捜部庁舎前に着いた。

「ありがとうございます、沖津さん。あなたとお話しできてよかった」

「こちらもです」

沖津が降り立つと同時に、国税の車は去った。

庁舎の正面口に向かって歩きながら、沖津は心の中に銘記していた。

コメの魚住希郎か——覚えておくべき名前がまた増えた——

12

あり得ない——

ラボのオフィスで、モニターを見つめながら鈴石緑はまたもそう呟いていた。その日何度目かの同じ呟き。

同時に感謝する。この驚き、いや、戦慄と言ってもいい感情が、別の感情を忘れさせてくれるからだ。

〈銀狼〉エンダ・オフィーニー。狼眼殺手の正体はチャリング・クロスの実行犯であった。

今になって——そう思わずにはいられない。どうして今になって実行犯が。

立ち直ったつもりであった。断ち切ったつもりであった。少なくとも闇を直視する覚悟はできていた。

だが、何もかもが思い上がりであったのだ。そのことを嫌というほど思い知らされた。

そもそも考えるまでもなかった。同じ組織の出身ではあるが、『チャリング・クロスの惨劇』に関わってもいないテロリストに対する嫌悪と敵意からさえ、自分は未だ逃れられずにいるのだから。

今は同僚でもあるあの女《ひと》は、〈妹殺し〉という罪を背負っている。

自ら仕掛けた爆弾で、偶然居合わせた実の妹を爆殺してしまったのだ。

テロリズムに手を染めた者の報いであるとは言え、想像すらできない恐ろしい因果だ。その罪と悔恨の深さを思えば、常に虚無の淵を覗いているかのような彼女の面差しも合点がいく。

その反面、緑には身を捩《よじ》るようなもどかしさと理不尽な苦しみが募っていく。あの女の――ラードナー警部の背負う業の深さと比例するかのように。

考えればきりがない。これまでもずっとそうだった。

幸いにも、目の前には山と積まれた仕事があった。緑はその山へと逃げ込んだ。他に自らを律する方法を見出せなかった。

作業を続けてもう何時間になるだろうか。ある仮説――いや、妄想と言っていいかもしれない――が心に浮かんでから、キーを叩く指を止められなくなった。

部下の柴田技官達が心配して何度か覗きに来たが、そのつど「大丈夫、もうじき上がりますから」と答えつつ、どうしても席から離れられない。

松森の研究内容を解析するうちに浮かび上がった、裏の取れないいくつかの〈不明点〉。

それらについて推論を進めていた緑は、すべてを矛盾なく説明できる有力な仮説に思い至った。

でも、あり得ない――

できれば否定してしまいたい、しかしどうしても否定し切れない。その仮説は、それだけの可能性を有していた。抗い難い蠱惑に満ちた可能性を。

その可能性を示唆する論文や研究の有無を検索し、自らの仮説と矛盾しないか慎重に検討した上で、関係分野の専門家にメールや電話で問い合わせる。

そうした手順を重ねた上で、さらに独自の思考と計算を重ねていく。

モニターに表示された数列の誤りに気づき、指を止める。データを打ち間違えた。自分ともあろう者が。これも自らの仮説に対する懐疑のゆえであろうか。それともチャリング・クロスでの記憶のゆえであろうか。

腹立たしい思いでバックし、打ち直す。だがキーを叩く己の指先が震えていることに気づき、にわかに悪寒のようなものを感じた。

その感覚には覚えがある。海棠商事の疑獄事件に関連して如月フォトニクス研究所が密かに開発を進めていた〈もの〉を押収し、今回同様に解析を進めていたときのことだった。

全身を異形の触手が這い回るような、吐き気のするほどおぞましい嫌悪感。そして、恐怖。

如月フォトニクス研究所は、フォン・コーポレーションと提携関係にある如月電工の関連研究機関で、西村禎成《にしむらただなり》主導研究員を中心として極秘裏にある研究を行なっていた。西村が何者かに殺害されたことをきっかけに、特捜部は如月フォトニクス研究所の強制捜査に踏み切った。厳重な警備態勢の敷かれた研究所の最奥部で緑が見たのは、巨大な異形の構造物であった。

特捜部が押収したそれは、今もラボの保管庫にひっそりと収められている。

押収物の解析に当たった緑の結論——「構造物の正体は龍骨《キール》-龍髭《ウィスカー》システムの最も原始的なモデルである」。

龍機兵の中枢ユニット『龍骨』は、搭乗者の脊髄に埋め込まれた『龍髭』と一対一で対応している。搭乗者の脳に達する以前の脊髄反射を龍髭が検出し、量子結合により龍骨に伝達する。それにより、機械的操作では実現できない反応速度を可能とする。

あのときと同じだ——

同様の手法で解析に取り組んだせいだろうか。いや、それだけではない。松森の研究は西村のものと同じではないどころか、むしろまったく別の目的に向かって進められていたと言えるのだが、ある意味、あの構造物とつながる〈眷属〉と呼べるのではないか。そうだ、化《け》生《しょう》の眷属だ。

この技術が、ある〈製品〉として結実し、一般化した世界を想像する。ただの地獄だ。人々はもう二度とテロと紛争の連鎖から抜け出せない。

反応速度か。そのことが皮肉にも感じられる。こうしている間にも、世界は刻々と救い難い悲劇へと向かう速度を加速させているのだ。科学の進歩という美名のもとに。

身震いしてスタッフジャンパーのファスナーを喉元まで締める。しかし寒気は一向に去ろうとはしなかった。

それから二時間をかけて緑は自らの推論を簡潔なレポートにまとめ、立ち上がった。

日付が十七日から十八日に変わって、すでに三時間以上が経過している。

第五の殺人の共犯とみられる警察官の死体が発見されたことについては聞かされていた。地検との確執の顛末についても。自分が作業に没頭している間にも、事態は急激に変化している。それもより悪い方へとだ。

この惨劇を止めるためにも、一刻も早く自らの責務を果たさねば——

内線で確認すると、驚いたことに部長は執務室に在室しているという。しばし躊躇したのち、緑はラボを出て部長のもとへ向かった。

ノックしてから緑が執務室に入ると、沖津は虚空を見つめてシガリロを燻《くゆ》らせていた。

デスクの周囲に漂う煙の中に、事件解決の道筋でも求めているのだろうか。

いや、違う。この人は、もっと別の〈何か〉を見ている——そんなことを一瞬思った。

「緊急の報告とは」

気がつくと、沖津は目をすがめるようにしてこちらを見ていた。

「松森教授の研究内容についてです」

たわいもない想念を、自ら打ち払う思いで進み出る。

「しかし、現段階ではあくまで仮説にすぎないというか、常識的に考えれば到底――」

「常識はいい」

緑の前置きを遮って、沖津は常になく陰鬱な口調で言った。

「今はむしろ、常識こそが我々の敵だ」

「分かりました」

覚悟を決めざるを得ない。緑は思い切って上司にレポートを手渡し、自らの推測について述べた。


報告と、その善後策についての綿密な協議とを行なって、緑は執務室から退室した。入室してから二時間近くが過ぎている。

エレベーターに向かって歩き出そうとしたとき、前方から仁礼財務捜査官がやってくるのが目に入った。

「あれ、鈴石主任、まだお帰りじゃなかったんですか」

「あ、どうも」

軽く頭を下げて一礼し、

「ずいぶんお早いんですね。まだ六時にもなってないですよ」

「えっ、早いもなにも、帰ってないですから、僕」

言われてみると、いつも以上に無精髭が伸びて、髪もよりぼさぼさになっている。普段の風貌が風貌なので、徹夜明けとは気づかなかった。

自分を棚に上げて馬鹿なことを言ってしまったという思いに、緑はすっかり恥ずかしくなった。

「すみません」

「いえ、それより、鈴石主任も徹夜ですか」

「はい」

「大丈夫ですか、なんだか顔色が悪いですよ」

「平気です、慣れてますから」

「気をつけて下さいよ。そういうのが一番よくないって言われますから。あ、言われたのは僕ですけど」

いかにも周囲からそう言われそうな仁礼の顔を見ていると、不覚にも笑ってしまった。徹夜の連続でやはり自分もどうかしているようだ。

その笑いをごまかそうと、慌てて尋ねる。

「仁礼さんも部長に?」

「ええ、至急報告したいことがありまして」

それまでにこやかに笑っていた仁礼が、急に表情を曇らせた。担当している捜査に、何かよほど重大な進展があったのだろう。

「そうですか。では、失礼します」

これ以上引きとめてはいけないと思い、緑は挨拶をして歩き出した。

「あっ、はい、お疲れ様です」

仁礼がいつものように深々と頭を下げる。

自分なんかにそこまでお辞儀する必要なんてないのに――

ぼんやりとそんなことを考えていると、突然背後から呼び止められた。

「鈴石主任」

仁礼であった。

「はい？」

「失礼ですけど、主任の顔色、ほんとによくないです。どうか無理はしないで下さい」

決してうわべだけではないと信じられる、誠実な表情だった。

「心配して下さってありがとうございます」

心からの感謝を述べ、

「仁礼さんの方こそ、気をつけて下さいね」

そう言うと、仁礼はいつもの頼りなくも人懐こい笑顔に戻り、

「ありがとうございます。嬉しいです」

その場に立ったまま、執務室に向かう仁礼を見送る。

不意に気づいた。

仁礼は、自分とラードナー警部との因縁について知らないのだと。

当然だ。それでなくても説明しにくい自分達の複雑な関係について、財務捜査官とは言え外部の人間にわざわざ伝える者はいない。

そして執務室に消えようとしている仁礼の背中を見つめるうち、緑はまた別種の不穏な予感を覚え、一段と体温が低下するような感覚に襲われた。

いけない、そこに入っては――

やはり徹夜続きでどうかしているのだろう。執務室のドアが、地獄に続いているというわけでもあるまいに。

小さく音を立ててドアが閉ざされた。

頭では分かっていても、緑は全身の震えを抑えることができなかった。

第三章　堕　罪

1

〈阮鴻偉《ユンホンウェイ》に続き、闕剣平《クワンジェンピン》、目黒区三田ウェスティンホテル東京のフレンチレストラン『ビクターズ』に入りました〉

由起谷志郎が部下からの報告を受け取ったのは、七月十九日の午前十一時五十二分のことだった。

フォン・コーポレーション役員、及び和義幇《フーイーバン》幹部の監視を担当していた由起谷班は、ここ数日、和義幇の大幹部闕剣平の片腕と目される阮鴻偉らが不審な動きを見せていることに神経を尖らせていた。その彼らが、ウェスティンホテルのレストランに集まっている。時間帯からすると昼食であろうとは推測できるが、『ビクターズ』でも個室の「ロココ」を借り切っているのだという。となれば、誰か重要な人物との接待を兼ねた会食である可能性が高い。

果たして相手は何者か。

由起谷は自らウェスティンホテルに急行し、ロビーの片隅で安達《あだち》捜査員らと合流した。目立たぬ物陰でありながら、ロビー全体を見渡せる位置である。

レストラン『ビクターズ』はホテルの二十二階にある。庄司、松永捜査員らが同階で監視中だが、レストランに出入りする客は残らず防犯カメラに録画されている。録画映像を管理している警備室では、小泉捜査員がホテルの協力を得て警備員とともにモニター映像を睨みつけているはずだ。

部下達からの報告では、定員十二名の個室「ロココ」に集まっているのは、闕、阮の他に、構成員

の寧楚成《ニンチューシン》と舒 里《シュウリー》。和義幇《フーイーパン》からの出席者はこの四名だが、組対のリストにもない男達が六人、後から連れ立って個室に入っていったという。

「〈客〉はこの六人と見て間違いないですね」

「ああ」

安達の言葉に、由起谷は言葉少なに頷いた。

あの關《クワン》が自ら出迎えただけでなく、高級ホテルのレストランをセッティングしたほどの相手である。

「何かの取引でしょうか。庄司の話では、この六人、明らかに中国人で、揃いも揃ってえらく薄気味の悪い連中だったそうですが」

「薄気味の悪い？」

「ええ、どんなツラなのかは分かりませんが、いずれにしてもカタギじゃないでしょう」

中国系犯罪組織の凶悪犯など見慣れているはずの庄司が、〈薄気味の悪い〉と評する男達。

予断は禁物であると自らに言い聞かせつつも、由起谷は新たな火の粉がクイアコンという汚れた藁の山に降り注ぎつつあるような、漠然とした不安を感じていた。

六人の客が個室に入ってからおよそ二時間後。

〈客が全員レストランを出ました。庄司達が追尾開始します〉

警備室の小泉から携帯に連絡が入った。エレベーター、エスカレーター、それに階段。六人は各々が違う方向に向かっているという。明らかに尾行を意識している。

由起谷は安達らを急ぎホテルの各出入口に配置した。

「マル対（対象者）を捕捉次第追尾しろ。絶対に気づかれるな」

六人の客の素性はなんとしても突き止める必要がある。

自身はロビーの定位置で指揮を執りながらさりげなく周囲に目を配る。

〈關と阮《ユン》らもレストランを出ました。やはり別々の方向に向かっています〉

小泉から新たな報告が入った。由起谷は焦りを覚える。相手は総勢で十人。その十人がそれぞれ別の方向に向かっている。全員を尾行するには明らかに手が足りない。しかも、こちらの監視を承知で攪乱にかかっている可能性が大きい。

「カメラでマル対全員の位置を把握、随時報告せよ」

小泉に指示を下してから四分後。

〈闞と阮をロストしました。どのカメラにも映っていません〉

「なんだと」

携帯の向こうで小泉が叫んだ。

「よく確かめろ。見落としはないか」

〈ここにいる全員で捜しています。見落としじゃありません〉

ホテルの防犯カメラは一般の利用客が想像する以上に数多く設置されているが、その配置場所には一定の法則があり、当然死角も存在する。カメラ配置のセオリーを熟知している者なら、その死角に入り込むことも容易である。

自らも捜索に当たるべく、由起谷は身を翻した。

その途端――

「あっ」

驚いて足を止める。

そこに、プラダのサングラスをかけた影のような男が立っていた。

闞である。その傍らには阮。

いつの間に――

心の中で己を罵る。また同時に強烈な怒りを覚える。自分はここまで舐められているのかと。

「犬にしてはいい眼だな、由起谷志郎」

闞《クワン》は嗤った。そしてこちらの内面を見透かすように、

「自分を責める必要はない。俺とおまえでは生きてきた世界が違うというだけだ。おまえが特に間抜けだというわけではない」

阮《ユン》は無言のままじっとこちらを見つめている。

「どういうつもりだ」

苦労して声を絞り出す。

「礼を言っておく。おまえ達にだ」

「礼？」

「おかげで狼眼殺手の正体が分かった。元ＩＲＦの女テロリストか。道理でこっちの網に引っ掛からなかったはずだ」

「どうしてそれを――」

そう言いかけて、由起谷は後の言葉を呑み込んだ。

『狼眼殺手』という文言こそマスコミには公表されていないものの、エンダ・オフィーニーは全国指名手配されている。おそらくは警察内部にも有力な情報源を持つであろう和義幇《フーイーパン》の闞が知っていても不思議はない。

「その返礼に、今日、俺達が迎えた客について教えてやろう」

闞の口から思いも寄らぬ言葉が発せられた。

「正確には、俺達が契約した取引相手だ」

取引相手だと？

「『虎鯨公司《フージンゴンス》』。業務内容は言うまでもないな。俺達との契約内容も」

「どういうことだ」

闞に詰め寄ろうとしたとき、前へ出た阮が立ちふさがった。

「面子の問題、だ」

關ほどにはうまくない日本語で、阮が言った。

「邪魔をすれば、殺す」

阮の眼は憑かれたように赤く烈しく血走っていた。

何かある――この男には――

由起谷は直感した。阮とエンダ・オフィーニーとの間には、彼の言う〈面子の問題〉以上の何かがある。

「いい顔になってきたな」

唐突に關が揶揄するように発した。賞賛であったかもしれない。

それが自分の顔色を指していると気づいて、由起谷は狼狽した。

怒りや憎悪に囚われれば囚われるほど、〈白面〉とも〈白鬼〉とも呼ばれる由起谷の白い顔はさらに白さを増していく。そんな己の肉体的、精神的特質を、關は当然の如くに把握しているのだ。

「前にも言ったな、おまえ達にはもっと大事な仕事があると。たかが殺手の始末など俺達に任せて、おまえ達はせいぜい犬本来の仕事に励むことだ。鳥居にも言っておけ」

「鳥居？　鳥居二課長を知っているのか」

驚いて聞き返す。意外な名前が飛び出した。

關と二課長との間に面識があろうとは――

「経産省が馮《フォン》の御曹司を接待するために催した会食の席で一度だけ会った。総括審議官の丸根にくっついて来た。大した腰巾着ぶりだったぞ」

馮の御曹司――フォン・コーポレーションの社長である馮志文《ジーウェン》のことだ。

由起谷は刑事としての勘で、〈御曹司〉というその呼び方にどこか侮蔑的なニュアンスの含まれていることを嗅ぎ取った。

がある。闞《クワン》の役職は表向きにせよ馮《フォンジーウェン》志文の第一秘書である。やはり闞と馮の関係には、何か隠されたものがあるようだ。

「二課長に伝えろだと？　本来の仕事というのはクィアコンに関することなのか」

動揺を隠しつつ、黒社会の男達が発する瘴気に負けまいと真っ向から応じる。

ただ乾いた笑みを浮かべただけで、闞は何も答えずその場を去った。阮《ユン》も挑発的な一瞥を残してその後に続く。

由起谷は携帯を取り出し、闞と阮が正面口の方に向かったことを部下に連絡しようとして、やめた。闞は自らの所在を隠してはいない。不定期だが丸の内にあるフォン・コーポレーション本社への出勤も続けている。また彼がその気になれば捜査員の尾行など簡単にまいてしまえることも、これまで嫌というほど経験していた。

今はそれよりも六人の客だ。〈フージンゴンス〉と言ったか。どうせ黒社会の構成員には違いないだろうが、和義幇《フーイーパン》の大幹部である闞が自らウェスティンホテル東京のレストランでもてなしたのだ。ただのチンピラなどではあり得ない。部下達がうまく尾行してくれるといいのだが。

由起谷の願いに反し、捜査員は誰一人として六人の客を最後まで追跡できなかった。

いずれも地下鉄などの交通機関、デパートなどの商業施設、あるいはなんの変哲もない路上で、対象をロストしている。中には、ウェスティンホテル東京の内部でまかれた者さえいる。あれだけ慎重に各出入口を監視していたのに、どこからホテルを抜け出たのかさえつかめなかったのだ。

その結果を、由起谷はあらかじめ覚悟していた。『虎鯨公司《フージンゴンス》』。いずれも警視庁特捜部の捜査員を上回る技量を持った一流の〈プロフェッショナル〉だ。そうでなければ、闞があああも自信ありげに接触してくるわけがない。

新木場の特捜部庁舎に引き上げた由起谷は、すぐさま城木、宮近両理事官に報告した。

『虎鯨公司』について城木理事官はただちにICPOその他の捜査機関に照会。やがて返ってきた回答は、その夜の捜査会議で一同に報告された。

「香港警察からの回答によると、『虎鯨公司』なる団体は正確には『虎鯨《フージン》食品《シーピン》有限《ヨウシエン》公司《ゴンス》』という名称だそうだ。表向き食品卸業を装っているが、その実態は香港を拠点とする殺人代行業者の中でも最大手として認知されている反社会的集団であるという」

城木の話を、姿警部が身も蓋もない軽い言葉で要約する。

「早い話が、殺し屋の会社ってわけですか」

「その通りだ」

苦々しく城木が頷く。

「彼らの存在を把握しつつも、香港警察は今日まで立件することさえできずにいた。彼らの仕事はそれほど手際がいいらしい。ちなみに、虎鯨とは日本語でシャチの意味だ」

「狼の次はシャチと来たか。日本はいつからおっかない動物の溜まり場になったんだろうな」

「いいかげんにしろ、姿」

たまりかねたように宮近が怒鳴る。だがその怒りは、姿の不規則発言にではなく、混迷する状況そのものに向けられているように由起谷には思えた。他ならぬ自分自身が、宮近と同じ苛立ちを感じている。

鬩は虎鯨公司を〈取引相手〉と呼んだ。和義幇はそんな殺人結社と契約し、わざわざ日本へと呼び寄せたのだ。

彼らは本気だ――鬩も、そして阮も。

また何よりも歯がゆいのは、そのことを鬩が警察官である自分に平然と告げたことだ。彼らは自分達日本警察の捜査を児戯に等しいものとでも見なしているに違いない。

「ウェスティンホテル東京の防犯カメラに録画されていた映像から、鬩の饗応を受けた六人の身許が判明した。詳細は各自ファイルを参照のこと」

正面のディスプレイに男達の三面写真とデータが多層的に表示される。

白景潤《バイジンルン》。四十七歳。虎鯨公司《フージンゴンス》取締役専務。

張軍《ヂャンジュン》。四十九歳。同社本部長。

邵剛《シャオガン》。三十八歳。同社営業部長。

厳思成《ヤンスーチョン》。三十三歳。同社社員。

石常培《シーチャンペイ》。二十八歳。同社社員。

童震《トンゼン》。二十一歳。同社社員。


こいつらが——

由起谷にもようやく理解できた。庄司ほどの刑事が〈薄気味の悪い〉と評した意味が。ただの犯罪者などでは決してない。狼の烈しい眼ともまた違う、海中を徘徊する捕食者の眠たげな眼。どこかを見ているようで何も見ていない、六人全員がそんな眼をしている。

「こいつはまた凄い面構えが揃ってるな」

姿警部の軽口が聞こえる。

「懲罰部隊によくいそうな顔だよ」

癇筋《かんすじ》を立てた宮近が何かを言いかけたが、珍しく言葉を呑み込んだ。心なしか最近の宮近理事官は、以前に比べ覇気を失って感じられる。何か大きな屈託でも抱えているのだろうか。

由起谷はふと嫌な予感を覚えた。城木理事官といい、宮近理事官といい、特捜部の中で目に見えない変化が起こっている。それがなんであるか分からないだけに、不安の翳がじわじわと心に広がっていくようだった。

ただでさえ厄介な事案の最中に――

「この六人は本日午前十時十二分に羽田に到着した便で入国したばかりであることが判明している。六人全員、逮捕歴等は一切ないため、入国審査は問題なく通過した」

城木が続ける。

「一行のリーダー格は言うまでもなく専務の白景潤。他の社員も、いずれ劣らぬ精鋭メンバーであるということだ。香港警察からの回答には、もう一つ、重要な情報が含まれていた」

自らを鼓舞するかのように、城木が声を張り上げる。

「闞《クワン》の部下である阮鴻偉《ユンホンウェイ》は、狼眼殺手に暗殺された和義幇《フーイーパン》長老連の一人、阮瀾《ユンラン》の孫に当たるという。彼がこの機会に祖父の仇を討とうとしているのは想像に難くない。またそれができなければ、黒社会における彼の面子は決定的に潰れてしまうことになる。そのため、阮はどんなことがあろうとも虎鯨公司とともにエンダ・オフィーニーを仕留める覚悟だろう」

狼眼殺手と阮との間にそんな因縁があろうとは。由起谷は思い出す。ウェスティンホテル東京で見た赤く煮えたぎった阮の両眼。ようやく得心が行った。鬼気迫る阮の気迫のそのわけに。

城木に代わり、それまで黙っていた沖津部長が口を開いた。

「闞と接触した由起谷主任の報告からしても、和義幇が狼眼殺手を始末させるために虎鯨公司と契約したことは疑いの余地がない。言うまでもなく日本は法治国家である。そんな無法を許すわけにはいかない。我々は狼眼殺手だけでなく、虎鯨公司をも確保せねばならなくなった」

由起谷は、頭上に新たな巨石がのしかかるような思いで部長の言葉を聞いた。

「由起谷班は引き続きフォンと和義幇の監視。加えて、虎鯨公司の所在をなんとしても突き止め、監視下に置くこと」

「はい」

自らの顔色が蠟よりも白く変化するのを自覚しつつ、由起谷は新たな闘志を胸に返答した。

会議は終わった。宮近はぐったりとした疲労感を引きずったまま、壇上の幹部達とともに沖津の執務室へと移動した。

刑事部の幹部達は入室するなり、それぞれ思い思いの椅子に腰を下ろしている。彼らもさすがに特捜部の慣習に馴染んできたようだ。

「鳥居さん」

デスクの向こうの専用チェアに座った沖津は、なんの前置きもなく鳥居二課長に言った。

「会議の席上では触れませんでしたが、由起谷主任の報告では、鬫《クワン》は二課長と面識があるとのことでしたが」

全員の視線が鳥居に注がれる。

誰の目にも明らかな狼狽を示しつつ、鳥居は答えた。

「その件については覚えています。丸根総審に命じられ、確かに経産省主催の会食に同席しました。セッティングしたのは通商政策局の山口《やまぐち》参事官だったと思います。単なる懇親会ということで、問題は何もなかったはずです」

山口辰巳《たつみ》参事官には宮近も面識があった。昨年、他でもないIRFテロ事案の際である。鼻持ちならぬ傲岸な態度は一部の高級官僚には珍しくないが、クイアコンにおける日本側の窓口を一人勝手に自認する山口は、宮近の目にも無恥な道化としか映らなかった。昨年のテロ事案ではその愚鈍さと虚栄心を馮《フォン》志文《ジーウェン》に利用されたのだから世話はない。しかもその上、クイアコンのPRキャンペーンが大々的に始まってからは居丈高な言動がエスカレートする一方で、霞が関を肩で風を切る勢いで闊歩しているという。

「今までそのことを黙っておられたのはなぜですか」

沖津が鋭く追及する。

「正直申しまして、主賓の馮社長は当然覚えていますが、秘書までは……」

「言いわけとしては苦しいですね。闞の存在感は尋常ではない。あなたほどの人が見忘れるというのは不自然です」

「そうですね」

一転してあっさりと肯定した。エリートとしての答弁に頭を切り替えたようだ。

「訂正します。わざわざ言うまでもないと考えていました。馮や闞と面識のある官僚や政治家、財界人は実に多い。皆お互いに人脈作りが目的ですから。現に、丸根総審も彼らと会っているわけですし」

「しかし、今回の事案は政治と――」

出し抜けに椛島刑事部長が吠えるような大声で、

「沖津！」

全員がびくりとして振り返る。

「鳥居を尋問しているのか。おまえは刑事部へ喧嘩でも売る気か」

「…………」

「鳥居の言うことはもっともだ。捜二が財界人の面《メン》を知っていてもおかしくはない。迂闊なことを言って要らん肚まで探られるのを避けようとするのも、言ってみれば捜二の習性だ。ただし、最初の言いわけはまずかったがな」

そう言ってじろりと部下を睨む。

鳥居は即座に頭を下げ、

「申しわけありません。私ともあろう者が、取り乱してしまいました。自分だけでなく、丸根総審に累が及んではと……」

「そういうことだ」

椛島は再び沖津に視線を移す。

「これは失礼しました。私も、少々神経過敏になっていたようです」

神経過敏と自称するわりには、誰よりも落ち着いた動作でミニシガリロに火を点けながら、

「由起谷主任には口止めをしておきましたので、どうかご安心下さい。また鳥居課長にお詫びします。我々までもが疑心暗鬼に陥ることだけは避けたいという一心で」

「抜け抜けと……よくもそんなことが言えたものだな」

鬼瓦に似た椛島が再び吠える。

「疑心暗鬼だと？　誰のおかげでこうなったと思ってるんだ」

宮近は息を呑んで成り行きを見守るしかない。下手に関わったら大事《おおごと》だ。

「審議官殺しでうやむやになったが、思わせぶりなその言い方にはもう我慢ならん」

千波と鳥居が、同意を示すように立ち上がって上司の左右に控える。

当初から危ういものであった刑事部と特捜部の関係が、今や崩壊しようとしている。

なんとかこの場を収めねば――

同僚の城木を振り返った宮近は、さらに声を失った。

城木は冷徹な目でじっと双方を観察していた。大学時代から親しく付き合ってきた宮近が、これまで一度も見たことのない親友の目であった。

「クイアコンの技術が一体どうしたと言うんだ。何が邪悪で禍々しいものだ、え、沖津！」

「その件については、間もなくご説明できると思います」

「なんだと」

悠然と答える沖津に、椛島が――もちろん宮近も――目を見開く。

「いつだ」

「それは鳥居さん次第です」

「私、ですか？」

当の鳥居が面食らったように聞き返す。

「ええ」

沖津は涼しげに頷いて、シガリロの煙を吐く。

一同はたなびく煙に巻かれて黙るしかなかった。

2

同日午後十時二分。護国寺の自宅マンションで、鈴石緑は洗い晒しのタオルケットにくるまって寝つかれぬ夜を過ごしていた。

早く寝ようと焦れば焦るほど、睡魔は彼方に遠のいて、精神も肉体もささくれたように疲弊する。

普段から不規則な生活を余儀なくされているので、人並みの時間に眠ろうとするといつもこうなってしまう。自律神経もだいぶおかしくなっているようだ。

たまりかねてタオルケットをはね除け、枕元に置いてあったペットボトルをつかんで中の水を飲む。汗が噴き出し、パジャマをじっとりと濡らしていく。

これだから梅雨時は――

雨は降っていないが湿度は高い。物の少ない部屋の中は肌寒く感じられるのに、不快な汗は止まらない。

分かっている。眠れないのは、同じことが頭の中で際限なく不毛な渦を巻いているからだ。

どうして――どうして今になって――

耐えられない。チャリング・クロスの業火。狼眼殺手。〈銀狼〉。それに、〈死神〉。

今さらのように恐怖する。テロリズムの爪痕は、ここまで深く自分の心に食い入っていたのかと。

今夜はもう眠れそうになかった。

緑は浴室のシャワーで汗を流すと、出勤用の服に着替えた。有楽町線の終電にはまだ時間があるはずだ。

身支度を終え、バッグを持って部屋を出ようとしたとき、机の上に置いた赤茶けた装幀の本が目に入った。一瞬ためらったのち、その本を取ってバッグに入れた。


新木場の庁舎地下にある技術班のラボでは、二人の技術者が作業を続けていた。

「主任、今日はお帰りになったんじゃ」

彼らは緑を見ると驚いたように声をかけてきた。

「ちょっとやり残したことを思い出して」

そう曖昧に答えると、二人は納得したような顔をして仕事に戻った。緑のワーカホリックぶりは、特捜部、ことに技術班では知らぬ者はない。また忠告しても無駄であると皆諦めているようだ。

専用のオフィスに入った緑は、いつもの習慣で上着を脱ぎ濃紺のスタッフジャンパーを羽織った。

それからデスクに向かい、専用端末の電源を入れようと手を伸ばす。

しかし、なぜかその指が止まってしまった。自分が求めているものはこの中にはない。なんとなくそう思われた。

小さく息をついて立ち上がり、バッグから持参した本を取り出してオフィスを出る。

当面のやるべき仕事はすべてやった。後は部長の判断を待つだけだ。あの人がどういう判断を下すのか。それもまた恐ろしかった。

吹き抜けになった無人のフロアを黙然と歩む。中央に近いあたりに、三体の龍機兵《ドラグーン》が専用のハンガーに固定されていた。全長三メートル強。警視庁特捜部だけが保有する、最強の個人用兵器。

まるで招き寄せられたように、緑はライザ・ラードナー警部専用機『バンシー』の前で立ち止まり、純白の機体を見上げる。

整備中のため、バンシーのハッチは全開になっている。自らの胎内を晒すが如くに。

整備用のキャスター付きステップを使って、緑はバンシー腰部内壁の窪みに腰を下ろした。そしてゆっくりと背中を預ける。硬いはずの背面フレームは、思ったよりも緑の背中に柔らかく馴染んだ。

最新のテクノロジーを駆使したこの殺戮兵器の中で、ラードナー警部はいつも何を想うのだろう。今は無性にそれが知りたかった。

失った故郷か。戦場の炎か。それとも――自ら殺《あや》めたという妹の面影か。

恐ろしい。それでいて懐かしい。自分も警部も、北アイルランドの炎に晒された。その忌まわしい絆を、自分は断ち切ることができるのだろうか。

バンシーの胎内に身を預けたまま、緑は手にした本を開く。

赤茶けた装幀に記された題名は『車窓』。著者は鈴石輝正《てるまさ》。チャリング・クロスで死んだ父が生前に遺した唯一の著書であった。

緑はかつて、ラードナー警部がこの本を読んでいるのを目撃したことがある。

あの女《ひと》がどうして父の本を――

今も鮮明に覚えている。そのときの警部の顔は、不思議にもこの上なく穏やかなものだった。

個人貿易商だった父が著した本について知っている者は、特捜部にはいないはずだ。小さな版元から出た少部数の本。話題にもならなかった。沖津部長さえ知らないのではないか。なのになぜラードナー警部はこの本を読んでいたのだろう。

その疑問はずっと緑の心に引っ掛かり続けていた。

警部はかつて皆に語った、「私には自死は許されない」と。それは彼女の犯した罪が、贖《あがな》いようもないほどに大きすぎるがゆえのものだった。だから彼女は、自らに自死という安楽な罰を許さない。

死よりも重い罰を望んで彼女は警視庁との契約書にサインした。彼女を見出し、契約を促したのは〈悪魔〉沖津旬一郎だ。

かくてライザ・ラードナーは、純白の鎧を着込み、悪魔に命ぜられるまま死の淵に臨む。

日々精魂込めてその鎧を磨き上げるのは、他ならぬ自分自身だ――

よそう。

尽きぬ妄念を振り払い、緑は手にした本を広げる。もう何度も読んだものだが、読み返すたびにほっとするような安堵を覚え、思いも寄らなかった父の顔を知る。

――国境を越えるとき、私はいつも人と人とを隔てる真の境を思う。この境は、国の境とは必ずしも一致しない。それは幸福であるとも言えるし、不幸であるとも言える。人は何かによってお互い常に隔てられている。

――列車の中では誰もが互いに異邦人である。それはこれから知り合える可能性を意味している。未知の友人は常にいる。

――こうして列車に揺られていると、友人になれるはずだった人が不意に車輛のドアを開けて顔を覗かせ、声をかけてくるような、そんな気がすることがある。

読み進めるうち、思いもかけず睡魔がしめやかに寄り添ってくるのを感じた。

いけない、こんなところで――

抵抗する暇さえなかった。睡魔が密やかな勝利を収めるのを、緑は意識すらできなかった。

純白の装甲に守られて、本を手にしたまま浅い眠りへと落ちていく。

そして――〈死神〉の夢を見た。

夢はもう見たくない。

眠りを拒否し、ライザは旧海岸通りから海岸通りにかけてバイクを走らせた。ホンダCBR1000RRファイアーブレードは、ライザと一体化したように狂おしい咆哮を上げて夜を駆ける。往く当てなどない。ただ夢魔から逃れたい一心だった。

夢はもう見たくない。特に故郷の夢は。だがそれは、夜毎に否応なく立ち現われてライザを苛《さいな》む。

夢ならいい。朝になれば罪の苦さを残して消えてしまう。

しかし、青山霊園で見たあれは夢ではない。冥府から舞い戻った狼の悪霊だ。

初めて会ったのは、デリーのクレガン地区にあるパブだった。

IRFの参謀本部に所属する幹部が当時使っていた店で、時刻は真夜中に近かったと思う。丸いテーブルを囲んで座っていたのは、壮年のイーサン・マカヴォイ、禿頭に白い髭のブレンダン・カーニー、若手のティム・ニーランド、それにキリアン・クイン。いずれもIRFの重鎮で、ライザはキリアンに連れられ初めてその店を訪れたのだった。壁際のテーブルには大男が二人。マカヴォイのボディガードだ。他に客はいなかった。

例によってシン・フェイン党の弱腰をくさしながら一同がギネスのジョッキを傾けていると、突然カーニーがドアの方を向いて叫んだ。

「遅かったな、エンダ。あんまり年寄りを待たすもんじゃないぞ。ぐずぐずしてるとすぐに死んじまう。特にデリーやベルファストではな」

皆が振り返ると、黒いジャケットを着た女が入ってきた。

後ろに撫でつけられた見事な銀髪。狼を思わせる尖った針のようなその視線に、ライザは一瞬、心臓を刺し貫かれたように錯覚した。

「何をしとる、座れ座れ」

カーニーが隣の椅子を叩く。マカヴォィの真正面に当たる席だ。

エンダは黙って従った。足音も立てぬしなやかな動作であった。

「これはこれは。〈銀狼〉と〈死神〉が同じテーブルに揃うとは、今夜は地獄の魔王もベッドに潜り込んで震えていることだろう」

おどけたように言ってから、キリアンが改めて紹介する。

「ライザ、彼女はエンダ・オフィーニー。知ってるだろう、かの有名な〈銀狼〉だ」

もちろん知っていた。IRFでも並ぶ者のない殺人者として。

「エンダ、こっちにいるのが――」

「裏切り者のマクブレイドね」

エンダは気怠げに先回りした。

〈裏切り者〉とは、マクブレイド家に代々ついて回る蔑称で、ライザも幼い頃から散々浴びせられたものである。

だが今発せられたエンダの言葉は、侮蔑でもなく、挑発でもなく、ただ無関心のみが感じられた。

「おいおい、彼女は信頼できる同志なんだ。実績も充分にある。お手柔らかに頼みたいね」

キリアンがやんわりと抗議すると、エンダは唇の端を歪めて声もなく嗤った。その嗤いもまた、狼のそれを連想させた。

IRFのシンパであるウエイターがビールの追加を運んでくる。それから話題は、参謀本部の方針に関する討議に移った。

討議と言っても、所詮は酒場での世間話だ。第一、ライザもエンダも、参謀本部の執行委員ではない。

「マクドネルの戯言《たわごと》はありゃなんだ。あれじゃプロヴォ（IRA暫定派）のタマなしと変わらんじゃないか。奴はPSNIの犬に噛まれてから怖じ気づいちまったのさ」

ニーランドはその場にいない参謀本部作戦部長のカイル・マクドネルについて口汚くこきおろし始めた。

それに対して、マカヴォイは勢い込んで反論した。

「カイルはそんな男じゃない。ああ見えて奴はなかなかの策士なんだ。先を見据えて穏健派も取り込んでおこうという肚さ。決してＩＲＦの理念を忘れたわけじゃない。それくらいのことが分からんようじゃ、おまえさんの器量も知れてるな」

両者の舌戦を肴に、カーニーはにこにことジョッキを傾けている。

超過激派であるＩＲＦの中でも、最も過激なニーランド。比較的穏健なマカヴォイ。そして中立のカーニー。三人の発言と態度は、ライザが事前に得ていた情報の通りであった。

気になるのは――キリアン・クインが三人に対して相槌を打つばかりで、今のところ積極的に発言していないことである。

途中から参加したエンダは、彼らのジョークに時折そつのない愛想笑いを浮かべつつ、ギネスを口に運んでいる。

「しかしイーサン、あんたもいい跡取りができたもんだな」

カーニーが目を細めてエンダを眺めながら言う。

「そうだ、これでいつ引退しても安心だろう」

ニーランドも剽軽に口を合わせる。

「馬鹿を言うな。誰が引退だ」

怒ったように応じるマカヴォイ。しかしその言葉に反して、目許の皺が綻んでいる。

エンダもまた、マカヴォイに対してだけは茶目っ気に満ちた笑顔を向ける。

彼女をＩＲＦの創設メンバーに加えたのは、他ならぬマカヴォイであることをライザは思い出した。

マカヴォイがエンダを実の娘のように可愛がっていることは皆が知っている。彼は若い頃、ロイヤリストのゆえなき襲撃に遭い、まだ幼かった娘を殺されていた。亡き娘の面影を、エンダに重ねているようだった。

ダーグ湖に近い極貧の山村に生まれ、実の両親から虐待されて育ったというエンダもまた、マカヴォイを父と慕っていることは、その態度や言動の端々から感じられた。

野生の狼も、心を許した相手にはかくも甘えてみせるのか。最初の印象との落差に、ライザは少々驚いてもいた。それほどまでに、マカヴォイとエンダとの間には、父娘としか言いようのない親密な空気が感じられた。二人を見守るカーニーは、優しい伯父と言ったところか。

「本当に頼もしい娘だ。イーサン、わしはあんたが羨ましいよ」

酔いが回っているのか、カーニーが上機嫌で重ねて言う。

マカヴォイは照れを隠すようにジョッキを取り上げ、喉を鳴らして一気に呷る。

そのとき、彼の向かいに座っていたエンダがなにげない動作で立ち上がった。

同時にマカヴォイのジョッキが破裂するように砕け散った。

エンダの手には、グロック17が握られている。

彼女は流れるような動きで銃口を壁際のテーブルに向け、銃を抜いて立ち上がりかけたボディガード二人を射殺した。

ライザは反射的にM629を抜いてエンダに向けている。

自分にとっての最優先事項はキリアン・クインの護衛だ。だが奇妙なことに、エンダには銃口を向けられているという動揺が微塵もない。それどころか、不可解な余裕を漂わせている。

いつでも発砲できるように照準を合わせながら、ライザは何か本能的な躊躇を感じていた。

この相手に牙を向ければ、自分まで狩られる――そんな理屈を頭で思ったわけではない。圧倒的な殺意の圧力が、まるで自分の両肩を押さえつけているようだった。

エンダもまた、己が周囲に与える威圧感を明らかに承知していた。

落ち着いた様子でテーブルを回り込んだエンダは、眉間に赤い孔を開けて倒れているマカヴォイの頭部にとどめの銃弾を撃ち込んだ。二人のボディガードにも。

キリアンとニーランドは、まったくの無表情で突然の殺しを見守っている。

蒼白になって凝固していたカーニーは、震える声でキリアンとニーランドに哀願した。

「誰にも言わない、このことは、誰にも……頼む、わしは……」

最後まで言い終える暇すら与えず、エンダはカーニーの頭部にダブルタップで二発の銃弾を叩き込んだ。

ライザは声もなかった。

つい今しがたまで、本当の家族のように話していた相手を殺害してなんの動揺も示さない。狼にも情はあろう。今自分の目の前にいるのは、血の通う生きた獣などでは決してない。アイルランドの深い森の奥から人の世にさまよい出てきた、そう、まさに〈銀狼〉だ。

「ご苦労だったな」

ニーランドがエンダを慰労する。

すでに悟っていた。初めからティム・ニーランドが仕組んだことだったのだ。キリアン・クインはそれに荷担した。驚くほどのことではない。今日までＩＲＦは、こうした粛清を繰り返して組織の土台を築き上げてきた。

無言のままパブを出ていこうとした〈銀狼〉が、不意に振り返ってライザを見た。

明らかに嗤っている。狼の眼で。狼の唇で。

その唇が、はっきりと動いた。

「裏切り者のマクブレイドなら、おまえは永遠に私には勝てない」

どういう意味だ――

だがその問いを発することはついにできなかった。喉と唇とが、頬の筋肉ともども凍りついたように動かなかったからだ。

ひたすらに恐ろしかった。M629に掛けた右手の指までもが、石像のように固まっている。

足音を残さず、〈銀狼〉は店を出ていった。

「キャリアの差という奴かな。キリアン、君ご自慢の〈死神〉も、〈銀狼〉の前では形なしじゃないか」

ニーランドが得意げに言う。

キリアンは大仰に肩をすくめ、

「キャリアの差は認めよう。だが彼女が得難い逸材なのは確かだ。僕の目に狂いはない。いずれは〈銀狼〉をも凌ぐ凄腕になってくれるさ」

今夜の計画をどうして自分に教えてくれなかったのか――

そうキリアンに質したかったが、口にすればよけいに敗北感が募るような気がした。

敗北感――そうだ、あのとき自分は、確かに敗北感を味わった。

敗北と、それに伴う屈辱と戦慄。さらには、人には避けようのない運命の皮肉と悪意。あの夜から数年ののち、自分はこの手でティム・ニーランドを粛清した。キリアン・クインに命じられて。

奥歯で記憶の残滓を噛み潰し、ライザはファイアーブレードのアクセルをふかす。

自分はもう、あのときの自分ではない――

夜の彼方で、儚く点滅していた信号が赤に変わった。

3

七月二十日、午前九時。沖津の執務室に、捜査二課の鳥居課長、中条管理官、末吉係長、それに仁礼財務捜査官が顔を揃えた。一課の千波らはいない。資金の流れを追う専任チームのみである。

「昨日はすみませんでした。少しでも気になる点は確認しておかねば、思考がはかどらぬ質《たち》でしてね」

沖津はまず鳥居に対して改めて詫びた。

「その件はもうお気遣いなく。それより、本題に入って下さい」

本来の実利的な性格を露わにして鳥居が促す。

「では、仁礼財務捜査官から例の報告をお願いします」

「はい」

沖津に指名されて、仁礼が立ち上がる。さえないながらも常に朗らかであった仁礼が、今はどこか浮かない顔を見せている。

「まずこちらの資料をご覧下さい。資金の移動を簡単な図表にしたものです」

応接用のテーブル一杯にプリントアウトした紙を広げ、さらには持参したノートPCのディスプレイを一同に示した。

「こいつは……」

資料の一部を手に取った中条が呻く。

仁礼はずれ落ちかけた眼鏡を片手の指で押さえながら、

「図を見て頂ければ一目瞭然のことと思いますが、独立行政法人『クイアコン推進協力機構』からNTUデータ・コムウェアに振り込まれた原資の費消先は荒井テクノリーディング。そこから順番にシステムゲート、ブレインストリームへと移動しています。ブレインストリーム社は去年直江ソリューションズって会社を買収してるんですが、この会社、なんの資産もないどころか、二億もの借金を抱えています。それでなくても業績の芳しくないブレインストリームがわざわざそんな会社を買った理由は、二課の皆さんには言うまでもないでしょう」

「法人税逃れか。典型的な手口だ」

表情も変えずに呟く鳥居に、仁礼が頷く。

「その通りです。十億の資金をすぐに移動させるにしても、ブレインストリームには多額の手数料が入ります。その分の法人税を支払う余力は同社にはありません。そこで債務超過に陥っている直江ソリューションズを二億の赤字付きで買えば、法人税を支払う必要がなくなります。ブレインストリーム本体と主だった役員の口座の動きから、同社に直江ソリューションズを斡旋したのはおそらく開田《かいだ》晴男《はるお》だと思われます」

「あいつか。こういう物件専門のブローカーですよ。使途不明の資金を動かす際のノウハウに精通した男です」

末吉が即座に補足する。

「問題はここからでして」

声を低めて仁礼が続ける。

「SESC（金融庁証券取引等監視委員会）は海外に拠点を置くヘッジファンド等による日本株の売買には特に敏感ですから、海外金融当局と頻繁に連絡を取っています。そこでSESCに協力をお願いした結果、ブレインストリーム関連会社役員の個人口座にHSBC（香港上海銀行）からコンサルティング手数料の名目で七千万円が入金されていることが分かりましたが、この原資についても不明です。押収したブレインストリーム経理担当者の走り書きから、おそらくはスイス、香港の銀行経由で、資金を移動させた手数料としてブレインストリームに還流されたものと推測されます」

「それで、ブレインストリームは一体どこへ金を流したんだ」

苛立たしげに問う鳥居に、

「ですから、そこが問題なんですよ。ブレインストリームの経理はすでに退職して行方不明。その際に無断で資料を持ち出された、というのがブレインストリームの言い分です。だから自分達も困っていて刑事告訴を考えている、と」

「見え透いた小芝居打ちやがって」

吐き捨てたのは中条だ。

「かろうじて発見できたのが、さっき申しました走り書きのメモ一枚。なにせ海外の銀行ですから、我々には取引明細一枚取得するのも簡単には……となると、後は開田晴男の線ですが、容疑を裏付けるというか、確定させる証拠がない上に、皆さんもご存知の通り、開田のバックには……」

「マルB（暴力団）か」

言い淀んだ仁礼に代わって、末吉がいまいましげに、

「開田のケツ持ちは、確か摩耶《まや》組系の鉄輪《てつわ》会です」

神戸に本拠を置く指定暴力団摩耶組は、同じく指定暴力団京陣連合と勢力を二分する一大組織である。

「考えようによっては、我々のアドバンテージでもあります」

そこで沖津が口を挟んだ。

「今回のオペレーションには幸い組対も参加しています。開田周辺の捜査は、組対に任せようと思います。鉄輪会、引いては摩耶組まで辿ることができれば、組対にとっても渡りに船といったところでしょう。虎鯨《フージンゴンス》公司の件もありますから、門脇組対部長とは速やかに話を進めておきます」

「しかし、この場合の本線は海外ルートの方でしょう。海外の金融機関にどう手をつけるおつもりですか」

考え込みながら言う鳥居に、沖津は自信ありげな笑みを見せた。

「金融庁ルートを使います」

一斉に鋭い視線を向けてくる一同に対し、

「最短で捜査を進めるには、他に手はないでしょう」

鳥居はなおも突っ込んできた。

「簡単におっしゃいますが、金融庁なら国税の方が有利だ。パイプの太さだけでなく、我々は残念ながらいろんな意味で国税に大きく遅れを取っている」

彼の言う通り、国税局は日本人による租税回避地を利用した課税逃れ等に常時目を光らせており、海外の税務当局との連携を密にしている。

「今の場合、アドバンテージは我々にではなく、むしろ国税にある。違いますか、沖津さん」

「ですから、その国税に協力してもらうのです」

全員が驚きの声を漏らす。競合しているはずの国税に協力を求めるという発想は、彼らの想像を超えている。

沖津はさらに付け加えた。

「鳥居課長さえ認めて頂けるならば、私に考えがあります。そう、前に鳥居さん次第と申し上げたのは、実はこのことなのです」


同日午後八時三十一分。自家用の日産スカイライン350GTハイブリッドで港区のインターコンチネンタル東京ベイにチェックインした沖津は、トランクに積んであった二個のスーツケースとともに部屋に入った。

夜景には目もくれずにカーテンを閉ざすと、ミニバーからマッカラン12年のミニボトルを取り出した。

開栓しながらアームチェアに腰を下ろし、ウイスキーを含んで一息つく。

警察内部でも沖津旬一郎の自宅住所は極秘扱いとなっている。実は、彼は定まった住所を持たない。

セキュリティに信頼の置ける都内のホテルをランダムに使用していた。もちろん予約などは絶対にしない。直前に連絡して空いていればそこに泊まる。空いていなければ別のホテルに泊まる。その日どこに宿泊するのか、沖津はチェックインの手続き終了と同時に、警察庁長官と警視総監、及び副総監だけに連絡する。

　私物は二個のトランクのみ。しかも中身はほとんどが着替えの類である。それと、買い置きのモンテクリストと紙マッチ。仕事に関係するものは絶対に宿泊先へは持ち込まない。すべて庁舎内で保管している。重要な私物も。今のところ、それで特に不便は感じていない。ほとんどの時間を庁舎で過ごしているせいもあるだろう。各種の郵便物も、漏れなく庁舎に届くようになっている。

　ダークメタルグレーの自家用車は、もっぱらホテルと庁舎との移動にのみ使う。公務等の例外を除いて寄り道はしない。庁舎内の駐車場はもちろん厳重に監視されているから、発信機等を仕込まれる心配はまずないと言っていい。ホテルから出るときは乗車前に念入りに調べる。

　部下の特捜部員も、二人の理事官と庶務担当の桂絢子主任以外は、沖津がホテル住まいであることを知らない。それでなくても近寄り難い上司に、「お住まいはどちらで」などと訊く者は今日までいなかった。たとえいたとしても、沖津は曖昧に笑ってごまかしただろう。

　そこまで徹底して沖津は己の居場所を秘匿していた。今の時代、携帯端末さえあればどこにいようと連絡は取れるし、簡単な仕事もできる。長官も総監も、住居に関する沖津のやり方を〈公務上必要な措置〉として承認していた。

　マッカランのミニボトルを半分ほど空けた沖津は、携帯端末を取り出して発信ボタンを押した。

〈例のファイル、拝見しました。いやあ、血が騒ぎますね〉

　魚住の興奮した声が耳に飛び込んできた。

〈よくもここまで調べたもんだ。担当者はよっぽど優秀な奴なんでしょう。ウチに欲しいくらいだ〉

「マルB関係については、組対がもっと詳しい資料を用意してくれるはずです。強制捜査の際は、強面の組対部員が総出で護衛についてきてくれるそうですよ。なんなら武装した警官隊も同行させましょう」

〈それはありがたい。納税者の皆様には内緒ですけど、全国の支店（税務署）にはその筋の税務書類が山のように溜まってるんですよ。まっとうな国民からは税金をふんだくっときながら、マルBは怖いもんだから徴収する根性がなくて放置してるんです。ふざけてますよね。ついでだから、そこらもまとめて片づけますか〉

「公務員の鑑ですな。組対が聞いたら泣いて喜んでくれるでしょう」

〈任せて下さい。鉄輪会を突破口に、上部団体の摩耶組まで残らず掃除してみせますよ〉

「お願いします。それと、肝心の海外ルートですが」

〈ご心配なく。SESCは以前から香港金融管理局とも人事交流を進めてます。あそこはウチだけでなく、金融庁からの出向者も多いですから、香港を経由しているブレインストリームの資金について極秘裏に調査を進めることは可能です。場合によっては、ウチの課長に金融庁をせっついてもらいます。大丈夫ですよ。今度の件では課長も燃えてますから。まあ、横で一生懸命焚きつけてるのは私ですけど〉

「ご苦労様です」

〈もともと国税は企業の海外関連会社とかにはうるさいですから、そんなキナ臭い会社なら財務諸表とかもどっかの部署がすでに入手してるかもしれません。そこらも一つ当たってみましょう〉

「それは頼もしいですな」

　そこで魚住は急に声を潜め、

〈でも、いいんですか、ここまでウチでやっちゃって〉

「この事案は一分一秒を争います。捜査の最適化にはそれが一番であると考えました。鳥居二課長にはもう承認を頂いておりますから問題はありません」

〈なら、遠慮なくやらせてもらいますよ。いいですね〉

「ご存分に」

通話を終え、沖津はマッカランの残りを口に含む。広く愛飲されるシングルモルトウイスキーのスタンダード。ミニボトルではあっても、シェリー樽原酒由来のその芳香は常に期待を裏切らない。

空き瓶をサイドテーブルの上に置き、沖津は眼鏡を取って目を閉じる。

コメの魚住課長補佐。かつてない苦境のさなかにあって、彼のような男と知り合えたのは僥倖だった。

その魚住までもが「優秀だ」と讃える仁礼財務捜査官。かねてより噂には聞いていたが、予想以上にできる人物だ。これからの戦いには、彼の能力がますます必要になってくるだろう――

二本目のボトルに手を出しかけて、からくも自制する。疲労は蓄積しているが、考えるべきことが多すぎた。

今の沖津には、魚住に仁礼という存在が、靄に閉ざされた海を照らす二条の強力なサーチライトのようにも思われた。

4

「ルイちゃんて、ほんとにがんばってるよねえ」

カウンター席に座った客の武井《たけい》が、ビールを運んできた瑞芳《ルイファン》に言った。

〈ルイちゃん〉は、武井が勝手に使っている瑞芳の愛称である。最初は口にするのもためらいがちであったのが、愛想笑いを浮かべて聞き流していたら、こっちが受け入れたものと安心したらしい。今ではその呼び方で馴れ馴れしく話しかけてくる。

「ちゃんと学校に行って、それからバイトでしょ？　なんて言うか、苦労してる子は違うよ。僕の話を真剣に聞いてくれるのって、ルイちゃんだけだもん」

高円寺の居酒屋『たけくらべ』で、傅瑞芳《フールイファン》は午後六時からアルバイトをしていた。昼間は看護師の専門学校に通う留学生の瑞芳にとって、深夜まで続くバイトは楽なものではなかったが、絶対に失うわけにはいかない収入源であった。

造りの小さなたけくらべは、さほど繁盛している店ではない。だから手の空いている瑞芳が自ずと客の聞き役となった。

「それに比べて、今の日本の若い娘なんて、ほんと駄目だね。なんて言うかさあ、思いやりがないって言うか、自分勝手って言うか。大してかわいくもないくせに、ちやほやされて当然だと思い込んでるんだから」

さっきまで武井の隣で飲んでいた客達の食器を片づけながら、にこにこと武井の話を聞く。面白い部分は一つもない。要するに、自分がもてないのは女のせいだと言っていて、それを繰り返しているだけなのだ。

「とにかく日本は政治が悪い。日本の女がこうなったのも、全部上の世代のせいだ。あいつら、自分らだけ好き放題にやっておいて、そのツケを全部僕らに回そうってんだからもう最低だよね」

武井はすでに酔っているようだ。いつものように話があちこちに飛び始めた。

「人間はさ、やっぱり思いやりだよ、思いやり。結婚するなら、そういう人でなくっちゃね」

顔に貼り付けただけの笑顔でつまらない客の愚痴を聞くのも仕事のうちだと諦めている。

武井は近所のマンションに越してきたサラリーマンで、このところ毎晩のように通い詰めていた。自分目当てであることは誰の目にも明らかだ。だから店の主人も瑞芳が武井と私語を交わすことを黙認している。

「一番さん、上がりぃ」

板前が鯛のかぶと煮をカウンターの端に置く。「本日のおすすめ」の中で最も高価な料理だ。

「はあい」

すぐに取りに行き、武井の席へと運ぶ。

「お待たせしました」

「おっ、うまそうだな」

しかし武井は、その言葉とは裏腹に、料理を見つめるばかりでなかなか箸をつけようとはしなかった。ただやたらとビールのジョッキを口に運んでいる。

どうでもいいので、瑞芳は壁際のテーブルを拭き、椅子の位置を整えていた。

「ルイちゃん」

突然呼びかけられ、瑞芳は背後を振り返った。

真面目な顔で武井がこちらを見つめている。

「はい」

「あの……ビール下さい。中ジョッキで」

ただの注文だった。

「はい……ビール中、追加」

オーダーを大声で奥の厨房に伝え、ジョッキを受け取って引き返す。

「お待たせしましたー」

ジョッキを置くと、武井が再び小声で呼びかけた。

「ルイちゃん」

「はい？」

「ルイちゃん、明日の日曜、休みだったよね」

日曜は店も学校も休みだ。

「そうですけど」

「あの、よかったら、明日ドライブに行かない？　ルイちゃんの好きなとこ、どこでも連れてってあげるよ」

デートの誘いか。

瑞芳《ルイファン》は驚いて相手を見つめる。真剣な顔だった。

「ごめん、都合が悪かったら遠慮なく断ってくれていいから」

素早く計算を巡らせる――武井の勤め先は保険会社だ。大手ではないが、上場している有名企業。年齢は二十七。近所でも目立つ瀟洒なマンションに住んでいる。一人暮らしで、将来的にも両親と同居する心配はない。

すべてこれまで聞き流していた話から得た情報だ。思えば、武井は自分にそうしたことを伝えるためにそんな話をしていたのかもしれない。

酒は飲むが、いつもほどほどで切り上げる。始末に困るような酔い方もしない。普段はどちらかと言うと目立たない、おとなしそうな男。

――結婚するなら、そういう人でなくっちゃね。

結婚。瑞芳にとって、日本人との結婚は最大のチャンスだ。何よりも欲してやまぬ日本国籍が得られる。それさえ手に入れば、ビザが切れても日本にとどまることができる。河北省の田舎に帰らずに済むのだ。今まで武井など眼中にもなかったが、いずれにせよ、入籍してから折を見て離婚すればいいだけだ。もちろん相応の慰謝料をふんだくって。

「嬉しい」

武井に対して、初めて心からの笑顔でそう答えた。

翌日の午前十時二十分。高円寺駅南口ロータリーで瑞芳は武井の車を待った。約束の十時半にはまだ少しある。念入りに化粧を済ませてから早めに来たのだ。

　一台の白いセダンが瑞芳の前で停まった。

「お待たせ」

　運転席から身を乗り出した武井が、助手席のドアを開ける。

「さあ、乗って」

　言われるままに乗り込む。

「あ、悪いけどシートベルトは締めてね」

「はい」

　日本は中国とは比較にならぬほど交通法規が厳しい――と言うより、日本人が法規にうるさい。日本人は馬鹿なのだ。見つかりさえしなければいいという、そんな簡単なことさえ分からない。

　瑞芳がシートベルトを締め終わったとき、突然後部のドアが開いて、知らない男が乗り込んできた。

「えっ」

　驚いて振り返る。

　男は平然とドアを閉め、同時に武井が車を出した。

「あなた、誰ですか！　出てって下さい！　武井さん、後ろに人が！」

　しかし武井は、まったくの無表情で運転している。

「武井さん！　これ、どういうことですか！」

　だまされた――

「降ろして」

　思い切り叫ぼうとしたが、恐怖のあまり、それだけしか言えなかった。

「心配するな。あんたと話がしたいだけだ、傅《フー》瑞芳さん」

　武井に似て特徴のない顔をした地味なスーツの男は、抑揚のない声でそう言った。

「話したくないならそれでもいい。その場合、我々はあんたをこのまま強制送還することになる」

警察だ——日本の——

「なんのことですか」

「あんた、総務省の水戸っておっさんとホテルに行っただろう？　総参謀部第二部に命じられてな」

「知りません、総参謀部なんて」

「まあ、向こうもあんたには細かいことまで伝えてないだろうから、知らない方が自然かもしれないな」

「あなた、誰ですか」

「あんたが想像している通りの男だよ」

武井は依然として前を向いたまま無言でハンドルを握っている。

この男はたぶん武井の上司だ——

「水戸がその後殺されたのは知ってるな？　日本のニュースは見てないから知らないなんて言うなよ。殺された直後ならそんな言いわけもあり得たかもしれないが、今や例の連続殺人は世界的なニュースだ。水戸はその犠牲者第一号だって報道されてる」

「関係ありません」

「ただホテルに行っただけ、か」

「それ、悪いことですか」

「あんたらがホテルでやってるとこ、全部撮影されてるって知ってた？」

「えっ……」

言葉を失う。

だが男はそれも想定していたらしく、

「やっぱり知らされてなかったか」

「嘘です！」

「じゃあ訊くけど、あんたはなんで言われた通りにホテルへ行ったんだ？　日本人の男にタダでサービスして、あんたや連中に一体なんの得があるって言うの？」

「それは……」

「想像くらいはしてたんだろう？」

「でも」

「撮影されてるとまでは思わなかった、と。まあ、そこはいいよ。けどね、あんたと寝た男がその後殺された。後味悪いとか、思わなかった？」

「関係ないです」

心底思う——関係ない。

「悪いけど、それは通らないから。私費留学生のあんたに、中国大使館教育処から突然奨学金が支給されるようになった。どうして？」

「それは……私が一生懸命勉強してるから」

「そうかな、こう言っちゃなんだけど、あんたより優秀な学生は他にいくらでもいると思わないか」

「…………」

「ま、奨学金といっても雀の涙ほどの額だけど、あんたはもらえただけマシな方だよ。中国は同胞にタダ働きさせるのが普通だから。『中国人なら祖国に貢献するのは当然の義務だ』なんてね」

この男は自分がもらっている金額まで把握している——

「私、悪いこと、してません！　関係ないです！　その証拠に、劉《リィウ》とはその後会ってもいませんから！」

「そうか、劉っていうのか。あんたを運用する基本同志（工作責任者）は」

引っ掛けられた——

瑞芳《ルイファン》はもはやこらえ切れずにしゃくり上げた。

「だって……だって、私がやらないと……」

「故郷の家族が酷い目に遭うってんだろう？　でもね、見返りに奨学金も給付するし、日本での帰化も認めるって言われたはずだ。あんたはすべて分かった上でそれを受けたんだ」

男の言葉に、感情らしきものはまったく含まれていなかった。

「私……どうなるんですか、これから」

「別に。どうもならないよ」

「え……」

「あんたみたいな使い捨ての運用同志（協力者）を逮捕したって意味ないから」

指先で涙を拭いながら、

「じゃあ……」

「でも、こっちにも協力はしてもらうよ。いやなら水戸殺しの共犯容疑で逮捕の上、強制送還だ」

「…………」

「どっちか選んで。好きな方」

「……何をすればいいんですか」

「ただ話してくれればいい。劉《リィウ》とか、水戸のこと。それだけだよ」

「考えさせて下さい」

「駄目だ。今ここで決めろ」

「…………」

ややあってから、瑞芳は無言で頷いた。

最後まで口を開かなかった武井が車を停めたのは、瑞芳がこれまで来たことも、また聞いたこともない街の駅前だった。

武井と、名も知らぬ男の乗った車は、瑞芳を降ろすとすぐに走り去った。勝手に帰れということだろう。

いまいましい、最低の男ども――あの男も、武井も、劉も――

心の中でそう毒づき、瑞芳は改札口に向かった。

翌日、警視庁庁舎内にある公安部外事課のフロアで、是枝準樹外事二課長は部下の〈橋本《はしもと》〉から連絡を受けた。〈橋本〉とは、瑞芳の前では〈武井〉と名乗っていた男だ。

〈瑞芳のアパートがメチャクチャに荒らされてます。杉並署が調べてますが、瑞芳は今朝未明に拉致されたようです〉

「そうか」

〈どうしましょう〉

「ほっとけ」

〈分かりました〉

受話器を置いて、是枝は頭の中で昨日瑞芳から聴取した内容を再検討する。

これといった収穫はなかった。唯一、〈劉〉という名を除いて。

傅《フー》瑞芳はもう二度と人前で目撃されることはないだろう。中国人留学生の名前が、誰からも決して捜索されない失踪者リストの末尾に加えられるだけだ。

大したことではない。

5

七月二十四日、首都圏を覆う雨雲は一向に去る気配もなく、気象庁はまたも梅雨明けの予想を修正した。

午後三時、沖津の執務室で最後の打ち合わせを終えた緑は、上司とともに会議室へと向かった。

「大丈夫か」

廊下の途中で、長身の上司が前を向いたまま突然小声で訊いてきた。

それが何を指しているのか、緑には判然としなかった。

報告の内容についてか。自分の体調についてか。それとも、チャリング・クロスの記憶に関するすべてのことか。

「大丈夫です」

同じく小声でそう答えた。

たとえ上司が何について尋ねたのだとしても、そう答えるしかない。

緑はそんなふうに考えた。そして歩幅の広い上司に遅れぬよう、また抱えた資料を落とさぬよう、気をつけて足を速めた。

五分遅れで開始されたその日の会議には、椛島刑事部長、門脇組対部長、それに清水公安部長らが久々に顔を揃えていた。

それだけで、その日の会議が特別なものであることが分かる。緑は真ん中あたりの右端に空いている席を見つけ、資料を置いて腰を下ろした。

「では、まず仁礼財務捜査官からお願いします」

「はい」

城木理事官の指名を受け、仁礼警部がいつも通りの風体で立ち上がった。いつもと違っているのは、妙に楽しそうな、それでいて怯えているような、眼鏡の奥の光である。

「詳しい説明は配布したファイルにまとめてありますので省略させて頂きます。とりあえず、大まかな流れだけをご覧下さい」

正面の大型ディスプレイにさまざまな企業名、個人名と、それらをつなぐ線によるチャートが示される。

「独立行政法人『クイアコン推進協力機構』から振り出された開発資金十億円は、入札により事業を請け負ったNTUデータ・コムウェアに振り込まれています。まず、この入札自体が相当に怪しい。と申しますのも、そもそもNTUデータ・コムウェアしか受注できないような発注内容になっている節があるからです。この十億はNTUデータ・コムウェアから荒井テクノリーディング、システムゲート、ブレインストリームへと順に移動しています」

他の捜査員達が仁礼の説明を聞きながら正面のディスプレイに見入っている中、緑は手許の端末でファイルを開き、数字の列に目を走らせた。数え切れぬ口座記録。出金伝票、振込伝票。売上高、仕入高、支払手数料の詳細が記載された勘定明細。経済についてはまったくの専門外だが、仁礼の眼力には感嘆した。これだけの数字の海からほんのわずかな不整合を感知するには、一種の直感とも言うべき才能が必要であることを、緑は研究者の本能として知っている。

「さて、最大の問題はブレインストリームからどこへ流れたか、でして、その過程でスイスと香港の銀行を経由しているため、各種資料の照会もすぐには難しいと半ば諦めてたんですが、幸いにも沖津部長の伝手で、東京国税局資料調査課の協力が得られました。ここは通称コメともリョウチョウとも呼ばれる精鋭部隊で、うまいこと人脈を使って金融庁から香港金融監督局やその他の海外機関に話をつけてくれました。届いた資料にあった支払手数料などから資金移動状況を順に追っていった結果、判明した費消先、つまり資金の終着点は、あの『諸眉技研』でした」

捜査員達は一瞬首を傾げる。が、すぐに思い出したらしい「あ……」という声があちこちから上がった。

対照的に、二課の主だった捜査員や雛壇の幹部達は全員が押し黙っている。緑と同じく、事前に報告の内容を教えられているからだ。

『諸眉技研』とは、フォン・コーポレーションと提携してクイアコン関連技術の開発研究を行なっている企業の一つだが、六月二十八日の捜査会議で、他ならぬ仁礼自身が「資料を精査しても年間研究費用等がはっきりしない」と報告している。

今ここでその名前が浮上しようとは――

各員の驚きはその一点に尽きる。

「次、技術班から鈴石主任、お願いします」

「はい」

緑は端末のキーを素早く叩きながら立ち上がった。

大型ディスプレイの表示が、緑の用意した資料に切り替わる。

「クイアコンの概要は、既存の光ファイバーケーブルを基幹回線として利用し、各地に量子ノードを設けてそこから先を量子LANでつなぐハイブリッドシステムです。技術的にもコスト的にも、これが現在考え得る最良のプランであることは間違いありません。ですが……」

緑はそこで口ごもった――あれほど覚悟を決めたつもりであったのに。

研究者としての常識が、未だに〈それ〉を口にすることをためらわせる。そんなことはあり得ないと。

「ですが、それは……」

全員が自分を注視している。ラードナー警部も。

スタッフジャンパーの胸ポケットから仕事用の眼鏡を取り出し、ゆっくりと掛ける。

「それは表向きの計画、言わばダミーにすぎません」

肚を据えて言い切った。

今度は雛壇の幹部からも驚きの声が上がる。

「二番目に殺されたNII松森教授の研究を精査した結果、『量子情報通信システムを構成するハードウェアの最適化』という本来の目的から明らかに逸脱する部分がいくつか見つかりました。さらには裏の取れない〈不明点〉が随所に出てくるのです。この〈不明点〉に関する部分では、第三者の目から研究内容を隠すためでしょう、教授は独自の略称や暗号を多用していました。それらについて松森教授がMMなる機関に問い合わせた形跡も残っています。MMとはそうした略称の一つで、おそらくは諸眉技研を指すものと思われます」

室内にいる者すべてが集中して聞き入っている。

「しかし諸眉技研が教授の質問に答えた形跡は発見できませんでした。そうしたやり取りが何度か繰り返されています。つまり、諸眉技研が〈ある技術〉を秘匿していて、情報開示に応じようとしなかったため開発が停滞し、不満を募らせた教授は独自にその技術の解析、再現を試みていたと推測されます。しかもその過程で、国外の研究機関や研究者に問い合わせや協力要請を――もちろん核心部をぼかしてはいますが――行なっていた痕跡があります」

「その技術とは一体なんなんだ」

いいかげん我慢の限界に来ていたのか、椛島刑事部長が急かすように言った。

反射的に沖津を見る。上司が頷くのを確認してから、緑は続けた。

「『光ファイバーを不要とするダイレクトな量子通信の要となる技術』です」

聞き返してくる者がいなかったのは、緑の発した言葉の意味を、すぐには理解できなかったからだろう。

「だからどういうことなんだ、それは」

もどかしげな椛島に、

「フォン・コーポレーションのみならず、経産省の公表しているクイアコンの情報は真っ赤な偽りであるとしか思えません。私達の知らないどこかで、ある大きな技術的ブレイクスルーがすでに実現している。単なる仮説でしかありませんが、そうとでも考えなければ説明のつかないことが多すぎるのです」

うまく言えない。論旨が前後している。声が震えているのが自分でも分かった。

「そこからは私が申し上げましょう」

沖津が緑の話を引き取った。

「鈴石主任と私が下した結論はこうです。量子ノード間を光ファイバーでつなぐ必要などすでにない。つまり、量子ノード同士のダイレクトな量子通信が遠からず実用化できると見越した者達がいる。実現すれば、既存インフラはすべて不要となり、多くの企業が致命的な打撃を被ることになる。その一方で、新規インフラを独占するフォン・コーポレーションと一部の企業、政治家だけが莫大な利益を得る。それこそがクイアコンの正体です」

今や会議室内は寂として声もない。

「それだけではない。この技術は、軍事面にも大きな変革をもたらす。C4Iシステム（軍隊における情報処理システム）に量子通信情報が導入されれば、インフラの破壊された、あるいはもともと存在しない作戦地域でも高速回線が確保でき、軍事通信衛星を持っていない小規模組織でも大国と同レベルのシステム運用が可能となる。大国の優位性は完璧に失われ、戦場の様相は激変する。もっと具体的に言いましょう。たとえばISのようなテロ組織が、一気に米軍と同等の力を手に入れることになる。それは取りも直さず、テロと紛争が際限なく拡大し、全世界を呑み尽くすことを意味している」

緑は瞑目する――誕生したのだ、ついに、化生の如く。

「軍事的には、間違いなく部長の言った通りになるでしょうな」

缶コーヒーを味気なさそうに啜りながら、姿警部がぽつりと言った。

誰もがその言葉に耳を澄ます。

「ただし、計画を推進する側は、軍事利用なんてまるで考えてもいないと半分は本気で言い張るだろうがね。そいつらが何を言おうが、そんな技術があるんなら、使わない国も軍隊もない。ま、当たり前の話だな」

仁礼警部がはっとしたように、

「すると、諸眉技研に流れ込んだ資金は」

その問いに対し、沖津は正面から応じる。

「フォンが秘匿する核心部分の研究に使われているに違いない。本来の研究目的を隠蔽するため、表立って資金を投入するわけにはいかなかった。そこで複雑な迂回ルートを使い、クイアコンとの関係を極力目立たぬようにした。もっとも、脱税のための手段ではなかったにしても、その過程で私腹を肥やした連中は山のようにいるだろう。そういう手合いの摘発については、コメに一任することで話はついている」

つながった、ここで――仁礼警部の捜査と、自分の調査とが。

緑は一人、奇妙な感慨を抱かずにはいられなかった。

それでなくても巨大であった事案のスケールが、想像を超えて膨張していく。当然ながら、クイアコンに関する極秘の研究機関が諸眉技研だけであるはずはない。無数の組織が、同様の手法で資金を受け、日夜〈真のクイアコン〉のための研究にしのぎを削っているのだ。

言葉どころか、息することさえ忘れ果てたかのような一同の中で、今度は末吉係長が大きな顔を真っ赤にして叫んでいた。

「青丹建設をはじめとするゼネコンや星川周山のような事件師がクイアコンに群がっていたのは、このためだったんですね」

既存のインフラを撤去して、すべて新しいものに造り替える。それも全地球規模で。そのために各国が拠出する予算はかつてない超天文学的なものとなるだろう。情報を流したのは建設族議員の小林半次郎あたりか。

ゼネコン、建設業界にとっては、史上空前のビジネスチャンスだ。これに乗らない手はない。たとえどんな手段を使っても。彼らは間違いなくそう考える。道理で闇紳士がわらわらと参集するはずだ。

そもそも、今回の事案の前奏曲とも位置付けられる事案に、海棠商事の疑獄事件があった。旧財閥系巨大商社の中で、海棠は唯一クイアコンに参加していなかった。遅ればせながらクイアコンの正体と、それがもたらすであろう権益を知った海棠は、なりふり構わず強引に参入を図った。その結果が、経産省課長補佐の変死と、如月フォトニクス研究所員殺害事案であったのだ。

「これからどうするつもりなんだ、沖津」

捜査会議の席上であるにもかかわらず、雛壇の椛島が沖津に向かって質した。通常ならば考えられない発言であり、態度であった。それほどまでに事態は異常、且《か》つ深刻を極めている。警視庁の幹部がこれだけ揃いながら、手の出しようがないと感じるほどの国家的犯罪である。椛島が動揺するのも無理はない。

「刑事部長、クイアコンの正体がなんであろうとウチには関係ありません。本筋はあくまでサンズイの摘発です。脱税をコメに任せるのもいいでしょう。だがウチとしてはあくまで本筋をやる」

鳥居二課長であった。

「待ってくれ鳥居さん。今の話がもし本当なら、本筋は違ってきやしないか」

一課長の千波が鳥居に反論する。

「違ったりなどしない。よしんば、仮にそうであったとしても関係ない」

「これほどのカラクリから目を逸らそうってのか」

「逸らすもなにも、関係ないと言ってるんだ」

「あんたはそれでも――」

そこへ沖津が割って入る。

「落ち着いて下さい。鳥居課長の発言は捜査二課の長として、その本分を貫くものと言えるのではないでしょうか」

意外にも沖津は鳥居の主張に賛同を示した。

「今回の事案は、鳥居課長のおっしゃる通り、本来クィアコンを巡る汚職疑惑です。それが本筋であったことには違いない。だったら、その本筋に沿って捜査を進めてみてはどうでしょうか。むしろ事案が巨大であるからこそ、贈収賄捜査がかえって有効であるとも言える。政治家の逮捕にまで持っていければ、自ずとクィアコン周りの秘密も明らかとなるでしょう。また、そうでもしない限り、この件にはどうにも手が出せそうにない」

沖津の言う通りであった。たとえ警察であっても――いや、警察であるからこそ――多数の政治家と官公庁が関与している国家的プロジェクトに切り込むことはどう考えても不可能だ。

「では、私は捜査一課長として申し上げます。狼眼殺手の件はどうなるんですか。すでに五人、いや、巻き添えも合わせるとそれ以上の人間が殺されているんですよ。到底見過ごすことはできません」

「それもまたおっしゃる通りです」

沖津は涼しい顔で言う。

「本来の本筋、つまり汚職疑惑の方は、今後全面的に専門の捜二にお任せすると致しましょう。幸い、国税から資料も手に入ったことですし。いいですね、鳥居課長」

「もちろんです」

鳥居に異論はなかった。

緑の目には、沖津が弁を弄して鳥居を封じたようにも映った。

「さて、捜一の管掌となる連続殺人事案の方ですが、その前に、公安部の方から報告をお願いします」

沖津の指名に、一同は思い出したように雛壇の端に座す清水公安部長と是枝外事二課長を見た。カバに似た清水が隣の是枝に向かい、目で促す。

頷いた是枝が立ち上がると同時に、正面のディスプレイに、監視カメラのものらしい若い女の映像が複数表示された。いずれも同じ人物である。

誰だろう――

緑も捜査員達も、初めて見る顔であった。

「傅瑞芳《フールイファン》、二十歳。掃いて捨てるほどいる中国人留学生の一人。現在所在不明。状況から見て、中国の機関員に拉致されたものと思われます」

〈機関員〉とは情報組織のスパイや工作員を指す、公安に特徴的な用語である。

次いでディスプレイに表示された中年男性の写真は、全員にとって周知のものだった。

「第一の被害者と目される総務省の水戸慎五郎課長。彼は判明しているだけで三度、傅瑞芳と都内のホテルで密会しています。人民解放軍総参謀部第二部は水戸の性癖、好みのタイプなどを徹底的に調べ上げ、まったくの一般人である傅瑞芳を選び出した。ハニートラップは今や中国のお家芸ですが、これはごくシンプルなケースで、傅瑞芳は使い捨ての素人にすぎません。機密情報を聞き出せるほどのテクニックは持っていない。中国情報機関は高度に訓練された機関員よりも、一般のビジネスマン、研究者、留学生、さらには旅行者などを幅広く運用する。傅瑞芳はまさにその一人で、総参謀部第二部は彼女と水戸が自然に出会えるようセッティングし、後はホテルでの行為を録画して水戸を脅迫した。水戸が被害届を出しておらず、誰かに相談した形跡もないことから、脅迫に屈したことは明らかです」

資料を端末に呼び出して確認するまでもない。緑は水戸慎五郎の在籍した部署名をはっきりと覚えていた。

総務省情報通信国際戦略局技術政策課。

すべてがつながってくる。

「この傳瑞芳を運用していたのが〈劉《リィウ》〉という男です。特定に少し手間取りましたが、総参謀部第二部の黎士彬《ライシービン》、こいつの偽名と見てまず間違いないと思われます。表向きの身分は中国大使館武官処に所属する武官補佐官。総参謀部第二部の情報将校が使うカバーとしては最も多いパターンです」

ディスプレイの表示が人民解放軍の軍服を着た男の写真に切り替わった。

黎士彬のものなのだろう。だが緑が眼鏡を外して丹念に眺める間もなく、表示はまたも知らない女性のものに切り替わった。

何人かの捜査員が嘆声を上げかけ、慌てて口を閉じている。

いかにも素人女性といった傳瑞芳とは比較にもならない美貌であった。

「古淑慧《グーシュフウェイ》。ご覧の通り、トップクラスのハニートラップ要員です。黎は傳瑞芳の運用と並行して、この淑慧を経産省の桑辺審議官に接触させていました。中国にとっての重要度は、総務省の水戸よりも経産省の桑辺の方がはるかに上だったのでしょう。古淑慧を使って、長期的に情報を吸収しようとしていた節があります。また実際問題として、そうと知らずに桑辺がすでに情報を漏らしていた可能性を我々は否定できません」

桑辺敏弥審議官。言うまでもなく第五の被害者で、経産省では商務情報政策局を担当していたという。

「現段階では黎に手出しすることは不可能です。せめて古淑慧を確保しようとしたのですが、桑辺審議官が殺された翌日、つまり七月十四日に中国へ帰国していました。以上です」

最後まで一片の感情も覗かせることなく、報告を終えた是枝が着席する。

室内は静まり返ったまま、発言する者もいない。ましてや捜査員ですらない緑に、言うべき言葉などあろうはずもない。

紫煙を燻らせながら、沖津は何事か集中して考えを巡らせているようだった。

ややあって、沖津は吸いさしのミニシガリロを灰皿に置いた。

一同は固唾を呑んで特捜部長の言葉を待つ。

「是枝課長の報告により、全体の輪郭が一層鮮明に見えてきたように思う。この事案は最初から多くの謎を含んでいた。その一部、と言うより核心の部分がようやく解けたのだ」

なんだって――

捜査員達は一人残らず愕然としている。中には声に出していた者もいたようだ。

「我々警察にとって解明すべき最大の問題は、誰が、なんのために一連の暗殺を狼眼殺手、すなわちエンダ・オフィーニーに依頼したかということだ。一体、依頼人はクィアコンを推進したいのか、それとも阻止したいのか。まずそこで我々は長い間袋小路に陥っていた」

部長はその袋小路をついに脱したと言うのだろうか――

「クィアコンというプロジェクトにより、確かに経済は一時的に活性化するかもしれない。だがそこには、新世代の覇権を巡る熾烈な暗闘がある。このままフォン主導でクィアコンを進めれば、革新的技術を中国に持っていかれる結果となりかねない。プロジェクトの全体を進めつつ、同時にある部分は抑制しつつ、中国の影響力だけを排除したい。そして最終的にプロジェクト全体を乗っ取る。そのために、暗殺という非常手段に訴えてでも七人を即刻排除する必要に迫られた。それが依頼人の動機だ」

特捜部の面々だけが何かに打たれたように目を見開いた――緑もまた。

答えは、今や明らかだった。

「そうだ、〈敵〉だ。矛盾するすべての筋がそれで通る」

しかし特捜部員以外の反応はさまざまだった。

「御説は噂に聞いたことがあります。正体不明の政治勢力が存在するとか。しかし、ここでこんなことを言うのも馬鹿馬鹿しい限りですが、捜査会議で根拠のない空想をもとに推論を進めるのは厳に慎むべきでしょう」

最も常識的な意見を述べたのは鳥居であった。

上司に呼応するかのように、捜二の面々は特捜に対して一斉に反発の目を向けてくる。

対して沖津は、

「では順を追って整理してみましょう。第一のマル害である水戸課長と第五のマル害である桑辺審議官は、それぞれ中国のハニートラップに絡め取られていた。彼らを排除したのは、情報の漏洩を防ぐとともに、中国、及び内部関係者に対する警告の意味もあったと考えられる。第二のマル害の松森教授は、鈴石主任の報告にあった通り、クイアコンの正体とその技術が有する可能性に気づき、あろうことか他国の研究機関に問い合わせを始めてしまった。第三の程詒和《チョンイーフー》室長はフォンサイドの有力なプロジェクトリーダー。第四の多門寺康休については、もはや言うまでもないでしょう。中国との太いパイプを持つフィクサーである彼は、フォンと日本サイドの橋渡しをしようとしていた。すべての事案についてメリットがあるのは、そう、空想するなら、例えば〈敵〉といった勢力だけです」

「その空想を慎むべきだと言っているのです。空想ならどんな都合のいい犯人像であろうといくらでも絵を描ける」

鳥居はあくまで頑なであった。経済事犯を扱う捜二にとって、数字のように確固とした記録に拠らぬ推論を拒否するのは、第二の天性と言うべき態度であるとも言えた。

一方で数少ない公安組は、面上にいかなる意見をも表わさず、じっと双方を見守っている。

沖津もまた感情を示すことなく、自らの思考を研ぎ澄ますかのように、

「桑辺審議官殺害事案最大の謎は、『警察に保護を求めながら、なぜマル害は警察を欺いてまでわざわざ人気《ひとけ》のない墓地へと赴いたのか』ということだ。最も有力な仮定は『マル害が絶対に断れない指示をメールで受けた』。絶対に断れない指示。それには二つのパターンが考えられる。一つは、家族などかけがえのない人や財産を人質に取られた場合。だが、審議官は私や刑事部長の目の前でメールを受けた。その際、職業的訓練を受けたプロならいざ知らず、審議官は完全に感情を隠していた。家族を人質に取ったというような内容なら、たとえわずかでも感情の変化を見せたでしょうし、我々もそれを見逃すはずはなかった」

「言われてみれば、確かに……」

そのときの様子を思い出したのか、図らずも椛島が首肯した。

「二つめのパターンは、圧倒的上位にある権力者、それこそ服従を誓った相手からの指示。公務員とは本能的に上からの命令には逆らえないものだ。もちろん例外はある。ことに生命の懸かった局面においてはその限りではないだろう。それでも『警察を出し抜いて青山霊園まで来い』と命令されれば、少しくらい驚いても不思議ではない。考えられるのは、携帯が鳴った段階で、それがどういう相手からの着信か、あらかじめ承知していた場合。今回がまさにそれだ。桑辺審議官が個人で契約していた携帯、及び経産省から貸与されていた携帯はすべて判明している。それらは一つ残らず発見された。あのとき鳴った携帯は、審議官が極秘裏に通信するためのものだった。普段から審議官は、何食わぬ顔であの携帯に応答することに慣れていたのだ。そして、その命令が絶対であることにも」

今度は千波課長が疑問を口にした。

「じゃあ、なぜ最初に警察に通報するようなことをしたんですか」

「最初に予告状を発見したのは夫人だった。自分が連続殺人の標的になるはずなどないと思い込んでいた審議官は、かえって動揺してしまい、家族に急かされるまま警察に通報してしまった。犯人側にとっても予想外の行動だったはずだ。なぜなら審議官は『どうして自分が狙われるのか』と問題の携帯で問い合わせればよかったからだ。また犯人側も、その質問を待って審議官を都合のよい場所まで呼び出すつもりであったに違いない。それなのに審議官は警察に助けを求めた。一つには、心当たりがあったせいでもあるのだろう。是枝課長の報告にあったような、危険な心当たりが」

「それでも、命が狙われているというのに、たった一本のメールだけで雨の中を飛び出していったと言うのですか。しかも相手は、連続殺人の黒幕かもしれないわけじゃないですか」

食い下がる千波に、沖津はなぜか微笑んで、

「そう、その点こそが〈敵〉であると推測する根拠です」

「つまり、桑辺審議官は〈敵〉の一味で、あの携帯も普段から〈敵〉との連絡に使っていた、と」

「そう考えればすべて理解できる。だから恐慌をきたした審議官が赤坂署に通報してしまうという不慮の事態に対しても、〈敵〉は即座に対応できた」

「濱崎と若島ですね」

「ええ。まさにそのことが黒幕の持つ力の強大さを裏付ける」

緑は、かつて麻布署からチェチェン人テロリストの少女を拉致しようとした警察官達を思い出した。彼らも濱崎と若島同様、現役の悪徳警官だった。また、宮城県の閖上《ゆりあげ》でオズノフ警部の命を狙った元警察官グループもいた。彼らはいずれも、明らかになんらかの勢力の指示に従って行動していた。すなわち、沖津の言う〈敵〉である。

「審議官が警察官の配備された地点を避けることができたのも、私が迂闊にマスター・マップを見せてしまったせいだとずっと思っていたが、実際にはあれを見るまでもなかったかもしれない。なぜなら、マスター・マップのデータは霞が関と共有されているからだ。また審議官は我々の聴取に対し、『クイアコンに関して、自分は単なる調整役にすぎない』と供述した。逆に言えば、審議官はクイアコンの全容を知る立場にあったわけだ。〈敵〉のメンバーだったとまでは断定できないが、なんらかの関係があったと見る方が自然だろう。そしてその恐ろしさを充分に理解していた。メールの文面に、

例えば『手違いがあった』『助かりたければ指示に従え』とあれば、あんな小雨でなく、雷雨の中であったとしても駆けつけたに違いない。〈敵〉にとって審議官はまさに〈知りすぎた男〉だ。早急に排除すべきという結論に達したとしてもおかしくはない」

そこで沖津は、口腔内に残る葉巻の苦みを噛み締めるように目を閉じた。

「桑辺審議官が警察に保護を求めたのは、我々にとって千載一遇の機会だった。それをみすみす逃してしまったのだ」

衝撃と、それに伴う消沈と。

事件の謎の大きな部分が解明された――それが真実かどうかは措くとしても――にもかかわらず、誰もが口を開く気力さえ失っていた。

会議は終わった。

捜査員達が力なく退出していく。緑もまた、悄然とうなだれたまま、資料をまとめて立ち上がった。警部は――

ふと気になって周囲を見回す。金色の後ろ髪が出口に消えるのを見たように思った。

その虚ろな残像は、緩慢に胸を攪拌されるような感情となって、束の間、緑を言い知れぬ混乱に落とし込んだ。

待機室に戻ったライザは、仮眠用のベッドに身を投げ出す。

部長の仮説。それに反発する者達との対立。すべてが自分にはどうでもいい。

自分はただ、契約に基づいて任務を果たす。

それでも、今日の会議を頭の中で反芻せずにはいられなかった。

確かにあの男の頭脳は相変わらず冴えている。キリアン・クインに読み勝っただけはあるということか。説明のすべてに納得がいった。桑辺がパニッシュメント・シューティングで膝を撃ち抜かれた理由も。

彼はクイアコンの機密を中国人の女に漏らしていた。あるいは漏らす可能性があった。だから裏切り者として、とどめを刺される前にパニッシュメント・シューティングを食らった。

またそれによって、エンダは伝えようとした。これが自分の仕事であると。

誰に？　ライザ・マクブレイドという愚かな女に。

たまらずに目を閉じる。暗黒の向こうに、狼の嗤いが甦る。狼の眼。狼の唇。

なぜだ――なぜそこまでして私を呪う――

エンダ・オフィーニー。おまえはすでに自由を得た。対して私は、今も煉獄に囚われたままだというのに。

――裏切り者のマクブレイドなら、おまえは永遠に私には勝てない。

あのときエンダの残した囁きは、今もはっきりと覚えている。

どういう意味だ。

分からない。いくら考えても、答えはデリーの闇に溶け込んで片鱗さえも見出せない。

分かっているのはただ一つ――北アイルランドの亡霊は、自分を決して見逃さないということだ。

新木場を後にして霞が関に戻る公用車の中で、後部座席に座った是枝は隣の上司に話しかけた。

「特捜の沖津か、噂通りの切れ者だとは思いますが……正気ですかね、あの人」

清水公安部長は腕組みをしたまま答えない。

「その、〈敵〉っていうのが暗殺の依頼人だとすれば、あの人の推測通り、確かに辻褄は合う。トチ狂ったような桑辺の行動を含め、それこそ恐ろしいまでにぴったりとだ。中国の思惑はウチの見立てとも符合するし、あの人はその先まで読んでいるようにも思えます」

運転する〈橋本〉は、まるで後部の話し声など聞こえないような顔をしている。

「でもねえ、そんな勢力が実在するんなら、ウチが把握してないはずないじゃないですか、ねえ？」

そう言って横を向いた是枝は、清水の大きな横顔に、我にもなく息を呑んだ。

「まさか、部長……」

「まさか、なんだ？」

じっと前を向いたまま、清水は鈍重そうな声で聞き返した。

「いえ……」

身に染みついた習性で、是枝は質問を呑み込んだ。

車内が沈黙に閉ざされる。その沈黙に耐えかねたわけではない。是枝は自分が把握しておくべき〈必要〉を感じた。公安の直感として。この件は、先々間違いなく己の生き死にに直結する。

「一つだけ教えて下さい」

清水は微動だにしない。

「仮に、なんらかの目的を持った権力集団が上層部にあるとして——名称はそれこそなんでもいいですけど——ウチはどっち側なんですか」

ずっと仏頂面だった清水が、その日初めて口を開けて笑った。水を浴びたカバのように。

「どうしたんですか」

憮然として問う是枝に、

「いや、すまん」

清水はにやにやしながら答えた。

「前に同じことを曽我部に訊かれたのを思い出したもんでな」

曽我部とは、外事三課の曽我部雄之《ゆうの》助《すけ》課長のことである。

是枝が課長を務める二課と、曽我部の指揮する三課とは、長年の確執を抱えている。

その曽我部に同じことを尋ねられ、清水はどう応じたのか。

清水はもう何も言わなかったし、是枝もそれ以上は訊かなかった。

6

同日午後九時二十七分。新宿区西新宿にあるハイアットリージェンシー東京にチェックインした沖津は、部屋のベッドに腰掛けてタイを緩めながら、携帯端末の発信ボタンを押した。

〈執務室です〉

若い女の声が応じた。檜垣憲護警察庁長官秘書官の白井《しらい》奈緒美《なおみ》である。

「ハイアットリージェンシー東京、一七〇五号室に入りました」

相手が復唱する。

〈ハイアットリージェンシー東京、一七〇五号室〉

「はい」

〈了解しました。ご苦労様です〉

通話はそれだけで終わった。

その夜の宿泊先を警察庁長官、警視総監、及び副総監のみに連絡する。毎日の固定された業務である。

白井秘書官は〈執務室〉と称したが、この時間、特に所用のない限り彼女はすでに退庁している。しかも沖津がかけたのは０９０から始まる携帯端末の番号だ。

〈執務室〉とは、言わば彼女のコードネームかコールサインのようなものであり、平日と休日の区別なく、いつどこにいようとも沖津からの着信にはすぐに応答する決まりになっている。ホテル名と部屋番号を復唱したのは、一切のメモや記録等を残さぬためである。

沖津の宿泊費は官房機密費から捻出されている。一般予算から経費精算すれば、警視庁の警務に記録が残るからだ。

同様の電話を、警視総監秘書官の加茂啓太郎《かもけいたろう》と副総監秘書官の有吉真紀《ありよしまき》にかける。

すべての連絡を終え、眼鏡を外してベッドに横たわる。シガリロやウイスキーに手を伸ばす気にもなれぬほどの甚だしい疲労を感じていた。身動きもせず、その日の会議を思い起こす。

クイアコン。あまりに巨大な国家犯罪。椛島、門脇らが見せた絶望の表情。そして清水の徹底した無表情。

警察に手が出せる次元の話ではない。

早晩、幹部達の中からも、これは政策であって犯罪ではないと強弁する者が出てくるだろう。そうなれば特捜部はこれまで以上の孤立無援に陥ってしまう。

部下である捜査員一人一人の顔を思い出す。彼らにも覚悟を決めてもらうときが来たのかもしれない。

だがそれは、彼らの人生に決定的な影響を及ぼすことになる。できればそれだけは避けたかった。

どうすればいい――

天井を見つめたまま考える。なんとか現状を打開し、未曾有の大犯罪を摘発する方法を。

手はある。それも二つ。

一つは、会議でも申し合わせた通り、金の動きを追って政府高官を挙げることだ。しかし関係した高官全員を一網打尽にできなければ、そこで事件全体が終わってしまう。数人を逮捕しただけでは全容の解明は難しい。ロッキード事件の二の舞は避けられない。

また福間法務大臣が指揮権を発動すれば、数々の不正を立件することさえできなくなる。

ベッドから身を起こし、シャツを脱いで浴室に向かう。

残る一つ——エンダ・オフィーニーの逮捕。

それこそが〈敵〉に迫る最短の近道である。

シャワーの栓を捻る手に我知らず力がこもる。噴出した水が、豪雨となって白い浴槽を叩いた。

残る第六、第七の暗殺。それは警察側にとって、致命傷となりかねない脅威であると同時に最大のチャンスでもある。

沖津はシャワーの栓にかけた己の右手をゆっくりと開いた。反撃の機会はまだこの手の中に残されている。

問題は、どうやってその機会を捉えるかだ。

誰が狙われているのかさえ分からない現状で、どうやって——


七月二十五日、午前九時五十二分。自家用車で出勤の途次にあった沖津は、携帯端末の着信に気づき、車を路肩に停めて応答した。新木場駅の近くで、庁舎まではあとわずかの地点である。

発信者は宮近理事官だった。

「沖津だ」

〈如月電工本社に第六の護符が届きました〉

「宛名は。誰が狙われているんだ」

つい苛立ちを覚えた。なぜ肝心の標的の名を先に言わないのか。

電話の向こうで息を整える気配がして、

〈念のため封書の表書きを正確に読み上げます。『東京都港区海岸二丁目　如月ビル内　如月電工東京本社　榮川《えいかわ》文夫《ふみお》常務取締役気付　梁《リァン》天《ティェン》祿《ルー》様』〉

「中国人か。何者だ。榮川常務の秘書か」

〈それが……どうも如月電工の社員ではないようなんです〉

苛立ちがさらに募る。

「どういうことだ。はっきり言え」

〈分かりません。三田署からの報告では、榮川常務が供述を拒んでいるようです〉

宮近が当惑している理由が分かった。

「三分で庁舎に着く」

通話を切ると同時に、スカイラインを急発進させた。


庁舎で沖津を待ち構えていた宮近と城木の話によると――

その日の朝、いつものように如月電工本社へ大量に届けられた郵便物を仕分けしていた担当社員が、『聖ヴァレンティヌス修道会』からの封筒に気づき、大騒ぎになった。すぐに榮川常務をはじめ幹部役員に報告したが、当初、榮川常務はなぜか所轄である三田署への通報を渋っていたという。しかし他の役員に説得され、通報に同意。現在は三田署員によって厳重に警護されている。

当然『梁天祿《リァンティェンルー》』なる人物について質問されたが、なぜかすぐには答えようとしなかった。二分前に入った最新の情報によると、梁天祿とは南麻布の中国大使館経済商務処に勤務する駐日担当官だと榮川常務が供述したという。

そうした話を執務室で聞いていたとき、沖津のデスクで警察電話が鳴った。

「特捜部の沖津です」

〈是枝です〉

公安部外事二課の是枝課長からであった。

〈第六の護符については聞いておられますね〉

「たった今報告を受けたところです」

〈梁天祿の住所は中目黒五丁目のマンション『シャイニングコート中目黒』。ウチの連中が駆けつけたところ、すでに殺されていたそうです。現場においでになりますか〉

「もちろん」

〈では現場で〉

電話は切れた。

受話器を置いた沖津は、続けて内線電話を取り上げた。

「夏川君か、緊急事態だ」


目黒区中目黒の高級マンション『シャイニングコート中目黒』は目黒署員によって封鎖されていた。

夏川主任、それに深見捜査員を従え、IDを示して中に入った沖津は、殺害現場である二一七号室の寝室で仰向けに倒れている男の死体を一瞥した。

顔面に二発の弾痕。明らかに射殺である。

屈み込んで男の死体を調べていた捜査一課の牧野が顔を上げる。

「通報してきたのは外二です。連中は前からここを把握していたらしい。梁天祿の名が出た途端すっ飛んできたようですが、一足遅かったってところです。手口は例によって至近距離から律儀に二発。たぶんいつもの45ACP弾でしょう」

「侵入経路は」

夏川が短く質問を発する。

立ち上がった牧野がベランダを指差し、

「あそこだ。このマンションはオートロックでセキュリティもちゃんとしてるが、隣のマンションは防犯カメラもなく誰でも出入りできる」

ベランダに出て周囲を見回している夏川に、

「この部屋の真向かいは空き部屋だ。ドアが壊された跡もあった。殺し屋のお姉さんは隣のマンションのベランダからこちらに飛び移ったんだ」

向かいの部屋との距離は目視でざっと二メートルあまり。飛び移るのは可能だが、それでも実行するには相当の身体能力と経験による自信が必要だろう。

沖津は夏川の隣に立ち、下を見下ろした。

二一七号室は二階である。飛び降りることもまた可能であった。

「夏川主任、現場の捜査については捜一に一任することにしよう」

「えっ」

振り返った夏川に、

「六番目の護符……その最大の疑問は、なぜ直接梁天禄《リァンティェンルー》のもとではなく、如月電工、それも榮川常務気付で送られてきたかだ」

夏川はすぐに呑み込んだようだった。

「はっ、全力で当たります」

ベランダを出ようとした夏川が、足を止めて振り返った。

「牧野」

「なんだ」

サングラスを掛けた目で牧野が夏川を見つめ返す。

「聞いた通りだ、後は頼む」

ややあってから、牧野はふて腐れたように、

「言われるまでもねえよ。殺しはウチの専門だ。さっさと行け。捜査の邪魔だ」

嬉しそうに頷いて、夏川は足早に退出しながら深見に指示を下す。

「俺はまず如月本社を当たってみる。おまえは船井《ふない》らに連絡して梁天禄の交友関係を片っ端から洗

え」

「はいっ」

二人の声が遠ざかり、出入りする警察官達の喧噪にまぎれて消えた。

沖津もまた牧野に向き直り、

「では、お願いします」

そう声をかけ、現場を後にした。

「沖津部長」

玄関を出たところで背後から呼びかけられた。

振り向くと、警察官が行き交う内廊下に是枝が立っていた。

「ウチの連中はすでに引き上げさせました。あんまり顔を見せたくないもので」

「お気遣いなく。外事の特殊性は理解しております」

ところで、と是枝は世間話でも始めるかのように、

「このあたりには新華社通信や人民日報の日本支局が集中してる。どうしてだかご存知ですか」

「防衛研究所、統幕学校、それに技術研究本部の一部といった自衛隊関連の施設が多いからでしょう。必然的に中国報道機関の職員でこの近辺に居住する者も多くなる」

「さすがは沖津部長ですね」

「外交関係者には常識の範疇です」

「ああ、なるほど」

是枝は納得したようだった。沖津が元外務官僚であったことを思い出したのだろう。

「これは失礼しました」

そう言いながら歩み寄ってきて、沖津の間近に顔を寄せ、囁くような小声で告げた。

「梁天祿は中国商務部情報化司からの出向組です」

「つまり国家安全部のカバーということですか」

「おそらく」

「榮川文夫との関係は」

「さすがにそこまではウチでも把握していませんでした」

「となると、鍵は榮川の聴取ですね」

「そういうことです。では参りましょうか」

先に立った是枝に続き、沖津はマンションの内廊下を歩き出した。


如月電工本社ビル二十三階にある役員室には、その部屋の主である榮川文夫常務の他に、十名近い私服警察官が詰めていた。椛島刑事部長、千波一課長の顔もある。

沖津と是枝が入ってくるのを見て、椛島は私服全員を退出させた。

榮川常務を囲むように、一同は重厚な応接セットに腰を下ろす。

全員の様子を確認してから、椛島が隣に座った千波に目で合図する。

「早速ですが榮川さん、あなたの安全のためにも、任意での事情聴取に応じて頂きたいのですが、よろしいですね」

そう切り出した千波に対し、

「任意ということは、拒否してもいいということですか」

この期に及んで榮川は、社会的立場にふさわしからぬ往生際の悪さとエゴイズムを見せた。

「我々としては、ご協力頂けると大変ありがたいのですが」

「もちろんそのつもりではおりますが、社の問題でもありますので、まず顧問弁護士を通して頂きたいものですな」

「榮川さん」

千波が語気を強め、

「梁《リアン》天《ティエン》祿《ルー》氏はすでに殺害されています」

「えっ」

「あなたは殺人の重要参考人でもあるのです。そのことの意味をよくお考えになってみて下さい」

無言でうなだれた榮川に向かい、千波は改めて問いかけた。

「梁天祿氏とはどういうご関係だったのですか」

「その……仕事上の付き合いです」

「どんなお仕事ですか」

「それは社外秘ですので……私の一存では……」

「分かりました」

千波は憤然と立ち上がり、

「榮川文夫さん、ご足労ですが、本庁までご同行願います」

「待って、待って下さい、話します、お話ししますから待って下さい」

泡を食って引き留める榮川に、千波も渋々腰を下ろす。

それが捜査一課流の演技であるということは、沖津はもちろん、他の面々も先刻承知している。

「梁天祿は……中国の……中国の……」

磨き上げられたテーブルの表面を見つめた榮川は、ゴルフ焼けした顔中に大粒の汗を浮かべ、小刻みに震えながらなおも言い渋っている。

「中国の……」

「スパイでしょ。知ってますよ、そんなこと」

是枝が横からそっけなく言った。

それをきっかけに、榮川はこらえかねたように泣き喚きながらテーブルに突っ伏した。

7

「如月電工常務取締役、榮川文夫は全面自供。ただし、内容は企業秘密の社外漏洩についてのみ。彼は自社の極秘資料を梁天祿《リァンティェンルー》に渡し、金銭その他の見返りを受け取っていた。もっとも榮川は、当初はあくまで業務の一環として梁天祿との交渉を担当していたと主張している。おそらくその通りなのだろう。明らかにこれは捜二の案件であり、トクハイ（特別背任罪）、ギョウヨコ（業務上横領罪）、窃盗等に当たるが、全体の筋を勘案した結果、捜二の判断として不正競争防止法違反の線で捜査を進めることとなった。いずれにしても、スパイ防止法のない日本では、中国側の動きについてそれ以上は追及できない。また如月電工をはじめ民間企業の独自研究は特定秘密に指定されていないため、特定秘密保護法の適用外である」

同日午後九時五十三分、特捜部庁舎会議室。

捜査員達を前に、千波一課長がしゃがれ気味の声で告げた。

「緊急役員会を開いた如月電工は本日付で榮川文夫を常務取締役から解任、背任容疑に関する捜査の終了を待って懲戒免職に処する予定であるという。なおマル被と目される狼眼殺手ことエンダ・オフィーニーの足取りについては、現在総力を挙げて捜査中である」

「千波課長、ありがとうございました」

進行役を務める城木に従い、千波は頷いて緑茶のペットボトルを取り上げ、喉を鳴らして一気に飲む。相当疲労が溜まっているようだ。

夏川は横目で捜二の面々の様子を窺う。中条管理官。末吉係長。高比良主任。彼らはいずれも、悔しさを滲ませつつも闘志を失ってはいない。

これなら大丈夫だ――

財務捜査官の仁礼警部や、この場に同席こそしていないがコメの魚住課長補佐という心強い味方もいる。捜二はきっと、税務面から榮川とその周辺の悪党に鋭く切り込んでくれるに違いない。

彼らへの信頼を胸に正面へ向き直った夏川は、続く城木の発言に大きな衝撃を受けた。

「我々にとって、問題は榮川元常務が如月フォトニクス研究所を管掌する立場にあったということだ」

如月フォトニクス研究所。

それは――その名称は――

「今回のクイアコン疑惑に先立つ海棠商事の疑獄事件を思い出して頂きたい。あの事案に関連して殺害された西村禎成研究員が試作中だった構造物とその研究データ。それらは強制捜査で特捜部が押収したが、榮川の自供によれば、事前にデータの一部を入手、密かにこれを保管していたという」

「そんな！」

悲鳴のような声がした。鈴石主任であった。

「そんなこと……すると、まさか……」

「鈴石君」

宮近の注意を受け、鈴石主任が恥ずかしそうに俯いた。

「鈴石主任の想像した通りである」

城木はわずかながらも無力感を含んだ口調で続けた。

「榮川はそのデータをも中国に売り渡そうとしていた。不幸中の幸いは、梁天祿の死によってそれが未遂に終わったということだ」

それはまた、黒幕が〈敵〉であるという部長の仮説を裏付けることになるのではないか――

メモを取りながら夏川は思い出していた。如月フォトニクス研究所が密かに開発中だった構造物を押収するため、沖津部長と技術班がどれだけ強引な手法を使わざるを得なかったかを。

量子通信に関連する技術をなんとしても中国に渡すまいとする〈敵〉の思惑。梁天祿《リアンティェンルー》殺害はその思惑と完全に一致する。

「これを見てもらいたい」

不意に沖津が発言した。

正面のディスプレイに、聖人の護符が表示される。

「第六の護符“ordo”──すなわち『叙階』。聖職者を任命するという意味である。描かれているのはレオ十世。メディチ家出身のローマ法王だ。派手好きで知られ、彼の在任中にルネッサンスは最盛期を迎えたという。不可解なのは、この護符の宛先は如月電工でありながら、宛名は榮川ではなく、梁天祿になっていたということだ」

「その点については、夏川主任からお願いします」

「はっ」

城木の指名を受けて立ち上がった夏川は、持参したノートを開いた。

部下達が血の滲むような努力の末に集めてくれた情報だ。報告する声にも自ずと熱が籠もる。

「梁天祿の住所はもちろん公開されておりませんが、手分けして交友関係を当たってみました。梁は仕事柄あちこちのパーティーに顔を出していたせいか、公私を問わず友人は多く、中国人、日本人の双方に彼の住所を知っている者を少なくとも十六名確認できました。つまり、梁の住所が不明であったため、エンダ・オフィーニーが予告状をやむなく榮川常務気付で出さざるを得なかったという線は薄いと考えていいと思います。次に梁天祿の死亡推定時刻。これが本日午前九時前後。一方、如月電工本社に朝の郵便物が配達されるのは、毎日大体午前八時半から九時の間ということです。実際、如月電工榮川常務気付で予告の護符は確かに届けられていますが、それを暗殺対象である梁天祿が目にする可能性は極めて低かった。それどころか、梁天祿が殺された時間には、まだ届いていない可能性すらあった。以上のことから、エンダ・オフィーニーにとって、殺す相手が予告の護符を見ていようといまいとどうでもよかったのだと推測できます」

夏川が着席すると同時に、沖津はくわえていたモンテクリストを灰皿に置いた。

「その推測に間違いはないだろう。重要なのは、〈予告の護符をこれまで通りに発送した〉という事実だ。そこには何重もの意味がある」

何重もの意味？

夏川は正面に座った上司を凝視する。

自分が気づきもしなかった〈意味〉を沖津は看破したと言う。それは一体なんなのか。

「水戸課長、それに桑辺審議官。彼らは中国による情報奪取工作の対象となっていたため暗殺リストに加えられた。仕掛けたのが中国側であるにもかかわらずだ。しかし今回は違う。まったく逆だ。暗殺対象は如月電工の榮川常務ではなく、中国商務部情報化司の役人だった。このあたりの事情については、先に是枝課長から解説して頂いた方がよいかと思います」

雛壇の端に座っていた是枝が講義でもするかのように淀みなく語る。

「現在の潮流として、科学技術に関する情報を取得するために、中国は従来型の非合法活動から政界工作、企業誘致などの合法的手法へと軸足を移しつつあります。それを促進するためのロビイスト活動には、決まって中国の情報機関が関与しています。以前にも触れましたが、アクティブ・メジャーズと呼ばれるそうした活動は、合法的企業活動、外交交渉との線引きが容易ではなく、摘発は極めて困難です。またそれらの、言わば〈公然の秘密工作〉は、情報機関だけでなく、れっきとした国家政策機関が行なっていることもあるため始末に負えない。今回がまさにそのケースで、殺害された梁天祿は中国商務部情報化司の役人ですが、この部署は国家安全部企業局や科学技術局と密接な関係にある。つまり、国家安全部の機関員である梁が日本で合法的に活動できるよう、中国商務部情報化司がカバーを提供していたという構図です。榮川の自供によると、梁はそのカバーを使って榮川に接近した。当初は如月との合法的な提携を画策していて、高級クラブや地下カジノでの接待を繰り返した。その詳細がこちらになります」

大型ディスプレイに店名と日付、金額等の一覧表が表示される。

これがすべて接待に使われたのか——

何よりもその数に圧倒される。それらは取りも直さず、技術情報奪取をもくろむ中国の執念を如実に示すものであった。

「連日の贅を尽くした接待は、榮川のモラルと判断力とを確実に蝕んだ。夜毎の享楽が癖になり、榮川の方でも気を持たせるように情報を小出しにする。その過程で榮川が如月フォトニクスのデータを握っていることを知った梁《リァン》は、功を焦ったのか目の色を変え、しきりとその提供を要求し始めた。見返りは高額の金銭。梁の狙い通り、すでに感覚が麻痺していた榮川は、次第に重要な情報を渡すようになっていった。さすがに榮川もこのままでは大変なことになると思ったそうですが、そのときにはもう引き返せなくなっていた。その結果、ついに問題のデータを渡すところにまで話が進んだというわけです」

夏川は息を詰めて是枝の話を聞いた。

よかった、俺は刑事畑で——不謹慎にもそう思ってしまったほど、息苦しいまでの神経戦であり、心理戦であった。元来が短気な自分には到底耐えられそうもない。

そうした戦いを日々の業務としてこなしている是枝と外事課捜査員達の内面は、同じ警察官でありながら夏川の想像を絶している。

沖津は灰皿のモンテクリストを再び摘み上げ、

「自国のエリートが殺害されたのだから、通常なら中国商務部が猛烈な抗議をよこしそうなものだが、今のところ、『遺憾の意を表明する』『真相の徹底的な解明を要求する』などと述べるにとどまっている。あまり騒ぎ立てると自分達の秘密工作を追及されかねないからだ。また同時に、そのこと自体が『これ以上追及するな』という外交的メッセージとも読み取れる。それだけでも是枝課長の説明にあった〈構図〉を裏付けると言っていいだろう」

元外務官僚ならではの洞察であった。

「さて、先ほどの護符の件だが、夏川主任の報告にもあったように、これまで通りの殺人予告がなされたという、言わばアリバイ作りのために発送されただけだ。暗殺者エンダ・オフィーニーの目的は、あくまで確実に標的を仕留めることにある。そうなると、殺人予告と思われた護符の真の意味が、おぼろげながら判明したように思う」

護符の真の意味だって――

メモを取っていた手を止めて、夏川は顔を上げた。

「不可解な護符の目的は決して殺人予告などではない。そう見せかけているだけで、きっと何か別の意味がある。まず考えられるのは、すなわち攪乱。連続殺人を続けていれば、警戒を招いて暗殺の難易度は当然高くなる。この難易度を下げるための手段が、予告殺人に見せかけた護符というわけだ。だから第一、第二、第三のマル害には自宅ではなく、わざわざ勤務先に郵送した。郵便物の配達が記録されると見越してな。これが自宅だと、マル害の死後に予告が届いていたことを確認できない状況が想定されるからだ。第四のマル害である多門寺康休の場合、渋谷署に送られてきたのは、彼の身柄が地検に移管され、然るのちに釈放されるとエンダ・オフィーニーがあらかじめ知っていたからに違いない」

それもまた、〈敵〉依頼人説を裏付ける――

「ここまで来ると、世間も護符による予告に神経を尖らせている。もう捨てられたりするおそれはない。そして第五のマル害である桑辺審議官。彼が仮説の通り〈敵〉もしくは〈敵〉関係者の一人であったなら、まず通報などしない。だからこそ、これまたアリバイ作りのため自宅へと送りつけた。それからどこかへ呼び出して始末するつもりが、思わぬ展開になったのは皆も知っている通りだ」

筋は通る。何もかも、明快に。

「もっとも、現段階では残る最後の一枚――第七の護符をどのように利用するつもりなのかまでは分からんがね」

珍しく不味《まず》そうな表情で、沖津はシガリロの煙を吐いた。

「以上がまず最初の一点。もう一点、第六の護符の送り先を梁のマンションではなく、如月本社の榮川気付としたこと。一見不可解な行為だが、そうすれば梁天祿《リアンティエンルー》暗殺に伴い、当局の捜査が入って榮川も自動的に失脚するのは目に見えている。手間が省ける。不可解などでは決してない。完全に合理的だ。それだけ梁が大物であり、依頼人にとって早急に排除する必要があるほどの脅威であったということでもあるのだが、梁殺害によって、依頼人は決然たる意志――警告以上の意志だ――それを中国に示してみせたのだ」

夏川は無論のこと、捜査員の誰もが声もなかった。

たった一人の殺害にこれだけの意味を持たせている。沖津の表現を借りて言えば「完全に合理的」であり、メカニカルとさえ言える政治的暗殺の冷徹な論理であった。

そして、それを隈なく見通した沖津の洞察もまた凄まじい。

だが当の沖津は、いきなりくわえていたシガリロを灰皿に押しつけて揉み消した。

葉巻は決して揉み消したりするものではない。灰皿に置いて自然消火を待つ。愛煙家の常識である。百も承知のはずの沖津が、愛飲するモンテクリストを――

予告殺人を六人まで許してしまったのだ。警察に対する世論の糾弾は頂点に達しており、警察庁刑事局長、警視庁副総監の国会参考人招致もあり得るとさえ囁かれている。またこの先、事件がどう落着しようとしまいと、沖津は必ずその責任を追及される。

その重圧に耐えられる者などいないだろう。

だが――それにしても。

「問題は」

表情だけは常の如く冷静に、沖津は続けた。

「第七の標的が誰なのか、未だに見当さえつかないということだ」

8

七月二十六日、午後二時五十六分。

公用車のアリオンに仁礼財務捜査官を乗せた沖津は、品川区南品川四丁目にあるコインパーキングに車を入れた。古いマンションを解体した跡の更地に作られた駐車場で、広いわりに利用者は少ない。梅雨は長引くばかりで一向に明ける気配もない。その日は雨こそ降っていなかったものの、朝から灰色の厚い雲が上空を覆って、まだ三時前だというのに夕刻のように薄暗かった。

約束の午後三時ちょうどに相手は来た。アリオンの横に駐められたアクセラハイブリッドから降りてきた魚住が、後部座席に乗り込んでくる。

「お待たせ致しました」

「いえいえ、時間通りですよ。仁礼警部、こちらがコメの魚住課長補佐」

隣の助手席に座った仁礼に魚住を紹介する。

「はじめまして、財務捜査官の仁礼と申します」

「どうもどうも、国税の魚住です。お噂はかねがね」

車内で名刺を交換してから、

「お目にかかれて光栄です。仁礼さんのお仕事ぶりにはいつも敬服しております」

「そんな、とんでもない」

「いやいやー」

助手席から振り返っている仁礼をしげしげと眺めた魚住は、

「仁礼さん、ひょっとして〈声〉が聞こえる方ですか」

「あ、分かります？」

「やっぱり。そうじゃないかと思ったんだ」

腑に落ちた顔で頷いている魚住に、仁礼は嬉しそうに言う。

「実は〈声〉だけじゃなくて、〈歌〉が聞こえるときもあるんですよ、僕」

「えっ、〈歌〉まで？　そりゃ凄い」

なにやら沖津には理解不能な話をしている。

「今回の事案が終わったら、ぜひウチへ来て下さいよ仁礼さん」

「はあ、しかし、いきなり言われましても」

「すみません。でも考えといて下さいよ。いつまでもお待ちしておりますから」

「ありがとうございます」

沖津は二人の話を遮るように、

「初対面でお話が弾んでいるようなのは結構ですが、本題の方をお願いします」

「ああ、すみません」

魚住は所持していたブリーフケースから分厚いファイルを取り出し、仁礼に向かって差し出した。

「ブレインストリームその他の資金に関して香港金融管理局から追加で送られてきた資料の中に、ちょっと気になる会社がありましてね。社名は『ズーラン・ファイナンス』。取引先はケイマン諸島、ヴァージン諸島、リベリア、リヒテンシュタインと毎度お馴染みタックス・ヘイブンの会社ばかりで、よくあるマネー・ロンダリングのためのペーパー・カンパニーと見て間違いないでしょう。ただ、それらの取引先は一見今度の事案には関係ないようで、実際その可能性が高いんですが、中に一つ、どうも引っ掛かる資金がある。アレクサンダー・リーという個人投資家で、金額も大したことはないんですが、どういうわけかそれがかえって気になって。大金を動かしている大企業専門でやってるズーラン・ファイナンスが、たった一人だけ個人の投資家を相手にしている。しかも、アメリカ国籍の『ブライオックス』に資金が移されているパターンが多い。私の記憶に間違いがなければ、ここは犯罪組織を顧客にしていることで悪名高い会社だったはずです。もっとも、一般の顧客も大勢抱えてはいますがね」

ファイルに目を通しながら魚住の話を聞いていた仁礼が、

「なるほど、確かに気になると言えば気になりますね」

「でしょう？　私の気にしすぎならいいんですけど、もしそうじゃなかった場合は見過ごすわけにいかない。しかし、なにぶんウチは人員も限られてますから、現在そこまでの余力はなくて」

「それでこの資料をウチに託そうと」

得心したように言う沖津に、

「ええ、ご判断はお任せします。もちろん処理の仕方もね」

「やらせて下さい」

答えたのは沖津ではなく仁礼であった。

「なんだか〈声〉が聞こえるような気がします……具体的にどんな声かはまだはっきりと分かりませんが、僕も調べてみたくなってきました」

「確かに犯罪組織が絡んでくると、ウチの方が動きやすいでしょうね」

沖津はため息をつくように、

「分かりました。こちらでやってみましょう」

「よかった」

魚住は微笑みを浮かべると、ブリーフケースから一枚のＤＶＤを取り出した。

「ブライオックス社からの資金移動先に関しては、ウチの方で資料を揃えられるだけ揃えてきました」

「お預かりします」

「では、よろしくお願いします」

腰を浮かせてドアに手をかけた魚住が、

「そうそう、本筋の方ですが、摩耶組の奥の院まで大掃除ができそうです。その先にどんなバケモノが潜んでいるか、ウチとしても楽しみですよ」

そう言い残して、魚住は乗ってきた車に戻った。

すぐに発進した国税局の車を見送りつつ、沖津は車内から宮近理事官に電話した。

〈宮近です〉

「沖津だ。すまないが、アメリカ国籍の企業ブライオックス社に関する資料を至急まとめておいてほしい。必要ならＩＣＰＯやＦＢＩにデータの送信を要請するように」

〈え、でもそれは……〉

何か言いかけた宮近は、すぐにその言葉を呑み込み、言い直した。

〈分かりました。ただちに着手します〉

「頼む」

そう言って電話を切った。宮近が一瞬とまどった理由は分かっている。ＩＣＰＯをはじめとする国際組織や各国の法執行機関への問い合わせは、これまで主に城木が担当してきたからだ。それをあえて宮近に命じた。

その意味を、宮近はすぐさま理解したのだ。

当初は特捜部に批判的であった宮近理事官が、今は最も信頼できる副官になろうとは。

それが宮近自身の望んだ結果ではまったくないだけに、まさに皮肉であるとしか言いようはなかった。

　複雑すぎる状況だが、それもまた一つの現実でしかない。

　受け取ったばかりの資料に見入っている仁礼財務捜査官を横目に、沖津は公用車を出した。


　沖津部長とともに新木場の特捜部庁舎に戻った仁礼は、早速魚住から預かった資料の分析に取りかかった。

　インターネットで閲覧できる限りの登記情報を確認する。また協力関係にあるアメリカの公認会計士にメールし、当日中に入手可能な登記申請書、決算情報の収集を依頼する。

　果てしなく並ぶ数字の列を眺めていると、心からの安堵と高揚、そして微かな不安を覚える。ピアニストが鍵盤に向かうとき、あるいはチェスの名人が盤に向かうときも同じ感覚を味わっているのだろうか。仁礼には知る由もなかったが、もしそうなら、自分はきっと幸せなのだろうと思う。

　しかしその日に限って、数字は容易に語りかけてはくれなかった。

　軽く息をついて、宮近理事官が取り急ぎまとめてくれたファイルを開く。

　ブライオックス。魚住課長補佐の記憶通り、相当悪質な会社だ。クライアントに利益をもたらしていることは間違いないが、各国の法を犯すことをなんとも思っていない。

　いや、正しくは法を犯さずして倫理を犯している。犯罪収益金であると知りながら脱法行為に手を貸すことは、断じて正当な企業活動とは言えない。

　香港のズーラン・ファイナンスに資金を託している問題の個人投資家アレクサンダー・リー氏は、最終的に何を望んでいるのだろうか。単なる利殖であるはずはないし、かと言って、通常のマネー・ロンダリングであるとも思えなかった。

　ともかく、それを知るためにはブライオックスを経由した資金がどこへ流れているのかを解明するしかない。

視線を再び数字の羅列へと移す。魂をその中へと埋没させる。数字と自分を一体化させる。

聞こえてきた――微かな囁き。

数字が自分をどこかへ導いてくれようとしている。

そうか、こっちか、こっちなんだな――

導きに応じて数字の森へと深く分け入る。

無数にある資金移動先の中から、本件に関係ないものを直感的且つ実証的に排除し、正しい進路を選択するのだ。

いずれも真っ黒に汚れた道だが、そこには通る人の素性を示すパン屑が落ちている。そんな道を横目に見ながら通り過ぎる。税金逃れの企業や資産家の裏道はどうでもいい。今進むべき道はそれではない。たった一人、少額の資金移動を繰り返しながら、世界中の目から素性を隠し通している精霊の道だ。

森の奥に集う小鳥の数が次第に増えていくように、数字のさえずりが段々と大きく心地好いものに変わっていく。

やがてそれは、優美で力強いハーモニーとなった。

いい歌じゃないか――素晴らしいよ――

道案内の歌に従い、めくるめく異世界を飛ぶように進む。

宮近理事官の資料にあった、ブライオックスの取引先や関連会社の社名が急速に接近しては、あっという間に後方へと流れ去る。

先へ――もっと先へ――

アメリカの公認会計士に依頼した資料が届いた。手を伸ばしてつかみ取るように、すかさずファイルを開く。眼前にたちまち新たな地平が広がる。

心は空を飛翔しつつ、指はキーを叩きつつ、ディスプレイの記録を追っていた仁礼は、やがて大きな〈壁〉にぶつかった。

終点か——しかし、これは——

卓上の電話を取り上げ、内線のボタンを押す。

宮近理事官のデスク直通の番号だ。

「あ、仁礼です。申しわけありませんが、『タニス・ダール福祉基金』について調べて頂けませんか……そうです、タニス・ダール福祉基金……ええと、ブリュッセルに本拠を置くNGO団体のようなんですが……はい、できれば大至急……ほんとすみません、お願いします」

受話器を置いて、再びキーを叩く。これまで辿ってきた経路を逆戻りしながら、努めて冷静に考えを整理する。

自分の直感に狂いがなければ、これは——

軽やかな歌声がたちまち霧散していくのを感じる。まったく予想もしていなかった終着点であり、仮説であった。

いくら耳を澄ませても、聞こえてくるのはすでにして声ではない。強いて言うなら〈呻き〉だろうか。その響きはどうしようもなく奇妙なもので、不快な居心地の悪ささえ感じる。

三十分あまりも経った頃、卓上の内線電話が突然鳴った。

自ら立てた仮説の検証に没入していたため、仁礼は驚いて声を上げそうになった。

宮近理事官からだった。

「はいっ、仁礼です……はい……はい……そうですか……では、引き続きよろしくお願いします」

何度も頭を下げながら電話を切る。

宮近理事官の話では、然るべき筋に問い合わせたが、回答までに少し時間がかかるとのことだった。

今すぐ沖津部長に報告すべきか。

迷った末、とりあえず回答を待つことにした。

現段階ではなんの確証もない上に、どう考えても、捜査本部が追っている最も重大な本筋の解決に関わるとは思えなかったからだ。


同日午後十一時二分。東京駅に近い八重洲一丁目。ホテル龍名館東京にチェックインした沖津は、いつものように携帯端末で白井秘書官に連絡を入れた。

〈執務室です〉

「ホテル龍名館東京、八一二号室に入りました」

〈ホテル龍名館東京、八一二号室〉

「はい」

〈了解しました。ご苦労様です〉

続けて加茂秘書官、有吉秘書官に連絡してから、テレビのリモコンを取り上げ、電源を入れる。ちょうどニュースを放映していた。

トップニュースは今日もクイアコン絡みの連続殺人であった。なにしろ六人まで殺害されたのだから当然と言えた。しかも第六の被害者は中国商務部の役人だ。報道はいやが上にも過熱する。警察に対する非難もまた然り。

まるで他人事のような思いでモニターをぼんやりと見つめる。

つい先ほどまで、沖津は霞が関で国家公安委員長直々の叱責を三十分以上にわたって受けていたのだ。

首都圏全域に及ぶローラー作戦にもかかわらず、エンダ・オフィーニーらしき人物は未だ引っ掛かっていない。

エンダはやはり〈敵〉のバックアップを受けている——通常の捜査では発見は不可能だ——

テレビ画面の中で、名も知らぬタレントが声高に警察を非難していた。

事態の重大性は、ニュースキャスターや自称文化人のコメンテーターに指摘されるまでもなく充分に承知している。

だが沖津の認識する最大の危機感は、モニターに映っている人々のそれとはまったく異なっていた。

潮時という奴か――

ネクタイを外してシャツを脱ぎながら、沖津は決断していた。

部下達に鋼鉄の十字架を背負わせることを。

9

七月二十七日、午前八時。捜査会議の予定はなかったが、早朝の連絡によって特捜部員だけが庁舎の大会議室に招集された。

仁礼財務捜査官を含む他部署の捜査員は呼ばれていないだけでなく、彼らには極秘であるとの箝口令が同時に伝達されている。

合同態勢を標榜しながら、これはあまりにも異様な措置であった。

技術班の鈴石緑は、部下の柴田賢策技官のみを伴い、開始予定時刻の五分前に会議室に入った。

ついに来た――このときが――

緑の心は庁舎上空の雲よりも暗鬱で重かった。

それより十五分前、二人は沖津の執務室で簡単な打ち合わせをしている。だから会議の内容と進行についてはあらかじめ聞かされていた。打ち合わせに同席した城木、宮近両理事官も、運命の日を迎え入れるかのような、厳粛な表情を見せていたのが強く印象に残った。

他の捜査員達は互いに顔を見合わせ、不審そうに囁き交わしている。

無理もない。ここに来て合同態勢に参加している他部署の捜査員を閉め出したりすれば、せっかく皆が苦労して構築した信頼関係が一挙に崩壊し、特捜部がこれまで以上の孤立へと追いやられることは誰の目にも明らかだ。

沖津に先立《さきだ》って入室してきた城木と宮近の指示により、夏川班の成瀬《なるせ》と由起谷班の加納が外に出て、それぞれ前部と後部のドア前で張り番をすることになった。万が一に備え、部外者の入室を阻止するためである。

もし刑事部や公安部の連中に何か訊かれたら、特捜部員だけ説教を食らってハッパをかけられてたとでも答えとけ――二人の理事官は強張った表情でそう言い渡した。

庶務担当の桂主任は、部下の三人娘を指揮して階段やエレベーターホールに陣取っているという。備品の交換や清掃を装いながら、特捜部関係者以外の登庁を監視しているのだ。特捜部員の不在について問われたら、同様に会議室で叱られている真っ最中だと応じる手筈になっている。

そこまでする必要があるんですかね――捜査員達の中には、聞こえよがしにそうこぼして不満を表明する者さえいた。

夏川主任と由起谷主任は、それぞれ予期するものがあるのだろうか、瞬きもせずに座っている。

そんな中で、突入班の三人だけがいつもの態度を保持していた。

新発売の缶コーヒーを目の前にかざしてデザインを玩味している姿警部。波立たぬ湖の冷静を見せるオズノフ警部。そして何もない虚無が人の形を取ったラードナー警部。

九時ちょうどに沖津が入室してきた。全員が起立して上司を迎える。

「諸君もかねがね不審に感じてきたことと思うが、警視庁特捜部は一般はもちろんのこと、警察内部にも公表できない多くの機密を抱えている。そのいくつかを、今から諸君に明かす」

すべての前置きを省き、沖津は切り出した。

「言うまでもないが、今日ここで耳にした事項は決して他言してはならない。たとえ相手が警察幹部であってもだ。私、もしくは私の後任者の許可がない限り、諸君は生涯その秘密を抱えて生きていかねばならない。その重責に耐える自信のない者は、ただちにこの場より退出してもらいたい。二分間の猶予を与える。退出した者には、できるだけ希望に添った異動が速やかになされるよう、万全を尽くすことを約束する」

そこまで言ってから、沖津はしばし無言で室内を見渡した。

席を立とうとする者は一人もいなかった。

二分後、沖津は再び口を開いた。

「では始める」

「七月二十四日の合同会議で私と鈴石主任が行なったクイアコンに関する報告には、実は意図的に糊塗した矛盾がある。隠蔽、あるいは欺瞞と言ってもいい。諸君の中にも気づいた者がいるかもしれない。まずそのことについて、鈴石主任から説明してもらう」

打ち合わせ通りの指名を受け、緑は立ち上がった。

「二十四日の会議で、私は諸眉技研の秘匿している技術が『光ファイバーを不要とするダイレクトな量子通信の要となる技術』であると申し上げました。しかし、昨年十月に発生した外国人犯罪者クリストファー・ネヴィル一味による姿警部拉致事案において、警部はライターの火で自らの腕を断続的に炙り、モールス信号によって監禁場所の手がかりを龍機兵の観測装置に伝えました」

捜査員達の反応はばらばらだった。

顔をはたかれたように驚いている者もいれば、意味が分からずに曖昧な表情を浮かべている者もいる――なぜ今になってそんな話を持ち出すのかと。

姿警部の拉致事案を覚えていない者など、この場にいるはずがない。由起谷主任をはじめとする何人かは、実際に焼け爛れた姿警部の腕を現場で目撃している。ただし彼らには、姿警部が自傷行為によって自らの位置を伝達し得た理論について詳しい説明はなされていない。単に「龍機兵のバイタル観測装置が捕捉した」とのみ伝えられただけであった。

龍機兵についての一切が最上級機密であることは全員がもとより承知している。特捜部の捜査員達は、そうした点についてあえて深く追及することなく、ただ刑事としての矜持を以て職務に専念してきたのだ。

「実はそれこそが、問題とされる技術の応用に他なりません。つまり、未知であるはずの技術が、すでに私達の保有する龍機兵に使われているのです」

今度こそ、全員の間に衝撃が走った。

夏川主任と由起谷主任は、ともに自らの不明を恥じるかのように、唇をじっと固く結んでいる。

緑は部長から、「夏川主任には、如月フォトニクス研究所から押収した構造物の正体が龍機兵の根幹を成すシステムのプロトタイプであることを告げた」と聞かされている。おそらく由起谷は、親友でもある夏川から密かに教えられたのだろう。

「龍機兵で実現されている量子通信の仕組みは、すべて機体の中枢である『龍骨《キール》』の中に組み込まれています。そして、この龍骨と対を成す『龍髭《ウィスカー》』が、各機搭乗要員の脊髄に埋め込まれているのです。この龍髭がなければ、龍機兵は起動しません」

捜査員達が一斉に三人の突入班員の方を向く。

彼らの視線に晒されながら、三人はその態度になんの変化も示さなかった。

「姿警部の脊髄に埋め込まれた龍髭は、ライターの炎という強烈な刺激による脊髄反射を龍機兵の機体に内蔵された龍骨にタイムラグゼロで伝達しました。無線電信等既存の技術は一切用いられていません。距離の大小や遮蔽物の有無による減衰も存在せず、且つ外部からの傍受や干渉も不可能。これが問題とされる『光ファイバーを不要とするダイレクトな量子通信』なのです。またその技術こそが、龍機兵の驚異的な運動性能を可能としているものでもあります」

姿警部はまるで他人事のような顔のまま、開栓した缶コーヒーを口に運んでいる。

いや、姿警部だけではない。オズノフ警部も、そして――ラードナー警部も。

全員が理解しているはずだ。その精神力がなければ、龍機兵の搭乗要員など務まるものではないことを。

「龍骨は完全に一体成型のブラックボックスとなっており、充填されている爆薬のため、今日に至るも分解不能、複製することもできないという状態が続いています。技術班では日夜解析に取り組んでいますが、量子力学の原理上、観測行為自体が論理回路の破壊を招く危険性があり、現在までに得られた成果は極めて限定的であると言わざるを得ません」

自律破壊もデータ消去システムも、軍用兵器なら施されていて当然の防護措置だ。しかし職業軍人である姿警部はともかく、一般の捜査員にその感覚を共有してもらえるかどうか、緑には自信が持てなかった。

「龍骨が量子演算処理装置の一種であることは確実です。龍骨と龍髭の間で量子結合を応用した通信が交わされていることにも疑いの余地はありません。ですが私達は、龍骨－龍髭システムの機能と扱い方は熟知しているものの、それが具体的にどういう仕組みで実現されているのかは知りません。そんなものをどうやって特捜部が――警視庁が入手したのか、私もそこまでは知らされておりません」

着席した緑は、持参したペットボトルのほうじ茶を飲む。砂漠を横断してきたかのような強烈な渇きを覚えていた。

「ありがとう、鈴石主任」

正面に座した沖津が言う。

「それに関しては私から話そう。龍機兵はある先進的研究機関が開発したものだ。同機関はすでに消滅、研究グループ全員が死亡しており、データも一部しか残されていない。それを日本国が入手した。同機関の名称や国籍、入手に至る経緯については話すわけにはいかない。外交問題だけでなく、法的な問題が含まれるためとだけ言っておこう」

それは、緑をはじめとする技術班の面々がこれまで推測してきたこととほぼ合致していた。問題の技術がこれまでの常識を覆すものであることに違いはないが、単独の研究機関が何かの弾みで数年先を行く特異な発見を成し遂げることは往々にしてある。そしてそれは、数年後には確実に世界標準となっている技術だ。

「さて、ここからが核心だ」

いよいよか——

緑は息を詰めて沖津を見つめる。

「結論から言おう。今回の事案、つまりクイアコンのすべては、おそらく龍機兵開発と密接に結びついている」

室内から生者の気配がすべて消滅したようだった。ただ一人、沖津旬一郎を除いて。

「龍機兵の根幹に関わる技術は多岐にわたるが、あえて大別するならば次の三つ。一、龍骨、すなわち量子コンピューターによる機甲兵装制御技術。二、龍髭による神経電位センシング技術。三、量子結合通信による龍骨と龍髭の無遅延同期技術。これらのうち、如月フォトニクス研究所の実証試験機は一を、クイアコンの量子情報通信ネットワーク構想は三を実現させるものである。残るは二だが、想定をはるかに超える技術革新の速度を考えると、そう難しいものではないだろう。後は、龍髭を操縦装置として脊髄に埋め込むという発想さえあれば、龍機兵は製造可能となる」

まさに核心であるとしか言いようはない。

全員の戦慄が緑にも伝播する。いや、その以前から緑の肌は凍えていた。まるでそこが、いつもの会議室ではなく、巨大な冷凍庫であるかのように。

部長がこれまで頑なに秘匿してきたのも領けるどころではない。これは警察組織をも超えた、国際軍事に関わる一大機密なのだ。

「フォン・コーポレーションと中国共産党とは必ずしも一体とは言えないが、便宜上、仮にそうであるとして、フォンはクイアコンという一大プロジェクトを日本に持ちかけた。表面上は日本の財界や経産省を立てながらも、実質的に主導的役割を果たすことによって如月電工や諸眉技研をはじめとする日本の研究機関に食い入ったのだ。諜報用語で言うアクティブ・メジャーズ、その最大の作戦がクイアコンだ。手段はともかく、我々と違ってフォンは地道にステップを踏んで研究実績を積み上げ、問題の技術を射程圏内に捉えたと考えていい。それはもちろん次世代通信システムの権益独占という遠大な目的あってのことだが、同時に次期主力兵器たる龍機兵の開発をも視野に入れていることは間違いない。我々は確かに龍機兵を保有しているが、先ほど鈴石主任が説明してくれた通り、その理解にまでは至っていない」

沖津の説明を聞きながら、緑はさらに思考を巡らせる。

フォンサイドの状況としては、情報通信ネットワークへの援用に関しては概ね目途が立っていて、それを具体的にどう実現するかというエンジニアリングの段階に入っているはずだ――現実的に考えれば、そこまで研究が進んでいたとしても、予期しない問題が発生して頓挫するケースは多い――極端な例では、根本的な部分に見落としが見つかって計画が白紙に返ることも――いや、今は希望的観測こそが禁物なのだ――

「反面、こういう言い方もできる。龍機兵は実際に運用されているのに対し、フォン側は開発に成功したのではないかという仮説レベルでしかないと。ただし、一旦実用化されれば洗練は猛スピードで進む。模倣品も派生品も大量に市場へ出回ることになる。私は当初、龍機兵が軍事的アドバンテージを保てる期間、つまり一般的な実用化まで四、五年はかかると見ていたが、ここ一年の動きからすると、その見通しは甘かったと言わざるを得ない。三年。龍機兵がなんの変哲もない標準型機種となるまで、あと三年だ。私はそのように見通しを修正した」

なぜ警視庁が軍事的優位性を保持しなければならないのか。

三年後に一体何が待っているというのか。

そうした疑問に触れることなく、沖津は話を進めた。

「問題は龍骨－龍髭システムだ。フォンはまだその発想には至っていない。狼眼殺手の依頼人である黒幕は、フォン、すなわち中国がそのアイデアに辿り着く前に、すべての技術を回収したいと焦っている。だからこそ暗殺という非常手段に訴えた。このことからも、私は黒幕が〈敵〉であると確信するものである」

そして沖津は、会議開始から初めてのシガリロを口にくわえた。

なんという皮肉だろうか。特捜部の宿敵である〈敵〉と、ある意味では利害が一致しているとも言えるのだ。しかし警察である特捜部は、たとえどんな事案であろうと、国内における重大犯罪は命を懸けてこれを阻止しなければならない。

「私がこの機密を諸君に打ち明けた理由は理解してもらえることと思う。また、外部に対して極秘とした理由も。〈敵〉の目的が次第にその輪郭を現わしつつある今、このことを知らずに捜査を進めるのは難しいと判断したからだ。その分、諸君には給与分以上の重荷を背負わせることになってしまったがね」

言われるまでもなく、当の捜査員達がその重さを痛感しているに違いない。

気のせいか、沖津はいつもより弱々しい手つきで紙マッチを擦り、モンテクリストのミニシガリロに火を点けた。

「現代社会は恐ろしい速度で変容している。その変容の先に、どういう世界が待ち受けているのか、もはや想像すら追いつかない。それでも我々は、少しでもその世界がよいものとなるよう、今、そう今この瞬間にだ、全力を尽くさねばならないと思っている」

そう言い切った沖津の目は、確かに三年後を見据えているように緑は感じた。

こんなとき、いつも場を茶化すかのような言動を取る姿警部は、ただ無言で缶コーヒーを啜っている。

普段は特捜部の内部においても〈部外者〉と忌避される彼のその態度が、図らずも一同の緊張と決意を示しているかのようだった。

「我々はかつてない苦境に立たされている。これを脱する最善の道は、言うまでもなくエンダ・オフィーニーの確保である。なんとしても生かして拘束しろ。彼女は〈敵〉につながる唯一の証人でもある。絶対に殺してはならない」

その言葉に、緑は思いもかけず全身を裂かれたような痛みを感じた。

――絶対に殺してはならない。

その通りだ。事前の打ち合わせでも耳にしていた。分かっていたはずなのに。頭では理解していたはずなのに。

しかしこの胸にわだかまる重い塊は一体なんだ――

「気分でも悪いんですか、主任」

隣に座った柴田が心配そうに小声で訊いていた。

「いえ、大丈夫です」

ラードナー警部の方を見ないように努めながら、そう応じるのが精一杯だった。

10

会議を終えた夏川は、他の捜査員達と同様に蹌踉《そうろう》とした足取りで階段の方へと向かった。

警察プロパーではない、外務省出身の上司から告げられたのは、日本警察の抱える最高機密の一端であった。ただの会議でないことは覚悟していた。しかしここまでの秘密を打ち明けられようとは想像すらできなかった。

――知るということは厄介な荷物を背負い込むことでもある。〈知らない〉という一点で君達の最低限のアリバイは担保されているんだ。

かつて夏川は、沖津からそう諭されたことがある。昨年の十一月、ＩＲＦのキリアン・クインによるテロ事案の際である。

そのとき、胸を張ってこう答えた。

――本職は担保を望みません。それが現場捜査員に対する本職の責任であると考えます。

その思いは今も変わっていない。だからこそ、沖津が退席の猶予を与えてくれたときも引き下がろうという選択肢は頭に浮かびもしなかった。

それなのに、である。己のこのありさまが情けない。

今にしてみれば、沖津の親心も首肯できるとしか言いようがない。それほどまでに衝撃的な秘密であった。

夏川は警察の正義と理想を信じて警察官になった。しかし、警察の実態は自分の想像とはかけ離れていた。憤懣を募らせていた折、特捜部の創設を知った。他省庁の出身者がトップに立つ新設部署に対し、警察内部の反感は凄まじかった。しかし彼は、特捜部設立の理念にかえって警察組織刷新の可能性を見出した。だからこそ沖津の打診に応じ、捜査一課から特捜部への異動を決意したのである。

もちろん特捜部が不可解な機密を抱えていることは設立以前から薄々察していた。しかし従来の機甲兵装とは一線を画す龍機兵の機密にしても、〈最新の技術が投入された特殊装備〉程度にしか思っていなかった。実際、それは決して間違ってはいなかったのだが、そのことが国際政治、国際軍事にもたらす影響にまでは考えが及ばなかった。

盟友の由起谷や部下達と、散々話し合ったものである――「龍機兵の搭乗者は部外者なんかではなく、機動隊から選抜すればよかったんだ」と。

浅はかだった。龍機兵の搭乗要員は一般の警察官から選抜できるほど甘いものではなかったのだ。

突入班の三人はそれぞれ警視庁と秘密の契約を交わして特捜部に配属された。なにしろ脊髄に『龍髭』なる物を埋め込まれているというのである。部長は明言しなかったが、彼らの契約には、国際法、いや人権にまで抵触するおそれのある文言が含まれているに違いない。

だからあの三人だったのだ──

そんなことさえ見抜けなかった自分が恥ずかしくてたまらない。これでいっぱしの刑事のつもりでいたのだから恐れ入る。

彼らが〈プロフェッショナル〉であるとは聞いていた。しかしその意味を、自分は理解していなかった。常に人と距離を置き、心を開こうとしないはぐれ者のアウトローぐらいにしか認識していなかった。

今は分かる。それこそが彼らの矜持であったのだ。その徹底した孤独に耐えられる克己心は常人のものではあり得ない。自ら望んで──あるいは望まずして──その仕事を選んだ彼らのメンタリティなくして、龍機兵は託せない。

きっと部長も、あの三人も、まだまだ隠していることがあるに違いない。それが一体なんであるのか、想像することさえ恐ろしかった。

それに鈴石主任だ。MIT出身の才媛であり、優秀な研究者であることは知っていたが、あれほどの秘密を抱えながら勤務していたとは。しかも彼女はIRFのテロによって家族を失っている。その精神力は並の警察官の及ぶところではない。

またエンダ・オフィーニーと同じく、元IRFのテロリストだったラードナー警部の搭乗機を整備しているのは鈴石主任だ。言ってみれば、ラードナー警部の生殺与奪の権を握っているに等しい。そう考えると、鈴石主任の内面までもがなにやら空恐ろしくさえある。

特捜部全体が、急に伏魔殿と化したようにも思えてきた。クイアコンと同様の。

いけない——ここで俺がしっかりしないと——

頭を振って己を取り戻そうとする。だが一度浮かんだその考えは、容易に去ろうとはしなかった。

信じるんだ——俺達は警察官だ——

部長の言葉。

——それでも我々は、少しでもその世界がよいものとなるよう、今、そう今この瞬間にだ、全力を尽くさねばならないと思っている。

そう言ったときの部長は、確かに警察官の目をしていたではないか。

以前、部長はまたこうも言っていた。

——我々は警官の中の警官になろう。

そうだ。部長はこれまで最善を尽くして数々の事案を解決に導いてきた。その行動力と指導力は、夏川の知る限り、最も信頼できる指揮官のものに他ならない。

今はあの人を信じよう。警官の中の警官となるために——

なんとか心の整理を行ないつつ、捜査班のフロアに戻った夏川は、自分の席に誰かが座っているのに気がついた。

後ろ姿だけでも分かる。捜一の牧野だ。

「よう」

尊大に足を組んだ姿勢で椅子ごと振り返った牧野は、サングラスの奥から挑発的な視線を投げかけてきた。

「特捜全員でお目玉を食らってたんだってな」

「ああ、さすがに部長もカンカンでな、『おまえら、もっと死ぬ気でやれ』ってさ。このままじゃ刑事部や公安の手前、示しがつかないと——」

「ふざけるな」

押し殺したような声で牧野は夏川の嘘を遮った。

「ちょっと顔貸せよ」

ぼそりと言い、立ち上がってさっさと歩き出す。

何人かの部下が心配そうに振り返ったが、牧野の後に従いながら夏川は視線で彼らを制した。

一階に下り、通用口から庁舎の裏に出た牧野は、振り向きざま夏川を殴りつけた。

「何か言うことはあるか」

血の混じる唾を吐きながら、夏川はきっぱりと答えた。

「ない」

「そうか、やっぱり特捜は最低だな。合同態勢とかご大層なことぬかしながら、こそこそ内輪だけでお楽しみ会か」

捜一の主任だけあって、勘が鋭い。

「このことはウチの部長にも報告する。覚悟しとけよ」

「…………」

下手な言いわけが通用する相手でないことは嫌というほど分かっている。

「おまえらを信じかけたこっちが馬鹿だった。これで合同態勢もとうとうご破算だな。ま、今日まで保っただけでも大したもんだ」

そう言い捨てて、牧野が身を翻したとき。

「待って下さい」

通用口から白い顔が覗いている。由起谷だった。

「クイアコンの捜査は日本の将来を左右します。今ここで捜査本部が崩壊するようなことがあれば、それこそ日本は――」

「その原因を作ってるのはあんたらじゃないのか」

「ご不審はもっともです。確かにウチには特殊な事情がありますが、各部一致して捜査に当たる決意に嘘はありません」

「その〈特殊な事情〉って奴が問題だって言ってんだよ。それがはっきりしない限り、あんたらの戯《ざ》れ言が信じられるとでも思うのか」

「それは……」

由起谷も言葉に詰まる。特捜部の抱える最大のジレンマを衝かれたのだ。答えようはない。

「牧野さん、あなたはかつて夏川と肝胆相照らす仲だったと聞いています」

「そんなクサい仲じゃねえよ」

「お願いします。私はともかく、夏川を信じてやって下さい。こいつがどういう男か、あなたが一番ご存知のはずです」

そう言って由起谷は牧野に向かい、深々と頭を下げた。

「やめろ由起谷！」

夏川は怒鳴った。

「いいや、やめない。これはおまえのためじゃない。捜査のためだ。同じ警察官として頼んでるんだ」

頭を下げたまま言う由起谷に、牧野もさすがに鼻白んだようだった。

「言ってくれるね、由起谷さん。でもね、生憎だがこっちはあんたらをおんなじ警察官とは思ってないんだ」

憎々しげに吐き捨てて、牧野は立ち去った。

「由起谷……」

頭を起こした由起谷に、夏川は言うべき言葉を見出せなかった。

「因果は巡る……ってところかな」

同僚の漏らした呟きに、

「え？」

「俺達は今まで姿警部らに対して、『同じ警察官じゃない』と散々言ってきた。あの人達が使う龍機兵が特捜の要だと知りながらな。今度はその秘密のために俺達が憎まれる。それでも言いわけ一つできやしない」

声を失って立ち尽くす夏川に、由起谷は持ち前の笑顔を見せて言った。

「何をしてる。さあ、捜査だ。俺達にできることはそれしかない」

「ああ……そうだな」

夏川は由起谷と並んで庁舎に戻った。

俺達は、警察官だ――そう心に呟きながら。


同日午後三時五十八分。シフトの関係で早い時間に田町のロフトに帰宅したライザは、ベッドに腰を下ろして赤茶けた装幀の本を読んでいた。

梅雨の晴れ間か、半ば開かれたカーテンから射し込む陽光が部屋中を隈なく照らしている。以前は閉ざしたままにしてあったベージュのカーテンだ。


――人は何かによってお互い常に隔てられている。目に見えぬその境目が、過去、そして現在、多くの悲惨と不幸を生んでいる。それでもこうして列車に揺られていると、友人になれるはずだった人が不意に車輛のドアを開けて顔を覗かせ、声をかけてくるような、そんな気がすることがある。それは真実の予感かもしれないし、単なる自分の希望かもしれない。

鈴石輝正著『車窓』。もう何度も読み返したので、一字一句に至るまで頭に染み込んでいる。それでもこの本のページをめくっていると、不思議と落ち着きを覚える。著者である鈴石輝正氏の人柄がまっすぐに伝わってくるからだ。

だがその人はもうこの世にはいない。鈴石主任の父であった著者は、『チャリング・クロスの惨劇』に巻き込まれて死亡した。〈銀狼〉エンダ・オフィーニーが実行した卑劣なテロだ。愚かだった。自分はあまりにも多くの罪を犯した。その積み重ねの末に、現在がある。

そして〈銀狼〉は、今も現世をさまよって、その爪で人々を切り裂こうとしている。

思い出したくもない詩篇を思い出す。題名は『鉄路』。キリアン・クインの代表作だ。

若く老いぼれた君は果てなく延びた鉄路を往くか。
愚直に引かれた二本の線の合間を往けば
執念深い悔悟を振り切れるとでも夢見たか。
鉄路の先に故郷は在らずと鴉が咽ぶ。
ならば後ろに在るか。
確《しか》となかった。
鉄路は不潔な街を抜け
冷たい墓地を散々に堂々巡って
挙句に君は徒労を知って滅びるのだ。
奈落の果てでどん詰まってみじめに震えるのだ。
救いを求めるのは猶《なお》の徒労だ。
赤錆びた運命の先にも後ろにも
鉄路を這う蛆に微笑みかける馬鹿者はいないのだ。

この詩が収録された本は、シリアの砂漠に捨ててきた。だが十代の頃に耽読した詩句までは、完全に頭から捨て去ることができなかった。

かつて多くの若者を悲劇に導いた忌むべき詩集。他ならぬ自分がそうだった。

悔やんでも悔やみ切れない。何度想像したことだろう、『鉄路』より先に『車窓』と出会っていたならと。

片や英語で詠まれた詩集。片や日本語で綴られた随想集。互いに相容れぬ思想を説いた二冊の本は、赤茶けた装幀と判型が奇しくも似ている。一見すると同じ本かと思えるくらいだ。

それだけに、運命の悪意といったようなものを感じずにはいられなかった。

鈴石主任が庁舎内で『車窓』を読んでいるのを見かけたときは心底から驚いた。恐怖したと言っていい。『鉄路』を読んでいるのかと思ったからだ。しかし違っていた。後日新宿の書店で『車窓』を発見したとき、反射的に購入した。

できることなら、頭に刻み込まれたキリアン・クインの言葉を、一言一句残らずナイフで削り取ってしまいたい。それが無理だと分かっているから、自分は『車窓』を繰り返し読み、『鉄路』の忌まわしい詩句を上書きしようとしているのかもしれない。

陽光が強さを増した。そこに住む者の罪を炙り出すかのように。

室内の蒸し暑さに耐えかねて――また現実の息苦しさに耐えかねて――本を閉じ、サイドテーブルの上に置いて立ち上がる。一脚しかない木製の椅子に掛けてあったユーティリティパーカーをつかみ取り、袖を通しながら部屋を出た。

湾岸通りでも走ってみるか――

デニムのポケットに入れたバイクのキーを取り出して、ライザは地下の駐車場に続く階段へと向かった。

宮近理事官からの連絡を待つ間も、仁礼財務捜査官は並行して独自の調査を行なっていた。

香港のズーラン・ファイナンスに資金を託している唯一の個人投資家アレクサンダー・リー。口座開設時の事務代理人は『孫瑜律師办事処《スンユイリュイシーバンシーチュー》』の孫瑜。律師とは弁護士、办事処とは事務所のことである。

ネットで閲覧できる香港弁護士協会会員名簿で検索すると、同姓同名の弁護士が何人か存在したが、事務所の連絡先がいずれも一致しない上に、専門とする分野もまるで違っている。一人一人当たってみてもいいのだが、思い切って香港弁護士協会事務局に電話してみた。

時刻は午後五時五十分。香港との時差は一時間だから現地の時刻は午後四時五十分ということになる。受付時間内かどうか微妙なところだ。

〈はい、香港弁護士協会事務局です〉

英語で応答があった。

ほっと胸を撫で下ろし、応対してくれた馬《マー》という職員に同じく英語で自分の名前と身分を告げ、協力を要請する。一旦電話を切って待っていると、およそ十四、五分後に内線の電話がかかってきた。

「はい、仁礼です」

〈庶務の逢瀬です。香港弁護士協会の馬様から国際電話が入っております〉

「お手数をおかけします。つないで下さい」

先方は警視庁特捜部のオフィシャルな電話番号を調べ、そちらの番号にかけて仁礼という財務捜査官の存在を確認したのだ。

〈香港弁護士協会事務局の馬です〉

「警視庁の仁礼です。お電話頂き、感謝します」

〈いえいえ、こちらこそ確認に手間取りまして申しわけありません〉

「早速ですが、『孫瑜律師办事処』の孫瑜先生についてお尋ねしたい件がございまして」

仁礼は口頭でアレクサンダー・リー名義の口座開設年度を告げ、

「この年に事務所を開いておられた孫瑜先生を探しているのです。現在公開されている貴会の名簿では該当するような人物が見当たらず、もしかしたら他の事務所に移籍されたか、あるいは引退なされたのではないかと思いまして」

〈なるほど、分かりました。しばらくお待ち下さい〉

受話器を耳に当ててそのまま待っていると、およそ五分後、心なしか強張った口調で返答があった。

〈まことに相すみませんが、もう一度かけ直してよろしいでしょうか〉

「では、直通の番号をお伝えしますので、そちらにかけて頂ければ」

〈分かりました。番号をお願いします〉

直通番号を伝えて電話を切る。今度は一時間以上も待たされた。

内線電話が鳴った瞬間、受話器を取り上げた。

「はい、警視庁の仁礼です」

〈はじめまして。私、馬の上司で香港弁護士協会事務局長の陳《チェン》と申します〉

馬ではなく別の人物が出た。若い声だった馬と違い、しわがれた重々しい声の持ち主だった。

なぜ事務局長が出てきたのか。仁礼は自ずと緊張した。

〈お待たせ致しましたことをお詫び申し上げます。お問い合わせの件ですが、ご指定の年度には、確かに該当すると思われる人物が当協会に加盟しております。孫瑜先生で、事務所名は『孫瑜律師办事処』で間違いありませんね？〉

「はい、間違いありません」

相手は電話の向こうで一際重いため息をつき、

〈現在公表している名簿に孫先生の名前が掲載されていないのには理由があります。なぜなら、孫先生はお尋ねになられた年の十二月二日に殺害されたからです〉

「えっ」

〈孫瑜《スンユィ》律師《リュィシー》办事処《バンシーチュー》は孫先生がほとんど一人でやっておられた小さな事務所で、十二月三日に予定されていた贈収賄事件の公判に備え、泊まり込みで準備なさっておられたのです。翌日の公判に出廷せず、電話にも応答しなかったため、関係者が事務所に様子を見に行ったところ、射殺死体で発見されました。贈収賄事件の厄介なごたごたに巻き込まれたものと思われますが、犯人は未だに捕まっておりません。お問い合わせになったのは、もしかしてその事件に関係したことでしょうか〉

「いえ、まったくの別件……だったのですが、何分、私は孫先生の事件を今初めて知ったものですので、関係あるかどうかまではなんとも……こちらは先生が代理人を務められた銀行口座について調べていただけで……」

〈そうですか〉

陳《チェン》事務局長は明らかに落胆したようだった。

〈私どもはこの事件を司法に対する冒瀆的挑戦と位置付け、今でも解決につながる情報の提供を広く求めております〉

「承知しました。こちらで何か分かりましたら必ずご連絡致します」

〈感謝します〉

「私も事件の一日も早い解決をお祈りしております」

通話を終えて受話器を置いた仁礼は、しばし呆然となって考え込んだ。

これは偶然なのだろうか——それとも——

いくら考えても一向にまとまらない。こういうときはまず手を動かすことだ。

手始めに香港の老舗英字新聞“South China Morning Post”のサイトを検索する。

孫瑜弁護士殺害事件の記事はすぐに見つかった。ゆっくりと時間をかけて数か月分を熟読したが、大体は事務局長の話してくれた通りであった。新たに分かったのは、殺害当時孫弁護士の手がけていた事件が、地方行政の大物にも関わっていたらしいということくらいである。香港警察も汚職絡みの殺人と見て捜査を進めたようだが、中国におけるこの種の事件では共産党幹部が関係していることも珍しくなく、早い段階で行き詰まった経緯が読み取れた。

次いで"Hong Kong Standard"のサイトも検索してみる。

こちらにはもう少し詳しい記事が載っていた。それによると、孫弁護士は頭部に二発の銃弾を撃ち込まれており、プロの犯行によるものと推測されるということだった。

頭部に二発だって——

〈声〉が聞こえた。

捜査本部で共有しているファイルを開き、エンダ・オフィーニーによる暗殺と見られる殺人事件の日時をリストアップする。

孫弁護士殺害事件は含まれていなかったが、構わず続ける。

次に、アレクサンダー・リーの資金がズーラン・ファイナンスへ振り込まれた日時を調べ、表にまとめる。

〈声〉はすぐに〈歌〉へと変わった。

作業に没入するにつれ、最初は密やかだった個々の歌声が、次第次第と大きく高まっていく。

まさか——そんなことが——

最後に二つの表を重ね合わせた仁礼は、驚愕のあまり椅子から立ち上がった。

二つの数列は、ともに寄り添うようにシンクロする波形を描いている。

その波を目にした瞬間、仁礼の全身は壮大な合唱に包まれていた。

だがそれは、天上の恍惚とはほど遠い、怨念と妄執のハーモニーとなって虚空へと立ち上った。

同日午後八時二十一分。自宅ロフトに戻ったライザは、ドアの前に立った瞬間、ある微かな気配を察知した。

全身が凍りつくようなその感覚。

狼の残り香だ。

相手がすでに立ち去った後であることも同時に分かった。しかし用心のため、M629Vコンプを抜いてからゆっくりと中に入る。

慎重に各部屋を点検して回る。やはり誰もいない。

微かな、それでいて強烈な獣の気配。侵入者の来訪を確信する。

エンダ・オフィーニーがここへ来た――

恐怖と混乱に叫び出しそうになった。

なぜだ――〈銀狼〉がどうしてここへ――

寝室に立ち尽くし、懸命に考える。分からない。

闇の中、照明器具とスイッチの周辺を調べる。爆弾が仕掛けられた形跡はない。

スイッチを入れると、何事もなかったかのように壁面の照明が点った。

改めて部屋中を点検する。何も変わっていない。盗られた物もないし、置き土産もない。

相手の意図がますます分からなくなった。

ねぐらをなくした狼が、昔話でもしに来たのか――

大きく息を吐き出し、ユーティリティパーカーを脱ごうとしたライザの視線が、サイドテーブルの上で止まった。真性の恐怖に心臓が押し潰される。

そこには、出かけたときとまったく同じ状態であの本が置かれていた。日本語で『車窓』と書かれた表紙を上にして。

外出時、テーブルの縁に対して微妙に平行でない角度で本を置いた。侵入者が触れたかどうか判別できるように。それが長年の訓練によって身についた無意識の習慣であった。

角度も位置も変わっていない。だがライザには分かる。エンダは確かにこの本を手に取った。そしてまた寸分違わず元の位置に戻したのだ。

エンダ・オフィーニーを雇ったのが〈敵〉だとする部長の推理はまず正鵠を射ている。これまでの暗殺のうち、そのいくつかは警察の内部情報なしには考えられないからだ。

エンダは間違いなく〈敵〉から情報の提供を受けつつ動いている。

だとすれば、龍機兵の研究と整備を扱う技術班についての情報を得ていても不思議ではない。

技術班の人事についても。主任の名前についても。

その主任が、『チャリング・クロスの惨劇』の生き残りであることについても。

いや、むしろその部分に、エンダは最も惹かれるはずだ。

なぜなら彼女は、ライザ・マクブレイドという愚者の性格と過去とを熟知しているから。

今度こそライザは悲鳴を上げていた。

見られた——エンダ・オフィーニーに——

〈鈴石輝正〉という著者名が記されたこの本を。

第四章　贖罪

1

アイルランドの精霊バンシーは、窓際で悲鳴のような泣き声を上げ、死を予言するという。

ライザは己の悲鳴が、バンシーの叫びそのものであったように思った。

予言された死者が自分なら申し分ない。それが長年の望みなのだから。

だがもし死すべき運命にあるのが自分ではなく、鈴石主任であったなら。

まるで妹のミリーが死んだときのように。

再び悲鳴を上げかけて、ライザは懸命に自制する。

行動しろ――一刻も早く――

エンダの実行したテロによって、鈴石主任の家族は死んだ。ただ一人生き残った主任を、再び〈銀狼〉の毒牙に晒すことだけはなんとしても避けなければ。

ユーティリティパーカーのポケットから携帯端末を取り出す。

部長に連絡して鈴石主任の即時保護を依頼する――そして自分は部長の指示を仰ぐ――

〈銀狼〉を捕獲できるとすれば〈悪魔〉だけだ。自分は〈悪魔〉沖津旬一郎の精密な道具となって彼の命令を実行する。今はそれが最善の道だ。

部長の番号を呼び出して発信ボタンを押そうとした寸前、着信があった。

初めて見る番号だった。

すぐさま応答ボタンを押して耳に当てる。

〈マクブレイドか〉

英語であった。

昔と少しも変わらぬ低い声で。気怠げな口調で。

全身の血が一瞬で凍結した。声帯すらも。

無言の息遣いで、エンダはこちらが誰であるかを悟っていた。

〈何年経っても、裏切り者はやはり裏切り者か。ＩＲＦの処刑人が、今は日本の警官とは〉

一切の声が出ない。

〈チャリング・クロスの生き残りは私のすぐ側で眠っている。目覚めるかどうかはおまえ次第だ〉

息が止まる。

〈今夜十一時、市川市塩浜の『塩浜機械』で待っている。一人で来い。誰にも連絡はするな。少しでもその兆候が見えたらチャリング・クロスの生き残りはせっかくの幸運を無駄にすることになる。もっとも、懐かしい家族と再会させてやろうというのが死神の慈悲だとしたら話は別だが〉

通話は切れた。

絶望で視界が急激に昏くなる。だが、気力を奮い起こして集中する。

考えろ――自分は何をなすべきか――

携帯端末でラボの直通番号を呼び出して発信する。鈴石主任をはじめ、技術班技官のプライベートな番号はまったく知らない。今までその必要がなかったからだ。

〈はい技術班ラボ、箕浦《みのうら》です〉

技官の一人が出た。箕浦という名前らしい。

平静を装って発声する。

「ラードナーだ。バンシーの調整について相談したいことがある。鈴石主任はそっちにいるか」

〈主任なら昼前にお帰りになりましたよ。気分が悪いって。午前中の会議が終わったすぐ後でした〉

「そうか」

〈なんでしたら、柴田さんにおつなぎしましょうか〉

「いいや、いい。急いでいるわけではない。明日にでもそっちへ行く」

相手の返事を待たずに切る。

少なくとも鈴石主任は庁舎にいない。だからと言ってエンダに拉致されたということにはならないが、ライザは確信していた。あれはブラフなどではあり得ない。ひとたび相手の弱点を見つければ、時を置かずに衝いてくる。それがエンダ・オフィーニーというテロリストだ。

携帯に再び沖津の番号を呼び出した。その表示を見つめ、死にもの狂いで考える。

沖津部長は極めて有能な指揮官であり、部下の特捜部員も優秀だ。しかしほとんどのメンバーは捜査員であって、訓練を受けた特殊部隊の兵士ではない。また特捜部は信用できるとしても、日本の警察は信用できない。どこに情報の漏洩源があるか知れたものではないということは、警察官としての短い経験からも明らかだ。

では突入班の同僚はどうか。特に歴戦の傭兵である姿俊之なら、現状で考え得る限り最高のバックアップとなるだろう。だが彼は決して情では動かない。この状況で彼が個人的に協力してくれる可能性はない。そんなことをすれば彼もまた契約に反するリスクを負うことになるからだ。姿にこのことを連絡すれば、その情報はただちに沖津に伝えられると考えていい。

ユーリ・オズノフはどうか。ロシアとアジアの裏社会を生き抜いてきた男だ。腕は信頼できる。性情的にもクールな外面に人間らしい感情を隠している。しかし彼は本質的に警察官だ。生まれついての犬だ。やはり単独での協力は望めないし、沖津に報告する可能性は姿以上に高い。またこの局面では警察官としての本能が裏目に出る危険性もある。そうなったら取り返しはつかない。

仮に姿やオズノフのみが個人としてバックアップを務めてくれたとしても、エンダの嗅覚は侮れない。狼は本能的に敵の接近を察知する。そんなリスクを冒すわけにはいかない。

〈銀狼〉が望んでいるのは自分との対決だ。だから自分だけを呼び出した。

エンダには鈴石主任を殺すメリットはない――警察が邪魔をしない限り。

やはり結論は一つしかない。

番号表示を消し、携帯をしまう。警視庁との契約違反になることは承知の上だ。

常時携帯しているS&W M629Vコンプを抜き、装弾を確認する。

自分のせいで――

かつて妹を死なせた。自分のせいで。今また鈴石主任を死なせるようなことになれば、自分はもう自死の誘惑には抗えない。それだけは分かっている。


同日午後八時二十分。渋谷区神南にあるフレンチレストラン『アベイユ』で、城木は堀田の強烈な視線に晒されていた。

「今朝行なわれたという特捜の秘密会議だが、あれはまずいな」

その視線には、これまで堀田が見せていたうわべの親しさなど微塵も残っていなかった。

「椛島さんが副総監に直訴したそうだ。これ以上特捜の秘密主義には付き合い切れんとな。まあ、事案が事案なんで、それを口実に責任逃れをしようという肚かもしれんがな。清水さんはいつもの狸寝入り――いや、カバ寝入りか――組対の門脇さんはすべて丸根総審にお任せすると内々に言ってきたそうだ」

堀田の情報収集能力には、いつもながら舌を巻くよりなかった。警備企画課長という地位を差し引いても、雲の上のどこかに有力な情報源を保持しているとしか考えられない。

あるいは――〈敵〉か。

「単刀直入に行こう。今朝の会議について報告してもらいたい」

「それほどの地獄耳をお持ちなら、私の報告など必要ないんじゃないですか。もうとっくに――」

「そこが沖津の抜かりなさだ」

堀田はいまいましげにワインを呷り、

「沖津が全部員を直接選定しただけあって、特捜は驚くほど結束が固い。それに奴のカリスマは侮れんよ。あの宮近でさえあっという間に懐柔されたくらいだ」

「…………」

「城木君、君もいよいよ後がないぞ。検察は近く地検特捜部に君の親族が経営するグループ企業の内偵を命じる予定で、その準備を着々と進めている。どういう結果が出るか、なかなか興味深いじゃないか」

地検特捜部が――

その場合、警察庁の監察も城木の身体検査に動くことになる。堀田はそれを示唆しているのだ。

「人間誰でも叩けば埃が出るもんだ。今まで城木家に触る者がいなかったのは、ひとえに君の父上と兄上がいたおかげだ。まあ、それだけに虎視眈々と足を引っ張る機会を狙っている敵も多く作ったということだがな。お二人がいなくなった今、誰が君を守ってくれるというのかね」

「それは……」

その通りである。味方はいない。もうどこにも。

堀田はそこでぐっと身を乗り出し、城木の目を覗き込んだ。

「沖津はどこまで話したんだね？」

「えっ……」

相手の発した質問を反芻する――『沖津は』『どこまで』『話したのか』。

〈何を話したのか〉ではない。〈どこまで話したのか〉だった。

沈黙している城木に対し、堀田は哀れみの視線を投げかけた。

「もう待てない。今ここではっきりと決めてもらう。君は警察組織を取るのか。それとも特捜を取るのか。まともな警察官なら、考えるまでもないことだと思うがね」

間違いない――堀田は〈敵〉だ。

城木は相手から目を逸らさずに答えた。

「クイアコンは龍機兵《ドラグーン》に関係しているらしいという話でした。しかし今はまだ確証がないので、刑事部や公安にも秘密にしろと」

「それだけかね？」

「はい」

「技術的な話は」

「出ませんでした。捜査員には理解できないと思ったのでしょう」

「ふうん……」

堀田は釈然としない様子で自分のグラスにワインを注いだ。

城木は宮近とともに特捜部の理事官を拝命した際、沖津から龍骨《キール》－龍髭《ウィスカー》システムについての説明を受けている。またその機密について知っているのは警察内部でもごく一部の幹部だけであるとも。もし堀田がその一人であったなら、沖津部長は早い段階で自分にそのことを告げたはずだ。

「よし、君の覚悟は分かった。今夜は一つ、ゆっくり飲もうじゃないか」

陽気に発して堀田がグラスを掲げる。城木も慌てて自分のグラスを取った。

坊主頭の警視長は、うまそうに特級畑のグラン・エシェゾーを含んでいる。

だがその目の奥に潜む真意は、城木には窺い知ることさえできなかった。

2

千葉県市川市塩浜の『塩浜機械』とは、解体中の機械部品工場だった。

かつて東京湾の臨海部にひしめいていた工場群は、時代の変化に伴い、今ではその多くが物流拠点の倉庫に変貌している。塩浜機械もその例に漏れず、同社のサイトによると、塩浜の工場は規模縮小して他県に移動することになったらしい。

工場の解体はまだ始まったばかりで、二万五千坪以上の敷地に原型をほぼそのまま残している。南側は海に面しており、防波堤でもあるコンクリートの壁が高くそそり立っているため、侵入は難しい。周囲には同じように解体された工場の跡地が広がっているばかりで、人の気配は一切ない。接近する者がいればすぐに察知されてしまうだろう。

工場を取り巻くフェンスには工事確認表示板が掲げられており、建築主として大手流通業者の社名が記されている。やはり物流基地に建て替えられるようだ。

指定された午後十一時まであと十五分。周辺を走行して念入りに地勢を把握したライザは、ホンダ・ファイアーブレードから降りてフェンスを乗り越え、一番近くにあった出入口へと向かった。

厚い雲が夜空を覆っているが、雨は降っていない。ただ蒸し暑い湿気が埋め立て地全体にわだかまっている。

エンダはすでに自分の到着を把握しているに違いない。

M629を抜いて内部に入り込み、何もない通路を進む。工場は二階建てだった。用心しながらまず一階を見て回る。

いない――

不意に思った。エンダの目的は本当に自分との対決なのだろうか。

青山霊園でエンダはこちらを挑発し、自らの姿を晒しさえした。

まさに挑戦だ。だから自分との対決を望んでいるとしか思えなかった。

だが、それさえもエンダの策略であったとしたら？

エンダはチャリング・クロスでのテロを利用して巧妙に死んだと見せかけた。ＩＲＦの追及から逃れるために。そこまでの手間をかけた擬装を放棄してまで、今になって正体を現わした理由はなんだ？

そもそも、ＩＲＦを自ら離脱したエンダがなぜこうまでして執拗に自分との対決を望むのか。たとえ自分を殺してもエンダが得られる物は何もない。

——裏切り者のマクブレイドなら、おまえは永遠に私には勝てない。

嘲笑とも聞こえるその言葉を別にすれば、過去に彼女の恨みや怒りを買った覚えもない。

確かにエンダはニーランド派で、一方の自分はキリアン・クインの部下だった。しかしエンダがＩＲＦを離脱したのは、ニーランドとキリアンの対立が深まり、自分がニーランドを粛清するずっと前だ。組織を欺いて逃亡した者が、今もニーランドの復讐を果たそうとするほどの忠誠心を抱いているとは考えにくい。

待て——鈴石主任殺害が目的という可能性は？

もし主任の自宅か特捜部庁舎に第七の護符が届いていたら自分にも連絡があるはずだ。しかし第六の被害者である梁天祿《リァンティェンルー》のように、殺害の実行まで見つからないところに届けられているのかもしれない。住人が拉致されて無人となった主任の部屋に、第七の護符だけが残されていることもあり得る。いや、そもそも護符自体はなんの意味もない攪乱であると部長も言っていたではないか。護符の配達なしに暗殺を遂行してもおかしくはない——

乱れる思考を意識して頭の片隅へと押しやり、ライザは二階に通じる埃だらけの階段に足をかけた。

ここは——私は一体——

気がついたとき、緑は自分が固い椅子に座っていることを知った。立ち上がろうとして危うくバランスを崩しかけた。両足が椅子の前脚に縛り付けられている。両手は背もたれの背後で後ろ手に縛られていた。

私は確か、マンションのベッドで――

会議の終了後、耐え難い悪寒を覚えた緑は、昼休みを待たずに退庁した。護国寺の自宅マンションに戻ってスウェットに着替え、ビタミン剤を飲んでベッドに潜り込んだ。神経は昂《たかぶ》ったままだったが、疲労が蓄積していたせいか、寝つくのは早かった。そして何かの気配を感じて不意に目覚めた。自分の顔を覗き込んでいた人影に気づき、声を上げようとして――

記憶はそこで途切れていた。

あの眼。一瞬見えた狼のような眼光。

自分は拉致されたのだ、狼眼殺手に。エンダ・オフィーニーに。父を、母を、兄を殺したテロリストに。

途轍もない恐怖が一度に押し寄せてきた。

全身が震え、椅子の脚がコンクリートの床に擦《こす》れてカタカタと鳴った。噴き出た汗がスウェットをじっとりと濡らしていく。

叫んではならない――一度叫び出したら、たぶんもう二度と自分を抑えられない――

幸か不幸か、恐怖のあまり声は出なかった。それどころか、今にも息が止まりそうだった。胸が、心臓が、心の芯が激しく軋《きし》む。記憶からあふれ出したチャリング・クロスの炎が全身を炙る。

エンダ・オフィーニーがどうして私を――

自分は政治家でも官僚でもない。どう考えても、これまで暗殺されてきた人物のカテゴリーには当てはまらない。護符を受け取った覚えもない。

それとも、チャリング・クロスの生き残りを殺して中途半端に終わった仕事を完遂しようとでもいうのだろうか。それではまるで――

そう、まるで死神だ。死神の仕事だ。だが〈銀狼〉は〈死神〉ではない。

緑は錯乱しかけている己を際どいところで自覚した。

落ち着け――落ち着いて状況を把握しろ――

歯を食いしばって自らに言い聞かせる。下手に動かない方がいい。この状態で椅子ごと倒れたりしたら、頭部に手酷いダメージを負うかもしれない。また自力では起き上がれないことも明らかだ。

手足は縛られているが、目隠しはされていない。夜だ。剝き出しのコンクリートに囲まれた広い空間。埃の臭いが鼻につく。工業用油脂の臭いも。たぶん切削油《せっさくゆ》だ。それに湿った冷気。どこかの工場廃墟か。

そこまで考えたとき、眼前の闇の奥に人影が浮かんだ。

ゆっくりとこちらに近づいてくる。

銃を構えたその影は――

「ラードナー警部！」

緑は思わず叫んでいた。

その夜、ラボの会議室で各チームリーダーとの打ち合わせを終えた柴田技官は、吹き抜けの広いフロアをまっすぐに横切って自席へと向かった。

予想以上の長時間に及んだ打ち合わせのため、腰のあたりが強く張っていた。立ち止まって右手で腰をとんとんと叩いていると、ＰＣに向かって作業中の箕浦久史《ひさし》技官が目に入った。

「あれ、箕浦君、まだいたの」

声をかけると、箕浦がディスプレイから顔を上げ、

「あ、柴田さん。今何時ですか」

柴田は自分の腕時計に目を走らせ、

「十時五十分を過ぎたとこかな。君は家が遠いんだろう。早くしないと電車がなくなっちゃうよ」

「ほんとですか。僕、昨日も泊まりだったから、今日は絶対に帰らないと」

ＰＣの電源を切って立ち上がった箕浦がぼやく。

「こう不規則な生活が続くと、いいかげん自律神経がどうにかなりそうですよ。柴田さんも気をつけた方がいいんじゃないですか」

「仕方ないさ。主任なんてもっと酷いぞ。ろくに家にも帰ってないし」

自分で言ってから、柴田は改めて周囲を見回し、

「あれ、そう言えば主任は」

「今日は早退なさいましたよ。なんだか気分が悪いって」

「そうか」

無理もない、と柴田は思った。会議の最中から、いや、会議が始まる前から主任は明らかに具合が悪そうだった。

柴田自身は会議終了の直後から実験機器の定期点検や各所との打ち合わせが続いていたため、主任が早退したことは知らなかった。

「じゃ、あとよろしくお願いします」

「ああ、お疲れさま」

ロッカールームの方に向かいかけた箕浦が、ふと思い出したように振り返った。

「そうだ、二時間くらい前かな、ラードナー警部から主任に電話がありましたよ」

「ラードナー警部から？　珍しいな」

「バンシーの調整に関して何か相談したいことがあるって。柴田さんにおつなぎしましょうかって言ったら、明日こっちに顔を出すからいいとおっしゃって」

「へえ……」

「じゃあ、お先に」

箕浦の後ろ姿を眺めながら、柴田はその場で考え込んだ。

ラードナー警部から鈴石主任に電話がかかってきた――

研究者は〈イレギュラー〉な観測結果にことのほか敏感だ。

鈴石主任とラードナー警部との心理的関係は柴田も承知している。それが他者の入り込む余地のない複雑なものであることも。傍で見ていて恐ろしいと感じることさえしばしばだ。

これまでラードナー警部からラボに電話がかかってきたことは、少なくとも自分の知る限り一度もなかった。ましてや鈴石主任を呼び出すなど。

警部はバンシーの搭乗要員であり、主任は技術班の責任者であるから、電話があったとしてもおかしくはない。だが柴田にはやはりどこか不自然に感じられた。

迷った末、自分の携帯端末で鈴石主任に電話してみた。電源が切られているようだった。一般に、警察官は常時携帯の電源を入れておくことが義務づけられている。

やはり変だ。

ラードナー警部の個人番号は知らなかった。柴田は近くにあった内線電話を取り上げ、部長執務室の直通番号を押した。


退庁しようと執務室のドアに手をかけた沖津は、突然鳴り出した内線電話に振り返った。すぐさまデスクの前に戻って受話器を取り上げる。

ラボの柴田技官からだった。

「……ありがとう、よく教えてくれた」

内線電話を切り、携帯端末を取り出してラードナー警部にかける。応答はなかった。次いで鈴石主任にかける。柴田技官の言った通り、電源が切られていた。

携帯をデスクに置き、警察電話で大塚署を呼び出す。

「警視庁特捜部の沖津です。大至急PC《ピーシー》を次の住所に派遣して状況を確認して下さい……そうです、緊急事態です」

約五分後、大塚署から報告が入った。

〈指示されたマンションに急行したところ、該当する部屋の窓が外部から破壊された痕跡を発見。室内に居住者は見当たらず。拉致の可能性大〉

沖津はただちに全特捜部員を招集した。

3

いた——

二階中央部に位置する部屋に、鈴石主任はいた。椅子に縛り付けられた恰好で、驚いたようにこちらを見ている。

殺されてはいない——少なくとも、今はまだ。

安堵の思いと緊迫する警戒心とが胸の中で交錯する。

「ラードナー警部！」

主任が叫ぶと同時に、椅子の背後に狼の影が浮かび上がった。まるで闇から沁み出た如く。ただ銀色の髪だけが、深海にも似た廃墟の中で自ら発光しているようだった。

反射的に銃口をエンダに向ける。

鈴石主任を盾にした位置だが、この距離ならやれる。

こちらの意図を察したかのように、エンダは腰を落として鈴石主任に背後から愉しげに頰を寄せた。夜目にも蒼白となった鈴石主任は完全に声を失っている。

「裏切り者のマクブレイド」

銀色の狼が嗤った。アイルランド訛りの英語で。

「マクブレイドは裏切り者じゃない」

子供じみた弁解に聞こえるだろうと自分でも思った。だが、相手の反応は予想外のものだった。

「知っている」

「なんだって」

「イーサンから聞かされた。マクブレイドの真実について」

「あんたが殺したイーサン・マカヴォイか」

「そうだ」

エンダにはなんの動揺もなかった。

「マクブレイド家の男達は、代々裏切り者の汚名を甘んじて受けながら祖国のために命を捧げた英雄だと」

「だったら――」

「裏切り者のマクブレイドなら、おまえは永遠に私には勝てない」

これは攪乱なのか。ならば効果は絶大だ。

「どういう意味だ」

その問いには答えずに、エンダは椅子の後ろから何かを床に滑らせるようにしてよこした。

ライザの足許で止まったそれは、赤茶けた装幀の本だった。

「この女の部屋にあった。そうだ、この女の父親が書いた本だ。私が殺し損ねた女と、仲良く一緒に読書会か」

「…………」

「来ると思った、ライザ・マクブレイド。おまえのセンチメンタリズムには呆れるしかない。やはりおまえには大義に殉ずる信念など最初からなかった」

大義だと――一体何を――

狼の嘲笑が、一転して処刑人の無表情に変わる。サプレッサー装着用の延長バレルを装備したH＆ＫＨＫ45Ｔを鈴石主任のこめかみに押し当てて、

「銃を捨てろ」

「…………」

「いいのか。せっかく生き延びたこの女が死ぬことになるぞ」

静寂の廃墟で、微かな振動音が伝わってきた。

主任に銃口を押し当てたまま、エンダが片手で携帯端末を取り出し耳に当てる。こちらへ向けられた視線は小揺るぎもしない。ただ無言で誰かからの通話を聞いている。

「……分かった」

通話の相手にそう答えて、何事もなかったように携帯をしまう。

「この女が殺されてもいいのか。そうだろうな。自分の妹を殺したくらいだからな」

妹――私が殺した――

構えていたＭ６２９を本の横に捨てる。

エンダは満足そうに頷いて、

「まずおまえの両膝を撃ち抜く。とどめはそのあとだ。伝統に従って処刑されることを誇りに思え」

「処刑だと？　あんたが私を？」

分からない。何もかもが矛盾している。

「あんたはさっきマクブレイドを――」

「マクブレイドは裏切り者じゃない。真の愛国者だ。だがおまえは違う」

「それが『裏切り者のマクブレイド』ということか」

「そうだ」

「頭がどうかしているのか。私を裏切り者と呼ぶのなら、卑怯な手を使って逃げたあんたはなんだ」

「理由がある。他に手はなかった」

理由だと？

「キリアン・クインだ」

狼が述懐する。静謐《せいひつ》の口調で。

「あの時点で、キリアン・クインが近い将来ＩＲＦの主導権を握ることは目に見えていた。おまえも知っていたはずだ。趨勢は疑いようもなかった。そして私は、キリアン・クインとは決定的に合わない。最初に奴と会ったときから分かっていた。お互いにな」

考えたこともなかった――だが、確かに――

「キリアン・クインが実権を握れば、私は間違いなく粛清される」

「だから逃げたというのか」

「そうだ」

「やはりあんたも裏切り者だ。その上、命が惜しかっただけの臆病者だ」

「違う」

逆上するかと思った。しかしまたも予期に反して、エンダは冷静を保っていた。

「違うものか。じゃあなぜあんたは殺し屋になった？　汚い手を使って自由を手に入れたというのに。主義主張に関係なく人を殺して大金を稼ぐ。それが誇りある闘士のすることか」

今度こそ逆上する――そのときが唯一の――

「無駄だ。裏切り者の浅知恵など知れている」

エンダがゆっくりと銃口をこちらに向けた。

「一つ教えてやろう。さっきかかってきた電話だがな」

〈銀狼〉がいよいよ本性を示そうとしているのか、唇の両端が真っ赤な三日月のように吊り上がった。

「クライアントからだったよ。どういうわけか知らないが、この女にだけは手を出すなとさ」

鈴石主任が目を見開くのが分かった。

「この女は殺さない。それはおまえの望みでもあるのだろう？　だから安心して刑を受け入れるがいい」

やられた——

Ｍ６２９はすでに捨てたあとだ。

「ライザ・マクブレイド。軍規に反する逃亡、及び祖国に対する重大な反逆の罪により死刑に処す」

鈴石主任が猛烈に体を揺すって暴れ出した。

しかしエンダは片手で椅子の背を押さえつけ、宣告を続ける。

「この判決がＩＲＦ参謀本部によってすでに宣告されていることに疑いの余地はない。よって祖国人民を代表し、ただちに刑を執行する。代理執行人、エンダ・オフィーニー」

沖津の携帯に宮近からの報告が入った。

〈現場を確認しました。拉致と見て間違いありません。本格的な捜索はこれからですが、室内のどこにも護符は見当たりませんでした〉

宮近の自宅は目白台にある。鈴石主任のマンションまでは歩いても行ける距離だ。沖津の指示を受けた宮近は、妻の自転車を漕いでいち早く現場に駆けつけた。

「分かった。君はそのまま現場で情報収集に当たってくれ」

捜査班のフロアで携帯を切った沖津は、自分を注視する部下達を見回した。

庁舎内に残っていたのは、八名の捜査員と六名の技官、それに突入班のオズノフ警部だけだった。その他の者は現在庁舎に向かいつつある。

三田署からの報告で、ラードナー警部が居住する田町のロフトも無人であることがすでに確認されている。またそこに第七の護符が残されていないことも。駐車場に警部のバイクがなかったことから、拉致ではないと推測された。

「そうすると、鈴石主任の拉致を知らされたラードナー警部がマル被の呼び出しに応じたと考えられますね」

沖津の説明を聞き、オズノフ警部が発言した。

「断定はできないが、まずその線だろう」

頷く沖津に、由起谷班の庄司捜査員が、

「しかし、契約とは言え、現役警察官の警部が報告もせずに独断でそんなことをするでしょうか」

「おそらく拉致実行犯はエンダ・オフィーニーだ。ラードナー警部の性格を誰よりもよく知っている。過去の妹殺しやチャリング・クロスの因縁もな。そこを衝かれればラードナー警部は脆い。私のミスだ。もっと早く気づくべきだった。エンダは依頼人である〈敵〉の情報に基づいて動いていた。鈴石主任に関する情報も入手できたに違いない。もちろんそれは我々全員についても同じだと言える」

「そんな……」

自分達の置かれた状況の恐ろしさを実感し、庄司は絶句する。他の面々も同じであった。

じっと考え込んでいた沖津が指示を下す。

「ラードナー警部のバイクのナンバーは記録されている。ただちにNシステムの照会を要請しろ」

「ですが部長、Nでバイクは――」

夏川班の嶋口捜査員だった。

自動車ナンバー自動読取装置、通称Nシステムは、通過した車輌のナンバープレートを前方から撮影するため、二輪車には対応していない場合が多い。この不備を補う前後撮影機能を備えた新型装置は、首都圏の高速道路や臨海地域の主要道路にこそほぼ配備されているものの、全国的に見てまだまだ普及しているとは言い難いのが現状だ。

「分かっている。だが今はやれるだけのことをやるしかない。並行して鈴石主任とラードナー警部の住居を捜索。手がかりが残されていないか徹底的に調べろ」

庄司、嶋口、その他二名の捜査員が飛び出して行った。

4

「警部！　逃げて下さい！」

鈴石主任が叫んだ。

ありがとう、主任——だがもう遅い——

〈銀狼〉の表情は獲物を屠《ほふ》る歓喜に輝いている。

いや、違う。

エンダの浮かべている笑みは、宗教的恍惚の境地にある修道女を思わせた。

ライザはエンダに——エンダの向ける銃口に向かって言った。

「『裏切り者のマクブレイドなら、おまえは永遠に私には勝てない』」

〈銀狼〉が怪訝そうに首を傾げる。

「ずっと考えていた。なぜあのとき、デリーのパブであんたがわざわざそんなことを言ったのかを。それが今ようやく分かったような気がする」

そうだ——このままエンダの興味を惹きつけるのだ——

「あんたはどういうわけかマクブレイドの名に妙なこだわりを抱いている。なまじマクブレイドの真実を知っていたがゆえにだ。あんたにはすがるべきものが何もない。キリアンと合わなかったのもそのせいだ。キリアンは参謀本部副議長の息子で、中退したとは言えトリニティ・カレッジにも行ってる。おまけにイェーツ賞受賞の〈詩人〉と来た。さぞかし虫酸が走っただろうな」

半ばは勘、残る半ばは思いつきで言ってみた。

しかし――思いもかけず、その言葉はエンダにダメージを与えたようだった。

修道女の笑みが肉食獣のそれに変わる。

今度こそ殺《や》られる――

そう覚悟したとき、エンダが銃口を別の方向に向けた。

ライザも同じく察知していた。

何者かの接近。多数。強烈な殺気。味方ではない。

エンダが鈴石主任の縛り付けられた椅子を突き倒して発砲するのと同時に、闇の奥からサブマシンガンの銃火が迸った。

エンダは続けざまに発砲しながら反対方向へと走り去る。

複数の銃火がエンダを追って消えた。

ライザは自分のM629を拾い上げて倒れた椅子へと走り寄った。袖口に常時隠し持つナイフで主任の手足を縛るロープを素早く切断する。倒れたときに頭を打ったようだが、少なくとも目立った外傷はなかった。背後の壁にはサブマシンガンの弾痕が走っている。エンダが咄嗟に椅子を突き倒さねば、主任は完全に死んでいた。慈悲ではない。〈銀狼〉はあくまでクライアントからの要求に従ったのだ。だがそれだけで単身逃走したのは、後のことまでは関知しないというところか。

「警部！」

立ち上がろうとした主任の頭を押さえつけ、さらに別方向の闇に向かって発砲する。同時にすぐ横で椅子が粉々に砕け散った。ショットガンだ。正体不明の新手は自分達も始末する気らしい。

ナイフを袖口にしまい、闇に向かってM629を三発撃つ。

「今だ」

主任の手を取ってエンダとは反対方向に向かって走り出した。

周囲の壁や床を散弾がえぐる。背後の主任が悲鳴を上げた。

前方に開け放たれたドアがあった。

あそこから脱出すれば――

だがそのとき、ドアの向こうで待ち受けていた男が姿を現わし、サブマシンガンの銃口を向けてきた。コルト9㎜SMGだ。

反射的に側にあった四角い柱の陰に飛び込んだ。

後方から追ってきたショットガン――ベネリM3スーパー90kの男も、等間隔で配置された柱の陰から攻撃してくる。

身を隠しながら応戦するが、敵の二人がこうした状況に慣れていることは明らかだった。その動きには無駄も隙もまったくない。

手強い――

いくら心理的駆け引きに気を取られていたとは言え、自分もエンダも、ここまでの接近を許してしまった。相当な場数を踏んだプロフェッショナルだ。

サブマシンガンの男も、ドアの陰から動こうとしない。第三者には意味の分からない符牒だらけの広東語で互いに合図を送っている。

広東語――そうか、こいつらは――

ライザはようやく彼らの正体に思い至った。

『虎鯨食品有限公司《フージンシーピンヨウシェンゴンス》』。和義幇《フーイーパン》の闞《クワン》がエンダ抹殺のために香港から呼び寄せた殺人結社だ。

だとすると、自分達まで狙われているのは口封じか。

虎鯨公司《フージンゴンス》は香港警察にマークされていながら、これまで一人も逮捕者を出していないという。目撃者、及び証人の徹底した排除。それこそが彼らの〈社則〉なのだろう。

Ｍ６２９のシリンダーを開き、弾薬を入れ替える。傍らの鈴石主任は、頭を低くしてじっとしていた。本能的なものかもしれないが、賢明な判断だ。

エンダが処刑場に選んだだけあって、周辺に人家はなかった。助けが来る可能性はない。

敵の銃火が途切れた。装塡を終えたＭ６２９の銃口を突き出し、反撃する。

鈴石主任だけは絶対に逃がす。たとえこの命と引き換えにしても。


捜査班のフロアにはすでに姿、夏川、由起谷らも集まっていた。

各県警本部の照会センターから次々と照会データが送られてくる。

手分けしてそれらをチェックしていた技官の一人が振り返って叫んだ。

「ヒットあり！　ラードナー警部のバイクは首都高湾岸線を走行、千鳥町出入口から降りています」

全員が一斉に駆け寄って彼の操作していたＰＣを覗き込む。

「千鳥町か！　近いぞ」

夏川が大声を上げる。

「周辺の詳細な地図を」

沖津の指示に従い、技官がディスプレイに地図を表示する。

千鳥町出入口の南側には、細長い長方形の埋め立て地が接続するように伸びている。その大半は『塩浜機械』の広大な敷地で占められていた。

地図を一瞥した沖津がさらに命じる。

「『塩浜機械』を検索」

即座にキーを叩いた技官が、

「同社はすでに他県へ移転、現在塩浜にあるのは解体予定の建造物のみです」

「そこだ。しかし確証はない」

沖津は一瞬で決断した。

「千葉県警に連絡。埋め立て地に通じる全道路の封鎖と状況の把握を要請。ただし絶対にPC《ピーシー》のサイレンを鳴らさぬよう念を押せ。我々もただちに急行する」

捜査員達が出口へ向かって一斉に駆け出した。

5

柱の陰から応戦しながら、ライザは状況を分析する。一番近い脱出口は前方のドアだが、そこにはコルトSMGの男がいる。

彼はSMGを握った手首だけを突き出し、弾をばら撒いてこちらが動けないように牽制している。とどめは背後にいるベネリM3の男に任せようということか。さすがに手慣れた連係プレイだ。香港最大手の看板はどうやら伊達ではないらしい。

両方向からの銃撃に破砕されたコンクリート片が、しゃがみ込んだ鈴石主任に絶え間なく降りかかっている。

主任は頭を抱えて懸命にこらえていた。

「あの出口から逃げる。用意をしておけ」

小声で囁くと、主任は無言で頷いた。

やはりこの娘は勇気がある――

集中する。呼吸を計る。ＳＭＧの男が発砲するタイミング。ドアから身を乗り出す部分。

わずかだが、男が徐々に前に出ているのが分かる。

一方で、背後のベネリＭ３の男は飛び出す機会を窺っている。

来た――

柱の陰から飛び出そうとしたベネリの男に向かって牽制の銃弾を放ち、すかさず前方に向き直る。同時に半身を乗り出していたＳＭＧの男が再び出口の陰に引っ込む。だがほんの一瞬遅かった。戻すのが遅れた右足首を捉え、正確に撃ち抜く。絶叫を上げて半身を折った男の頭部にマグナム弾を叩き込み、主任の手を取って走り出した。

ドアから通路に出る。主任の背後で、ベネリの散弾を浴びたドアが弾け飛んだ。

構わずに進む。突き当たりを右に曲がったライザは、愕然として足を止めた。

なんだ、これは――

階下に下りる階段や、各部屋の出入口。至る所に何かが張り巡らされている。

幾本もの極細のワイヤーだった。簡単に外れそうでもあるが、まったく触れることなく通り抜けるのは困難だ。

いつの間に――

何かのトラップか。いや、それならばもっと目立たぬように仕掛けるはずだ。あるいは無数に張られたワイヤーのうち、一本だけが本物ということも考えられる。

いずれにしても、我が身で確認するわけにはいかない。たとえ本物のトラップがたった一本であったとしても、それに引っ掛かったらすべてが終わる。

背後からベネリの男が追ってくる足音。急いで周囲を確認する。一方向だけが開かれていた。

そういうことか――

このワイヤーは標的を逃がさず、ある方向に誘導するためのブラフなのだ。分かっていても無視することができないという心理を計算した上での。

「こっちだ」

ライザは主任を連れて走るしかなかった。その先でさらに厄介な罠が待ち受けていると確信しつつ。

運命が時に見せる皮肉という奴か。虎鯨公司《フージンゴンス》の抹殺対象はエンダのはずだ。彼らの出現によって自分達は九死に一生を得た。なのに、エンダを葬るために仕掛けられたはずの順路に従い、今は死の罠へと飛び込むしかない。


東西に延びる埋め立て地の西側、つまり付け根に当たる部分に『新日本総合通運』の物流倉庫がある。そこに千葉県警の臨時本部が設置されていた。

初動こそ警視庁特捜部だが、事態に動揺した阿藤勝之《あとうかつゆき》千葉県警本部長は真っ先に警察庁へ報告し、指示を仰いだ。その結果、阿藤本部長が責任者として指揮を執ることになったのである。阿藤は檜垣警察庁長官の従弟でもあった。

「塩浜機械の工場跡内部で激しい銃火が確認されました。複数の人間が現在も交戦中の模様です。また照会のあったバイクがフェンス脇に駐められているのを発見。当該警察官は内部にいるものと見ていいでしょう」

県警の甘木《あまき》椋雄《むくお》刑事部長は、合流した沖津らに緊迫した様子で告げた。

「第一機動隊とARTがすでに到着しています。ただちに突入を開始します」

ARTとは千葉県警刑事部に所属する突入救助班の通称で、警視庁刑事部のSITに相当する。

「待って下さい」

「現場の指揮権は県警にあります。人質の安全はもちろん最大限に——」

警察官の習性として反射的に管轄権を持ち出す甘木を遮り、

「突入に反対するわけではありません。しかしマル被の少なくとも一名は指名手配中の連続殺人犯エンダ・オフィーニーである可能性が高い」

「なんですって」

刑事部長が目を剝いた。

「ウチには突入作戦の経験を積んだ突入班員がいます。彼らを同時に突入させる許可をお願いします」

甘木は黙った。警察官として〈正当〉な縄張り意識と、この局面での複雑な責任問題とを秤《はかり》にかけているのだ。しかし事態は一刻を争う。考えている時間はないはずだ。

「分かりました」

甘木の許可を確認し、沖津は背後を振り返る。

ボディアーマーを着てケル・テックKSGショットガンを持った姿警部とオズノフ警部が無言で頷き、敏速に走り去った。


すべての分岐をワイヤーでふさがれ、一方通行と化した通路を突き進む。

鈴石主任を先へ行かせ、道なりに左へと曲がったライザは、ステップを踏むようにターンして今来たばかりの道に向き直る。

追ってきたベネリの男に発砲する間も与えず、44マグナムで胸を撃ち抜く。

これで二人。弾丸を再装塡しながら考える。

捜査情報によると、入国した虎鯨公司《フージンゴンス》のメンバーは全部で六人。残りは四人だが、そのうちの何人かはエンダを追っていった。そちらにもここと同様の罠が仕掛けられていることだろう。どこに何人配置されているのかは見当もつかない。また虎鯨公司だけではなく、日本で活動中の和義幇《フーイーバン》構成員も参加している可能性がある。特に一族の復讐に燃える阮鴻偉《ユンホンウェイ》は間違いなく一緒に来ている。場合によっては關《クワンジェンピン》剣平も。

六発の装填を終え、シリンダーを戻して鈴石主任を振り返る。

「さあ、行くぞ」

「駄目です！」

主任が悲痛な声を上げる。

「なに？」

「廊下が――」

言われる前に気づいていた。

通路の前方が、巨大な蜘蛛の巣でふさがれていた。もちろん本物ではない。鈍い金属色を放つワイヤーだ。闇にまぎれる黒や褐色に塗装していないのは、獲物にわざと気づかせるために違いない。いずれにしても、ここが罠の終点だ。

「主任――」

気をつけろ、と言おうとしたが、その声を発することはできなかった。

背後に何者かの気配。振り返ろうとしたが遅かった。

顔のすぐ前で何かが幾重にも渦巻くように瞬いた。ワイヤーだ。咄嗟にM629の銃身を首に当て、一気に絞め上げられるのを防ぐ。それが精一杯だった。わずかの差で、何本ものワイヤーが首に巻きついた。

「警部！」

鈴石主任が悲鳴を上げた。

限界まで首を動かして後方を見る。

どこに潜んでいたのか、闇の奥からワイヤーの束を握った若い男が現われた。両手に蒼黒く光るグローブを嵌めている。おそらく特殊繊維で編まれた専用のオプションだろう。しかも片手にはワイヤーの端が結びつけられた独特な形状の大型ナイフを握っていた。鎌にも似ているが、全体のラインはモダン且つシャープだ。ブラックコーティングされたステンレス鋼の黒い刃が、禍々しいまでの機能美を誇っている。

中国伝統の暗殺専用武器『暗器』。最新のデザインによるその現代版というところか。

M629が挟まっているおかげで頸動脈の切断や窒息は免れたが、それでも息が詰まって声も出ない。

一気に男との距離を詰めればワイヤーが弛み、銃身を引き抜くことは可能だ。しかし相手に銃口を向ける前にワイヤーを引き絞られ、こっちが死ぬことになる。

それだけではない。ワイヤーを押しとどめている銃を持つ手を放した瞬間、男は一瞬ワイヤーを緩めるに違いない。銃身が抜け落ちると同時に男は再びワイヤーを絞るだろう。

銃を喉に押し当てたまま体当たりなどしようとしたら、鎌に似たナイフの餌食となる。いずれにしても勝機はない。

髪の上からうなじに食い込んだワイヤーが皮膚を裂き、肉に食い入る。流れ出た血がパーカーの下のシャツを濡らしていくのが分かった。

男はワイヤーを締め上げながら、獲物の捕食を確信した蜘蛛のようにじりじりと近寄ってくる。これ以上の接近を許せば、窒息する前に鎌状のナイフで頭部に致命的な一撃を食らってしまう。

若いというより、ほとんど少年にしか見えない男だった。来日した虎鯨公司《フージンゴンス》のメンバーのうち、最年少の童震《トンゼン》か。

その名の通りの童顔に、無垢ともまごう純粋な殺意の歓喜を露わにしながらワイヤーとナイフを握っている。

恐ろしいまでの技術であった。指先一つで緩急自在にワイヤーの動きを操作している。まさしく専門業者ならではの殺人技能だ。

〈死神〉と呼ばれた自分が、反撃の糸口さえ見出すことができないとは。

かつて戦ったどの敵とも違う異様な感触に、ライザは忌避感に近いものを抱かずにはいられなかった。

人の形はしているが、中身は腐食し、変質した何かだ。彼の発する瘴気が廃工場に澱んだ空気をさらに耐え難いものへと変えている。その存在自体が周囲の空間をじくじくと侵蝕しているようだった。

「警部！」

鈴石主任が駆け寄ってきてワイヤーに手をかける。

その瞬間、主任の指先から鮮血が噴出した。

悲鳴を上げて指を押さえる主任に、

「下がっていろ……」

やっとのことでその一言を絞り出す。頬に浴びた主任の血が熱かった。

内部の状況はまったく分からないが、現在も銃撃戦が続いている。

あの中には鈴石主任もいると推測される。猶予はない。

十か所以上もある出入口の位置と各員の侵入経路を確認したのち、ユーリは専用のアサルトスーツにタクティカルベストを着用したART隊員とともに北西側にある搬送口から突入した。

トラックが何台も駐車できる広大な空間を突っ切り、突き当たりのドアから奥へと入り込む。そこでブリーフィングの通り左右二手に分かれ、さらに階段の昇降口で一階と二階に別れる。ケル・テックを構え、ユーリは二名のART隊員と一階の通路を進んだ。

突き当たりの角を曲がった途端、驚いて立ち止まった。

前方に数本のワイヤーが張られている。それだけではない。廊下に沿って並ぶドアや窓にも、ことごとくワイヤーが張り巡らされていた。

「トラップだ！」

「こんなの聞いてないぞ！」

H&K MP5SFKを手にした二人が動揺の声を上げる。

本当にトラップなのか、これは——

ヘッドセットからも、恐慌をきたしたART隊員達の悲鳴にも似た通信がひっきりなしに聞こえてくる。

〈なんだこれは〉〈爆発物か〉〈前に進めない〉〈これ以上の侵入は危険〉〈その場から動くな〉〈すぐに撤退すべきだ〉〈こちら四班、本部、指示を請う〉〈本部、本部！〉

日本の警察系特殊部隊は他国に勝るとも劣らぬ訓練を日々積んでいるが、マニュアルにない想定外の事態に遭遇すると、たやすく思考停止に陥ってしまう傾向がある。つまり応用がまったく利かないのだ。

ユーリは前方をふさぐワイヤーに歩み寄り、触れぬよう注意しながら慎重に観察する。

「おい、やめろっ」

「命令もなしに勝手なことをするなっ」

二人のART隊員が慌てて後退しながら怒声を発するが、構ってはいられない。

爆発物の類は仕掛けられていない。ただ単に、ちょっとした出っ張りから出っ張りへと結びつけられているだけだ。そもそも、爆発物ならもっと低い位置に仕掛けられているだろうし、ワイヤー自体も目立たぬように工夫されているはずだ。

どう考えても、これはわざと気づかせるために張られたものだ。もっとも、そうと油断させて中に本物のトラップが仕掛けられている可能性も捨て切れない。

つまりこれは、標的にそんな疑念を抱かせるための心理的トラップだ。標的を建物内から逃がさず、ある方向に誘導するためか。

ユーリは直感した——『虎鯨公司《フージンゴンス》』だ。

かつてマカオで裏社会の仕事を請け負って糊口をしのいでいたとき、ある凄惨な暗殺現場を見たことがある。マフィア同士の抗争で、ここと似たような構造の建造物内で一方の幹部全員が一度に殺された。直接自分の仕事に関わる案件ではなかったので、案内してくれた顔役――彼は警察にも〈顔〉が利いた――に促され早々に立ち去ったのだが、そのときドアノブや手すりに引っ掻いたような痕跡が数多く残されていることに気がついた。モスクワ民警を追われた身で今さら刑事の真似事でもあるまいと、身に染みついた己の習性を嗤ったものだ。それがどうやら虎鯨公司の仕事らしいという噂を耳にしたのは、だいぶ後になってからだった。

今日まで思い出すことさえなかったが、あの奇妙な痕はこれだったのだ。

標的全員を効率的に始末するためワイヤーを張り巡らせ、仕事を終えた後でそれらを一本残らず回収して撤収する。もちろん状況に応じてさまざまな手法を使い分けているのだろうが、これは間違いなく虎鯨公司の手口の一つだ。

意を決して、ケル・テックの銃身でワイヤーを引きちぎる。

やはり何も起きなかった。

軽く息を吐き、ユーリは大胆に足を踏み出す。

虎鯨公司が狙っているのは狼眼殺手――エンダ・オフィーニーだ。しかし彼らは、目撃者を容赦なく皆殺しにする。

早く行かねば、ラードナー警部と鈴石主任が――

ＡＲＴ隊員が怒鳴った。

「どこへ行く気だ」

「命令通り進むだけだ」

日本語で答えると、相手はたじろいだように、

「そんな命令は出ていない」

「馬鹿を言え。ここで止まれという命令こそ出ていない」

「単独行動禁止の原則を知らんのか」

「現場の状況に対し臨機応変に即応するのも原則の一つだ」

返答に窮して相手は黙った。

「このワイヤーは全部ダミーだ。一緒に来い」

後退したARTの二人は、無言で立ち尽くすだけだった。

時間が惜しい。ユーリは単身先を急いだ。


怖じ気づいて立ち往生しているARTに構わず、姿俊之は二階の通路を進んだ。

張り巡らされたワイヤーを横目に見て、鼻で嗤う。

似たようなトリックはチュニジアやイエメンでも見たことがある。敵部隊をパニックに陥れ、誘導するのに一定の効果が期待できる。本物の爆発物が仕掛けられている可能性は皆無とまではいかないが、紛争地帯の戦場でもまずないと言っていい。

張り方を見れば分かる。これは特殊部隊の工作ではない。そうした任務に慣れた兵士なら、もっと巧妙に仕掛けるスキルをいくらでも持っている。かと言ってアマチュアの仕事でもない。わざと目立つように張っているのだ。

仕掛けたのはおそらく民間の殺し屋という奴だろう。だとすれば、足がつくのを避けるためにも仕事の後にワイヤーを回収することを考えるはずだ。爆弾を仕掛けてあればそれだけ回収に手間取ることになる。

確率論は信じない。信じるのは〈運〉だ。運のない奴は朝目覚めてベッドから出た途端、地雷を踏んで死ぬ。運のある奴は地雷原でタップダンスを踊れる。

姿は行手を遮るワイヤーを次々と踏み破りながら進んだ。

俺には運がある。ライザはどうだろうか。

〈死神〉には運も不運もない。〈死神〉に出会った者が不運なだけだ。

だがどうやら今は〈死神〉にも助けが必要らしい。ましてや鈴石主任まで一緒となれば。

広い部屋に出た。情報通り、すべての機材が撤去されていて何も残っていない。ところどころにコンクリート剝き出しの四角い柱。

いる――

部屋の中ほどに位置する柱の陰から銃火。サブマシンガン。コルト9㎜SMG。

ケル・テックで応戦しながら部屋に飛び込み、近くにあった柱の後ろに隠れる。追ってきた火線が床に弾痕の線を描く。

その間にも敵は柱から柱へと移動している。死角に回られたら厄介だ。素早く身を起こしてケル・テックを連射する。

こういう状況下では、十四発という装弾数を誇るケル・テックは心強い。だが敵は、闇の底を駆ける鼠のように移動している。

思わぬ方向から浴びせられる9㎜パラベラム弾に、姿はそのつど位置を変えねばならなかった。

やるじゃないか――

相手は明らかに男だった。エンダ・オフィーニーではない。スーツを着た中年の男。捜査資料で見た。虎鯨公司《フージンゴンス》とかいう殺し屋集団のお偉いさんだ。白景潤《バイジンルン》。肩書きは確か専務だったか。

ケル・テックの弾薬を迅速に再装塡し、銃口を柱の陰から突き出す。

白の気配が消えていた。

どこへ行きやがった――

全身の感覚をセンサーに変える。空気の流れ。舞い落ちる埃の動き。静寂の中のノイズ。それらのすべてを克明に読み取る。

動いた――

音ではない。ほんのわずかな気流の変化だった。経験によって培《つちか》われた勘が察知した。咄嗟に振り向いたとき、何か鋭利な刃物のようなものが頬を掠めてコンクリートの柱に当たり、音を立てて床の上に落下した。

なんだ、今のは――

数秒の間すら置かず、正反対の方向から同じ何かが飛来した。本能的に身を屈める。それは頭上をかすめて虚空に消えた。しかし息つく暇もなく飛来した三つ目が右の上腕部を裂いた。

鋭い痛みに呻き声を上げて床を見る。

コンクリートの上に転がっていたのは、ブラックコーティングされた刃物だった。全長一五センチほどで、ブーメランのようにくの字形に湾曲している。

こいつは――

初めて見る武器であった。

こんなものを使われたら柱の後ろに隠れていても意味はない。当たり所によっては充分に致命傷となる。

白《バイ》はどこからこれを投擲《とうてき》したのか。

上腕部の傷から流出し続ける血に構わず、ケル・テックを取り直して再び闇に向かう。

出し抜けに〈気配〉が出現した。すぐ真後ろだった。

分かる――背中にナイフが突き立てられようとしている――振り返っていては間に合わない――

姿は構えていたケル・テックを右脇腹の横から後ろに突き出し、ストックの先で背後に迫っていた敵の腹を突いた。

ナイフを取り落とした白が体を折って呻く。その頭部をストックでしたたかに殴りつける。

そのまま倒れると見せかけ、白はケル・テックの銃身をつかんだ。そして銃身を捻り、巧みに銃を奪い取ろうとする。熟練の極みとしか言いようのない技術だ。姿は反射的にケル・テックを手放し、腰に差していたFNファイブセブン・タクティカルを抜く。白がこちらにケル・テックを向ける寸前、息が触れ合うほど距離を詰め、銃口を押し付けるようにして発砲する。

　高速弾に胸を撃ち抜かれ、白は今度こそ崩れ落ちた。

　冷たい床の上で全身を痙攣させている白景潤を見下ろし、右腕から血を滴らせながら姿は呟く。

「会社じゃ相当な〈実績〉を積んできたんだろうな、専務さん。取締役だけのことはあるよ」

　だがその呟きは、白にはもう聞こえていないようだった。


　銃声が立て続けに聞こえた。南側だ。ユーリはさらに足を速める。

　通路の先は、吹き抜けのホールに通じていた。かつては巨大な装置や機械類が設置されていたのだろう。

　どこだ——

　何もない空間に銃口を巡らせる。

　またも銃声。上だ。

　中二階に等間隔で渡されたキャットウォークの上を、黒いジャケットを着た女が敏捷な身ごなしで疾走している。

　流れるような銀髪。確認した。エンダ・オフィーニーだ。

　エンダに銃口を向けようとしたとき、キャットウォークの手すりに着弾の火花が飛んだ。

　彼女を追ってきた男達が発砲したのだ。

　見た顔だ——捜査会議で——虎鯨《フージンゴンス》公司の邵剛《シャオガン》、それに厳思成《ヤンスーチョン》か——

「止まれ！　警察だ！」

　三人に向かって叫ぶ。

最後尾の邵剛《シャオガン》が、立ち止まってこちらにベネリM3の銃口を向けた。

やる気か――

すかさず前に身を投げ出す。コンクリートの床に散弾の弾痕が穿たれた。

その間にエンダはキャットウォークを渡り切り、中二階にあるドアの一つに消えている。厳思成《ヤンスーチョン》もそのままエンダを追って見えなくなった。

一人キャットウォークの上に残った邵剛は、こちらを狙って続けざまに撃ってきた。

ユーリは全力で前へと走る。

これだけ高低差のある場所での撃ち合いでは、下にいる方が圧倒的に不利だ。しかも眼前には寒々とした空間が広がっているばかりで、遮蔽物は何もない。この状況で高所から散弾銃で狙われたら、猫に追いつめられた鼠よりもみじめに死ぬ。

邵剛の目にはっきりと勝利の色が浮かんだ。その指がベネリのトリガーを引くのと同時に、ユーリはキャットウォークの真下へと滑り込んだ。

仰向けに横たわった恰好で、真上に向けてケル・テックを連射する。

全身から鮮血を噴出させた邵剛が、ユーリの足許に頭から落下してくる。骨の砕ける嫌な音がして、邵剛の血が周囲に飛び散る。その飛沫はユーリのスラックスにも降りかかった。

立ち上がったユーリは、邵剛の死体を見下ろしながら、ヘッドセットのマイクに向かって報告した。

〈こちら特捜2、南側ホールでエンダ・オフィーニーを確認。手配中の虎鯨公司《フージンゴンス》構成員に追われ逃走中。鈴石主任とラードナー警部は確認できず。エンダの追跡を続行する〉

童震《トンゼン》は少年の笑顔を保ったままワイヤーを締め上げてくる。見た目にまるで似合わぬ腕力だった。

視界が、そして意識が次第に薄れていく。

なんとかしなければ――このままでは――

ライザはじりじりと位置を変えながらあたりを見回す。

両手の指先から血を滴らせた鈴石主任が硬直したように立ち尽くしているのが目に入った。

何をしている――今のうちに早く逃げろ――

締め上げられた喉からは、もはやそんな言葉を発することもできなかった。

主任は心神を喪失したかの如く、ただこちらを凝視している。

ここで自分が殺《や》られたら――次は間違いなく――

声のない絶叫を上げながらライザは童震に向かって突進した。接近した分だけワイヤーが緩む。喉に押し当てられていたステンレスの銃身がわずかに離れた。

童震が残酷な微笑を浮かべ、ワイヤーを絞りにかかる。その寸前ライザは右手の指先で左袖のナイフを抜き、そのまま一動作でM629の銃身に沿って切り上げた。

落下したM629Vコンプが床に当たって派手な音を立てる。

だが童震は余裕の笑みで鎌状のナイフを振り上げた。

ライザの首を締め上げていたいましめが解けるのと、二人の体がぶつかるのとがほぼ同時であった。

鎌が完全に振り下ろされるよりも早く、ライザは童震の懐に入っている。

袖口に隠せるサイズのナイフと、殺人に特化した鎌状の大型ナイフとでは最初から勝負にならない。ぶつかった勢いで怯んだ敵から鎌を奪う、あるいは封じるつもりであったが、そこまで甘い相手ではなかった。

鎌の先端はすでにライザの背中に食い入っていた。

激痛に絶叫を上げて相手を突き放そうとするが、童震はなおも力を込めて鎌でえぐってくる。

渾身の力で手にしたナイフを相手の腹に突き立てる。

童震は片手で鎌を握ったまま、もう片方の手で自分の腹からナイフを引き抜き、周囲に張り巡らされたワイヤーの向こうへと投げ捨てた。痛みなど知らないという顔だった。

その隙に残る力を振り絞って鎌を持つ腕をつかみ、下から上へ持ち上げる。背中の肉を裂きつつ鎌が離れた。

同時にライザは相手の蹴りを食らって仰向けに倒れる。尖った銛でえぐられたような衝撃が全身を貫いた。息が止まる。拳法の蹴りか。

「死神《セイセン》！」

広東語で叫びながら、童震《トンゼン》はすかさず鎌を振りかざしてのしかかってきた。かろうじて鎌を持つ手首を受け止めるが、決して大柄とは言えない彼の体をはね除けるだけの力はもう残っていなかった。

背中からの流血が床に大きく広がっていく。傷口がコンクリートと激しくこすれ、さらなる痛みが脳を焼く。

真っ黒な刃が、刻々と眼前に近づいてくる。

それを押しとどめる己の手は小刻みに震え、今にもへし折れそうだった。

この自分が――まさかこんな子供に――

童震の無邪気そうな童顔が殺人の歓喜に歪む。

ついに鎌の先端がライザの頬に触れ、ぷつりと血が噴き出した。

そのとき――轟音が炸裂した。

M629の銃声だ。

ライザにのしかかっていた童震が瞬時に力を失い、くたりと覆い被さってくる。

何が起こった――

その死体を押し退けて半身を起こしたライザは、銃声のした方を見て声を失った。

そこには、ライザの落とした大型拳銃を両手で抱え、尻餅をついている鈴石主任の姿があった。

声を、心を失ったまま、互いに目を見合わせる。

ライザは、己の面上に浮かんでいるであろう絶望と無力感とを隠すことができなかった。どこか喪失の想いにも似たその放心を、なんと呼べばいいのだろう。

童震の死体から流出する血の臭いが鼻を衝く。

どれくらいの時間が経ったろうか。

おそらく一、二分であったに違いないが、その何十倍にも思えた時間の末――

鈴石主任が意識を失って倒れ込んだ。血だらけの手から滑り落ちたM629が、コンクリートの上で重く鈍い音を立てた。

6

〈二階北西の部屋で鈴石主任とライザを発見。二人とも負傷している。至急応援と衛生兵をよこせ。途中のワイヤーは全部ダミーだ。一分以内に来ないと俺が県警本部に殴り込むぞ〉

通信機から姿警部の声が聞こえてきた。軍隊ならぬ警察で「衛生兵」とは、いかにもあの男らしい。

負傷の程度が気になったが、鈴石主任とライザはどうやら無事でいるようだ。

二人の救助は彼らに任せることにして、ユーリはエンダの追跡を続行した。

罠に導くためのワイヤーが恰好の目印となってくれている。追跡は容易であった。

頭に叩き込んだ工場内の見取り図を思い浮かべる。

おかしい――この先に出口はないはずだ――

疑問を抱きつつも一階の南側通路をひた走る。

やがて前方に、重々しい鉄の扉が開放されたままになっている黒い入口が見えてきた。

その手前には、エンダを追っていった厳思成《ヤンスーチョン》の死体が転がっている。視認できるだけで顔面に二つの弾痕があった。

ここが罠の入口か――

深呼吸をしてから突入する。

そこは半地下になった空間であった。撤去されないまま放置された巨大なタンクや、バラバラになった太いパイプの残骸が残されている。それらがかつて工場排水の濾過《ろか》装置であったことは素人のユーリにも見当がついた。

半ば腐食した鉄製の階段を下りてすぐの所に、男が一人倒れている。

寧楚成《ニンチューシン》――和義幇《フーイーバン》の構成員だ。今回の事案では阮鴻偉《ユンホンウェイ》と一緒に行動しているところをたびたび目撃されている。言わば阮鴻偉直属の部下だ。

死体の横を通り過ぎ、ケル・テックの銃口を周囲に巡らせながら奥へと進む。

錆びついたタンクにもたれかかるような恰好で死んでいる男が目に入った。

警戒しつつ、近寄って死体を確認する。

阮鴻偉だった。

その胸には、細い鋼管が槍のように突き立っている。

阮も狼眼殺手の敵ではなかったか――

ユーリは改めて周囲を見回す。今自分が入ってきた鉄扉以外に出入口はない。

エンダの姿はどこにもなかった。


〈本部どうぞ、こちら突入三班、被疑者発見できず〉

〈二階南東部クリア、人影なし〉

〈こちら行徳八班、一階東側施設、異状ありません〉

七月二十八日午前一時四十九分。夏川は夜の熱気の中に立ち尽くすしかなかった。

千葉県警による捜索にもかかわらず、エンダは未だ発見できずにいる。

一つには、現場に張り巡らされたトラップらしきワイヤーの中に本物の爆発物が仕掛けられている可能性を警察庁及び千葉県警上層部が重視したためでもある。成田から急遽呼び寄せられた爆発物処理班による撤去を待つよう命じられ、現場での全面的な捜索が大幅に遅れた。

沖津部長以下、特捜部の面々も完全に閉め出されている。

もっともその間、行徳署員を中心に現場には厳重な監視態勢が敷かれ、出入りする者は徹底的にチェックされた。被疑者エンダ・オフィーニーが逃亡した形跡は絶対にないと現場を統括する甘木刑事部長が断言している。

現在は大光量伸縮式投光器を装備した何台もの機動隊車輛が、工場を真昼よりも眩しく照らし出していた。これだけの光、そして衆人環視の中、確かに工場の敷地外へと脱出することは不可能だ。

そんな中、最優先で救助された鈴石主任とラードナー警部はすでに行徳総合病院へと搬送されている。幸い両名とも命には別状ないとのことだった。

その知らせを受けたときだけは夏川もほっと胸を撫で下ろしたが、ラードナー警部の傷は深く、すぐさま縫合手術が行なわれたという。

現在までに内部で発見された死体は八体。白景潤《バイジンルン》以下虎鯨公司《フージンゴンス》の構成員六名と、阮鴻偉及び和義幇構成員一名である。

そのうち和義幇の二名と、虎鯨公司の厳思成《ヤンスーチョン》はエンダ・オフィーニーによって殺害されたものと推測される。他の虎鯨公司構成員はいずれも警視庁特捜部突入班員に射殺された。ただしライザ・ラードナー警部に射殺されたとおぼしき張軍《チャンジュン》、石常培《シーチャンペイ》、童震《トンゼン》らの死亡時における状況の詳細は、ラードナー警部及び鈴石主任からの報告を待たねばならなかった。

「ぐずぐずしていたら肝心のマル被を逃がしてしまうぞ」

夏川はもう気が気ではなかった。

しかしこれだけの包囲網が敷かれていれば、そう簡単には――いやいや、狼眼殺手と呼ばれるほどの相手だ、万一ということも――

そうした焦燥に駆られているのは夏川だけではなかった。

横に立つ由起谷さえも苛立ちを隠せない様子で、

「どうなってるんだ、ここにきて俺達が中に入れないなんて。こうしている間にもエンダは――」

そのとき、前に立っていたオズノフ警部が振り返った。

「『凍ったヴォルガ川よりも冷静になれ』」

夏川ははっとして長身のロシア人を見上げる。

「モスクワ民警時代、相棒だった男から教えられた刑事の心得だ。そいつはもう死んでしまったがな。〈痩せ犬の七ヶ条〉の一つで、常に冷静さを失うなということだ。どんなときでも、冷静さを欠くと最も大事なものを見落としてしまうし、判断を誤るもととなる」

それだけ言うと、オズノフ警部は再び前に向き直った。

「一つ、凍ったヴォルガ川よりも冷静になれ」

夏川は由起谷と並び、その背中に向かって深々と一礼した。

「ありがとうございました。本職は頭に血が上っておりました」

過去にどん底まで身を落としたこの人は、今もやはり刑事の誇りを失ってはいないのだ――

夏川は胸に熱いものが込み上げてくるのを押しとどめることができなかった。また同時に、焦りのあまり我を忘れて取り乱した己を恥じた。

それまで携帯で上層部の誰かと交渉していた沖津が、通話を切って傍らに控える姿警部に合図した。

「行くぞ、姿」

「了解」

姿警部に先導させ、沖津は構わず内部へと踏み込んだ。夏川らも急いでその後に続く。

案の定、県警の制服警官が封鎖する内部通路で彼らと揉み合いとなった。

「待って下さい、爆発物の撤去がまだ――」

「いいからどけ」

横柄にも聞こえる姿警部の無造作な言いように、県警側が反発する。

「本職らはあくまで命令に従い――」

「命令に従いドアと窓のお掃除が済むまで通しません、か」

「なんだと」

「あんなの見りゃ分かるだろ。ただのハッタリだよ、ハッタリ」

「素人に判断できるものか」

「生憎とこっちは素人じゃないんでね」

いつもの調子で警察官を激昂させている姿警部の背後には、沖津部長が無言で控えている。

立ちふさがる県警を押しのけるようにしてようやく阮鴻偉《ユンホンウェイ》らが殺害された現場――排水処理施設跡に入った沖津は、現場を一瞥するなり、すぐさま出入口の方へと引き返し、辿ってきた経路をつぶさに点検しながら後戻りし始めた。そのあたりの窓や分岐をふさいでいるワイヤーは未だ撤去されずに現状のまま残されている。

沖津はすぐにガラスのない窓の一点を指差して、背後の夏川に言った。

「見ろ。追手を全員返り討ちにした後、エンダはここからワイヤーを潜《くぐ》って外に出たんだ」

夏川は驚いて窓枠に駆け寄った。指摘の通り、その部分にだけ溜まった埃の上に足で擦ったような跡が残っている。

オズノフ警部に言われた通りだ――自分はこんなはっきりとした手がかりにも気づかなかった――

「表へ回るんだ、急げっ」

外部に通じる出入口へ向かって駆け出そうとした夏川は、沖津によって止められた。

「その必要はない」

「なんですって」

「投光器のおかげでこれだけ明るい。ここからでもよく見える」

全員が沖津の視線の先を見た。

排水処理施設は工場の南端に位置していた。そのあたりの外壁のすぐ内側に、格子状に孔の開いた排水口の蓋が数個並んでいる。そのうちの一つが外されているのがはっきりと見て取れた。人が通り抜けられるだけの幅は充分にある。

あの下には、処理された排水を放出するための配管が通っているはずだ。

その先は――海。

ようやくエンダの脱出方法を悟った夏川に、沖津は苦い顔で頷いた。

「そうだ。エンダは万一に備えてあらかじめ脱出ルートを用意した上でこの場所を選んだんだ。和義《フーイー》幇《バン》の阮《ユン》はその近くで待ち受けていた」

そこで部長は、あの聞き慣れた警句を口にした。

「『偶然を信じるな』。虎鯨公司《フージンゴンス》はエンダの逃走路を見抜いてこの罠を仕掛けた。エンダはそれに掛かったふりをして相手の隙を衝いたのだ」

「今からでも――」

今からでも遅くない、夏川がそう言おうとしたとき、

「もう遅い」

沖津がそっけなく言い捨てた。

7

大型ディスプレイに塩浜機械工場跡の立体構造図と周辺の地形図とが表示されている。

「このように、排水処理施設から伸びたパイプはいずれも南側の塀の外に続いており、往時は処理の終わった排水を直接海に放出するシステムとなっていた」

城木理事官の解説を、夏川は暗然とした思いで聞いた。

別ウィンドウで表示された海側からの外壁兼防波堤の写真には、海面上に並んでぽっかりと口を開けている複数の排水口がはっきりと写っている。

同日午後三時三十二分。特捜部庁舎内会議室に参集した捜査員達は、濃い疲労を滲ませながらディスプレイの画面を悔しそうに見つめていた。

今までと違い、他部署の幹部や捜査員は一人も出席していない。昨日の秘密会議に対する反発の表われだ。

「長期間放置されていたパイプには多少の汚水が残っていたが、潜り抜けるのに支障はない。エンダ・オフィーニーはここから海に入った。上空を旋回していた千葉県警のヘリはボートを含む船舶を一切確認していないので、エンダは自力で泳ぎ、近辺のどこかに這い上がって逃走したものと思われる。県警からの報告では、エンダの逃走ルートさえ未だに特定できていないということです」

城木が黙ると同時に、室内に静寂が訪れた。

合同本部にとって――いや、特捜部にとって、まったく予想外の事態であった。

明らかにこれまでの連続殺人とは異なる突発的な拉致、殺人、及び殺人未遂事案。しかも、狙われたのは特捜部技術班の鈴石主任であり、突入班のライザ・ラードナー警部である。

彼女達にどういう処分が下されるのか、上層部の思惑は夏川には知る由もない。

当事者である二人は現在も入院中である。命に別状はなかったのが不幸中の幸いだが、夏川は両者ともに〈深刻な状態〉にあると聞いていた。

また〈幸い中の不幸〉とでも称すべき複雑な事実が、一同の心をことさらに重くしていた。

すなわち――虎鯨公司《フージンゴンス》構成員の童震《トンゼン》を射殺したのが、ラードナー警部ではなく、鈴石主任であるという事実。

昨夜、ラードナー警部は虎鯨公司の童震に押さえ込まれ、絶体絶命の窮地にあったらしい。彼女を助けようとした鈴石主任は、落ちていたラードナー警部の拳銃を拾い上げ、夢中で撃った。狙い通りに童震に命中したからよかったようなものの、いくら至近距離であっても、まかり間違えばラードナー警部に当たっていてもおかしくない状況であった。

本来は研究者であり、龍機兵解析のため特別に招聘された鈴石主任は、発砲はもちろん射撃訓練さえ受けたこともない。ましてや大口径の大型リボルバーなど、通常なら彼女に扱える代物ではなかった。

しかし両手の指先に裂傷を負っていたため、彼女は掌全体でグリップを深く包み込み、指の付け根の部分でトリガーを引かざるを得なかった。また、M629という拳銃自体が相当に重い物であったため、脇を締めて自分の胸に押し当てるような姿勢で撃ったことも幸いした。

反動による衝撃のため、彼女は胸に打撲傷を負ったが、両肩の脱臼を免れただけでもよしとせねばならないところだろう。

それでも夏川はいたたまれない思いを拭い去ることができずにいた。

ラードナー警部が助かったのは何より喜ぶべきことだが、いくら鈴石主任が警察官であり、刑法上の緊急避難に当たるとしても、彼女が人を殺したという事実に変わりはない。

夏川自身も、かつて警察官として犯罪者を射殺したことがある。相手はチェチェンのイスラム武装組織『黒い未亡人』の女テロリストだった。

仕方がなかったとは言え、さらには職務であったとは言え、人を撃つということの重さを、夏川はその身を以て味わっている。

「よろしいでしょうか」

「では由起谷主任」

由起谷が挙手の後、城木の指名を受けて立ち上がる。

彼の率いる由起谷班は和義幇《フーイーバン》及び虎鯨公司の捜査を担当していた。

「部長の推察通り、田町にあるラードナー警部の住居に近い空きビルの一室で、何者かが少なくとも数日間寝泊まりしていた痕跡が発見されました。廃墟ばかりの地区ですのでマル目《モク》（目撃者）はいませんが、室内からは虎鯨公司の石常培《シーチャンペイ》、童震らの指紋が検出されています。彼らはその部屋から定点観測的にラードナー警部の行動を監視していたのです。エンダ・オフィーニーとラードナー警部の前歴と申しますか、過去の因縁から、エンダが警部に接触する可能性が高いと踏んだものと推測されます」

ラードナー警部と鈴石主任の関係性に目をつけたエンダ同様、虎鯨公司もまたエンダとラードナー警部との関係性に着目したのだ。

ラードナー警部だけでなく、彼女への接近を試みるエンダにも気づかれることなく監視していた虎鯨公司のテクニックとノウハウは、さすがに超一流のプロであったと言うほかない。

狼眼殺手の抹殺を目的とする虎鯨公司のおかげで、ラードナー警部も鈴石主任も、際どいところで命拾いをしたということか——

その皮肉な経緯には嘆息を禁じ得ない。

「私の責任だ」

沖津の漏らした呟きに、夏川は顔を上げた。

「迂闊だった。連続暗殺事案の最中に、エンダがそこまで大胆な行動に出ようとは」

手にしたミニシガリロには未だ火も点けられていない。

「部長」

会議の前から引きつったような顔を見せていた宮近理事官が発言した。緊張の度合が常にも増して尋常ではない。

「その件に関連して、仁礼財務捜査官から報告があります」

夏川は思わず背後を振り返った。

最後尾に座っていた仁礼が、宮近と同じく極度に緊張した面持ちで立ち上がる。

「はい。最初にこちらをご覧下さい」

仁礼が手許の端末を操作する。正面のディスプレイに圧倒的な量の数列があふれ返った。

「これは、『アレクサンダー・リー』なる個人投資家が香港の『ズーラン・ファイナンス』を経由して動かしている資金を追ったものです。ちなみに、口座開設時の事務代理人である香港の弁護士は何者かに殺害され、現在に至るも未解決のままです」

全身に流れる刑事の血がざわめくのを感じた。夏川は仁礼の話に全神経を集中させる。

「これらの資金はアメリカ企業『ブライオックス』を経由して、最終的にブリュッセルのNGO団体『タニス・ダール福祉基金』へと流れ込んでいます。そして、狼眼殺手による暗殺事件の発生日時と、アレクサンダー・リーの資金がズーラン・ファイナンスに振り込まれた日時をグラフ化したものがこれになります」

表示された二本の曲線は、ほとんど同じ軌跡を描いていた。

そのことの意味に気づき、夏川は意識せずして呻き声を上げていた。

「そうです。すべての資金移動は、いずれもエンダ・オフィーニーによる暗殺事件の直後に開始されているのです。僕はタニス・ダール福祉基金について、宮近理事官に調査をお願いしました」

それを受けて宮近が答える。

「ICPOやブリュッセルの捜査当局に照会していた報告が、つい先ほど届きました。証拠がないためいずれも保留付きの極秘扱いとなっていますが、それらによると、『タニス・ダール福祉基金は、北アイルランドのテロ組織IRFの支援団体である可能性が高い』ということです」

最後に、仁礼が結論を口にした。

「謎の個人投資家アレクサンダー・リーの正体はエンダ・オフィーニー。つまり彼女は、暗殺を請け負って得た報酬を、そのつど匿名でＩＲＦの活動資金としてカンパしているのです」

あまりのことに、夏川はじめ全員が絶句する。

なぜだ――ＩＲＦから生涯狙われる危険を冒してまで離脱したエンダが、どうして命を張って稼いだ金をＩＲＦに送金してるんだ――

頭がどうにかなりそうだった。

姿警部やオズノフ警部さえも、さすがに唖然としている。

ただ一人、沖津旬一郎だけは、その日初めて紙マッチを擦りながら呟いた。

「実に面白い」


会議を終えたユーリは、姿とともに共用の待機室へと引き上げた。入院中のライザを除き、突入班には準待機命令が出されている。

早速コーヒーを淹れている白髪頭の同僚をぼんやりと眺めながら、一人考えに耽る。

警察は鈴石主任の拉致事案でさらなる混乱のさなかにある。エンダの行動原理も謎としか言いようはない。

鈴石主任もラードナー警部も、第七の標的ではなかった。

厳密にはラードナー警部は標的でなかったとは言い切れないが、その場合、第七の護符は使われなかったことになる。

――不可解な護符の目的は決して殺人予告などではない。そう見せかけているだけで、きっと何か別の意味がある。

部長はそう言っていた。

別の意味とは果たして何か――そして第七の標的は一体誰なのか――

目の前に、突然コーヒーカップが突き出された。淹れたての香りが湯気となって立ち上っている。

「どうした、飲まないのか」

思わず手に取ってしまったのは、意識がまだ思考の世界にとどまっていたせいだろう。

この男は最近、自分が当然コーヒーを飲むものと思っているような節がある。癪に障るが、文句を言うのも面倒なので黙ってカップを口に運ぶ。

コーヒーを飲みつつ思考を再開しようとしたとき、相手がじっとこちらを見ていることに気がついた。

何か特別なコーヒーだったのか。豆も、挽き方も、また道具や手順も普段と変わりはなかったはずだが――

もう一口、味わいながら含んでみる。そう言えばいつもより苦味が強く感じられた。

「分かった、カップだな」

普段は縁が広いカップだが、これはまっすぐなタイプだ。

「元刑事なら真っ先に気づけよ」

姿は途端に相好を崩し、

「人間の舌は左右で酸味、奥で苦味を感じるんだ。だから今までのカップだと口の中に酸味が広がる。そのカップの場合はコーヒーが一直線に喉に向かうから苦味が際立つってわけだ」

「それがどうしたと言うんだ、こんなときに」

呆れるあまり訊いてしまった。

「こんなときだからさ。俺達は突入班で、今は準待機中だ。コーヒーの苦味で目を覚ませ。捜査は捜査班に任せてな」

カップを置いて相手を見つめる。姿はもう笑ってはいなかった。

「おまえはもう刑事じゃないんだぜ」

「刑事でなくても気になるだろう」

「例の護符か」

「ああ。おまえならどう考える」

「だから俺は刑事じゃない」

「兵士としてならどうだ」

「だいぶ分かってきたようじゃないか」

姿は自分のカップを口に運んでから、

「そうだな、部長は攪乱の可能性を指摘してたが、それ以外にも使い方はいろいろ考えられる。例えば、クイアコンと関係のある政治家や官僚に第七の護符を送りつけ、陽動に使うといった手だ。なんなら本当に殺してもいい。その方がより効果的だろう」

「それくらいは誰だって想像がつく」

「さすがは元モスクワ民警の痩せ犬だな」

姿に揶揄され、頭に血が上った。

「じゃあ七番目の標的は。フォンの馮 志文《フォンジーウェン》か。政治家の小林半次郎か。それともクイアコン推進協力機構の細谷理事長か」

「さあな。そこまで分かるもんか。悪魔でもあるまいし」

〈悪魔〉か。沖津部長ならあるいは――

「護符の意味と標的とはきっと何かつながりがあるはずだ。それさえ分かれば……」

「何度も言うが俺は刑事じゃない」

白髪頭の傭兵はカップをテーブルに置くと、自分の仮眠用ベッドに横たわった。

「今は体力を温存するのが俺達の仕事ってことさ」

一言もなかった。

ユーリは無言でコーヒーの残りを飲み干す。

いつもと違う深い苦味を、美味いと感じる自分が腹立たしかった。


個室のベッドに半身を起こした緑は、ぼんやりと窓の外の曇天を眺めていた。

東京女子医科大学病院の神経精神科。つい一時間ほど前に、行徳総合病院から移送されてきたばかりである。だがここが何階であったのかさえ、もう覚えてはいなかった。

体のあちこちがずきずきと痛む。特に胸のあたりが。医者の話では、軽い打撲傷ということだった。

違う、それだけじゃない——そんな痛みなんかじゃない——

あまり眠っていないはずなのに、眠気はまるで感じない。むしろ、すでに夢の中にいるような心地さえする。それも最低の悪夢だ。今の自分は本当に灰色の空を眺めているのか、あるいはまだ闇の中で椅子に縛られたままでいるのか、それすらも判然としない。

視線を指先へと移す。両手は白い包帯で包まれていた。

そうだ——私は、ラードナー警部を助けようとして——

無我夢中で拳銃を拾い上げたことは覚えている。触れた瞬間、指先に灼けるような痛みが走ったことも。掌で抱え込むようにして持ち上げた。とても重くて、この上なく美しいステンレスフレーム。

そして撃った。ラードナー警部の拳銃を。

両手を覆う包帯の上に、ぽとりと何かが滴った。

これは自分の涙だろうか。

滴りは後から後からあふれ出てとどまることがなかった。

どうして私はあの女《ひと》を――でも警部は私を助けに来てくれて――いや、そもそも自分は警部をおびき出すための――

さまざまな考えが去来し、錯綜し、自壊する。

助けたかった。警部を助けなければと思った。

そもそも警部は、チャリング・クロスとは関係ない――いや、関係ないことなんてあるものか――警部もまた、エンダと同じくIRFなのだ――

〈警部！　逃げて下さい！〉

誰かが叫んでいる。誰だろう。誰でもない。自分の声だ。

あのとき――男を撃ったとき、警部の顔に浮かんでいた表情。

何かを突き放したようなあの顔。ぼんやりとして。他人事のような顔をして。

分からない。もう何もかも。

誰が憎くて、誰が憎くないのかも。

包帯に包まれた白い両手で顔を覆い、緑は声を上げて泣いた。

分かっているのはただ一つ。

ラードナー警部のせいで、自分は人殺しになったということだ――

8

七月二十九日、午前九時二十七分。担当医の忠告を無視して行徳総合病院を出たライザは、タクシーで新木場の特捜部庁舎へ向かった。

縫合された背中の傷はまだ完全にはふさがっていない。タクシーの座席に身を預けただけで疼くような痛みがぶり返したが、精神の激痛に比べれば特にどうということもなかった。

転院した鈴石主任は、未だ退院の目途も立っていないと聞く。

彼女の心中を思うと――いや、考えるのはよそう。

考え出すと際限のない迷路に落ち込んで、二度と抜け出せそうにない。

はっきりと分かっているのは、自分達がこんな地獄に突き落とされたのも、すべてエンダの奸計と悪意に端を発しているということだ。

今は行動するしかない。悪意の正体を見極めることによって、なんとしても〈銀狼〉の手がかりをつかむ。自らの苦痛をまぎらわせるための方法を、それ以外に思いつかない。

登庁してきたライザを見て、エントランスホールですれ違った数人の捜査員が一様に立ち止まる。背後で誰かが何かを叫んでいたような気もする。庶務の娘だったかもしれない。

構わずに専用の待機室へ直行し、デスクに向かう。

PCを起ち上げ、捜査資料のファイルを開いた。

渡された資料には一通り目を通している。しかし、自分はエンダについて誰よりもよく知っているという予断はなかったか。〈死神〉は〈銀狼〉に匹敵するという驕りはなかったか。

もしあったとしたら、自分は自分を許せない。

持てる能力とスキルのすべてを使って命令を遂行する――そうでなければ日本警察と契約した意味はない。だからこれまでも資料には念入りに目を通してきたという自信はある。

それでも今回の事案は特殊にすぎた。自分はエンダというかつての同志について、何も理解していなかった。その結果、鈴石主任が狙われた。

捜査資料を一つ一つ再点検する。自分は何かを見落としていた。あるいは、思い込みに目を眩まされていた。

その手がかりが、この中のどこかに落ちていないか。

脇目もふらずに複数の言語によって記された文字列を追う。

やがて、あるファイルに目がとまった。

『オーウィン・ドゥリスコル供述調書』。

以前にも目を通した。確かＭＩ５が作成した資料の一つだった。

ライザは背中が背もたれに当たらないように注意して座り直し、一度は読んだはずの供述調書を、最初から丹念に読み返した。


――エンダもよく言ってたよ、「葉っぱも水も、お日様も川底の石も、とっても素敵。私達の森はこんなにきれい。私達にはこの森がある。この森だけがある」ってな。

――てっきりどっかの町へ逃げたもんだと思ってたから、驚いて声をかけた。「おめえ、ひょっとして今まで森に隠れてたのか」って。するとエンダはこくりと頷いて、こう言いやがった。「狼に会った」ってな。

――不思議だったのは、そのときのエンダの顔さ。なんて言うか、別人のような気がしたのをはっきりと覚えてる。

――するとエンダは大真面目な顔で、「狼は森を護っている」ってぬかしやがった。待てよ、「狼は祖国を護る精霊だ」だったかな。

――そいつにエンダはすっかり嵌まっちまった。いかれたって言った方がいいかな。もう俺達なんかとは話が合わねえ。朝から晩まで聖パトリックがどうの、ケルトの伝統がどうのときた。

――懐かしいなんて気持ちはこれっぱかりも湧いてこなかった。どういうわけか、俺は反射的に思ったよ――「狼に会った」ってな。


ファイルを読み終えたライザは、心の中で己を罵らずにはいられなかった。自分はこの文書の一体どこを読んでいたのかと。どうして気づかなかったのかと。

いや、理由は明らかだ。

塩浜の廃工場でエンダと対峙し、初めて悟った。その体験がなければ、理解できるものではない。

正体がばれるリスクを冒してまで、エンダが青山霊園でパニッシュメント・シューティングを行なった理由。

偶然その場に駆けつけた自分の前に姿を晒してみせた理由。

本来の標的ではないはずの鈴石主任を拉致してまで自分を殺そうとした理由。

さらには、殺し屋に身を落としてまでIRFに資金提供を続けている理由。

それらのすべてが、このファイルの中に在る。

捜査に直結するような新しい事実は特に記されていない。エンダがダーグ湖近くの寒村で不幸な境遇に育ったことも。『聖パトリキウスの煉獄』に強い影響を受けたことも。施設から脱走したのち、リアルIRAに志願したことも。テロリストとして数々の実績を残し、IRFの結成に参加したことも。ティム・ニーランドとドナル・キネーンがアードボーのボートハウスで会合を持ったことも。何もかも周知の事実であった。

だからことごとく見落とした。

「この森だけがある」。それはつまり、「森だけしかない」ということだ。

エンダには何もなかった。

それがすべての理由だったのだ。


そういうことだったのか——

ため息をついて、沖津はオーウィン・ドゥリスコル供述調書のファイルを閉じた。

何度も目を通したはずのファイルだったが、鈴石主任拉致事案に関するラードナー警部の報告を聞くまでは、そこに秘められている真実に気づかなかった。

椅子の背にもたれかかり、眼鏡を外して専用の布で丹念にレンズを拭う。

桑辺審議官がパニッシュメント・シューティングで両膝を撃ち抜かれたのは、秘密を敵に漏らした〈裏切り者〉に対する処罰という意味があったと考えられる。だとすれば第一の被害者である水戸課長も同じ殺され方をしていてもいいはずだ。なのに水戸に対してパニッシュメント・シューティングは行なわれなかった。それだけではない。第一と第二の殺人に関しては、刺殺、そして絞殺と、連続殺人であることを悟られぬよう手口を変えてさえいる。

第五の標的に対して、初めてパニッシュメント・シューティングを実行した理由。

すべてタイミングを計ってのことに違いない。最初から自分の正体を知られては、残る六人の暗殺が難しくなるからだ。

いずれにしても、どうしてエンダは今回の仕事で、ＩＲＦ離脱以来ひたすら隠し続けてきた正体を明らかにしたのか。

それらはひとえに警視庁特捜部というパラメータのせいだ。厳密には特捜部自体ではなく、特捜部と契約する特定の個人だが。

連続殺人の初期段階では、特捜部の介入は充分に予想できたが、決して確定ではなかった。第三の殺人である程詒和《チョンイーフー》殺しの直後、捜査二課長である鳥居の発案によって特捜部の参加が確定した。そのとき初めて、依頼とは異なるエンダ独自の目的が生まれたのだ。

〈銀狼〉エンダ・オフィーニーに関する謎の一切は、すでにして謎ではない。

七枚の護符に意味などないことは分かっていた。やはりその通りであったとも言えるし、そうではなかったとも言える。

護符のアイデアを思いついたのはクライアントである〈敵〉か、それとも暗殺実行者であるエンダの方か。どちらであってもおかしくはない。それどころかどちらも必然とさえ思える。

磨き上げられた眼鏡を掛け直し、沖津は想う。

北アイルランドの暗い森を。その奥に潜む太古の精霊を。侵略者に対する彼らの憎悪を。

彼らが取り憑くには、がらんどうの少女こそ打ってつけであったのだ。

幻想であるのは分かっている。限度を超えた疲労のせいだろう。だがそれこそが本質であることに、もはや疑いの余地はない。

出し抜けに着信音が鳴り、沖津の想念は破られた。

デスクの警察電話ではない。スーツの内ポケットに入れた携帯端末だった。

発信者の表示を確認してから応答する。

「沖津です」

〈私だ。今どこにいる〉

檜垣憲護警察庁長官は、声を潜めるようにして言った。

「庁舎の執務室です。ご安心下さい。他に人はおりません」

〈そうか〉

長官は何かを言い出しかねているようだった。

沖津は辛抱強く次の言葉を待つ。

〈私の秘書の白井君だが、彼女は何者かに情報を流している〉

「なんですって」

思わず立ち上がりそうになった。

警察庁長官秘書官、白井奈緒美。沖津が毎日の宿泊先を連絡している相手だ。

〈君からの連絡を受けた直後、誰かに電話して、聞いたばかりの情報——君の宿泊先を伝えている現場を確認した。実は以前から私は彼女を疑っていた。根拠の薄い漠然としたものでしかなかったがね。それで密かに様子を窺っていたんだが、案の定だったよ〉

「通話の相手は」

〈そこまでは分からなかった〉

「現場を押さえながら、彼女を放置したということですか」

〈そうだ。理由は分かるな〉

「はい。適切なご判断です」

〈この件についてはまだ君にしか話していない〉

「それもまた賢明なご判断かと」

〈やるべきことは理解しているかね〉

「お任せ頂ければ必ず」

長官は満足したように、

〈必要なことがあれば言ってくれ。できるだけの便宜を図ろう〉

「は、ありがとうございます」

〈いいかげんこの事態を終息させねば、警察の根幹が崩壊する。それだけはなんとしても避けねばならん〉

「おっしゃる通りです、長官」

〈言うまでもないが、万が一にも失敗したら、そのときは……〉

努めて冷静に応じる。

「充分に理解しております」

〈ならばいい〉

通話の切れた携帯をデスクの上に置き、沖津は深々と嘆息した。

運命の歪んだ歯車は、ぎりぎりと嫌な音を立てながら回っている。ひとときも休むことなく。

歪んではいるが、運命には違いない。その歪みの上に成り立っているのが世界であり、現実だ。

いびつな力学の摩耗によって削れた金属片が、思わぬ方角から飛んできた。

跳弾のようなその破片が最後に突き立つのは、自分の胸だろうか、それとも――

9

七月三十日。気象庁はそれまでの予測をまたも修正し、関東地方の梅雨明けは八月にずれ込むと発表した。

予報の通り、その日は朝から雨が降り続いていたが、午後になって梅雨の長雨と言うより、台風と言った方がいいような豪雨となった。

普段より早めに退庁した沖津は、午後七時二十七分、パーシャルオープン中の『ハイグランド渋谷』にチェックインした。

渋谷一帯では今も大規模な再開発が継続中である。インバウンド需要増加に伴い、渋谷の宿泊施設に関する規制が大幅に緩和された。その流れに乗る形で、警察共済組合と国内大手ホテル資本が提携して建設したのがハイグランド渋谷であった。

一つには、退職した警察官の再就職先、つまりは天下り先を作るという意図もあるのだが、さらにもう一つ、公表されていない大きな目的がある。

繁華街治安対策及び渋谷署近辺の留置施設における過剰収容対策のため、ホテルの一部が密かに留置施設として活用されるのだ。

一般の出入口とは異なるルートで出入りでき、留置場と取調室、それにある程度の面積を確保したオフィスが入る予定になっている。もっとも、地下の一部は未完成であるが、パーシャルオープンにはまったく問題ないという。

パーシャルオープンとはプレオープン、あるいはソフトオープンを意味するホテル業界の用語で、配管に水を通すドライ・ランの必要もあって行なわれるものである。

ハイグランド渋谷の場合、一か月前から警察関係者限定でこのパーシャルオープンが開始されていた。現役の警察幹部である沖津は、もちろん自由な宿泊が許されている。

ごく普通の商業ビルに人知れず組み込まれた同様の施設は、一般に公表こそされていないものの新宿をはじめ都内に数か所存在する。また公表されている施設では、民間による開発で敷地内に居住用マンションと商業施設に加え、警察施設を併設しているケースもある。

「ハイグランド渋谷、四一一三号室に入りました」

携帯の向こうで、いつものように白井奈緒美が復唱する。

〈ハイグランド渋谷、四一一三号室〉

「はい」

「了解しました。ご苦労さまです」

携帯を切り、スーツのままアームチェアに腰を下ろして窓の外を眺める。

雨が激しく窓を叩いている。降りやむ気配は一向にない。

沖津のいる四一一三号室は最上階のスイートルームだ。正面のドアから続く広い居間の左右には、寝室や控室が二部屋ずつ並んでいる。

ハイグランド渋谷の周辺は依然整備中で、視界を遮るビルがまだ建っていない。本来なら渋谷の夜景が見渡せるはずなのだが、今は流れ落ちる雨にぼやけてよくは見えない。

モンテクリストのミニシガリロを取り出し、沖津は静かに火を点ける。

馥郁たる煙を燻らせながら、雨に溶け崩れた夜景を飽かず眺める。

雨は不可思議な効果を持っている。アイルランドでも、日本でも。虚空より降りしきる雨粒が、絶え間ない雨音が、人に過去を想わせる。

誰にも誇ることのできぬ過去。逝ってしまった者達。命に代えても果たすと誓った約束。そしてここまでやってきた。長く短い道のりだった。

沖津は独り、苦い笑みにシガリロをくわえた口許を綻ばせる。

柄にもない――

思い出されることが多すぎて、いささか感傷的になっているようだ。

やめておこう。自分には過去を顧みる時間さえ許されてはいない。その前に未来を考えることだ。追憶に耽るのは刻々と迫り来る危機に対処してからでも遅くはない。もっとも、そのときに自分が生きていればの話だが。

午前〇時を過ぎて日付が変わった。その五分後、入口のドアロックが解除される音がした。

ハイグランド渋谷のドアロックはすべて最新型の非接触ＩＣカード式になっている。しかしホテルのセキュリティを担当する企業には数多くの警察官が天下っている。そうした警察ＯＢが絶対に逆らえない人間が一人いるだけでいい。集中管理システムにアクセスできれば、カードキーの複製など造作もない。監視カメラの位置や侵入経路を探ることも可能だ。

ドアが開き、待ち人が入ってきた。スリムなブラックレザーのジャケットに、銀髪を隠す黒いキャップ。

振り向いた沖津が、英語で話しかける。

「七番目の標的が私だと知ったときはさすがに驚いたよ」

黒い影はまるで動じる様子もなく近づいてくる。

「白井奈緒美が〈敵〉と内通していると知り、ようやく分かった。すべてがね。君のクライアントがそこまで私を評価していてくれたとは、ある意味光栄な気もしてくるから不思議なものだ」

侵入者――『狼眼殺手』は無駄のない動きでサプレッサーを装着したオートマチックの銃口を沖津に向けた。

その相手に向かって手を差し出し、

「聖ヴァレンティヌスの『婚姻』――第七の護符だ。どうした、私にはくれないのかね、祝福された天国への切符を」

「…………」

「そうだろうな。護符を残せば私が第七の犠牲者だと宣言することになる。君が手にしているのはワルサーPPSだね？　これまでの45ACP弾ではなく9㎜パラベラム弾を使用する銃だ。私の殺害はクイアコンを巡る連続殺人とは関係ない、そう見せかけるためにも護符を残すわけにはいかない。つまりはそれが標的に護符を送り続けた狙いだったのだ。実に素晴らしい。クライアントから与えられた難問に対する最適解だ。護符の応用方法は状況に応じて何パターンか想定できた。だが真の狙いはまったく逆の発想に基づいていた。言ってみれば護符の使い方ではない、〈使わないこと〉による効果だ。加えて、クライアントも私の死をその方向で処理する態勢を整えていたのだろうね。私を殺した後で、ターゲットは誰でもいい、第七の護符を使った殺人を遂行すれば完璧だ」

やはりエンダはなんの変化も見せず、ゆっくりとトリガーに指をかける。

「聖ヴァレンティヌスではなく、聖パトリキウスの護符があれば私にもプレゼントしてくれたかね」

〈銀狼〉の指が止まった。

「思った通りか」

沖津は得心し、言葉を続ける。

「七枚の護符に意味はない。同時に大いなる意味があった。君にとってはね。すなわち『聖パトリキウスの煉獄』だ。バチカンで売られている七枚の護符の中には聖パトリキウスは入っていない。護符に描かれているのはローマ法王だけだからだ。そのため私は、長らくオーウィン・ドゥリスコルの供述との関連を見出せなかった。もちろん、護符にはさっき言ったような実利的な効用がある。だがそれだけじゃない。君にはカトリックであることに強烈なこだわりがある。IRFのプレイヤーなら当然と言えば当然だが、君の場合はそれ以上のものだ。だからＩＲＦを含めすべてのテロリストを非難するバチカンの土産物など平気で冒瀆できる」

ワルサーを構えたまま、エンダは身じろぎもしない。

「もし七人の聖人の中に聖パトリキウスが入っていれば、カモフラージュとは言え、君は護符を殺人予告に使ったりなどしなかっただろう。ラードナー警部の報告を聞いて、私は初めて理解した。君には何もないのだ、エンダ・オフィーニー。家族も、愛情も、誇りも、何もかも。だから愛国心という幻影にすがるしかないのだ。だからＩＲＦという偽りの大義に殉じるのだ。だからライザ・マクブレイドを憎むのだ。そうだ、今回の暗殺における君のイレギュラーな行動のモチベーションは、特捜部の一員となっていた彼女へのコンプレックスだ」

手に取るように感じられる——エンダの内面に広がりゆく恥辱と憤怒が。

「君の境遇と精神的道程には憐れみを覚える。だが同情はしない。慈悲を受けるには君の犯した罪は深すぎる。憐れみこそが、君に与えられる最大の侮辱だろう」

突然銃口を右に向けたエンダが、寝室のドアに向けて銃弾を撃ち込む。

同時に左側寝室のドアが蹴り開けられ、エンダの足許に散弾の弾痕が穿たれた。

エンダは迅速に銃口を背後に向けていたが、遅かった。

左側の寝室から現われた姿警部が、ケル・テックＫＳＧの銃口をエンダに向け、

「銃を捨てろ。妙な動きをしたら撃つ。俺の軍歴は知ってるよな？」

〈銀狼〉は無言でワルサーを捨てる。

右の寝室から同じくケル・テックを構えたオズノフ警部が現われた。陽動の気配を発したのは彼だ。

そして、奥の浴室からはＭ６２９Ｖコンプを構えたラードナー警部。

彼女を見つめるエンダの目が、一瞬、獰猛な狼のそれに変わった。

素早く歩み寄ったオズノフ警部が、エンダを後ろ手にして手錠を掛ける。さすがに慣れた手つきだ

った。通常は手首の締めつけによる事故防止の観点から、手錠は必ず被疑者の体の前で掛ける。後ろ手に掛けるのは、凶悪犯に限って例外的に認められている処置である。

姿警部が手早く身体検査を行ない、武器弾薬やそれに類する物を残らず取り上げる。

エンダのワルサーをハンカチでくるむようにつかみ上げてスーツのポケットに入れた沖津は、代わりに携帯端末を取り出し、長官に報告する。

「エンダ・オフィーニー確保。オペレーションは成功。負傷者はありません」

それだけを告げて携帯をしまい、エンダに向き直った。

「さあ、行こうか」

ケル・テックを持ったオズノフ警部を先頭に、五人はスイートを出てルームサービス用のエレベーターに向かった。従業員用のいわゆる裏動線を使用する。

エンダには手錠が施されているにもかかわらず、ラードナー警部はM629の銃口を彼女の背中に突きつけたままである。双方ともにまったくの無言。

エレベーターを呼び寄せるボタンを押した姿警部が、ほんの少し顔をしかめた。工場跡で虎鯨公司《フージンゴンス》の白景潤《バイジンルン》から受けた傷がまだ治り切っていないらしい。

ラードナー警部の方がより深い傷を負っているはずだが、まったく外見に表わさない。憎悪が身体の痛みを忘れさせているようだ。

姿とライザについては負傷を承知で作戦に参加させた。他に選択肢がなかったこともあるが、怪我の程度からして彼らなら作戦に支障はないと判断した。

加えて、ライザの性格と精神状態を考慮すると、目の届かない場所で自由にさせるより任務を与えて身近に置く方が安心できた。元来は正確無比に命令を果たすプロフェッショナルなのだ。報告の義務を怠って単身エンダの誘いに乗った件については、当面不問に付さざるを得ない。

すぐに到着したエレベーターに乗り込み、一階まで降下する。

そこから専用通路を通って留置施設に直行し、エンダ・オフィーニーを留置する。沖津の立案による最も確実な狼の捕獲作戦であった。

三名の突入班員だけを使うこの作戦については、警視庁の他部署は言うに及ばず、特捜部の捜査員にも話していない。

数少ない他の宿泊客は、黛副総監が極秘のうちに直接手配した信頼できる警察官ばかりである。副総監の旧友であるホテルの支配人は、オペレーションについてあらかじめ教えられている。

情報漏洩のリスクと想定される被害とを最小規模に抑え、エンダ・オフィーニーを無傷かつスムースに拘束する。沖津は自らを囮とすることによって、この難題を完璧にクリアする罠を考案したのだ。

各方面には、エンダを留置所に放り込んで施錠してから連絡すればいい。もちろん特捜部員にも。

一階に着いた。エレベーターの扉が開く。

エンダを促してエレベーターを降りた一行は、従業員用階段の前を通り過ぎ、予定通り専用通路の方へと足早に進みかけたが——

白を基調とする新築の通路にはまったく不似合いな特殊部隊が、威嚇するような足音を立てて前方から殺到してきた。防弾フェイスガードを装着したケブラー製ヘルメット。黒いアサルトスーツの上腕部には『SIT』のワッペンが貼られている。

警視庁刑事部のSITだ。全員がH&K MP5やベレッタ92バーテックを手にしていた。

先頭のオズノフ警部がケル・テックを構えるのと呼応して、姿警部は背後に回って応戦態勢をとっている。

SITは通路の反対側にも展開して五人を包囲した。

冗談にも友好的な態度とは言えない。こちらに対する威圧的な殺気を全隊員が放っている。

どういうことだ——

沖津が口を開きかけたとき、隊員達が左右に分かれ、捜査一課長の千波警視正が歩み出てきた。

「ここからは刑事部が引き継ぎます。ご苦労さまでした。現場の総指揮は私が承っております」

文言に反して、慰労の念など微塵も感じられない事務的な口調だった。

周囲の銃口が自分達ではなく、凶悪なテロリストに向けられたものだとしても、適切と言うにはほど遠い構図である。

「誰の命令だ。このオペレーションは檜垣長官の――」

「その檜垣長官のご意向を受け、総監より椛島刑事部長に直接の指示がありました」

なるほど――

沖津は瞬時に背後の事情を理解した。

長官は刑事部に花を持たせることで、警察組織内で予想される自身への不満を逸らすつもりなのだ。罠を仕掛けるのは特捜部で、逮捕するのは刑事部。公表される功績は刑事部で、失敗したら特捜部のせいというわけか。政治家への転身を狙っている檜垣憲護らしい姑息な策だ。

SITはエンダに察知される危険性のない場所で密かに待機し、長官からの指示を待っていたのだ。

しかし、それが分かったからと言っておとなしく退《ひ》くわけにはいかない。

「逮捕令状の緊急執行として我々は適法に捜査している。刑事部にマル被を引き渡すべき根拠は何もない。我々からマル被を奪えば公務執行妨害罪に相当する。また令状によれば、マル被の引致場所はハイグランド渋谷内警察施設となっているはずだ」

「上の方々の調整については、本職は知る立場にありません。本職は部長からの指示を遂行するのみです。なおマル被は連続殺人事件の被疑者であり、一義的には刑事部が管轄すべき事案と考えます。令状の記載については、こちらから地裁に請求し、引致場所を本庁とするよう変更しております」

おそらく千波は命令された通りに口にしているだけだろう。それだけに頑なであり、説得は難しい。

「事実かどうか確認する。それまではマル被を渡すわけにはいかない」

SIT隊員達の間で敵意と反感が急速に高まるのが感じられた。

沖津は携帯を取り出し、黛副総監の番号を呼び出して発信ボタンを押す。

呼び出し音を聞きながら、懸命に頭を回転させる。

稼げる時間はごくわずかだ。その間になんとか打開策を考えねばならない。

〈私だ〉

副総監が出た。

「沖津です」

だが黛は沖津の言葉を遮るように、

〈状況は分かっている。檜垣さんの悪い癖が出た。私の方でもなんとか手を打っているところで、ちょうど今その電話中なんだ。こちらからかけ直す。それまで待て〉

通話は慌ただしく切られた。

「ご確認頂けましたか」

千波が急かすように言う。

彼は本来、刑事事件の捜査に人生を捧げた叩き上げの実直な男なのだが、いかんせん、龍機兵の秘密に関する会議から刑事部を排除せざるを得なかったという経緯がある。特捜部への激しい憤りは隠しようもなくその面上に表われていた。

「確認は取れましたか」

苛立たしげに千波が繰り返した。

「まだだ。副総監から連絡を待てと命じられた」

そう返答してしのぎ、次に丸根総括審議官にかける。

携帯を耳に当てて応答を待つ間、あたりの状況を確認する。

オズノフと姿は依然ＳＩＴと銃を向け合っている。

ライザはエンダの背に銃口を押し当てたままだ。殺すなとは命じてあるが、何か異変を察知したら、彼女が引き金を引く可能性は無視できない。

この状況の中で当のエンダは、まるで動物園の檻の中で衆目に晒されている狼のような、無関心としか言いようのない顔を見せている。

呼び出し音が十回を超えた。応答はない。

周囲を取り巻くSITのさらに背後を、渋谷署員らしいブルーのレインコートを着用した制服警官が固めている。ホテルの従業員や一般人が近づけぬようにするためだろう。フード付きのレインコートはいずれも水滴を滴らせている。外では今も激しい雨が降っているのだ。

二十回目の呼び出し音を聞いてから、沖津は発信をやめた。老獪な総括審議官は、この件に関わらぬ方が賢明だと判断したようだ。

次に誰にかけるべきか、画面に番号リストを呼び出して考え込む。

千波は今にもSITに号令しそうな勢いだ。早く形だけでも連絡しているところを見せねばまずい。

そのとき、SITの後方からレインコートの制服警官が駆け寄ってきた。何か緊急の報告でもあるのだろうか。

「なんだ貴様は。下がっていろ」

千波が怒鳴りつける。当然だ。所轄の一警察官が近寄っていい状況ではない。

叱責された警察官は、その場で直立不動の姿勢を取った。

「早く下がれ」

再度怒鳴られた警察官が、レインコートの下から何かを取り出す。

「伏せろっ」

姿が叫ぶと同時に、警察官はそれを――スタームルガーMP9サブマシンガンを乱射した。

密集していたSITの隊員達がひとたまりもなく倒れていく。

沖津は咄嗟に携帯を投げ捨て、千波を突き倒しながら身を伏せた。

姿とオズノフが応戦しようとするが、ＳＩＴが邪魔ですぐにはショットガンを撃てない。

レインコートの警察官は意味不明の奇声を上げながら沖津の方に向かって突っ込んできた。

いや、沖津ではない。目標はエンダだ。

ＳＩＴの撒き散らす鮮血の飛沫を浴びながら、ライザが躊躇なく男を撃つ。

44マグナムのストッピング・パワーに、ＭＰ９を持った警察官は呆気なく崩れ落ちた。

沖津の腕が生暖かいもので急速に濡れていく。千波の血であった。被弾したのだ。

突発した混乱の中で振り返ると、倒れているＳＩＴ隊員の側にしゃがみ込んでいたエンダが階段に向かって駆け出すのが見えた。

ライザがすぐさまＭ６２９を向けるが、右往左往するＳＩＴ隊員達のために撃てずにいる。

目の前を横切ろうとした隊員を突き飛ばし、ライザが走り出す。そのときにはもうエンダは階段の下へと消えていた。それまで隠していた狼の野性を爆発させたような勢いだった。

「追えっ」

沖津の命令を待つまでもなく、姿とオズノフが階段へと駆け出す。

清潔な白い通路は、一瞬にして赤い死の巷へと変じていた。

「千波さん、しっかりして下さい」

沖津の呼びかけに、千波は応えなかった。呼吸はしているが、出血が酷い。

駆け寄ってきたＳＩＴに千波を任せ、沖津は倒れているレインコートの警察官の方に向かった。

ＳＩＴを押しのけ、前に出る。

警察官は目を見開いて死んでいた。

本物ではなかった。廃工場で死んだ阮鴻偉《ユンホンウェイ》の部下である舒 里《シュウリー》だった。

黒社会の情報網――漏洩源は常に警察内部だ――から刑事部の動きを察知した舒里は、阮の仇を討つべく、警察官の制服とレインコートを着て現場にまぎれ込んだのだ。降りしきる雨が舒里にとって幸いした。

沖津は今さらながらに冷や汗を拭う。

こちらに〈死神〉がいなければ、自分も間違いなくやられていた――

「特捜部長の沖津だ。最重要指名手配犯エンダ・オフィーニーが逃亡した。絶対にホテル内から外に出してはならない」

ＳＩＴや渋谷署員に向かって声を張り上げる。

一同が振り返った。

「指揮は私が執る。もちろん責任もだ。椛島刑事部長には私がこの場から連絡する。渋谷署員はすぐにホテル周辺を固めろ。必要な応援は即時要請。ＳＩＴは三人一組で班を編制、急ぎマル被の追跡にかかれ」

我に返ったように全員が動き出した。

10

地下一階まで一気に駆け下りたライザは、そこで一旦足を止めた。
エンダはどっちへ行った――階段をさらに地下へと下りたのか――それともこのフロアにいるのか

このフロアだ。

勘に従って走り出す。

ただの勘ではない。狼の臭いが残っている。自分と同じ、血の臭いだ。

その臭いを忠実に追う。かつて同志であった〈猟師〉ショーン・マクラグレンから学び取った技術を駆使して。今は自分が猟師となって狡猾な狼を狩り出すのだ。

――殺してはならない。生かしたまま拘束し、依頼人である〈敵〉について供述させる。

それが命令だった。

しかし、自分はエンダを殺さずにいられるだろうか。

さっきは殺さなかった。ぎりぎりで耐えられた。罠に掛かった〈銀狼〉はおとなしく尻尾を巻いた。

また周囲には上司や同僚がいた。

今は違う。突発した惨事に乗じて〈銀狼〉は逃げた。ルールを破ったのは向こうなのだ。

その一方で、ライザは恐れる。

自分の手にするステンレス・バレルの銃は、銀色に輝いてはいるが銀ではない。44マグナム弾は抜群の破壊力を誇るが、材質は鉛であって銀ではない。

いにしえの伝承に拠れば、魔物を斃すには銀の弾丸でなければならぬと云う。

果たして自分はこの銃で〈銀狼〉という魔物に立ち向かえるのだろうか。

唇を噛んで妄想を追い払う。

恐れるな。恐れたら負ける。自らの怯懦に、邪悪な現実に、そして不条理な運命に立ち向かえ――

選択した分岐は工場に続いていた。

普通の工場ではない。周囲に漂う香ばしい匂いから、ホテルで使うパンを焼くためのパン工場だとすぐに分かった。ミキサー、ミキサー冷却水循環機、オーブン、バゲットモルダー、その他名称も分からぬ機器が並んでいる。それに、焼き上がったパンを並べるための無数の棚と金属製の箱。

M629を構え、大型の機械や装置の合間を慎重に進む。

突然に、且つ堂々と――

前方にエンダが姿を現わした。

即座に発砲しようとして、かろうじて引き金に掛けた指を止める。

――殺してはならない。

エンダは正面を向いていない。レザージャケットの後ろ姿を晒していた。しかも、両手を背中に回している。

ライザはエンダが後ろ手に手錠を掛けられていたことを思い出した。

その手首全体に、工場の中で見つけたのであろう、パン職人用の白衣が掛けられている。

手錠を隠すためだろうか。いや、エンダがそんな殊勝な心境になることなど考えられない。

〈銀狼〉はうっすらと嗤っていた。肩越しにこちらを見て。

まずい――

ライザが身を投げ出すと同時に、轟音が響いた。

左脇腹に鞭で打たれたような鋭い衝撃が走る。ユーティリティパーカーを掠めた銃弾がシャツと肌を焦がす。間一髪だった。

背後の大型ミキサーに弾痕が穿たれていた。

孔の開いた白衣だけを残し、〈銀狼〉はすでに姿を消している。

エンダは制服警官の乱射で被弾したＳＩＴ隊員の手から、ベレッタ92バーテックを奪って逃げたのだ。

後ろ手に持った拳銃で、ここまで精確な射撃をやってのけるとは。

〈銀狼〉を殺さずに捕獲しようなど、やはりとんでもない思い上がりであった。

今の一発を避けられたのは幸運だった。そんなツキは二度と期待できない。

全力で戦う。そうでなければ、仕留められるのは自分の方だ。

ライザは再び猛然と走り出した。

銃声がした。

地下一階のフロアで追跡中だった姿とユーリは、ともに無言で足を速めた。

ホテルの構造は頭に入っているが、裏動線の複雑な地下従業員通路にはいくつもの分岐があった。

経験と直感に従いここまで追ってきたが、今の銃声で方向に確信が持てた。

急がねば。ライザが独断で先行している。任務と契約には忠実なプロフェッショナルだが、エンダとの因縁はあらゆる予測を無効化する。

現に三日前、彼女は契約に定められた報告の義務を果たすことなく、エンダの誘いに乗ってしまったばかりではないか。

創設以来、特捜部が常に抱えていた〈ライザ・ラードナー〉という名の時限爆弾。エンダはその起爆装置となりかねない存在だ。

狼眼殺手は〈敵〉の本体に迫る最大の手がかりであり、生き証人である。

絶対に殺してはならない――それが至上命令であり、最優先事項なのだ。

急がねば。


白く、広い空間に出た。

ホテルの従業員食堂だ。軽く二百人は入りそうだった。考えるまでもなく、巨大ホテルを休むことなく機能させるためには当然の規模だ。

機能優先の簡素な白いテーブルに、ひっくり返された椅子が整然と載せられている。

見渡す限り人はいない。本格的にオープンした暁には、たとえ真夜中であろうと大勢の関係者が慌ただしく出入りしていることだろう。

テーブルの下も一目で見通せる。誰も潜んでいないことを確認し、中央を突っ切るように進む。

四方の壁にはそれぞれ複数の通路が口を開けている。

どっちに行った――

ＳＩＴや渋谷署がすべての出入口を封鎖してくれていればいいのだが、今の状況では到底期待できない。仮に封鎖されていたとしても、エンダは易々と突破するか、予想外の脱出路を用意しているに違いない。

このままでは逃げられる――

ライザは焦った。ここで逃がせば、狼はもう二度と罠に掛かることはない。

バーテックの銃声。それも五発立て続けに。

近い。左側、手前から三番目の通路。

間髪を容れずに駆け出す。

背中が灼けるように疼く。童震《トンゼン》のナイフにえぐられた傷が開きかけているのだ。しかし構ってはいられない。

壁際に身を寄せて通路を覗き込むと、突き当たりの角を曲がる黒いジャケットの背が見えた。

信じられない。黒い影の両手は自由になっていた。

後ろ手に手錠を掛けられていたエンダは、鋼鉄製の鎖に銃口を押し当ててトリガーを引き、銃弾で切断したのだ。金属片や跳弾による負傷、さらには擦過傷や火傷のリスクが高い危険な行為だが、〈銀狼〉はそれを厭わずにやってのけた。

バーテックの装弾数は十五発。残弾は九発だ。

背後から足音が接近してくる。姿とオズノフだった。

ライザは何も言わずエンダの後を追った。

突き当たりを曲がると階段があった。駆け下りる足音がする。すぐさま後に続く。

足音は地下三階で階段から離れた。

頭の中でホテルの構造図を再点検する。

地下三階には何があった――

階段の側には、そうだ、ワインセラーだ。

すぐには飛び込まず、M629の銃口を突き出して慎重に中の様子を窺う。

高価なワインの特性に合わせた最新式のキャビネットが、縦に何列も並んでいる。静かに、そして整然と。ガラス越しにワインのボトルが見えていなければ、図書館の書架か、巨大な墓石の列のようにも感じられただろう。ライザは我知らず青山霊園で見た光景を思い出していた。

あの夜、雨に濡れていた広大な墓地の中で、〈銀狼〉は自分の前に現われた。まるで地の底から地上へと復活を果たした悪霊の如く。なんと出来すぎた舞台であったことか。チャリング・クロスの悪夢を、エンダは再び自分達に――自分と鈴石主任に――もたらした。まさしく悪霊だ。

見通しが利かないため、エンダがどこかで身を潜めている可能性がある。迂闊には踏み込めない。

姿とオズノフがようやく追いついた。息一つ切らせていない。

目と目を見合わせ、三方に分かれて侵入する。

ライザは左壁面に沿って進み、姿とオズノフは右と中央に分かれた。


姿俊之は右端の壁に沿って回り込むように進んだ。

〈銀狼〉には運がある。それもとんでもなくでかい悪運だ。自分を殺しに来た中国人の偽警官が、逃亡の守護天使に変身した。

このツキには敵わない。

その上こちらの強力な手札である〈死神〉に対しては、どうやらオールマイティらしいと来た。分が悪いにもほどがある。

自分は兵士だ。軍歴はまんざらでもないと自負しているが、殺し屋と呼ばれる民間の殺人者はどうも勝手が違う。いつもペースを狂わされるのだ。

ＩＲＦはテロ組織だ。テロリストは得てして祖国の正当な兵士を自称する。破綻国家の正規軍が内戦で分裂した反政府軍やゲリラ組織はまた別だが、その実態は軍隊と言うより犯罪組織に近い。しかも中には実際に恐ろしく腕の立つのが交じっているから始末が悪い。

ことにＩＲＦは最悪だ。血で血を洗う内部抗争を経て生まれた組織であるがゆえに、地獄の鬼も顔色を失うほど凶悪な猛者《もさ》が揃っている。

〈死神〉対〈銀狼〉か。コーヒー片手にそのカードを気楽に見物する立場だったらよかったのにと、つい不謹慎なことを考えてしまう。

眼前でキャビネットのガラスに弾痕が開く。その寸前、姿の発砲したケル・テックの散弾が中のボトルごとキャビネットを破砕していた。

細長く伸びたキャビネットの反対側を、黒い影が素早く移動していく。

その影を追って、姿はキャビネットに向け続けざまに発砲した。

だが「生かして捕らえろ」という命令は、予想以上に姿の動きを鈍らせた。

爆発するように飛散したガラスの細片とワインの奔流とにまぎれ、影がいつの間にか消えている。

逃がしたか――

キャビネットに沿って走り出した姿は、咄嗟に足を止め頭上に向けて発砲する。

だがそれは人ではなかった。四本まとめてナプキンで結わえられたワインのボトルだった。

驟雨のように降りかかるガラスと赤い液体に目を眩まされた瞬間、キャビネットの上から影が降り立った。

こいつ――

虎鯨公司《フージンゴンス》の白景潤《バイジンルン》を斃したときのようにケル・テックの銃身で叩き伏せようとしたが、エンダは姿の右上腕部をシャツジャケットの上から爪でえぐるようにつかみ上げた。

激痛に思わず呻く。

エレベーターに乗ったときか――

ボタンを押すときにほんの少しだけ顔をしかめた。エンダはそれを見逃さなかった。たったそれだけで、右腕に新しい傷のあることを見抜いたのだ。

白景潤《バイジンルン》に負わされた傷口が開き、熱い血が迸る。シャツジャケットがたちまち真っ赤に染まった。だがエンダは少しも力を緩めることなく、なおも爪を傷の中に食い込ませる。

ついにケル・テックを取り落とした。

左手でエンダを殴りつけようとした刹那、カウンターで耳の横を殴られた。拳ではない。手首に嵌まったままの手錠の輪を叩きつけられたのだ。

これは応えた。かつて経験したこともない攻撃。相当な威力だった。耳たぶが裂け、鮮血が噴出する。

こちらが怯んだ隙にケル・テックを拾い上げようとしたエンダの胸を、思い切り蹴り上げる。まともに食らってエンダは仰向けに倒れた。

同時にFNファイブセブンを引き抜き、発砲する。だが指先にまで滴っていた血でタイミングが狂った。

エンダは破砕されたキャビネットの下部を潜り抜け、反対側へと消えた。まさに狼の俊敏さだ。

構わず発砲を続けるが、手応えはなかった。

この俺から武器を奪おうとするとは——

怒るよりも感心した。あれがIRFの〈銀狼〉か。

「姿！」

前方から壁沿いにユーリが駆けつけてきた。

一目見て状況を察したようだが、よけいなことは何も言わない。そういうところは〈分かっている〉男だ。

「エンダはこの列の反対側に消えた」

ケル・テックを拾い上げながら伝えると、

「列の端を通り過ぎるときに見たが、誰もいなかった」

「だと思ったよ」

こぼれ続けるワインが床に溜まり、周辺に濃密な芳香が立ち込めていた。被害額が全部でいくらになるのか見当もつかないし、知ったことではない。

血溜まりの感触と臭気には慣れているが、ワインの雨は初めてだ。

「ライザは」

「分からない。俺はキャビネットの合間を突っ切って来た」

「まずいぞ」

ワインの滝が流れる床に散乱したガラスの破片を踏みしだき、ユーリとともに走り出した。


ワインセラーの右側でバーテックとケル・テックの銃声がした。

あそこか——

しかしライザはそのまま壁に沿って走り続ける。

兵士としての姿の実力は知っている。全力で戦えばいくらエンダでも簡単に突破することはできまい。しかし姿はクライアントのオーダーにはどこまでも忠実だ。「殺すな」という命令は、彼の実力をかなりの程度削ぐだろう。エンダは沖津や姿が考える以上に獰悪《どうあく》で狡猾な相手だ。

命令通り生かしたまま拘束するには、少なくとも三人がかりでないと不可能だ。

エンダは姿とユーリの追尾を振り切り、必ずワインセラーを抜け出すだろう。そう予測して、奥の出口へと直行する。

信じてもいない神に告白しよう。自分はエンダが立ち向かってくることを望んでいる。姿やユーリが追いついてこないことを願っている。

そして全力で戦う。戦って、戦い抜いて、斃す。故国からの底知れぬ悪意をここで断ち切る。

不意にライザは、己の情動を押しとどめようとする〈何か〉の存在を感じた。

えっ――

足が止まりそうになる。

なんだ、今のは――

狼狽する。どういうことか、まるで分からない。

だが〈何か〉が微かに告げている――戦うなと。

強いてその考えを振り払い、M629を両手で構えて足を速める。

考えていては負ける。一瞬の迷いが命取りとなる。それが絶対の原則だ。

11

人とも思えぬ黒い影が、ワインセラーの奥にある出口から滑り出るのが見えた――エンダだ。

M629のトリガーを引く暇もなかった。

後を追ってワインセラーを抜け、従業員専用通路を走る。エンダはホテルの裏動線を完璧に把握している。〈敵〉はよほど情報の扱いに長けているのだろう。

通路は二方向に分岐していた。

足を止め、集中する。

どっちだ――

左側の分岐の先に、何か黒い物が見えた。

エンダが被っていた黒のキャップだった。

ライザはためらわずに右の通路を走り出した。

エンダほどの暗殺者が、いくら慌てていたとしても自分のキャップが脱げたことに気づかぬはずはない。こちらがそう考えるものと読んで裏をかき、あえて左に行ったとも取れるが、ライザにははっきりと分かった。

右の通路から狼の臭いが漂ってくる。それに、微かなワインの香りも。

間違いない。エンダは右だ。

右の通路をしばらく進む。その先には、地下三階と四階とが吹き抜けになった広い空間があった。

そこに巨大なタンクが二基設置されていた。

それぞれ高さ五メートル、直径五メートルあまりの円柱形をしている。FRP樹脂で作られた貯水タンクだ。ホテルで使用する水の安定供給に使われるほか、地震対策も兼ねているという。

壁面に巡らされた通路の手すりに駆け寄り、下を覗く。タンクの基部に銀髪の影が見えた。

M629の銃口を向けるが、すでに影はタンクの向こうに消えている。

慌てて左右を見る。地下四階に下りる階段は見当たらなかった。

エンダはどうやって地下四階に下りたのか。答えは一つだ。

M629をデニムの腰に突っ込むと、ライザは手すりの上に足を掛け、タンクめがけて飛び移った。

両手の指がかろうじてタンク上部の端に掛かった。だがその瞬間、背中で異様な音がするとともに激痛が走った。衝撃で傷が完全に開いたのだ。あまりの苦痛に指から力が抜け、体が滑り落ちそうになる。

タンクの縁には手がかりと言えるほどの突起はない。気力を奮い起こして指に力を込め、ブーツの先で側面を蹴る。反動を利用してタンクの上に飛び乗った。

M629を抜き、急いで反対側まで走る。そこに梯子が設置されていた。タンク上部にある点検口を覗くためのものだ。

視線をその先の壁面に移し、ライザは絶句する。

工事中らしきトンネル出入口の周囲に建築資材が無造作に置かれていた。

〈一部が未完成〉とはここのことだったのか――

作戦前に与えられた資料には詳細な記述がなかった部分だ。だがエンダは、その情報をも与えられていたに違いない。

このトンネルはどこに通じているのか。このトンネルの先には何があるのか。

まったく分からない。唯一予測できるのは、渋谷署の包囲網はこのトンネルまでカバーできないだろうということだ。

姿とオズノフがここに到達するのはおよそ一分後。トンネルの方を警戒しながら梯子を下りる。二人の到着を待っている余裕はない。地下を脱したエンダが渋谷の喧噪にまぎれ込んだらもうおしまいだ。

タンクから下り立ち、躊躇なくトンネルに踏み入った。

内部には等間隔で作業灯が配置され強い光を放っているが、異様に長いトンネル内の不穏さを払拭するには弱すぎた。

走るうちに背中の傷はますます大きく開いていた。噴き出した血にシャツが貼り付く。汗と血が入り混じって沁みるように痛む。

やたらと狭いトンネルだった。周囲にはさまざまな大きさの排水口が口を開けている。なんのためのトンネルなのか。作業点検用らしき金属製の通路が敷設されているが、本来の用途はおそらく違う。

しかも時折急角度で曲がりながら、どんどん地下深くへと下っている。現在位置が渋谷のどの辺に当たるのか、もう見当すらつかない。

私達の森――唐突に思い至った。

ここは精霊の棲む北アイルランドの森かもしれない。

そうだ、エンダの森だ。

――私達の森はこんなにきれい。私達にはこの森がある。激烈な傷の痛みを以てしても、その妄想を振り払えない。

私達の森。

否定しようとすればするほど、あり得ない幻影が眼前に広がっていくようだった。

何度か地上に通じるらしい縦穴や仮設の梯子を見かけたが、無視して先へ進んだ。エンダの足音と気配が前方からはっきりと感じ取れる。

そして――水音。

水音？　下水だろうか。だがこのトンネルは下水管とも思えなかった。

しかもその水音は、次第に大きくなっていく。通路全体から轟然たる震動が伝わってきた。まるで自然の瀑布に近づいていくかのように。

信じられない。渋谷の地底に、滝があるとでもいうのだろうか。

やがて〈終着点〉に出たライザは、水音の意味を知った。

そこは、あまりに広大な地底湖であった。

幅も奥行きも優に一〇〇メートルはある。無数の太いコンクリート柱が林立する人工の四角い地下空間に、今は濁流が渦巻きあふれている。

放水路だ――

渋谷再開発プロジェクトの全体像について触れた部分が資料にあった。

渋谷はもともと、その地名が記す通りの谷であり、かつては暗渠《あんきょ》が走っていた。当然水害には極めて弱く、駅ターミナルや地下街に雨水が浸水することもしばしばある。そのため、再開発に当たっては抜本的な対策が図られた。

渋谷駅東口地下には渋谷川を移設した雨水貯留槽がすでに完成している。だがそれだけでは年々激しさを増すゲリラ豪雨への対策として充分とは言えず、さらなる地下施設の建設が求められた。それが渋谷駅西口の地下に広がる『渋谷放水路』である。

ハイグランド渋谷と地下でつながっていることまでは資料に記されていなかったため、一読しただけで特に記憶にはとどめなかった。

エンダはクライアントから一段階高度なレベルの資料を与えられていたに違いない。それにより非常時の脱出経路としてここに目をつけたのだ。

未完成のはずだったが、折からの豪雨で大量の雨水が流れ込み、普段は空洞の放水路が轟々と流れる水で満たされている。

眼下を見下ろすと、水はすぐ足許まで迫ろうとしていた。トンネルにはかなりの勾配があったから水がホテルにまで侵入することはないだろうが、予報をはるかに上回る雨量であることは分かった。

エンダは――〈銀狼〉はどこだ――

周囲を見回す。いた。

三、四メートル離れた位置に、作業用階段が設置されている。それは幾重にも折れ曲がりながら、はるかな高みにまで続いていた。

ライザを見下ろす位置に立ち、エンダは嗤っていた。その手には、ベレッタ92バーテックがある。

反射的に背後へと引っ込む。二発の銃弾が足許のコンクリートをえぐった。間一髪だった。

トンネルの中からM629を突き出し、連射する。撃つたびに背中の傷に衝撃が走った。

階段とトンネル出口との間には道はない。トンネルの内壁に身を隠して覗くと、階段の上部に登山用のザイルが結び付けられているのが見えた。もう一方の端は、階段の下にだらりと垂れていて手が届かない。

このルートこそ、エンダの進入路でもあったのだ。侵入時にザイルを使ってトンネル出口に下り立ったエンダは、脱出時のためにトンネル側にザイルの端を固定した。予定通りそれを使って階段に戻ったというわけだ。

すぐそこに見えているのに、こちらから階段に取りつく方法はない。水に飛び込んで泳いでいくという手はあるが、そんなことをすれば上から狙い撃ちにされるだけだ。

片手を突き出してエンダを撃つ。たちまち返礼の銃弾が三発飛んできた。バーテックは残り四発だ。

私はあんたをここで殺す――鈴石主任の家族を殺したあんたを――

そのとき〈何か〉がまたも殺意を抑えた。

構うものか――

トンネルの中で手早く弾薬を装塡する。後方の姿とオズノフはまだ来ない。戦場において一分の差は圧倒的に大きい。わずか数秒の差で死ぬことさえ珍しくはないのだ。

再装塡を終え、再び銃口をトンネルの外に突き出す。

途端にパラベラム弾が立て続けに浴びせられた。一発、二発。ほんのわずかだが間隔が開いている。

三発。発砲しつつ半身を乗り出す。

エンダは階段を駆け上りながら撃っていた。こちらを牽制しているのだ。四発目の銃声を確認し、全身を階段に向けて、撃つ。

トリガーを三回引いたとき、ライザは悟っていた。


――一番悲しむべき事は、本来なら友人になれるはずの人とそうなれないことだ。


『車窓』の一節。鈴石主任の父親が遺した言葉。何度も繰り返し読み、心に刻んだ。

自分を押しとどめようとしている〈何か〉とはそれだったのだ。

エンダが友人になれるはずだったというのか。あり得ない。あんな女と。

だが鈴石輝正氏は、著書の中であらゆる憎しみを越える人の優しさに希望を託している。

どうしてこんなときに――

トリガーに掛けられた指はもう止められない。四発目。

背中の傷が熱を帯びて疼いている。耐え難い痛みに視界がぼやける。

エンダはどんどん上部へと――解放の高みへと軽やかに駆け上っていく。

逃がすわけにはいかない。どうしても。

五発目。

エンダの腰のあたりで鮮血が散った。その体がぐらりと崩れ、階段から一直線に落下する。

水面に大きな水飛沫が上がり、〈銀狼〉は濁流に呑まれて消えた。

そしてライザは、己が取り返しのつかない新たな罪を犯したように感じ、呆然と立ち尽くす。

――狼に会った。

――私達にはこの森がある。この森だけがある。

――狼は祖国を護る精霊だ。

エンダは自らが拠って立つものを一切持たなかった。それがゆえにIRFの大義に固執した。そこに自分の生きる価値を見出した。

だからこそIRFを離れても正体を隠して支援し続けた。修道女の如く、なんの見返りも求めずに。なんなら聖女と言ってもいい。

差別されて育った境遇は自分と同じだ。あまりに孤独で、あまりに無知で、テロリズムという偏狭な思想に囚われた。

一体どこが違うというのだ、自分とエンダと。

自分はその人を殺してしまった――友となり得る可能性のあった人を――

突如、水面から突き出た手がライザの足首をつかんだ。

声を上げる暇もなかった。

気がついたときには、ライザはエンダとともに濁流の中で揉みしだかれていた。水中でもはっきりと分かる、執念に燃える狼の眼光。

全力で突き放そうとするが、どうしても離れない。しがみついた狼が、背中の傷を爪でえぐる。

凄まじい激痛に水の中で絶叫する。周囲の水が赤く濁った。

姿とともにトンネルの中を駆けつけたユーリは、前方に佇むライザの背中を確認してほっと息を漏らした。

激しい銃声が聞こえていたので焦ったが、どうやら間に合ったようだ。

次の瞬間――ライザが消えた。

「あっ！」

驚いて出口まで全力疾走し、銃口を水面に向ける。

「見たか」

顔を上げる姿に、

「ああ、見た。水中に引きずり込まれたんだ」

濁った雨水の中は容易には見通せない。

「あそこだっ」

姿がケル・テックを向ける。

水面近くに黒い人形《ひとがた》の塊が見えた。エンダとライザだ。互いにもつれ合うようにもがいている。

二人の距離はないも同然だ。散弾銃で撃てばライザも被弾してしまう。

ユーリはケル・テックを捨て、ＧＳｈ‐18を抜いた。拳銃で水中の標的を撃つのは入射角が変わるため至難の業だが、この場合散弾銃よりはまだ使える。姿もユーリと同様にＦＮファイブセブンを抜いている。

だが銃口を向けたときには、すでに黒い塊は再び水中に沈んで見えなくなっていた。助けに飛び込もうにも、二人の位置はもう見当もつかない。

「応援を呼べ」

「分かってる」

姿に言われるまでもなかったが、作戦の性質上、無線のヘッドセットは二人とも装着していない。ユーリは携帯電話を取り出し、発信しようとした。

「駄目だ、地下で電波が届かない」

「なんだと」

姿も自分の携帯を見るが、歯噛みをして何も言えずにいる。

ユーリの眼前で、水が花開くように赤く濁った。


――幻の友人達に感じるこの懐かしさはなんだろう。まだ出会ってもいないのに。きっとそれは人間が本来持っている寂しさであり、他者への慕わしさだ。頼りなく心細い旅の途次にあるとなおさら感じる。


鈴石輝正氏の文章がゆるやかなさざ波となって水中に広がっていく。

もうすぐ列車は国境に差しかかる。鈴石氏は車窓を眺めながら、未知の国への期待と不安に胸の高鳴りを抑えることができない。

やがて氏は、ノートを広げて静かに文を綴り始める。

その文章に、氏の言葉に、ライザは耳を傾ける。

そして想う。氏の自由な心のありようを。人間に対する眼差しの優しさを。

それこそ父デリク・マクブレイドが自分に与えようとしてくれたものに他ならない。

懐かしい故郷。虐げられた北アイルランド。自分はそれらのすべてを捨てた。

今はただひたすらに後悔している。父や母、それに妹と過ごした粗末な家。二度と帰らぬささやかな幸福の幻影。

だがエンダにはそんな思い出さえもなかった。

〈裏切り者のマクブレイドなら、おまえは決して私には勝てない〉

マクブレイドは裏切り者ではない。名誉すらも求めぬ真の英雄だ。だからこそ私を羨み、そして憎んだのか。マクブレイドの血を引きながら、祖国を裏切ったこの私を。

ああ、エンダ――あの頃一晩、いや一時間でもいい、あんたと心から話す機会さえあったなら――

それが決してあり得ぬ空想にすぎないことは分かっている。あの頃の自分は、エンダ以上に頑なで愚かだった。

握り締めたままだったM629の台尻でエンダの腕や胴体、それに頭部を何度も殴りつける。

しかしエンダは、こちらの傷口に指を食い込ませ、背中の肉を鷲づかみにして離れようとしない。

激痛に気が遠くなりそうだった。

濁流の中で、銀髪がうねるように旋回する。

美しい――そして穢らわしい――

エンダには北アイルランドの森に太古より潜む〈もの〉が憑いている。超自然的な存在ではない。人間の悪意だ。歴史の悲惨が否応なく生み出した暴力の核だ。もう誰も彼女を救えない。

息が――できない――

必死に水面へ向かおうとするライザを、エンダが水底へと引きずり込む。

清澄なダーグ湖と違い、都市の退廃と粉塵とを存分に吸った汚泥の底へと。

〈銀狼〉には呼吸さえ無用なのか。執念を超越した妄執だった。

私達の森。

その森に独り佇む銀色のエンダ。あんたはかわいそうな人だ。

裏切り者から憐れまれて悔しいか。ならばあんたが私を憐れむといい。私もまたあんたと同じく、決して許されぬ罪を犯したのだから。

ミリー。妹が何かを言っている。屍衣のようなグレイのパーカーを着たまま、遺体安置所の台から半身を起こす。

――どうしてあんな顔をしたの？　鈴石主任は姉さんを助けてくれたのに。

分からない。私が主任の手を汚させてしまったからか。

――あの人の手は血に濡れていたわ。

主任は私を助けようとして、自分の指を傷つけた。そのときの血だ。

――助けてくれたのに。助けてくれたのに。

そうだよ、ミリー。あんたを突き放したように、私は鈴石主任を突き放してしまった。それが私という人間だ。犯すべくして罪を犯した人間のなれの果てだ。

――でも、主任はまだ生きている。私と違って。

間に合うだろうか、私はまだ。

――間に合うわ、姉さんもまだ生きている。だから……だから……

幻影でもない。妹でもない。唾棄すべき自己との対話であった。何もかもが、愚かで幼稚なエゴの結果だ。

そんな自分と同じ顔が間近にある。水を隔てて、狼の眼をして。ただ妄念にのみ動かされている。

鉄路は不潔な街を抜け
冷たい墓地を散々に堂々巡って

挙句に君は徒労を知って滅びるのだ。

あれほどキリアン・クインを嫌いながら、あんたは結局、彼の代表作『鉄路』をなぞるように生きてしまった。この皮肉をなんと言えばいいのだろう。あんたの魂は、彷徨も遍歴もしていない。最初から赤錆びた線路に沿って、ただ運ばれていただけなのだ。寛容も友愛もない、憎悪と冷笑だけを乗せて走る列車の乗客でしかなかったのだ。

私は『車窓』からそれを眺める。あんたや私が生まれた世界の悲劇を。

そして気になった場所があればそこで降りる。できることがあれば私はそこで使命を果たす。私は自由だ。

私は裏切り者のライザ・マクブレイドではない。

警察官のライザ・ラードナーだ。

M629の銃口をエンダの胸に押し当てる。弾は一発だけ残っていた。

命令を遂行できなくなるが、やむを得ない。警察官として、今は生き抜くことが最優先だ。

先に逝ってくれ——あんたとはあの世で友達になれることを祈っている——

トリガーを引く。

衝撃が水中を揺るがせ、エンダの背中から赤い色が広がる。

ライザの体をつかんでいた手が力を失い、エンダがゆっくりと水底に沈んでいく。

濁流でよくは見えないはずなのに、銀の髪がきらめきながら大きく広がるさまがはっきりと見えた。

それはまるで、精霊がダーグ湖の湖底に還っていくようだった。

「見ろ」

姿の指差す方で、再び水面に赤い血が広がっていく。さっきのものよりだいぶ大きい。

どっちの血なんだ――

固唾を呑んでユーリは赤く染まった水面を見つめる。

やがて、水面に誰かが顔を出した。砂色に近い金髪。ライザだ。

大きく息を吸っているが、意識を失ったのか、すぐにまた水中に没していく。

いけない――

位置を見失ったらもう最後だ。ユーリは即座に飛び込んだ。


ユーリ・オズノフ警部によって救助されたライザ・ラードナー警部は、姿俊之警部による救急措置の後、日本赤十字社医療センターに搬送された。

その三時間後、警視庁水難救助隊のダイバーによって渋谷放水路の底に沈んでいた指名手配犯エンダ・オフィーニーの遺体が引き上げられた。

作業に当たったダイバーの話によると、水底に横たわる被疑者の遺体は、殉教者を思わせるほど崇高で清らかなものに見えたという。

第五章　自罪

1

七月三十一日、午前七時五十四分。京浜運河に近い大田区平和島の路上に放置されていた乗用車の車内で、心中と見られる男女二名の遺体が発見された。

通報を受け駆けつけた大森署の調べにより、遺体の主は警察庁警備局警備企画課長の堀田義道警視長と、警察庁長官秘書官の白井奈緒美であると判明した。

乗用車は堀田課長の自家用車であるトヨタ・マークXで、排ガスをゴムホースで車内に引き込むという古典的な手法であった。車内からはベンゾジアゼピン系睡眠薬が大量に混入されたウイスキーのボトルも見つかった。ボトルの中身は半分ほどしか残っておらず、状況から見て二人はエンジンをかける前、ともにこのウイスキーを呷って死に至るまでの苦痛を和らげようとしたものと推測された。

大森署はただちに警視庁、並びに警察庁に報告した。だが警察幹部の不祥事は慣習的にまず隠蔽の発想に基づいて処理されるのが常である。しかも前夜には渋谷での大事件があったばかりだ。適切な初動捜査が行なわれたかどうかさえ定かでない。

堀田課長自殺の報は特捜部にも大きな衝撃を与えた。

沖津部長の指示によりただちに夏川班の捜査員二名が渋谷の現場から平和島に駆けつけたが、大森署が封鎖した現場では警視庁警務部の監察担当らが総出で眼を光らせており、臨場さえ許されなかった。

同日午後八時十八分、練馬区氷川台にある戸部田三郎の自宅兼事務所で、是枝外事二課長は古びた事務机に向かう家の主と二人きりで話していた。

昭和の遺物としか言いようのない二階建ての老朽家屋に、古い柱時計の音がやけに響く。蛍光灯の明かりもまた、過ぎ去った時代の彼方から漏れ出たもののようだった。

そのあたりは古くからの住宅街であるが、住民の高齢化により、土地家屋を売却して転出する者も少なくない。そのため、画一的な建売住宅と古い民家とが入り混じる奇妙な景観を成している。

「こんな家、あんたも早いとこ売っちまって、どっか小ぎれいなマンションにでも越した方がいいんじゃないの。古い家は湿気が籠もって体に悪いって週刊誌に書いてあったぞ」

白いカバーの掛かった時代物のソファに座った是枝が言う。

「売れるもんならとっくに売ってますよ。古い家は解体費用がかかるだけだし、そもそもここは旗竿地だからそう簡単には買い手が見つからなくて。いっそ両隣のお宅とまとめて売りに出せればいいんでしょうけど、右隣の家は相続で揉めてるし、左隣は独りで住んでた婆さんが入院したきりで行政も手が出せないと来てる」

古い手帳を繰っていた戸部田は、それを脇にやって旧型のノートＰＣの横に置かれた缶入りピースを一本抜き出し、スナックの店名入りライターで火を点けた。

戸部田は六十過ぎの痩せた男で、元会社役員、団体顧問だが現在は無職である。悠々自適を自称しつつ、冷え冷えとしたこの家に独りで寝起きしていた。

「こんなことなら、もっと羽振りのいいうちに手を打っときゃよかったんですが、なにしろあの頃は忙しくてねえ。とても家のことなんて考えてる暇もなかった」

ピースの煙を吐きながら、戸部田は疲れたように目を閉じる。

彼の以前の勤め先は『滑川商事』『ウォーターロード・プランニング』、それに小林半次郎の政治資金管理団体『半蔵会』。

「その代わり散々いい思いもしたんだろ？」

「それほどでもないですよ。多門寺先生くらいの大物なら別ですが、私なんて使いっ走りみたいなもんでしたから」

「だとすると、割に合わない仕事をしたな」

「まったくですよ」

落ち窪んだ目を細めて戸部田が笑う。

「さて、と」

吸いさしのピースを板金製の灰皿に置き、戸部田は机の横に鎮座している骨董品のような金庫を開けた。中に納められていた厚さ十センチにも及ぶコピー用紙の束を取り出し、是枝に渡そうとして、

「これで本当に私のことは……」

上目遣いに訊いてくる相手に対し、是枝は面倒くさそうに応じた。

「約束する。いかなる容疑でもあんただけは立件しない」

安心したのか、観念したのか、どちらともつかぬ息を吐いて、戸部田はコピーの束を差し出した。受け取った是枝はそれを持参のブリーフケースに詰め、立ち上がった。

「邪魔したな。二度と来ないから安心してくれ」

「そう願いたいですね」

灰皿のピースを取り上げて再び手帳に向かった戸部田は、もう振り返りもしなかった。

戸部田の家を出た是枝は、木戸を閉めながら左右を見る。戸部田の話にあった通り、どちらの家も窓に明かりは点っておらず、人の去った家屋の寂寥を感じさせた。

ブリーフケースの取っ手をしっかりと握り直し、城北中央公園に沿って歩き出した。道の片側には、売れ残りの建売住宅が真新しい墳墓のように並んでいる。

かつて戸部田は小林半次郎子飼いの家臣と呼ばれていた。さまざまな関連団体や企業に派遣され、他の組織や団体との間で直接の窓口役を果たしていたのだ。しかし些細なことから親分の不興を買い、すげなく放逐された。

当時の役職上、小林半次郎の属する会派からどこにどういう情報が流れたか、戸部田は誰よりも知悉していた。すなわち、クイアコン関連情報の漏洩源についてである。

受け取ったコピーは、それを裏付ける証拠となる資料で、戸部田が自らの保険として密かに保管していたものであった。

中国人留学生の傅瑞芳《フールイファン》を巧妙に操り、総務省の水戸課長にハニートラップを仕掛けた〈劉《リィウ》〉こと黎《ライ》士彬《シーピン》。中国大使館武官補佐官である黎が、日本におけるインテリジェンスの指導的立場にあることは外事二課でも以前から把握していた。彼の本当の身分が人民解放軍総参謀部第二部の大校（大佐）であることも。

黎士彬の逮捕を狙う是枝は、彼の足跡を遡る形で戸部田三郎に辿り着いたのであった。

金の流れを追ったわけではないから捜査二課も国税も気づいていない。

特捜と捜二は、滑川商事やウォーターロード・プランニングも当然チェックしていたが、その二社と半蔵会の接点となる戸部田という男の存在を把握するまでには至らなかった。

ことに特捜の由起谷主任は、滑川商事を当たっている最中に和義幇《フーイーパン》の關 剣平《クワンジェンピン》と遭遇したと聞いている。そこをもっと突っ込んでいれば特捜の得点となっていたかもしれないが、詰めが甘かったと言うほかない。

もっとも、由起谷班は捜査の途中で和義幇のマークに専念するよう担当を変更させられているから、一概に彼を無能と断じるわけにもいかないだろう――

そんなことを考えながら、路上駐車した自家用車のロックを開けようとしたとき、すぐ背後で急停止するタイヤの軋みが聞こえた。

驚いて振り返ると、黒いバンのドアが勢いよく開かれ、目出し帽を被った数人の男達が飛び降りてきた。

拉致だ――

抵抗する間もなく全身を押さえつけられ、車内へと引きずり込まれそうになる。全員が手袋を嵌めていた。

中に乗せられたらおしまいだ――

片手に握っていたブリーフケースが強引にもぎ取られた。

自由になった手で、是枝はいつもベルトにぶら下げている防犯ブザーのピンを引き抜いた。

途端に一三〇デシベルの強烈な音が響き渡る。

男達が明らかに怯んだ。だがそれも一瞬で、泡を食ってがむしゃらに是枝を連れ込もうとする。

死にもの狂いでもがく是枝に、男達の拳や蹴りの乱打が浴びせられた。拳銃は携帯していない。たとえ持っていたとしても、抜く暇さえなかったろう。鳴り続けるブザーだけが頼りだったが、目の前に並んでいるのは明かりも点いていない無人の建売住宅だ。すぐに助けが来ることは期待できない。

車内側にいた男が、家電製品のリモコンのようなものを突き出してくる。スタンガンだ。

咄嗟に車のドアを叩きつけるように閉めた。手をしたたかに挟まれた男がスタンガンを取り落とす。

夢中でそれを拾い、なりふり構わずでたらめに振り回した。一人が短い悲鳴を上げて失神する。

同時に遠くから七、八人の人影が走り寄ってくるのが見えた。

大丈夫ですかっ――通報しましたっ――

口々にそんなことを叫んでいるようだが、ブザーの音でよく聴き取れなかった。

男達は慌てて倒れた仲間を車内に運び入れ、是枝を残してバンを急発進させた。

ごく短い時間の間に体力のほとんどを使い果たし、是枝はアスファルトの上に横たわったまま動けなかった。

「大丈夫ですかぁーっ」「しっかりして下さぁーい」

誰かが耳許で叫んだ。今度はなんとか聴き取れた。

中の一人はペンライトを持っていた。

何人かに助け起こされながら、

「それを貸してもらえませんかぁーっ」

こちらも大声を上げてペンライトを借り、周辺の路面を照らした。近くに転がっていた防犯ブザーのピンを見つけ、ベルトの本体に差し直す。

耳をつんざくような騒音がようやくやんだ。こういうときに備えて長年持ち歩いていたブザーだが、実際に使用したのは初めてだった。

しかし持っていたブリーフケースは見つからなかった。襲ってきた集団——中国人だろう——が持ち去ったのだ。

「ありがとうございます。助かりました」

息を切らせながら、是枝は周囲の人達に礼を言った。

彼らは大学のラグビー部員で、夜間のランニング中に防犯ブザーの音を耳にし、駆けつけてきたのだという。

そこへ練馬署のパトカーが到着した。

「はい、何があったの。被害者はどこ」

大儀そうに降りてきた二名の制服警官にＩＤを提示し、

「本庁の是枝です。急いでこの先の民家に急行して下さい」

「は？　その前にちょっと——」

「いいから急げ！」

半ば強引にパトカーへ乗り込み、戸部田の家へ取って返す。

閉めたはずの門戸が夜風に揺れている。

「戸部田、戸部田！」

大声で呼びかけつつ上がり込む。

つい先ほどまで戸部田と話していた部屋は滅茶苦茶に荒らされていた。戸部田の姿はどこにもない。古い手帳も消えている。机上のノートＰＣも。代わりに事務机の周辺に残された血痕が、蛍光灯の光に毒々しく照り映えていた。


同日午後八時五十七分。沖津特捜部長は、黛副総監の自宅で椛島刑事部長、清水公安部長、行友《ゆきとも》警務部長と応接室のテーブルを囲んでいた。

「檜垣長官は、私に電話で『白井秘書官が誰かに電話して情報を漏らしている現場を確認した』とおっしゃいました。考えるまでもありませんが、このタイミングでそんな現場を都合よく目撃するなど不自然もいいところです。たとえかねてよりご自分の秘書を疑っていたとしても。『偶然を信じるな』。外務省で学びました」

黙り込んでいる他の四人を、沖津は観察するように眺め渡して、

「この場合の合理的な解釈はただ一つ。檜垣長官は白井奈緒美が何者かに情報を流していることを以前から知っていた。知っていながら素知らぬ顔をしていた。なのにそれをぎりぎりになって私に連絡してきた。つまり、長官は最後の最後で〈日和《ひよ》った〉のです」

「沖津君、君は長官が〈敵〉だと言いたいのか」

黛副総監が静かに発した。

「いいえ」沖津は即答する。「〈敵〉ではありません」

「だったら、なぜ……」

とまどいの表情を浮かべる副総監らに対し、

「〈敵〉ではありませんが、限りなくグレイに近い中立の立場、とでも言った方が近いでしょう。なぜなら、仮に〈敵〉であったとしたら、殺されていたのは堀田さんではなく、檜垣長官であったと思われるからです」

四人は今度こそ声を失っている。

「長官は〈敵〉の存在を信じていなかった可能性すらある。ただ、大いなる政治的勢力があることだけは本能的に察知していたし、彼らの謀略に対して知らないふりさえしてきた。知らないこと、それこそが最も賢明な対応策であるというのは長官の政治的信条でもありますので。然るに、その長官が土壇場で日和った。クィアコンに絡む連続殺人が社会問題化し、不安になったということもあるでしょう。しかし何よりも決定的だったのは、七月二十八日未明、塩浜機械で突発した惨劇です。あの事案により、最重要指名手配犯エンダ・オフィーニーを取り逃がした千葉県警の阿藤勝之本部長はその経歴に大きな傷を負ってしまった。それどころか、のっぴきならない窮地に陥っている。阿藤本部長は長官の従弟であり、派閥の後継者候補とも目されていた人物です。長官はこれに激怒した。だから私に白井奈緒美の背信を教えてくれたのです」

「その一方で、檜垣さんは保険をかけるのも忘れなかったというわけか」

ため息を漏らす黛に、沖津は最大限に言葉を選んだ上で簡潔に答えた。

「そこが長官の政治家としての資質です」

ちょうどそのとき、清水公安部長の携帯に着信があった。

「失礼します」

そう断って座を外した清水は、すぐに戻ってきて一同に告げた。

「外二課長の是枝からです。彼は先ほど、中国の機関員と思われる一団によって拉致されかけたらしい」

「なんだって」

声を上げたのは椛島だ。

外事課の捜査員が拉致されることは、実は驚くほど多い。一般に知られていないのは、大抵の場合、単なる失踪として処理され、報道はおろか捜査されることもないからだ。それでも課長級の拉致未遂はさすがに異常事態と言えた。

「悪運の強い男で、危ういところで難を逃れたそうですが、彼のＳ《エス》（情報提供者）だった戸部田三郎という人物が拉致されました。現場に残された血の量からすると、すでに殺害されたものと推測されます。是枝は総参謀部第二部の黎士彬《ライシービン》を追っていてこの戸部田と接触したということですが、肝心の黎は、今夜八時三十分の便ですでに出国しています」

黎士彬が日本国外に脱出した――

それは取りも直さず、今回の事案の背後で暗躍する中国情報機関の摘発がほぼ不可能になったということを意味していた。

「また戸部田は、もとは小林半次郎の腹心だった男でして、こうなるとその線からの追及も断念せざるを得んでしょう」

事務的に述べて公安部長が着席する。

室内にのしかかった重苦しい空気を強引に払い除けようとするかの如く、副総監が口を開いた。

「是枝君の件は外交問題にも関わる極めて微妙な事案だ。これについては詳細な情報が入り次第、改めて検討することにしよう。いいかね、清水君」

「はい」

清水が同意するのを確認し、黛は続けた。

「次に堀田課長の件だ。行友君から頼む」

行友総司《そうじ》警務部長が手帳を広げ、

「『堀田義道警視長は妻子のある身でありながら白井奈緒美秘書官と不倫関係にあり、二人で思いつめた挙句、合意の心中に至った。使用した睡眠薬は、以前から不眠に悩んでいた臼井奈緒美が医師に処方されたものであることが判明している。車内から二人の携帯端末が発見されなかったのは、互いのやり取りを第三者に見られぬよう、事前にどこかで処分したものと推測される。また車内にも自宅にも遺書の類は残されていなかった。堀田警視長の自殺は身勝手で唐突ではあるが、あくまで個人的な事情によるものであって、他に事件性は認められない』──以上が公式発表の大意となります」

「それが警察の下した結論であり、総意である、ということかね」

副総監が警務部長に問う。

「は、少なくとも警察庁の意向としては」

「我々は官僚である前に警察官だ」

黛は吐き出すように言った。しかしその言葉は、意思より諦念が勝っているようにも聞こえた。

「総監も事態を憂慮しておられる。檜垣長官の取った行動に対しても批判的だ。それでもなお、今はとにかく警察全体の威信を第一にせざるを得ないとおっしゃられた。まさに苦渋の選択であり、私も同意見だ」

椛島、清水、行友。各部の部長は無言である。同じく沖津も。

「沖津君」

「はい」

「君はすでに檜垣さんと接触したのではないかね」

沖津は苦笑に近い笑みを浮かべ、

「いくら私でも、現段階でそこまでは」

「しかしいずれはそう動くつもりだった。違うかね」

「…………」

「隠す必要はないよ。今となっては我々にもその方が好ましい。君は長官に対して大きな貸しができた。それはそのまま我々の貸しでもある。少なくとも今回の件で長官は君を処分できないどころか、積極的にかばわねばならなくなった。一方、我々には継続して事態の収拾に当たる人材が必要だ。その任が務まるのは沖津君、君を措いて他はない。ある意味、君は命拾いをしたとも言えるし、また別の意味では、延々と貧乏くじを引き続けねばならなくなったとも言える」

「承知しております。それこそ――」

「望むところか」

「はい」

「そう言うと思ったよ」

黛はティーカップを取って熱い紅茶に口を付ける。七月も終わりだというのに、梅雨寒が身に沁みた。

「同様に刑事部ＳＩＴの失態に対しても、長官は責任を追及するどころか、名誉の殉職として声高に賛美するだろう」

カップを置いた副総監はおもむろに他の各部長を見回し、

「今の件に関して異論があるならこの場で言ってほしい。非常の際だ、遠慮はいらん」

椛島、清水、行友の三人はいずれも押し黙ったままで口を開こうとはしなかった。

「よろしい。では今夜はここまでとしよう。我々には先の長い仕事が残っている」

副総監の言葉に、四人の警察幹部は立ち上がって低頭した。

「沖津」

黛邸を出た沖津に、椛島が声をかけてきた。

「少し話したい。ウチの車に乗ってくれないか。新木場まで送る」

沖津は椛島の肩越しに刑事部の公用車を見た。運転席に牧野主任。他には誰も乗っていない。

「分かりました。ご一緒しましょう」

椛島の後に続いて日産グロリアの後部座席に乗り込む。

牧野が無言で車を出した。

「千波は危ういところで命を取り留めた。あんたが咄嗟に突き飛ばしてくれたおかげだ。礼を言う」

発進してすぐ、刑事部長が頭を下げた。

「いえ、ともかく助かってよかった」

「鳥居には引き続きクイアコン汚職の捜査に専念するよう命じてある。狼眼殺手が死んだ今、ウチの仕切りでやれるのはその線しかない。黒社会の線は組対だし、中国情報機関の線は公安だしな。もっとも、清水さんの話では中国の線も望み薄のようだったが」

ライザ・ラードナー警部がエンダ・オフィーニーを射殺したことについては触れなかった。捜査一課が結果としてエンダを逃がすきっかけを作ってしまったことに対する負い目があるせいだろう。

じっと前を見つめていた椛島が、横に座った沖津の方を向き、

「あんたの言う〈敵〉だがな、それは特捜のハレギと何か関係があるのか」

ハレギとは晴れ着の意で、特捜部の保有する龍機兵《ドラグーン》を指す。機甲兵装全般を指すキモノと同じく警察特有の隠語であるが、ハレギには多分に揶揄的なニュアンスが込められている。

どんな嘘をも見逃さぬような刑事部長の視線を、沖津は正面から受け止めた。

「少なくとも私はそう考えています」

椛島は大きな息を吐き、

「ハレギの機密に関しては俺も知っている。それが機密の全部かどうかまでは知らんがな」

沖津はちらりと運転席の牧野を見た。

「心配するな。こいつなら大丈夫だ」

沖津の懸念を察したように言い、椛島は続けた。

「四日前の会議から俺達を閉め出したのは、ハレギに関する話だったからだな」

「申しわけありませんが、その質問にはお答え致しかねます」

「それだけで充分だ」

「恐れ入ります」

「堀田は〈敵〉のメンバーか何かだったと考えているのか」

「はい」

「理由は」

「あの人は特捜の内部情報を求めてウチの城木理事官に接触を繰り返していた。あの人なりに焦っていたのかもしれません。その度合が過ぎたのです。当然私は堀田さんに目をつけた。おそらくは〈敵〉であろうと。城木君もそう思ったことでしょう。その結果――」

「白井奈緒美と文字通り抱き合わせで始末されたということか」

「確証はありませんが」

「はっきり言っておく。千波を救ってくれたことについては感謝するし、礼も言う。ウチの借りということにしてくれてもいい。だが〈敵〉とやらの実在まで信じたわけではない。鳥居の言うように、政財界の利権絡みで説明のつくことだ。中国だって噛んでるわけだしな」

「結構です」

未だ明け切らぬ梅雨の名残がフロントガラスを叩き始めた。牧野がワイパーのスイッチを入れる。

しばしの沈黙の後、椛島がぽつりと言った。

「俺にはもう分からなくなってきた」

鬼瓦のようにいかつい顔をした刑事部長が、初めて漏らす弱音であった。

「決して信じてはいない。それでも、信じるしかないような気になってくる。こう見えても大学では政治学の単位も取ったんだ。その頃からいいかげんヤバい気配はあったんだが、それでも日本はまだまだまともな国だった。少なくとも俺はそう思ってた。それがどうだ。当たり前だと思ってたことが、気づいてみるととっくに当たり前じゃなくなってる。しかもみんながみんな、ごく普通にそれを受け入れてる。おかしいのは俺の頭か。それとも日本という国の方か」

「どちらでもありません」

沖津は明確に答えた。

「おかしいのは世界のすべてです」


庁舎に戻った沖津は、自分の帰庁を待っていた二名の理事官、二名の捜査主任、そして二名の突入班員を執務室に呼び集めた。技術班の鈴石主任、突入班のラードナー警部は現在も入院中である。

それぞれの思いを表情として如実に示している彼らに、警察庁の決定について伝える。

話しながら、沖津は彼ら一人一人の様子をつぶさに観察する。ことに城木理事官の様子を。

堀田課長の〈自殺〉について語っているとき、城木は動揺でもなく、また狼狽でもなく、ただ昏く虚ろな顔をしていた。宮近はそんな城木を横目に見て、痛ましげに目を逸らす。

「本職は納得できません」

憤然と立ち上がったのは夏川だ。

「それでは我々まで隠蔽に荷担することになってしまいます。部長がいつも言っておられる特捜部設立の理念は――」

「〈自殺〉の現場は警務が押さえている。事実上、立証は不可能だ。我々にはどうしようもない」

「そんな……」

唇を噛む夏川に、

「だが決して諦めたわけではない。物事には戦い方というものがある。我々は現実というフィールドの中で戦っているのだ。猪突猛進もいいが、先に力尽きたらそこですべてが終わってしまう」

「まあ、落としどころとしてはそんなもんだろうな」

缶コーヒーを啜りながら、姿が悟り切ったように言う。

「この結論以外に手はないのも事実だよ。総監も副総監も、すべてを理解した上で受け入れたのだ。警察自体が崩壊すれば元も子もない。そもそも、腐った部分があるからこそ特捜部の存在意義も生まれるのだ」

「そりゃ部長はいいでしょう。自分の身を囮にして一旦は殺し屋を確保したわけだ。いろいろと後ろめたい長官閣下は、部長に責任を取らせるどころか、ヒーロー役に仕立てて褒め讃えるしかない」

姿の皮肉に苦笑する。

「さすがに褒められはしないよ。それどころか総監から叱責の上、減俸処分ということになっているらしい」

「それで済むんなら大成功というところでしょう」

「解釈は好きにしろ」

「檜垣長官より先に出馬したらどうですか。政治家の才能なら部長も負けてないですよ。いい線行くと思いますがね」

「それは褒め言葉と捉えていいのかな」

「もちろん」

そんなやり取りに苛立ったのか、オズノフ警部が真剣な眼差しで訊いてくる。

「檜垣長官自身が〈敵〉であるかどうかは別にして、エンダ・オフィーニーが死んだ今、長官の周辺から〈敵〉について捜査すべきでは」

夏川と由起谷がはっとしたようにオズノフを見る。

「今は無理だ」

彼らの失望を理解しつつ、沖津はそう答えるしかない。

「警察が組織の存続を図るように、私もまた特捜部の存続を優先させねばならない。そのためにはこれ以上檜垣長官を刺激するのはまずい。警察内にはそれでなくてもウチの足を引っ張ろうと考えている者が数多くいることを忘れてはならない。特捜部解体という事態にでもなれば、それこそ〈敵〉の思うつぼだ。誰が龍機兵と技術班のデータ確保に動くか、知れたものではないからね」

部下達が黙り込む。

ラードナー警部の報告によれば、〈敵〉は電話でエンダ・オフィーニーに命じたという――「鈴石緑にだけは手を出すな」と。

皆そのことを想起しているのだ。

警察の内部情報から鈴石主任の拉致について知った〈敵〉は、慌ててエンダに連絡したに違いない。なぜなら、〈敵〉は龍機兵を直接の管理下に置きたいと考えているからだ。加えて、今や鈴石主任は事実上龍機兵の研究に関する第一人者である。〈敵〉にとっても、絶対に失うわけにはいかない人材だ。エンダの予期せぬ暴走に、〈敵〉もさぞかし泡を食ったことだろう。

そして、だからこそ――〈敵〉は最初から自分の暗殺を狼眼殺手にオーダーしていた。

沖津旬一郎を排除する。三体の龍機兵を手に入れるために。

「エンダに狙われていることを部長が知り得た経緯について、どう発表するんですかね、警察は」

「これで充分だろう」

手許のファイルケースから一枚の紙片を取り出して皆に示す。

聖ヴァレンティヌスの護符――『婚姻』だ。

「それが届けられたと発表するわけですか」

「とんでもない欺瞞だがね。長官の発案だ。私の立場としては従うしかない」

「なるほどね。ではエンダが部長を狙った理由については」

「いい質問だ。私はクイアコンには無関係だからね」

姿の問いにそう前置きし、

「『暗殺者エンダ・オフィーニーは日本警察に正体を暴かれたことで逆上し、捜査を指揮していた特捜部長を見せしめに殺害しようと謀った』というところだそうだ」

「ますますヒーローというわけですな」

「待って下さい」

姿の軽口を無視し、オズノフがなおも食い下がってくる。『最も痩せた犬達』。モスクワ民警の刑事であった彼の習性だ。

「少なくとも副総監をはじめ、刑事部長、公安部長、警務部長については〈敵〉ではないと考えたからこそ、部長は今夜の会合に臨まれたということですよね？」

「私はそこまで楽観的ではないよ」

端的に言いすぎたせいか、その意味を全員が理解できずにいるようだった。

「公安部長という職務から考えて、清水さんはこの先どう動いても不思議ではない。また警務部長の行友さんも相当クセのある人だ。しかも〈自殺〉の現場をいち早く押さえている。ウチの動きにも最大限に眼を光らせていると考えていい。長官の身辺に触ろうものなら、即時なんらかの手を打ってくるだろう。行友さんが〈敵〉であろうとなかろうとだ」

「では捜査は……捜査はどうなるのですか」

代わって由起谷が突っ込んでくる。

「クイアコン疑獄に関しては、現状コメと捜二に任せるしかない。魚住さんはともかく、鳥居さんがどう動くか、興味を惹かれるところだね」

鳥居捜二課長は丸根総括審議官の派閥に属している。クイアコン疑獄に最初に切り込もうとしたのは確かに鳥居だが、その後の状況が彼にどういう変化をもたらしたか、沖津にも計りかねた。

「それだけですか」

夏川が悔しさを滲ませる。

「我々はただ手をこまねいているだけなのですか」

「もちろん、そんなことはない」

沖津はモンテクリストを一本取り出し、火を点ける。副総監の自宅ではさすがにふかすわけにはいかなかった。

「実はすでに次の手を考えている」

煙とともにその言葉を吐き出すと、全員が目を見開いた。

「關剣平《クワンジェンピン》を聴取する」

室内の空気が一瞬で変わる。

「由起谷主任」

「はっ」

背筋を伸ばして直立した由起谷に、

「明朝七時、關に任同《にんどう》（任意同行）をかける。和義幇《フーイーパン》は由起谷班の担当だ。必ず引っ張れ」

2

八月一日、午前七時。由起谷は豊島区北大塚のタワーマンション『コンステラシオン・タワー』二九〇七号室のドアの前に立ち、インターフォンのボタンを押した。

「關剣平さん、警察です。開けて下さい」

返事はない。

「開けて下さい。いらっしゃることは分かっています。管理人の方にも立ち合いをお願いしておりますので、もし開けて頂けない場合は――」

〈今、開ける、待て〉

中国訛りのきつい日本語で応答があった。闞の声ではない。手下かボディガードだろう。

ドアが開き、闞が出てきた。朝早い時刻にもかかわらず、スーツを一分の隙もなく着こなしていた。プラダのサングラスまで掛けている。

「よく俺の居場所が分かったな」

そう言って彼は、マンションの内廊下を固めた由起谷班の捜査員を見回した。

「いろいろとお伺いしたいことがありますので、ご同行をお願いします」

闞は色の濃いサングラス越しに由起谷を見つめた。眼そのものは見えないのに、強烈な眼光だけは確かに感じ取れた。

邪魔をすれば殺す――

闞にはこれまでに何度もそう宣告されてきた。

「ご同行をお願いします」

強い口調で繰り返す。

予期に反して、闞はあっさりと従った。

十名以上の捜査員に囲まれ、悠然とエレベーターホールに向かう。

あらかじめ言いつけられているのか、室内にいた和義幇構成員達も抵抗はせず、ただ一斉に頭を下げて闞を見送った。


巣鴨署の取調室を借り、由起谷はすぐさま聴取を開始した。

取調補助者は由起谷班の池端捜査員。室内には録画器機が据え付けられている。取り調べの正当性を担保するためである。壁面に埋設されたマジックミラーを挟んで、隣室には沖津部長と護衛役の姿警部、それに城木、宮近両理事官が控えている。

最初に由起谷が形式的な聴取を担当し、頃合いを見て部長と交替するという手筈である。

由起谷はまず、供述調書を作成する際の定められた手順に基づく質問から入った。

「姓名を教えて下さい」

「闞《クワン》 剣平《ジェンピン》」

闞は意外なまでに素直に応じた。取調室に入った時点でサングラスは外している。

「次に国籍をお願いします」

「中華人民共和国」

「出生地はどこですか」

「福建省泉州市安渓県城厢鎮」

「現住所は」

「東京都新宿区西新宿七丁目グランシティ新宿六階六〇一号室」

「家族構成について教えて下さい」

「そんな者はいない」

「一人も、ですか」

「ああ」

「失礼ですがご両親は」

「死んだ。二人とも病死だ。農民だった。俺はガキの頃から孤児院で育った」

「親族の方は」

「新型インフルエンザで死に絶えたと聞いている。少なくとも、ものごころついて以来一人も会ったことはない」

「無礼をお詫びします」

「気にするな」

「続けます。ご職業は」

「会社員」

「勤務先は」

「フォン・コーポレーション」

「役職」

「馮《フォン》　志文《ジーウェン》の第一秘書」

「最終学歴をお願いします」

「安渓人民大学社会科学部」

すべて公的な記録や特捜部の調査ファイルに記されている通りである。中国当局にも問い合わせたが、「身上調査の結果、出生地等の記録に疑問は認められない」との回答を得ている。しかし、その回答自体の信憑性は甚だ低いと言わざるを得ない。一から十まで完全に偽造されたものである可能性すら想定できる。

確認するには現地に行くしかないが、特捜部員の中国入国は事実上不可能だ。

また安渓人民大学はすでに廃校となっており、資料はすべて廃棄されている。

全部の質問に闞は淀みなく答えた。その態度に警戒を深めつつ、由起谷は本題に入る。

「七月十九日、あなたはウェスティンホテル東京のレストランで虎鯨食品有限公司《フージンシーピンヨウシエンゴンス》の白景潤《バイジンルン》専務以下六人の社員と二時間にわたって会食していますね」

「ああ」

サングラスに遮られぬ闞の眼光は、想像以上のものだった。

『狼眼殺手』の狼眼とは、こんな眼だったのではないだろうか――

由起谷は、ついに生きてまみえることのなかったエンダ・オフィーニーの異名を思い出した。

「会食の目的は」

「ビジネスの話だ」

「詳しくお願いします」

「虎鯨公司《フージンゴンス》は食品の卸売業者だろう。香港特産のオイスターソースでも仕入れようと思ってな」

「フォン・コーポレーションが現在手がけている業務とはずいぶん違っているように思えます」

「この不景気だ。どこだって内実は苦しい。ウチも新事業を模索している最中だ」

「国家規模のプロジェクトであるクイアコンを手がけながら、ですか」

「そうだ」

「だとしても、馮 志文《フォンジーウェン》CEOの第一秘書という役職からすると、あなたがお会いになるのは不自然と言うしかありません」

「第一秘書というのは便宜上の役職名で、実際は便利屋みたいなもんさ。言いつけられたことはなんでもやらなくちゃならない。勤め人の辛いところだ」

どこまでもとぼけ通す気か――

「虎鯨公司の社員六名は塩浜の工場で銃撃戦の末、全員死亡しました。ご存知ですね」

「ああ、ニュースで見た。こっちはカタギの会社だと聞いてたから取引しようとしてたんだが、どうやらそうじゃなかったらしいな。危ないところだった」

「虎鯨公司同様、塩浜機械工場跡で殺害された阮鴻偉《ユンホンウェイ》さんと一緒にいるところを、あなたは何度も目撃されています。証拠のビデオもある。阮鴻偉さんとの関係は」

「奴とは池袋西口の飲み屋で知り合った。缶詰専門のブローカーだと言うので、今度のビジネスに参加してもらうことにした。世の中はまったくおかしなことだらけだな」

「渋谷のホテルでサブマシンガンを乱射し、多数の警察官を死傷させた舒 里《シュウリー》については」

「初めて聞く名だ」

「おかしいですね。阮さんは同じく塩浜で殺害された寧楚成《ニンチューシン》さんや、この舒里と行動をともにしていました。あなたも頻繁に会っていたはずです」

「そう言えば阮が何度か打ち合わせに連れてきていたような気がするが、名前までは聞かなかったな」

「打ち合わせに同席している人の名前を聞かないというのも変じゃないですか」

「阮はいつもいろんな取り巻きを連れてたからな。そんな小物の名前などいちいち聞いているほど暇じゃない」

「七月四日、ワンズ・ユニバースの本社ビルであなたは私に言いましたね。『殺し屋は俺達が始末する』と」

「覚えがないな」

取調室の椅子に座りながら、闞《クワン》は警察だけでなく、世界のすべてを嘲笑っている。その態度に、由起谷は己の中で沸き立つ血を抑えることができなくなった。

「ふざけるなよ」

自分の顔色が血色を失って白く変化するのが分かる。生まれついての体質だった。怒りがある一線を越えるとそうなるのだ。それゆえ〈白鬼〉と渾名された。自分が最も忌み嫌う自分の顔だ。

ほう、と闞が目を見開く。

「本当に顔が白くなってきたな。面白い。もっと見せてくれ、おまえの本当の顔を」

「なら好きなだけ見ろよ」

顔を闞の間近に突き出した由起谷を、駆け寄ってきた池端が制止する。

「主任！」

昨今の風潮として威嚇的、暴力的な聴取は裁判で必ず問題となる。犯罪行為が明らかであっても、公判が維持できなければ意味はない。

そんなことは百も承知の由起谷が、今は違った。

「どいてろ、池端」

本能で分かる。今ここで退《ひ》いたら、自分はもうこの男を追えなくなる。

「今年の二月、あんたは閑上で行なわれた武器密売のブラックマーケットに参加していたな。こっちにはあの件についても聞きたいことが山ほどあるんだよ」

「知らんな。人違いじゃないのか」

「いいかげんにしろよ。和義幇《ファーイーパン》の大幹部にしちゃあ、ずいぶんとセコい言い逃れじゃないか、え、おい」

「和義幇？　聞いたこともないな。在日華僑の親睦団体か」

「舐めるなよ」

闞《クワン》のネクタイをつかんだ由起谷の手を池端が必死に押さえる。

「主任、やめて下さいっ」

「分かってる。放せ」

池端を突き放した由起谷は、椅子に座り直して言う。

「それじゃあ、じっくりと行くことにしようか、闞さん」

「これは任意の聴取じゃなかったのか」

「逮捕に切り替えてもいいんだよ。令請の段取りもとっくにできてる。閑上の件でな。なんなら警察官への脅迫も入れようか」

「別件か」

「違うな。どっちも俺達には本筋のヤマだ。文句を言われる筋合いはない」

闞が嗤う。

「なるほど、〈白鬼〉か。そうだ、それでいい、由起谷。その白さを突きつめろ。おまえの中に在る鬼とやらを引きずり出せ」

こいつ――

胸を衝かれ、由起谷は黙り込む。

「どうした、由起谷」

闞の眼光が鋭さを増した。

全身に寒気が走る。恐怖だ。それもかつて経験したことがないほどの。

この男は、一体――

「分かった」

そこで闞は大きく伸びをして、

「もういい。おまえと俺とでは格が違う」

「なんだと?」

「生きてきた道が違いすぎるということだ。勝負にもならない」

「なんの勝負だ」

「さあな」

肝心なことは曖昧にぼかしてはっきりとは言わない。一見無防備なようで、録画を完璧に意識しているのだ。

突然短いノックがあってドアが開いた。沖津部長が顔を覗かせる。

交替の潮時か――

そう思ったが、どうやら違うようだった。

部長は背後に禿頭の老人を伴っていた。見覚えのある顔だったが、すぐには思い出せない。

「聴取はここまでとする」

沖津は険しい表情で言い、由起谷に老人を紹介した。

「こちらは弁護士の五百田侑先生だ」

愕然とした。五百田侑。元検事総長で、警視庁と地検との手打ちに際し、福間法務大臣の意を受けて暗躍した大物の一人である。

その名はフォン・コーポレーションの捜査資料にはなかったはずだ。すると、フォンの依頼を受けて急遽法律顧問にでも就任したのか。

「遅かったな」

不遜に言う闞《クワン》に対し、老人はハンカチで頭頂部の汗を拭いながら、

「いや、申しわけない。なにしろ急でしたからな。他の予定をキャンセルするのに手間取りまして」

元検事総長が、外国人犯罪者にへつらっている。吐き気を催す光景だった。

「闞さん、ご協力ありがとうございました。お引き取り頂いて結構です」

丁寧に言う沖津部長を、由起谷は信じ難い思いで凝視する。

部長ならその程度の圧力や妨害は最初から予測できたはずだ。なのにどうして――

闞もまた沖津を正面から無遠慮に見つめる。

その視線を、沖津はたじろぎもせず受け止めている。

「なるほど、おまえが」

そう低く呟いてから、闞は突然、由起谷の両肩に手を回してハグした。

何をするんだ――

硬直している由起谷の耳許で、他の誰にも聞こえぬ低い声で囁いた。

「おまえは俺の命令に逆らった。覚悟はいいな」

明白な処刑宣告である。ハグしたのは録音されないようにするためだ。

由起谷の体から手を放すと、闞は親しげな笑みを浮かべて言った。

「次に会うのが楽しみだな、由起谷」

そして五百田弁護士を従え、悠然と取調室を退出していく。

由起谷も上司に続き、取調室を出た。

廊下では顔色を失った城木と宮近が立ち尽くしている。

二人を一瞥し、鼻で嗤った闞は、そのまま廊下を歩き出そうとした。

「待てよ」

姿警部だった。

振り返った闞に、姿は無造作に歩み寄り、

「取り調べってわけじゃないが、俺からもあんたに訊いておきたいことがある」

「なんだね、君は」

横柄な態度で抗議しようとした五百田弁護士を片手で制し、闞は姿に向き直る。話を聞こうというのだろう。

由起谷は息詰まる思いで二人を見つめる。

「前にあんたが教えてくれたコーヒーの淹れ方だが、確か『豆7、焙煎2、抽出1』、それに『タンザニア、サルバドル、グァテマラを組み合わせる』となってたな」

「…………」

「あれからいろいろやってみたが、どうしてもうまくいかない。どうやったらあの味を出せるんだろうな」

「…………」

「何かアドバイスがあったら教えてくれ」

「龍の血は入れたのか。最後にそう書いたはずだぞ」

姿は「あっ」と大仰に漏らし、

「そうだ、そいつを忘れてた。『最後に龍の血を』か」

苦々しい顔で舌打ちしている闞《クワン》に、姿は重ねて言った。

「龍の血は値が張るぞ。シャチの血なら六匹分あるんだが」

シャチ——虎鯨公司《フージンゴンス》のことだ。

「そいつで代用するってのはどうかな」

「安物を使うとかえって高くつくこともある」

「今のあんたが言うと説得力があるな」

闞の面上に怒気が浮かぶ。彼は塩浜機械の工場で、側近とも言える阮鴻偉《ユンホンウェイ》を失っているのだ。

スーツの内ポケットからサングラスを取り出し、ゆっくりと掛けた闞は、そのまま何も言わずに歩み去った。

わけが分からないといった顔をした五百田が慌てて闞の後を追う。

由起谷は思った——闞の言う通りだ。自分では勝負にもならない。位負けもいいところだ。

闞と戦えるとすれば、それは姿警部のような男だけだろう。

3

同日午後二時より、世田谷区祖師谷の誠善寺で故堀田義道警視長の葬儀が営まれた。

なにぶん不倫の末の心中という不名誉な死であるため、生前の地位からすると驚くほどささやかな規模だった。喪主である夫人も、一般企業に勤務するという子息も、故人に対する冷淡な態度があからさまに見て取れた。

警察幹部もほとんどが欠席であったが、それでも警察庁、警視庁の各部署から何人かが申しわけ程度に顔を見せていた。

特捜部からは城木と宮近が出席した。ともに入庁時には堀田の世話になっているし、關剣平《ジェンピン》の聴取が予想外に早く終わってしまったということもある。

焼香を済ませた城木は、宮近と二人、境内の片隅に立ってちらほらと参列する人々の顔ぶれをぼんやりと眺めていた。

「やっぱり少ないな、参列者」

傍らの宮近にそう言うと、彼は「ああ」と曖昧に頷いた。

「部長級は来ないだろうと思ってたが、それにしてもな」

「ああ」

「堀田さんほどの人がこんな形で……無常という奴かな、世の中の」

「不安なのか、堀田さんが死んで」

はっとして宮近を見る。

「どういう意味だ」

「いや、気にしないでくれ。不安なのは俺の方だ」

「…………」

「悪かった」

「いいんだ」

それきり宮近は黙り込んだ。城木ももう何も言わない。

このところ、宮近との間に距離を感じることが多くなった。会話をしようとしても、どこかぎこちなく気まずいものとなってしまう。

――城木君、君もいよいよ後がないぞ――君は警察組織を取るのか。それとも特捜を取るのか――

堀田の言葉が甦る。その堀田自身が、おそらくは〈敵〉により排除されてしまった。

これから自分はどうなるのか。もはや見当もつかない。

宮近に指摘された通りだ。不安で居ても立ってもいられない。

目の前でしめやかに執り行なわれている葬式が、まるで自分のものであるかのように感じられた。

状況は混迷を深める一方で、警察全体が深い霧に包まれ行先を見失っている。

それは比喩でもなんでもない。エンダ・オフィーニーは射殺され、連続殺人は一応の終結を見た。だが暗殺実行犯の死によって、クイアコン疑惑の捜査は困難の度合いを増した。マスコミの非難も加熱する一方で、二転三転する警察の対応に国民の不信感はかつてないほどに高まっている。クイアコン関係者の国会への参考人招致も声高に叫ばれていた。

そこに来て警察庁警備企画課長の不祥事である。それが心中などではなく謀殺であると知っているだけに、城木は暗澹たる思いを禁じ得ない。そのことに関してだけは、横に立つ宮近も同じ気持ちでいるだろう。

あまりに呆気なく終わった關《クワン》の聴取を思い出す。

城木は宮近とともに上司に詰め寄った。いくら大物弁護士が自ら出向いてきたとは言え、なぜここで一企業の圧力に屈するのかと。

――これはフォンの圧力じゃないんだよ。

沖津は表情を変えることなくそう答えた。

――五百田弁護士の依頼人は確かにフォン・コーポレーションということになっている。しかしフォンに五百田を紹介したのは、経産相の國木田《くにきだ》さんだ。

それを聞いて、城木は我が耳を疑った。

國木田肇《はじめ》経済産業大臣。あの人までがフォン、いやチャイナマネーの濁流に取り込まれているというのか。

いや、そもそもクイアコンは香港財界と経産省が提唱して始めたプロジェクトである。國木田経産大臣が嚙んでいないと考える方が不自然だ。

どうしてそんな単純なことに気づかなかったのか。理由は明らかだった。経産省があまりにもフォンのいいように操られていたからだ。日本人政治家はそこまで馬鹿ではないとどこかで甘く考えていた。しかし現実は違っていた。決して馬鹿ではない。むしろ損得の計算に長けている。そして、それ以上に厚顔無恥だったのだ。一般人の感覚では到底考えが及ばないほどに。

蒼白になっている城木達に対し、沖津は冷静に、且つ不敵に付け加えた。

――実を言うとね、なんらかの強大な力が動いていることは事前にある程度までは察知していた。その力の出所《でどころ》まではどうしても分からなかったがね。それが國木田大臣だと特定できただけでも大きな収穫だと考えている。少なくとも鬮を引っ張っただけの意味はあった。

やはり沖津部長は自分などよりはるかに上手《うわて》だ。姿警部が評したように、政治家に転身しても戦い続けることができるだろう。

だが自分は違う――部長のように強くはない――

「やあ君達、ここにいたの」

知った声に呼びかけられ、城木は宮近と同時に振り返った。

「来てるって聞いて捜してたんだよ。もう帰ったのかと思った」

タオル地のハンカチで首筋の汗を拭いながら近寄ってきたのは小野寺であった。黒い礼服の左腕に喪章を付けている。

彼の役職は警備企画課課長補佐、すなわち堀田の直接の部下である。葬儀を仕切るべき立場にあった。

「ご多忙の中お運びを賜り、ありがとうございます。故人も喜んでいることと思います」

急に形式張って頭を下げる小野寺に、二人も慌てて礼を返す。

「このたびはご愁傷さまです」

「いやあ、それにしても今日は蒸すねえ。いっそ降ってくれりゃあ少しは涼しくなるんだろうけど」

またいきなり砕けた口調に戻り、小野寺はハンカチで顔を拭いた。肥満気味の体型なので、今日のような湿度の高い日に礼服を着ていては汗が止まらないのだろう。

「ここだけの話、死に方が死に方だからさあ、いやもう参ったよ」

疲労のあまり警戒心が薄れているのか、小野寺はいくらなんでも砕けすぎだと思われる危険な話題に触れ始めた。

「おい、ここでその話はちょっと……」

宮近が周囲を見回しながら小声でたしなめると、小野寺はハンカチをひらひらと左右に振って、

「いいからいいから。今ここにいる人間で、本当に自殺だと思ってるのはご遺族だけだから。あ、もちろん坊さんもね」

「そういうことじゃない」

不謹慎にすぎる言動に宮近が怒った。

「そういうことだよ。宮近さあ、本音で行こうよ、これからはさ」

「本音だと？」

「そうだよ。君達は、て言うか特捜はさ、今回はさすがにやりすぎ。沖津さんはうまいこと処分を免れたみたいだけど。あの人、ほんとにやるよねえ。したたかって言うかさあ、ここまで来ると神業のレベルだね。でもその分、他の連中はどうしたって収まらないよ」

小野寺に言われるまでもなかった。特捜部はすでに他の部署からこれまで以上の反発を食らっている。それは城木も日々実感することであった。

「それだけならまだいいけど、君達、検察に続けて國木田さんまで怒らせたんだって？　そりゃまずいよ。いくらなんでも現職の大臣を怒らせちゃあ」

城木と宮近は凍りついた。ほんの数時間前の情報がもう伝わっている。

「何があっても沖津さんは生き延びるだろうけど、この状況で君達、自力で生き残れる自信ある

の？」

官僚の世界の不文律は二人とも熟知している。返す言葉もないとはこのことだ。

「よく言われるんだけど、僕ってお人好しだからさ、散々忠告したよね、君達に。もうこうなったら前向きに転職先でも探した方がいいんじゃない？　けどまあ、考えてみれば警察自体がこんな状態だから、いいきっかけかもしれないよ」

そのとき、本堂の方で小野寺を呼ぶ声がした。

「悪い、もう行かなきゃ。とにかく応援してるから、頑張ってね」

そう言うと小野寺は本堂に向かってさっさと歩き出した。

呆然としてその背中を眺めていると、

「あ、そうそう」

小野寺が足を止めて振り返った。

「言い忘れてたけど、僕、しばらく内調《ないちょう》（内閣情報調査室）に行くことになったから」

城木も宮近も、咄嗟にどう応じていいか分からなかった。

聞こえなかったと思ったのか、小野寺は同じことを繰り返した。

「警備企画課付で内調へ派遣になったんだよ、僕。内閣官房の参事官補佐でね。内調の五味《ごみ》情報官は堀田さんの同郷の先輩でかなり親しくしてたから、堀田さん、内調にも直接情報を上げてたみたい」

内閣情報調査室のトップである内閣情報官は事務次官級のポストであり、警備局長や外事情報部長経験者など、主に警備公安部門での経験が豊富な警察官僚の指定席とされている。

「ま、そういうわけで堀田さんが内調とやってた仕事は全部僕が引き継ぐことになってね。なにしろ急だったし、いやあ、もう大変だよ」

そしてもう振り返ることもなく歩み去った。

城木は完全に打ちのめされていた。

同日午後三時二分。東京女子医科大学病院の南病棟にある神経精神科に入院している鈴石緑のもとに、見舞いの客が訪れた。

「よかった、元気そうで」

ヒペリカムのフラワーアレンジを抱えた桂絢子主任は、そう言って手にした花より明るい笑顔を見せた。

ベッドの上に半身を起こしてぼんやりしていた緑にとって、その笑顔は眩しすぎた。

転院以前から、緑はＡＳＤ（急性ストレス障害）に悩まされていたからである。

ラードナー警部にのしかかっている男の影。自分の両手から滴る血。床に転がっている拳銃。血に濡れた指で引き金を引く。轟音と衝撃。全身が痺れる。死んだ男のあどけない顔。人殺し。取り返しのつかない罪。そして、世界のすべてを突き放すかのようなラードナー警部の眼――

「どうしたの、やっぱり具合が悪いの？」

桂主任が心配そうに覗き込む。

「いえ、なんでもありません」

慌てて取り繕い、ベッドを出て立ち上がる。

担当医の許可を得て、緑は桂主任を西病棟Ｂの地下にあるレストラン『トリパーノ』へ案内した。

本来、神経精神科では家族以外の面会は禁止されているのだが、家族のいない緑の入院に際して手続き等を行なったのは桂主任である。警察官という身分もあり、特別に面会を認められたのだという。

テーブル席に座った二人は、揃ってアイスティーを注文する。

メニューを持つ緑の指に目を遣って、桂主任が心配そうに言った。

「まだ包帯は取れないのね」

「あ、傷はもうほとんどふさがってるんですけど、念のためにってことだそうです」

「そう、ならいいんだけど」

注文のドリンクはすぐに運ばれてきた。

アイスティーを飲みながら、桂主任はここ数日の捜査状況について話してくれた。

エンダ・オフィーニーの死。堀田警備企画課長と白井秘書官の心中。是枝外二課長の拉致未遂。戸部田三郎なる人物の失踪。

病院の地下で聞く死と暴力の話は、緑の耳にはかえってリアリティを欠いて聞こえた。

一連の事件についてはテレビや各種のメディアでも報道されているらしいが、緑はそれらの視聴を著しく制限されていた。

「ほんとはそんな話は避けてほしいって担当の先生に言われたんだけど、緑ちゃんのことだから、きっと知りたがるだろうと思って」

「警部は……ラードナー警部はどうなったんですか」

礼を言うのも忘れて尋ねていた。

「入院中よ。命には別状ないって。ラードナー警部は最後まで暗殺者を追いつめ、立派に生きて還ったわ」

絢子は緑をじっと見つめ、

「実はそのことをあなたに伝えたかったの。だから事件や捜査についても話した。ラードナー警部にもちょっとだけ会ったけど、あの人は変わったわ」

「変わった？」

「なんて言うか、そう、警察官の顔をしてたわ」

「…………」

「うまく言えなくてごめんなさい。でも、ほんとにそうなの」

「信じられません」

絢子が悲しそうな顔をした。

緑は俯く。あえて自分に伝えてくれた相手の厚意を踏みにじったような気がしたからだ。

「緑ちゃん」

優しい口調で絢子は言った。

「私は人を撃ったことはないけれど、毎日警察官としての職務を全力で果たしているという誇りがあるの」

「それはみんなが知っています」

絢子はゆっくりと首を振り、

「そうじゃないの」

「……え？」

「前にいた警務では、人を撃つよりもっと酷いことがいくらでもあったわ。たとえるなら、そうね、罪もない人を後ろからだまし討ちにするような」

桂主任はかつて、管理部門である警務部にいた。警察プロパーではない緑は、絢子の詳しい出自までは知らなかったが、警務の名花と讃えられていたと聞いたことがある。

「派閥争い……みたいなことでしょうか」

おそるおそる訊いてみると、絢子は常の如くに微笑んで、否定も肯定もしなかった。

「私は知らないうちに〈ある企み〉に関与していた。いいえ、はっきり言うわ。薄々は勘づいていたの。なのに何もしなかった。それどころか手伝いさえした。いつの間にか、私も警察の悪習に染まっていたのね。警察では命令は絶対だから。その結果、何人かの人が不幸になった。自殺した人もいるわ。そうよ、私は殺人に荷担したの。この手を真っ黒に汚して」

知らなかった――

誰よりもたおやかで、常に温かな微笑みを絶やさぬこの人が、過去にそんな罪と傷を負っていたとは。

あまりに思いがけない内容に、緑は相手から目を逸らすことさえできなくなった。

「警察と自分に絶望しかけていたとき、沖津部長に出会ったの。あ、そのときはまだ部長じゃなかったけど。私は部長の誘いに応じて、特捜部に入る決心をした。周囲からはずいぶん言われたわ、やめといた方がいいって。同期の親友にも絶交だって言われたし。結局その人は友達でもなんでもなかったのね。私の気持ちを少しも理解しようとはしてくれなかった」

そこで絢子はストローでアイスティーを一口吸い、

「今の話は、ウチでも部長以外に知っている人はいないはずよ。だから、緑ちゃんも、ね？」

無言で頷くのがやっとであった。

絢子は安心したように、

「特捜に入って、私は誇りを取り戻すことができた。警察官としての誇りよ。ごめんなさいね、捜査員でもないのに、偉そうなこと言っちゃって」

いいえ、そんなこと――そう言おうとしたが、唇は凍りついたように動かなかった。

「でもね、緑ちゃんは私なんかよりずっと凄い。技術班の主任として、特捜部の中核を担ってる」

「私は……ただの研究者で……」

何かを言おうとしたが、すぐに続けられなくなった。思考と感情が言葉としてまとまらない。

「今年の二月にあった武器密売事案で、あなたはオズノフ警部の命を救った。勇気のある尊い行為よ。立派な警察官だわ」

思い出す。未明の牡鹿半島。震災で打ち捨てられた漁港。アンチマテリアル・ライフルによる狙撃で、赤い飛沫と化し次々と消滅する海上保安庁の特警隊員達。途轍もない恐怖だった。チャリング・クロスで味わったものと同じくらいの。

そのときに悟った。現在は常に過去の暗黒と地続きなのだと。その暗黒と向き合うために自分は警察官になったのだと。

「緑ちゃんがラードナー警部を憎む気持ちは分かる。隠さなくてもいいわ。当然よ。だってあの人はテロリストだもの。でも、かつて罪を犯したという点では私も同じ」

同じじゃない、そんなこと、絶対に――

「そのラードナー警部が今、立ち直ろうとしているの。それも警察官として」

「………」

「あなたはラードナー警部を助けようとして犯罪者を撃った。警察官なら当然の行動よ。その覚悟があって、あなたは警察官になったんじゃなかったの？」

その通りです――でも、違うんです――

「はい」

心に反して肯定していた。桂主任は自分の過去を告白してまで救いの手を差し伸べようとしてくれている。ここで反論しては主任を傷つけてしまう。それに、自分でもよく分からない気持ちをうまく説明できるとは思えなかった。

そのとき絢子の浮かべた微笑みに、緑は自分が納得していないことを見抜かれていると感じた。

それでも彼女の言葉によって、ある部分の整理はついた。

警察官としての自覚。それに使命感だ。

「ありがとうございました。もう大丈夫です」

その礼だけは、心底からのものだった。

4

［摩耶組系鉄輪会会長を恐喝容疑で逮捕］
［暴力団　悪質マネーロンダリングに関与］
［摩耶組本部事務所を強制捜査　幹部組員十四名を逮捕］
［青丹建設会長　青丹善次郎を事情聴取　資産隠しの疑い］
［調和工商会強制捜査　中国系団体の闇に国税のメス］
［諸眉技研に強制捜査　不正競争防止法違反の容疑］
そうした見出しが新聞各紙に躍り始めたのは、長い梅雨がようやく明けた八月初旬のことだった。いずれも魚住をはじめとする国税局資料調査課の捜査が端緒となったものだ。直接の逮捕は警視庁組織犯罪対策部や刑事部捜査二課等が担当したが、ことに組対はコメと緊密な協力態勢を構築したらしい。日本、いやアジア最大の犯罪組織とも言える指定暴力団摩耶組の本家を徹底的に叩く願ってもない好機であるから、組対の発奮は察するにあまりある。一方の捜二も、これを官界から政界への捜査につなげる突破口とすべく慎重に裏付けを進めた。
また公安部の外事二課では、調和工商会から押収した資料の分析を行ない、国家安全部、総参謀部第二部、総政治部連絡部など、中国情報機関の日本におけるスパイ網解明に取り組んでいるという。
諸眉技研その他の研究機関の強制捜査を執行した特捜部は、多数の機器類と関連データを根こそぎ押収した。
しかしクイアコン、及びフォン・コーポレーションについて言及しているメディアはなかった。
中国は調和工商会の強制捜査に関して、「日中の相互経済発展を阻害するばかりでなく、異文化排斥思想に基づく暴挙であり、国際社会において看過できない重大な人権侵害である」との公式声明を発表し、日本政府を強く非難した。
［青丹建設会長逮捕　政治資金規正法違反の容疑］

〔『新世代通信事業者懇親会』飛岡理事長を事情聴取　ゼネコン談合疑惑？〕
〔国交省総合政策局長逮捕　大規模汚職に発展か〕
〔第二の許永中・星川周山逮捕〕
これらの見出しはまぎれもなく捜二の挙げた金星《きんぼし》である。本来なら地検特捜部が得意とする分野だが、捜二は見事に地検を制した。鳥居はやはり本気であったのだ。
〔海棠商事、半蔵会へ献金疑惑〕
〔岡本倫理議員の私設秘書を指名手配〕
〔警視庁、袴川義人議員に事情聴取〕
ここで捜二は念願の政治家逮捕にリーチをかけたかに思われた。
しかし――
〔NTUデータ・コムウェアに不正入札疑惑〕
〔経産省山口辰巳参事官に逮捕状〕
〔独立行政法人『クイアコン推進協力機構』細谷征一理事長を参考人招致〕
〔ゼネコン謎の談合疑惑、クイアコン疑獄と関連か〕
皮肉にも、クイアコンの名称が報じられるようになってから風向きが急変した。
〔クイアコン細谷理事長死亡　ひき逃げか〕
〔鉄輪会会長、留置所内で首吊り〕
〔摩耶組幹部三名、ホテルのロビーで射殺　京陣連合系元組員を指名手配〕
〔談合疑惑の飛岡理事長失踪　拉致の疑い〕
〔岡本議員の秘書、遺体で発見さる〕
〔保釈中の山口参事官、自宅マンションで自殺〕
そうした事件が立ち続けに起こり、星川周山が起訴猶予となって釈放された。

國木田経済産業大臣は選挙区の講演会で、会場を埋め尽くした支持者に向かい、威風堂々と演説した。

「この不景気をもたらしたのは、ひとえに政治の腐敗、行政の腐敗、これに尽きるのであります。不景気だからよからぬ輩が跋扈する。ゼネコン談合然り、汚職官僚然り。暴力団抗争もまた然り。目先の小銭を目当てに軽挙妄動。ろくに裏付けも取らぬまま、それらを面白おかしく脚色して報道するマスコミも同罪だ。まったく以て無責任極まりない。では、いかにすれば日本はよくなるのか。クイアコンであります。戦後、日本は技術立国として復興した。世界に冠たる一等国となった。これからも日本は科学技術で世界をリードする。ここにおられる皆さんは、一人残らず、かつて日本を繁栄に導いた立役者であります。本当に凄い。その皆さんが、再び日本を立ち直らせる。私は確信しております。皆さんがおられる限り、日本は絶対に大丈夫だと。私は必ずや皆さんと一緒になって、クイアコンを成功させる。どうか、私と一緒に戦って頂きたい。私を信じて頂きたい。クイアコンこそが日本の未来を開くのです」

平明なロジック。巧妙な問題のすり替え。分かり易いだけに、それは多くの心をつかむ。大昔に一線を離れた高齢者層は与党の一大票田だ。また限度を超えた社会格差に不満を持つ若年層も、極端な保守勢力の隠れた支持基盤となっている。耳触りのよい言葉ばかりが並ぶ演説に、会場は拍手と歓声に包まれた。

壇上に列席した岡本倫理、小林半次郎らも、もっともらしい顔で頷きながら拍手を送っていた。

警視庁庁舎内の小会議室で、捜二の末吉係長は、上司の鳥居課長、中条管理官、それに部下の高比良主任らとともにネット中継された國木田大臣の演説を見た。

意気軒昂とした國木田の様子と反比例する如く、徒労感が押し寄せてくる。

ＮＴＵデータ・コムウェア、荒井テクノリーディングといった企業の関係者は不正競争防止法違反その他の容疑であらかた逮捕することができた。また青丹建設をはじめとするゼネコン各社と、収賄の事実を立証できた官僚には入札談合等関与行為防止法を適用し、新世代通信事業者懇親会を解体に追い込んだ。

しかし、肝心の政治家には手が届かなかった。

例によって政治家秘書や各省庁管理職の自殺が相次ぐ中で、半蔵会を巡る疑惑の捜査も、立件できるだけの成果を挙げられぬまま終わってしまった。決して捜二の怠慢のゆえではない。一部の週刊誌やネットのニュースサイトを除いてほとんど報道されていないが、半蔵会の金庫番と言われた小林半次郎の私設秘書が、重度の精神疾患であるとして医師の診断表を送付してきたのだ。これではどんな証言を取ったとしても証拠能力はなきに等しい。

そうした一連の流れの中でも決定的なとどめとなったのは、山口参事官の自殺であった。

キャリア官僚とは元来がプライドの高い人種であるが、普段から自分は特権階級だという意識があるせいか、逮捕されると一転して醜態を晒す者が多い。ことに山口はそれまで省内で尊大にふるまっていただけに、よほど応えたのだろう。実刑を食らったわけでもないのに早々と自らの命を絶った。

山口の自殺が報道された三十分後に、鳥居課長は丸根総括審議官からのプライベートな電話を受けたという。そして彼は、捜二の主だった部下達に捜査の中止を告げた。

理由を問われた鳥居は、その場では何も答えようとはせず、独り庁舎を後にした。

「今日集まってもらったのは、みんなで國木田さんの演説を聞くためではない」

ノートPCを閉じながら言う鳥居に、中条が無遠慮に返す。

「言われなくても分かってますよ、それくらい」

「そうか、冗談のつもりだったんだが」

「慣れないことは言わん方がいいですな」

「そんなものか」

特に気を悪くしたふうでもなく、淡々としている鳥居の様子に、末吉は急に不安を覚えた。

「もしかして課長はお辞めになるつもりじゃ……」

「うん、そのつもりだった。実は辞表も用意していた」

あっさりと肯定した鳥居に、中条達も身を乗り出した。

「課長！」

すると鳥居は逆に驚いたように、

「おい待て、『だった』と過去形で言ってるだろう、つまり今は違うってことだ」

末吉も中条も、「なんだ」と拍子抜けして身を引いた。

鳥居は改めて皆に向かい、

「警察で世間の耳目を集める実績を上げ、将来は政界入り。そんなコースをずっと思い描いていた。決して単なる夢想ではない。それなりに有望なビジョンのはずだったし、努力もしてきた。根回しにコネ作りと、やれるだけのことはやってきた。子供だったんだな、ただの。特捜の沖津さんはさすがに鋭い。いつだったか、何かの折にそのあたりを突かれたことがある。とりあえずその場ではごまかしたが、何もかも見透かされていたに違いない」

課長は一体何を言おうとしているのだろう――末吉はまたも不安を覚えた。

「だからクイアコンに目をつけた。こいつは自分のステップアップに最適のターゲットだとな。うまく立ち回れば政界に恩も売れる。そんな浅はかなことを考えていた。ところがどうだ、この死人の数は。私はとんでもない化け物の尻尾を踏んでしまった。クイアコンの正体を知ったとき、正直そう思ったよ。だがもう引っ込みはつかない。君達が頑張ってくれたおかげでゼネコンや関連企業の不正を立件することができたが、そこまでだ。議員会館にはきっと『秘書自殺マニュアル』でも常備されてるんだろうな」

この人はこんなに感情的なことを喋る人だったっけ――

「本当に自殺かどうか知れたもんじゃないが、議員秘書が片端から死んでとうとう政治家には届かなかった。頼みの丸根総審には電話でこう言われたよ――『添島《そえじま》官房長官も憂慮しておられる』とな。『君は国の命運を一人で背負えるのか。私にはとてもできない』とも言われた。勘違いはしないでほしい。これは圧力なんかじゃない。そんな次元をはるかに超えた国政の世界だ。クィアコンが潰れれば国も潰れる。認めたくはないが、クィアコンの真実が特捜の解明した通りのものだとすればだがな」

「課長！」

末吉は再び立ち上がっていた。

「それじゃあんまり――」

「座ってろ、末吉」

一喝したのは腕組みをした中条だった。

「おまえさんはただでさえ相撲取りみたいなガタイしてるんだ。そんな形相で詰め寄られたら怖《こえ》ェんだよ」

「すいません」

うなだれて着席する。

鳥居はふうと息を漏らしてから続けた。

「末吉君の気持ちも分かる。クィアコンを追えば追うほど、死人の数は増える一方だ。放ってはおけない。一方でクィアコンは止められない。この現実をまのあたりにして、私は逆に思ったよ。もう嫌だ。頼まれたって政界なんかには入りたくない。今だけはきれい事を言わせてくれ。今度の事案は、自分の人生を見つめ直すチャンスだったと思ってる。クィアコンが国策なら、狂ってるのは国だ。なんでそんなものに国の未来を預けたりしたんだ。聞いたか、國木田大臣の演説を。あれが詐欺師というものだ。私利私欲で国民にとんでもない負債を押しつけておきながらまるで恥じない。詐欺師をパクるのも捜二の仕事だ。だったら私は、いつか詐欺師どもを残らずパクれる日が来るまで、意地でも警察に居座ってやる。奴らが〈敵〉かどうかなんて知ったことか。詐欺師は詐欺師だ。我々にはそれ以上でもそれ以下でもない」

柄にもなく興奮しすぎた己を恥じたのか、唐突に鳥居は黙った。

誰も口を開かない。小会議室に沈黙が訪れた。

ややあって、中条が立ち上がった。

「課長」

鳥居に向かい、深々と頭を下げる。

「そのお言葉を待っておりました」

末吉も、高比良も、立ち上がって中条にならっていた。

5

八月十九日、午後一時七分。南品川のコインパーキングは、盆休みも明けた真夏の日差しに白く灼けていた。月の初めまで続いていた梅雨の曇天が嘘のような猛暑であった。

「うわ、暑いですねえ。蒸し風呂みたいじゃないですか。クーラーは入れないんですか」

窓を閉め切ったアリオンの助手席に乗り込んできた魚住は、運転席の沖津に言った。

「アイドリングは禁止されておりますので。次回からは別の場所を考えます」

そう答えると、魚住はにやりと笑い、

「次回があれば、の話ですけどね」

「コメではもう事件は終わったと認識している、ということですか」

「そういうわけではありませんが、潮時という奴でしょう」

「そちらは相当な成果を挙げられましたからね」

「ええ、おかげさまで不正蓄財がざっくざくと。これで少しは国民に還元できたかと思うと飯がウマくて。私だって汗水垂らして税金を払ってるわけですから。特に摩耶組の資金源に切り込めたのは大収穫でした。組対の人も大喜びで。でも六代目や執行部の大幹部までは逮捕できなかったし、何より、政界とのつながりまで持っていけなかったのは痛恨の極みです」

嘆息する魚住に、

「幹部組員や議員秘書があれだけ殺されてはね。暴力団員の殺しと一連の汚職事件をクイアコンが結びつけているという、その構図を立証できない限り、マスコミも別個の事件としか思わない」

「政治家だけでなく、クイアコン絡みで手の届かなかった大物はまだまだ残ってますけどね。ま、そのうちおいおいにと。少なくともクイアコンの権益を独占的にかすめようとする手合いは真っ先にチェックしますからご安心を」

「では気長に吉報を待つとしましょう」

そう言って、沖津はフロントガラスの前に広がる真昼の光を見つめた。

どこまでも白熱する眩い闇。その向こうで、クイアコンの触手が今も世界をじくじくと腐食させている。

日本人は決して越えるべきではない一線を、そうと知らずに越えてしまった。

今回の事案は――いや、今という時代は、現代史上における極めて重大な分岐点だったのではないか。

本当の悲劇は、ほとんどの国民がそのことに無自覚であるという事実だ。

「仁礼さんはお元気ですか」

思い出したように魚住が尋ねた。

「私もこの数日会っておりませんが、変わりはないようですよ。専ら捜二の方に詰めていて、それが一段落した後は、組対の方に出向する予定になっているそうです」

「引く手あまたといったところですね」

「現代の犯罪を解明するには、金の流れを洗うのが不可欠ですから。今回は仁礼さんに大いに助けられました」

「ウチもあの人と仕事ができたのは収穫でした。よろしく言っといて下さいよ。気が向いたら遊びに来てくれって」

「そのままコメの職員にしてしまおうという魂胆ですか」

「バレましたか」

魚住は声を上げて笑った。

「エンダ・オフィーニーの心理を分析できたのは、魚住さんの提供してくれたデータのおかげです。ありがとうございました」

「いやいや、それも仁礼さんの力があってのことでしょう。ここはお互いにメリットがあったということで。機会があればぜひまたご一緒したいものですね、この面子で」

「ええ、ぜひ」

呑気な口調の魚住に対し、沖津は白い闇を凝視しながら答えた。

「その機会は、きっとそう遠くないうちにやってくると思いますよ」

すべてを呑み込んだような笑みを残し、アリオンを降りて国税局の公用車に戻った魚住は、そのまま白昼の彼方へとゆらめくように消え去った。

独り残された沖津は、運転席で自ら発した言葉を噛み締める。

きっと来るに違いない、そのときが——そう遠くないうちに——

スーツの内ポケットで、携帯端末が震動した。

取り出して発信者の表示を見る。ラードナー警部からだった。

「沖津だ」

すぐに応答する。

思いつめたような声が返ってきた。

〈部長、頼みたいことがあるのですが……〉


同日午後二時十八分。新木場駅近くの中華料理店で、夏川は由起谷と一緒に遅い昼食を取っていた。

壁際のテーブル席からは、カウンター内の棚に置かれたテレビがよく見えた。

金物屋でもらったタオルで汗を拭きながら五目タンメンを啜っていた夏川は、横目で眺めていたモニターの中に見たくもない顔を見出して顔をしかめた。

それに気づいた由起谷も、水餃子をつまんでいた箸をとめてテレビの方に視線を向ける。

「どうした？」

画面には馮《フォン》志文《ジーウェン》の笑顔が映し出されていた。

香港馮財閥の御曹司にしてフォン・コーポレーションのＣＥＯ。例によって、映画スターのように完璧な身だしなみと爽やかな笑みだった。

馮はいかにも誠実そうな態度でスタジオでのインタビューに応じている。

〈クイアコンは日本と香港、いや世界全体との架け橋となる巨大事業です。その利権を狙った者達が群がってくるのは、ある程度やむを得ないこととは言え、大変遺憾に思います。特に一連の暗殺事件においては、我が社の社員も犠牲になっており、怒りを抑えることができません〉

夏川は直接会ったことはないが、映像は何度も目にしている。いつもながら流暢な日本語だった。

〈さらに残念なことに、警察の失態により犯人は射殺されてしまいました。黒幕の正体が謎のままとなってしまったのです。しかし、日本警察が意図的に真相の解明を妨げているという説には同意しかねます。それは単なる陰謀論であり、耳を傾けるに値するものとは言えないからです。日本の警察は優秀で、よくやっていると思います。おかげで、クイアコンから不当な利益を得ようとした不心得者が大勢逮捕されました。そのことについては、私は大いに評価しています〉

一番クセぇ奴が何を言ってやがる――

胸が悪くなって箸を置いた。せっかくのタンメンが台無しだ。

〈世界初の大規模量子情報通信ネットワークであるクイアコンには、無限とも言える可能性があります。日本、中国、そして韓国。アジア圏のみならず、世界のグローバル・スタンダードとなることも夢ではありません。時代は変わりました。いえ、これからもどんどん変わっていくのです。私どもフォン・コーポレーションは、日本の皆さんと一緒に手を携え、この新しい未来を迎えたいと思っています〉

夏川がテレビに向かって罵声を発しようとしたとき、由起谷がおもむろに立ち上がった。

「出よう」

「え、出るって、まだ食べかけ――」

「食欲が失せた。おまえはあるのか」

「いや……」

食欲どころか、吐き気を覚えていることに気がついた。

伝票をつかんだ由起谷はすでにレジへと向かっている。夏川もそのまま席を立った。

庁舎に向かって歩きながら、夏川は由起谷に千円札を差し出した。

「なんだよ、これ」

いぶかしげに言う由起谷に、

「さっきのメシ代だよ」

「ああ、今日は俺の奢りでいい」

「そうは行くか。割り勘だ」

「俺が店を出ようと言ったんだ。昼飯を中断させて悪かった。だから今日は――」

「そうは行くか。悪いのはおまえじゃない。馮《フォン》のお坊ちゃまだ。あんな奴の顔を見ながらメシが食えるかってんだ。さあ受け取れ」

「分かった分かった」

苦笑とともに受け取った由起谷に、

「釣りはいらんぞ」

「なんで偉そうに言ってるんだ？」

「いいだろ別に。暑いんだから」

「ますます分からんな」

そんなことを話しながら歩いていると、前方で立ち止まっている長身の人影が見えた。

「オズノフ警部じゃないか、あれ」

小声で由起谷に言うと、彼もまた同様に気づいたらしく、

「うん、あんなところで何をしてるんだろう」

ロシア人の警部は、ちょうど肩越しに振り返ったような恰好のまま自分達の方を凝視している。刑事という職業柄、夏川は人の表情を読み取ることにかけては多少の自信がある。そのときのオズノフ警部の表情には、驚きと、そして遠い悔悟のようなものが感じられた。

「警部も昼食の帰りですか」

無視するわけにもいかない。そう声をかけてみた。

突入班員であるオズノフ警部には、決まった出勤時間はない。また警部は自動車通勤だから通勤途

中でもない。たまたまシフトの関係で自分達と同じく外食に出ていたのだろうと考えたのだ。

だがこちらの声が聞こえなかったのか、警部は無言で立ち尽くしたままである。

「どうかしたのですか」

由起谷も不審そうに尋ねる。

オズノフ警部はようやく我に返ったように、

「いや、なんでもない」

そっけなく言ってそのまま先に歩き出した。

「なんだ？」

夏川は由起谷と顔を見合わせる。

するとオズノフ警部は、思い直したように振り返り、なんの前置きもなく語り出した。

「駆け出しの頃、俺には相棒がいた。心から信頼できる男だった。名前はカルル・レスニク。前に教えた〈痩せ犬の七ヶ条〉を覚えているか」

思わず直立不動の姿勢になって夏川は大声で答えた。

「はっ、覚えております。『一つ、凍ったヴォルガ川よりも冷静になれ』」

長身のロシア人警部は頷いて、

「その条文を教えてくれたのが相棒のレスニクだった。おまえ達を見ていると、まるで昔の……」

そこで警部は再び胸を詰まらせたように言い淀んだ。

夏川は由起谷と黙ってその続きを待つ。

「昔の……」

だがオズノフ警部は、その先を続けられずに突然踵を返し、今度こそ振り返らずに歩き去った。

彼が何を言おうとしたのか、夏川には痛いほど理解できた。

あの塩浜での夜、警部は確か「相棒は死んだ」と言っていた。

時として過去は人を打ちのめし、勇気づけ、感傷の波にさらう。

警部は自分達に、過去の幻影を重ね合わせたのだろう。二度と還らぬ遠い日々の〈影〉とともに。

6

同日午後四時。特捜部の捜査会議が行なわれた。他部署の面々はもちろんいない。以前と同じ、通常の会議である。

復帰以来、緑にとっては初めての会議であった。心配そうな柴田技官と箕浦技官を伴って出席した。柴田は緑の出席に反対したが、「体調は万全ですから」と押し切った。柴田らが懸念しているのが体調ではないことを承知の上でのレトリックである。

突入班の部付警部も全員顔を揃えていた。ラードナー警部は二日前に退院したばかりだ。まだ痛みは残っているはずだが、氷像のような外貌からは窺い知ることもできなかった。

城木理事官による進行に従い、各捜査員が捜査状況を報告する。

めぼしい進展はほとんどなかった。

『狼眼殺手』エンダ・オフィーニーの死によって、暗殺の依頼人と推測される〈敵〉に至る道は閉ざされたに等しい。

出席した捜査員達の顔色は自ずと沈んだ。

それにしても――と緑は思う。

いつものように悠然とモンテクリストのミニシガリロを燻らせている沖津部長のあの余裕は。

狼眼殺手第七の標的。それは警視庁特捜部長沖津旬一郎であった。

それを知った部長は、自らの命を囮にしてエンダ・オフィーニーをおびき出した。

そうした経緯を後になって聞かされただけに、緑は部長の覚悟を今さらながらに思い知った。

またラードナー警部は手負いの身でありながら、エンダ・オフィーニーと死闘を演じ、紙一重の差でこの狂気の暗殺者を斃したという。

〈絶対に狼眼殺手を殺してはならない〉という部長の厳命を受けながら、ラードナー警部は彼女を殺した。それを責める者がいないのは、彼女を殺さなければラードナー警部の方が死んでいたことを皆が心底実感しているからである。

ラードナー警部は生きて還った。

彼女を責めるどころか、誰もがそれを無言のうちに賞賛している。そのことは全員の顔を見れば明らかだ。

あれほど苦労して〈敵〉の手がかりをつかもうとしていたのに。それを彼女が無駄にしてしまったというのに。

どうやらそれが警察というところであり、警察官に共通する価値観のようなものであるらしい。

すると――夏川班も、由起谷班も、ラードナー警部を同じ警察官であると認めたのだろうか。かつてはあんなに契約の〈部外者〉を嫌っていた彼らが。

警察プロパーではない自分には、もとより理解し難いことではあった。

しかし、内心不安に思っていたような混乱は覚えなかった。意外なまでに。

病院で桂主任に言われた言葉が効いているせいかもしれない。

「結論から言うと、クイアコンは変わりなく存続し続ける。クイアコンだけではない。フォンも、それに〈敵〉もだ」

部下達の報告を一通り聞き終えた沖津が口を開いた。

「クイアコンがもともと国策レベルのプロジェクトであることは承知の上の挑戦だった。発案者は捜二の鳥居課長。彼の真意はともかく、捜二はやれるだけのことをやってくれた。ゼネコン、ブローカー、反社会的勢力。闇の利権に群がる連中が相当数排除されたことは間違いない。フォン周辺の裏資金ルートも、クイアコン推進協力機構の大掃除によってあらかた遮断された。これで正規の研究機関以外への資金供給は絶たれたと言っていい。また外二の追及により、総参謀部第二部の情報将校黎士《ライシー》彬《ビン》は日本から脱出した。クイアコンの情報流出は、少なくとも判明している限りにおいて防がれたことになる。そして我々は諸眉技研その他の研究機関から、龍骨《キール》－龍髭《ウィスカー》システムに発展するおそれのある研究データを残らず押収した。押収の名目にはおよそ考え得るありとあらゆる法律を総動員しなければならなかったが、まあなんとかなった。つまり、我々はただ敗北したわけではない。大いに成果を上げたということだ」

部長は捜査員達を鼓舞し、慰労しようとしているのだろうか。

確かにその通りだが、皆の表情は依然として硬かった。

緑もまた複雑な思いだった。

特捜部をはじめとする警察は、期せずして〈敵〉の目的を果たしたとも言えるのではないか。

――クライアントからだったよ。どういうわけか知らないが、この女にだけは手を出すなとさ。

エンダ・オフィーニーの言葉だ。よりによって、自分が〈敵〉から護られる立場になっていたなんて。

皮肉と言うには、それはあまりにおぞましすぎた。

沖津が自分の方を見たように思ったが、気のせいか。

「さらに大きな収穫がある。警察に対し、福間法務大臣と並んで強大な権力を行使している大本が判明した。すなわち、國木田経産大臣だ」

そう続けながら、部長は二本目のモンテクリストを取り出し、

「國木田大臣はフォンの意に沿って行動している。國木田さんの懐には巨額のチャイナマネーが流れ込んでいるはずだ。そのカラクリまではさすがのコメも捜二も暴けなかったがな。だがそんなことは

どうでもいい。問題は、だ」

紙マッチを擦ってシガリロに火を点けている部長の言葉を、全員が息を詰めて待っている。

「今回の國木田さんの行動が、〈敵〉の目的とは相反するということだ。つまり國木田さんは〈敵〉ではない。言わば〈敵〉の敵だよ。その構図が明らかになったのだ。さて、我々はこの情報をどう使えばいいのかな。〈敵〉の敵は果たして味方か。それとも、もっと厄介な敵だろうか」

悪戯っぽく笑う沖津部長に、緑は戦慄する。

沖津の左右に控えた城木と宮近も、濃い紫煙越しに呆然と上司を見つめるばかりである。

「なるほど、そいつは面白い」

振り向くまでもない。姿警部だ。

宮近理事官はその不規則発言をとがめる気力さえ失っているようだ。

「少なくとも味方ってことはないでしょうね。フォンも〈敵〉も、ウチを目の仇にしてるのは間違いない。その二大勢力をどう利用するか。差し当たってそいつが戦略的な鍵になるだろうな」

「正解だ」

沖津が悪魔のように眼を細める。

「もう一つ、〈敵〉の識別に関して重要なポイントがある。すなわち、小野寺徳広警視の内調参事官補佐就任だ」

城木と宮近が、緑の目にも明らかなほどの動揺を示した。

「亡くなられた堀田前課長は〈敵〉だった。では、堀田前課長の懐刀だった小野寺参事官補佐はどうか。考えられる可能性は三つ。一つ目は、前課長と同じく〈敵〉で、上司と万事示し合わせて動いていた可能性。二つ目は〈敵〉ではなく、単に上司の命令に従っていただけである可能性」

「三つ目は〈敵〉でも味方でもないって奴ですね」

先回りするような姿警部の指摘に、沖津は大きな煙を吐いて、

「そうだ。中立と言えば聞こえはいいが、グレイゾーンに身を置いて、双方の状況を抜け目なく見比べている。どちらについた方が得かとね。厳密に言えば四つか。〈敵〉の存在を本当に信じておらず、まったく無関係という可能性もないわけではないからね」

宮近と城木は今や脂汗さえ浮かべている。冷房の効きすぎたこの室内で。

「部長」

挙手する者がいた。夏川主任だった。

「夏川主任」

部長の許可を得て、夏川が立ち上がる。

「福間法務大臣はどちらになるのでしょうか。福間大臣は検察に手を回し、多門寺康休を釈放させました。その結果多門寺はエンダ・オフィーニーに暗殺されたわけですから〈敵〉だと考えられますが、多門寺は中国と日本をつなぐフィクサーでした。単に多門寺を警察の聴取から護ろうとしただけとも考えられます。一方でエンダは内部情報を得て動いていた。言ってみれば、福間大臣も検察もエンダに出し抜かれた恰好です」

鋭い、と緑は思った。さすがは元捜一のエースだ。

「そこだよ。福間さんの場合は決め手がない。判断の決め手がね。夏川主任の指摘の通り、どちらとも言える。与党内でも國木田さんとは別の派閥に属している。今はさらなる材料が集まるのを待つしかない」

夏川は黙った。心の奥で決意を新たにするかのように。

「どのみち長い戦いだと思っていたが、前にも話した通り、おそらくは長くて三年。〈敵〉との戦いはその三年で決まる。各自それまでは捜査に全力を尽くしてもらいたい。我々は現実の世界に生きている。クイアコンは現実だ。現実に生まれてしまった。技術の進化は誰にも止めることができない。仏教で言う『化生』の発生が、神にも仏にも阻止することはできないのと同じにだ。この先我々は、クイアコンを受け入れて日々を生きていかねばならない。神仏ならぬ我々にできることは、技術の悪用を企図する犯罪者集団を特定し、逮捕することだけだ。同時にそれは、我々にしかできないことなのだ」

そして沖津は、珍しく吸いさしのシガリロを灰皿に残して立ち上がった。

城木理事官が散会を告げる。会議は終わった。

緑は柴田、箕浦とともに出口へと向かう。

——我々は現実の世界に生きている。クイアコンは現実だ。

歩きながら、沖津の言葉を噛み締める。

技術者としての自分が、その現実を痛切に感じている。

なんという時代だろう。科学が人を救う時代はもう終わってしまったというのに、人は科学に夢を見て、現実から目を背け続ける。世界の紛争地帯から目を背けるように。だが間もなく、世界中の人が否応なく〈それ〉をまのあたりにするようになるのだ。

——この先我々は、クイアコンを受け入れて日々を生きていかねばならない。

そうだ。クイアコンはすでにある。

私達の心にも、クイアコンはとうの昔にその禍々しい根を下ろしていたのだ——

その日、緑は庁舎ラボ内にある専用のオフィスで作業に没頭していた。押収したデータの解析である。なにしろ量が膨大なので、いくら残業しても追いつかない。民間企業なら大問題に発展しそうなところである。本当は公務員でも同じなのだろうが、緑の場合、無理に休む方が精神衛生によくなかった。仕事が気になってまるで心が安まらない。そういう状態こそが危険であるという自覚はあった。同時にまた、一刻も早く龍骨‐龍髭システムを解明しなければという使命感も。

ラボは地下にあるから、昼と夜の違いはない。長かった梅雨も先頃ようやく明けて世間ではすっかり夏休み気分らしいが、緑にはなんの関係もなかった。

心を空にし、無心となってキーを叩き続ける。その連打によって己の業を祓うが如く。

分かっている。

仕事に没頭していなければ、自分はまたよけいなことを考えてしまう。いくら考えても答えの出ない不毛な問いだ。

それよりは地下でモニターを見つめている方がはるかにいい。

とっくに包帯の取れた指先が少し痛むような気がした。

疼くように痛むのは指ではなく、心かもしれない。どちらであろうと同じことだ。

分からない。

背後でノックの音がした。

振り向くと、強化ガラス越しに柴田技官の蒼ざめた顔が見えた。

デスク横のロック解除ボタンを押してドアを開ける。

入ってきた柴田が、前置きもなしに告げた。

「ラードナー警部がいらっしゃってます。主任と打ち合わせがしたいと」

そんな予定は入っていない。柴田の顔色のわけが分かった。

「ミーティング・ルームに通して下さい。すぐに行きます」

「分かりました」

柴田が慌ただしく去る。

なんだろう——

動悸が速まる。予想もしていなかったプレッシャーだ。

作業中の内容を慎重に保存してから、ＰＣをロックして立ち上がる。

重い足を無理に動かして、ミーティング・ルームに向かう。ノックしてから中に入った。

ラードナー警部がいた。それまでと変わらぬ氷のような顔で座っている。

防音仕様のドアを閉め、緑はテーブルを挟んで向かい合うように腰を下ろした。

「ご用件を伺いましょう」

我ながら冷静な声が出た。大丈夫だ。問題ない。

ラードナー警部は、手にしていた茶色の紙袋をテーブルの上に置いて差し出した。

「これを渡しに来た」

「拝見します」

手を伸ばして紙袋を取り、中に入っていた物を取り出す。

息が止まる。

赤茶けた装幀の本。『車窓』だった。

「千葉県警が塩浜の工場で押収した物だ。本来なら証拠物件をそう簡単に返却できないらしいが、部長に頼んで特別に手を回してもらった」

裏表紙に擦ったような傷がある。エンダが工場の床を滑らせたときに付いた痕だ。自分の本に間違いない。

でも、どうして──どうして警部が──

「私はこの本に……この本の著者に救われた」

予想もしなかった言葉に顔を上げる。

〈この本の著者〉とは、誰でもない、自分の父だ。

「部長が罠を仕掛けた夜、逃亡したエンダを追った私は、彼女を殺すことしか考えていなかった。逃げてくれてありがたいとさえ思った。これで躊躇なくあの女を殺すことができると。あの女のために、私達が──私とおまえがどれだけ苦しんだことか。だがそんな私を、鈴石輝正氏が止めてくれた。

『人は何かによってお互い常に隔てられている。目に見えぬその境目が、過去、そして現在、多くの悲惨と不幸を生んでいる』『一番悲しむべきことは、本来なら友人になれるはずの人とそうなれないことだ』」

日本語で書かれた父の著作を、ラードナー警部はつかえることなく暗誦した。しかも一言一句正確に。

警部が『車窓』を読んでいるのは知っていたが、まさかここまで真剣に読み込んでいようとは。

「私は馬鹿だ。暗記するほどこの本を読んでいながら、まるで身についていなかった。憎悪に囚われるのは、鈴石輝正氏の考えに反する行ないだ。キリアン・クインも、エンダ・オフィーニーも、その愚を犯して自滅した。私はあの夜、最後の瞬間に気がついた。だが……もう遅かった」

警部の表情が悲しみに曇る。

悲しみ？　感情など生来持ち合わせていないかのようなこの女《ひと》が？

「私は鈴石輝正氏の教えに背いた。エンダを殺すしかなかった。なぜなら、私は警察官だからだ」

凝視する。ライザ・ラードナー警部の双眸を。

「私は、間違っていただろうか」

そんなこと――どうして私に訊くのですか――

「あなたは、人殺しです」

思いも寄らぬ言葉が出た。自分の口から。

「そして私も、あなたと同じ人殺しになってしまいました」

そんな目で私を見ないで下さい、警部――

「だけど、私だって、警察官です」

それ以上は言えなかった。どうしても。

犯罪を阻止するのが警察官の務めだ――そのために必要な武器がある――そして、武器を使うにはそれだけの覚悟がいる——今まで私は、そんなことにさえ思いが至らなかった——でも——でも私は、やっぱりあなたを許せない——

頭の中で渦巻くさまざまな思考を、一言も口にすることができなかった。

じっと緑を見つめていたライザ・ラードナーが、何かを強く噛み締めるように言った。

「私は罪を背負って生きていく。警察官として」

その視線が、本を持つ緑の指先を捉える。

「指の傷は治ったようだな」

え——？

「よかった」

ほっと息をついて立ち上がったライザが、俯くようにして呟く。

「礼を言うのが遅れてすまない。おまえは私の命を救ってくれた。ありがとう」

無言のままでいる緑に構わず、ライザはドアに向かい、静かに出ていった。

防音ドアの閉まる音を背中で聞く。

ついにこらえ切れなくなって、緑は父の著書を手にしたままテーブルに突っ伏した。

とめどなくあふれる何かが胸を伝い、心の内側へと流れ込む。どうしても嗚咽を止められない。

ありがとう、お父さん……ありがとう……ありがとう……

謝辞

本書の執筆に当たり、元警察庁警部の坂本勝氏、元大阪府警財務捜査官・公認内部監査人・公認不正検査士・アキュレートアドバイザーズ代表の小林弘樹氏、帝国ホテルキッチン代表取締役会長の藤島磁郎氏、科学考証家の谷崎あきら氏、村田護郎氏より多くの助言を頂きました。

ここに深く感謝の意を表します。

［主要参考文献］

『警視庁捜査二課』萩生田勝著　講談社
『検察・国税担当　新聞記者は何を見たのか』村串栄一著　講談社
『国税局資料調査課　マルサを超える最強部隊の真実』佐藤弘幸著　扶桑社
『財務捜査官が見た不正の現場』小林弘樹著　ＮＨＫ出版
『黒幕　巨大企業とマスコミがすがった「裏社会の案内人」』伊藤博敏著　小学館
『虚業――小池隆一が語る企業の闇と政治の呪縛』七尾和晃著　七つ森書館
『泥のカネ　裏金王・水谷功と権力者の饗宴』森功著　文春文庫
『鷹の井戸』イエーツ著　松村みね子訳　角川文庫
『警察・やくざ・公安・スパイ　日本で一番危ない話』北芝健著　さくら舎
『あなたのすぐ隣にいる中国のスパイ』鳴霞著　飛鳥新社
『中韓産業スパイ』渋谷高弘著　日経プレミアシリーズ
『中国が仕掛けるインテリジェンス戦争　―国家戦略に基づく分析―』上田篤盛著　並木書房
『オールカラー最新軍用銃事典』床井雅美著　並木書房

本書は《ミステリマガジン》二〇一六年一月号から二〇一七年五月号にかけて全九回にわたり連載された小説を加筆修正し、まとめたものです。

Hayakawa
Mystery World

〈ハヤカワ・ミステリワールド〉
機龍警察《きりゅうけいさつ》　狼眼殺手《ろうがんさつしゅ》

二〇一七年九月　十五　日　初版発行
二〇一七年九月二十五日　再版発行

著　者　月村了衛《つきむらりょうえ》
発行者　早川　浩
発行所　株式会社　早川書房
郵便番号　一〇一 - 〇〇四六　東京都千代田区神田多町二 - 二
電話　〇三 - 三二五二 - 三一一一（大代表）
振替　〇〇一六〇 - 三 - 四七七九九
http://www.hayakawa-online.co.jp
印刷所　中央精版印刷株式会社
製本所　中央精版印刷株式会社
ISBN978-4-15-209709-5 C0093
©2017 Ryoue Tsukimura
Printed and bound in Japan

定価はカバーに表示してあります。

乱丁・落丁本は小社制作部宛お送り下さい。

送料小社負担にてお取りかえいたします。

本書のコピー、スキャン、デジタル化等の無断複製は著作権法上の例外を除き禁じられています。

ハヤカワ文庫

機龍警察〔完全版〕

月村了衛

テロや紛争の激化に伴い発達した近接戦闘兵器・機甲兵装。新型機〝龍機兵〟を導入した警視庁特捜部は、その搭乗員として三人の傭兵と契約した。警察組織内で孤立しつつも、彼らは機甲兵装による立て籠もり現場へ出動するが……〝至近未来〟を描く警察小説シリーズの第一作を徹底加筆した完全版。

解説／千街晶之

ハヤカワ文庫

機龍警察 自爆条項〔完全版〕(上・下)

月村了衛

機甲兵装の密輸事案を捜査する警視庁特捜部は北アイルランドのテロ組織による英国高官暗殺計画を摑む。だが不可解な捜査中止命令が。首相官邸、警察庁、外務省、そして中国黒社会の暗闘に、特捜部の〈傭兵〉ライザ・ラードナー警部の凄絶な過去が浮かび上がる。日本SF大賞受賞、シリーズ第二作。

解説／霜月蒼

ハヤカワ・ミステリワールド

機龍警察　暗黒市場　月村了衛

46判上製

〈第34回吉川英治文学新人賞受賞〉ロシア民警出身のユーリ・オズノフ元警部は、警視庁特捜部との契約を解除され武器密売に手を染めた。一方で特捜部は、ロシアン・マフィアの手による有人搭乗兵器のブラックマーケット壊滅作戦に着手する――リアルにしてスペクタクルな〝至近未来〟警察小説、白熱と興奮の第三弾。

ハヤカワ・ミステリワールド

機龍警察　未亡旅団

月村了衛

46判上製

チェチェン紛争で家族を失った女だけのテロ組織『黒い未亡人』が日本に潜入した。公安部と合同で捜査に当たる特捜部は、未成年による自爆テロをも辞さぬ彼女達の戦法に翻弄される。一方、特捜部の城木理事官は実の兄・宗方亮太郎議員にある疑念を抱くが、それは政界と警察全体を揺るがす悪夢につながっていた――〝至近未来〟警察小説、第四弾。

ハヤカワ・ミステリワールド

機龍警察　火宅

月村了衛

46判上製

最新特殊装備〈龍機兵〉を擁する警視庁特捜部は、変容する犯罪に日夜立ち向かう——由起谷主任が死の床にある元上司の秘密に迫る表題作「火宅」、特捜部入りする前のライザの彷徨を描く「済度」、疑獄事件捜査の末に鈴石主任が悪夢の未来を幻視する「化生」など、捜査員の心の機微を繊細に描く珠玉の初短篇集。全八作を収録。